有爱的青春陪伴者

喧 幻 青 春 2

孟玥 /著/

图书在版编目（CIP）数据

匿名情书.2 / 孟五月著.-- 南京：江苏凤凰文艺出版社，2023.5
 ISBN 978-7-5594-7387-5

Ⅰ.①匿… Ⅱ.①孟… Ⅲ.①长篇小说－中国－当代 Ⅳ.①I247.5

中国版本图书馆CIP数据核字(2022)第243215号

匿名情书.2

孟五月 著

责任编辑	王昕宁
特约编辑	周丽萍
出版发行	江苏凤凰文艺出版社
	南京市中央路165号，邮编：210009
网　　址	http://www.jswenyi.com
印　　刷	长沙鸿发印务实业有限公司
开　　本	880mm×1230mm 1/32
印　　张	9.5
字　　数	393千字
版　　次	2023年5月第1版
印　　次	2023年5月第1次印刷
书　　号	ISBN 978-7-5594-7387-5
定　　价	45.80元

江苏凤凰文艺版图书凡印刷、装订错误，可向出版社调换，联系电话025-83280257

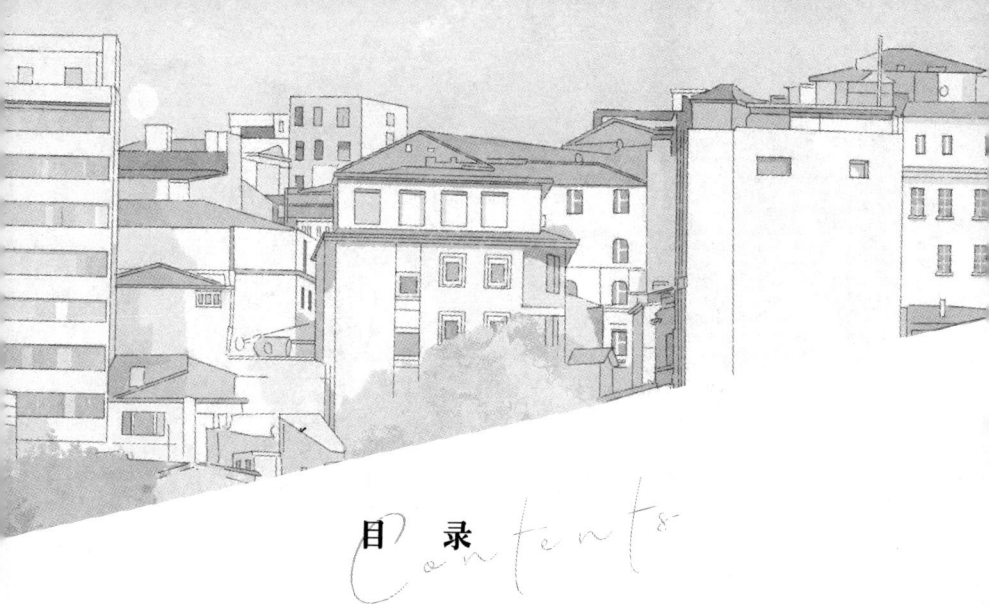

目 录
Contents

- **第一章 001**
  陈一澜，我等的是你

- **第二章 024**
  毕竟是来见你

- **第三章 067**
  双向暗恋成真了

- **第四章 102**
  铃兰花与风信子

- **第五章 128**
  最特殊的陈一澜

- **第六章 134**
  他是她青春中的头筹

- **第七章 143**
  少女虔诚的等待

- **第八章 171**
  是他爱了九年的女孩

目 录 Contents

- 第九章　180
  把你领回家

- 第十章　191
  美梦成真啦

- 第十一章　215
  都是陈一澜，只有陈一澜

- 第十二章　233
  一生挚爱

- 番外一　248
  那些岁月漫长的时光

- 番外二　261
  朝花惜时

- 番外三　273
  牙痛

- 番外四　286
  表白成功了吗

- 番外五　294
  情书（陈一澜篇）

第一章
陈一澜，我等的是你

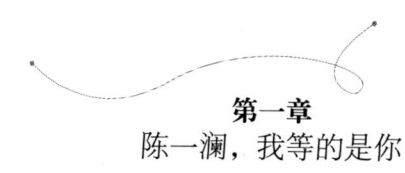

那晚，温初柠心口酸痛，忍不住眼眶泛酸，她躺在床上，没忍住流下眼泪。舒可蓓还在睡，温初柠不敢哭出声，就趴在床上忍着。

结果舒可蓓还是察觉到了她的异样，赶紧起来按开灯。

"温温，你怎么了？"

"贝贝，"温初柠抬手抹了抹眼泪，说，"我想去找他，我不能让他一个人在那儿……"

毕业这年，发生了很多事情，S省游泳队的队员调整了许多。

安东转了项目，因为那次冠军赛的成绩不佳，他在泳池里刻苦训练，结果扭伤了膝盖和脚踝，落下了后遗症，转成了长距离自由泳。

张文博的成绩突飞猛进，在蛙泳上屡破佳绩，很快常驻燕京的训练基地。

孙嘉曜在铁人三项中的成绩很好，接连封闭训练，但铁人三项的赛事不多，孙嘉曜有时间便跟舒可蓓去旅旅游。

舒可蓓有时间，给温初柠打了好几次电话，还来找她玩。

舒可蓓跟温初柠讲了她和孙嘉曜在一起的小事。

那次舒可蓓跑去云南，把孙嘉曜吓坏了，舒可蓓说："你不给我个答案我就不走了。"

孙嘉曜磨磨叽叽地问："你不是有男朋友了吗？"

"我和他说，我哪有男朋友啊。你猜孙嘉曜说什么？"舒可蓓说，"他当时酸溜溜地说，你们学校不是那么多人追你，你随便答应一个都比我好，可真是把我笑死了。我那才知道，他脸皮还挺薄。"

温初柠就默默听着，其实她也知道，是舒可蓓故意逗她开心。

"温温,你别不说话呀,你不说话,我都担心你是不是抑郁了。"

"我没抑郁,我就是在想……"温初柠说,"我好像想好了。"

"你想好什么了呀?你可别做傻事。"

"我不会做傻事,不会的,我还得,我还得好好努力,等着陈一澜呢。"

有很长一段时间,温初柠都没有陈一澜的消息。直到有一天,温初柠要正式搬离宿舍了。

学校挺人性化,因为很多学生留在这里考研,学校只说八月中旬前从宿舍搬走就行。

温初柠走得晚,她那天叫了货拉拉把东西送回临江,还跟着回去了一趟。

也就是这一天,四楼有了动静,像很久前那样,是汪阿姨在房间里面哭。

温初柠脚步顿了顿,下楼等着。

好一会儿,她等到了耿爱国。

几个月不见,耿爱国苍老了不少,这次奥运会他没跟着去,委托了体能教练看着队员们。

耿爱国也一眼看见了温初柠。

"耿教练。"温初柠走过去。

"一澜被禁赛了,"耿教练也没瞒着她,说,"禁赛一年,我和姜教练已经尽力了。"

其实被禁赛的不只是陈一澜,还有唐子甄。

唐子甄打小身体不太好,尤其是经历了一次高原春训之后偶尔心脏绞痛,之后医院给开了个药,心脏用药,不吃,身体痛苦,吃了,禁赛。

但当时唐子甄抱着侥幸的心理,想着那个药物代谢快,主要是缓解心肌压力,结果也是那天,撞上了药检,被禁赛四年,他直接交了退役报告。

要知道,运动员的检查非常严格,除了赛内检查,还有赛外检查。赛外检查又称"飞行检查",就是在比赛时期外的任一时段都可以进行,不用提前通知的突击性检查。

赛外检查可以在任一时间、任一地点,重点是放在训练期或者是临近比赛的时期,因为有些运动员最有可能会在这个时期服用为了加速消除疲劳或者增加肌肉力量的违禁药物。

国家严抓,某些大型赛事通常会在赛后开始逐一检查,平日里也有突击检查,特别是那些成绩提高得快的，或者近期成绩进步大的运动员，都是最容易被执行突击药检的。

"那次吃烧烤回去后的第二天，S省游泳队就被突击检查，结果陈一澜的药检呈盐酸克伦特罗阳性。就是瘦肉精。"耿爱国疲惫地解释，"我们去找过体育总局，这个克伦特罗是用于牲畜的，用来提高牲畜的瘦肉率，这两年查到这个一般都免罚，因为基本都是误服的，经常有运动员嘴馋出去吃饭，回来查出克伦特罗阳性。上回有个运动员吃了外面的火腿肠被查到克伦特罗阳性，被禁赛了几个月。这东西顶多就是个警告处分，但是前不久省运动会上，有一些运动员用了代谢药物和利尿剂，所以最近检查和处罚很严。

"我和姜教练去体育局吵了很多次，这东西代谢周期那么久，一丁点都会被查出来，关键还是用在畜牧业上，没有运动员脑子有问题吃这个既没用还一查一个准的东西。"耿爱国愤愤地说，"一澜的成绩干干净净，都是一步步脚踏实地训练出来的！吃药的运动员，一辈子让人看不起！"

耿教练说到这里还气得不行："陈一澜一定是被人陷害的！那天吃饭的人那么多，就只有一澜被检查出克伦特罗阳性！这不是故意的是什么？"

温初柠知道，陈一澜一定是被人陷害的，平日里陈一澜感冒药都很少吃，跟她出门吃饭，也都是带她去运动员的食堂吃，他对饮食万分谨慎，怎么可能会主动吃含有瘦肉精的东西？

运动员的饮食其实很单调，因为队里有严格的禁吃食物，外面的火锅烤肉、含有肉松的食物，甚至是任何含有香辛料的东西乃至含肉类的泡面都禁吃，队里的运动员生病后吃的一切药物都要经过队医的检查。

"您有怀疑的人吗？"

"有，没证据。"耿爱国也是烦躁，"这事也没法闹大，闹大了，难堪的是一澜，现在很多人都不管不顾，谁能了解始末啊？就抓着一个吃药不放口的话，他这辈子职业生涯就毁了。"

"那他人呢？"

"我们队里把他送到洛杉矶的训练基地了，在那里训练两年再回来，重新参加别的赛事，他还能再参加奥运会的，二十五岁，还是他的最佳年龄。"

"两年后，陈一澜去哪儿？"

"回燕京的训练基地，备战下一次奥运会。"

温初柠回家之后脑子里有点茫然，她已经毕业了。今天货拉拉把东西都给她送来了，几个大纸箱堆在客厅里。

温初柠莫名想到了很久前，陈一澜也是站在这里，帮她一件件整理。

其实她挺想哭的，但是硬生生把眼泪逼回去了，开始默默收拾箱子。

周隽阳回来的时候，温初柠换了身衣服往卧室里搬东西。

"你这就彻底毕业了啊？"

周隽阳放下公文包，帮着她一起收拾。

"这还能有彻底和不彻底的区别吗？"温初柠慢慢回了一句。

周隽阳没再多说，他能感觉出来，温初柠的情绪不是很好。

那天周隽阳一直坐在电视前看水上项目，结果看了一遍，没看见陈一澜，又看了第二天的重播，还是没看到。

他当时很奇怪，去问了温初柠一句。

温初柠只说了四个字："被禁赛了。"

"小柠，你现在什么打算？"周隽阳坐在了沙发上，想跟她好好聊聊。

"等实习结束了，我要读研，国内这个专业的研究生是两到三年，国外是一年，我要出国读研，读了研之后去燕京等他。我现在去找他，也没什么用。"

温初柠一边拆箱子，一边低头说，情绪尚且平静。

周隽阳以为温初柠得哭一阵子，他起初还担心不知道怎么安慰她，没想到她能这样冷静地说出自己的决定。有那么一瞬间，周隽阳想起了他的姐姐周梦。

离婚那会儿，周梦也没哭，很冷静地跟他说："我要离婚，我不能让小柠在这样的环境里长大。前几天有猎头公司找我，他们有海外项目，我过去的话工资是国内的五倍。感情上已经对小柠亏欠了，我不想在生活上亏欠小柠。姐姐想麻烦你个事，如果你有时间，你帮我看着小柠。

"如果你没时间，我带着小柠一起过去，但是小柠年纪小，我怕她在国外没法适应。"

周隽阳觉得，温初柠还真是遗传了周梦，平时看着挺闷的，其实心里的主意，清楚得很。

温初柠临走的那天，是一个夏末的晴天。

周梦早早给她打电话,一路上叮嘱着她千万别落下证件,说英国这几天风大,随身带个薄外套。

"妈妈给你租好房子了,就在你学校附近。妈最近在出差,你过来跟我住估计咱们也见不到面……你来了之后好好学习,有事情给我打电话。"

温初柠回了几句,坐在候机大厅,她拿着手机,打开微信的界面,耳朵里塞着耳机,手指停在屏幕上。

她跟陈一澜的消息对话停留在几个月之前。

那天好像是陈一澜来接她,她说:【我马上到了。】

陈一澜回了一句:【等你。】

温初柠眼眶有点泛酸。

她跟他的聊天背景,是那天在雍和宫门前拍的相片,一张拍立得的照片,好像蒙着一层朦胧的光。

少年一袭黑色的冲锋衣,清爽干净的少年气,他伸手揽住她的腰,她正好举着一串糖葫芦凑过去。他脸上还带着一丝笑意。

耳机里的女声在唱:

剪影的你轮廓太好看,凝住眼泪才敢细看。

忘掉天地,仿佛也想不起自己,仍未忘相约看漫天黄叶远飞……

温初柠忍着眼泪,给陈一澜发了一条消息。

【我等你,陈一澜,一年之后我在燕京等你。】

这一年,陈一澜没有参与任何比赛。

温初柠偶尔会看看体育频道,期待能看到他的身影,但是都落空了。

她的研究生在伦敦读的,为期一年。

临近回去时,谢宴霖来伦敦出差,他知道温初柠的学校,发了条微信,说在她学校外的咖啡馆。

那天温初柠正好早早下课,从图书馆里借了几本书准备带回家看,路过那家咖啡馆,出于礼貌,她还是走进去了。

牛津街各处都是复古的建筑,谢宴霖在三十出头的年纪仍旧未婚,他的言行举止都有一种成熟的韵味。

温初柠最早见到谢宴霖那年才十七岁,谢宴霖那会儿也刚大学毕业不久,这兜兜转转,已经五年过去了。

男人穿了一件深棕色的长款毛呢风衣,皮鞋长裤,以前二十来岁的单纯早就褪去了,多了些沉稳和淡漠。店里咖色的装潢风格,和他还挺搭。

温初柠过去坐下,叫了一句:"谢老师。"

"哈哈,你还是叫我谢总吧,我很久没去淮川外国语大学了。"谢宴霖淡笑了下,问她,"怎么样,毕业后还打算回高林吗?你走了之后,再招的那实习生翻译,做事儿没你熨帖,连项目部的主管都有意见了。"

温初柠只当他是客套,想了想,说:"不了吧,高林的总部不是在淮川吗?我打算去燕京了。"

谢宴霖喝了口咖啡,笑着说:"高林国际是个大公司,在燕京有分部,正好对接海外项目,你回来吗?"

这么说温初柠确实有点心动,她去燕京,人生地不熟,高林国际是国内比较出名的外企,能留在那里肯定发展空间更大。

温初柠答应了。

这年,温初柠顺利地从心仪的学校读完了研究生,毕业之后就收拾东西买了机票回去。

陈一澜在国外的训练基地训练两年,才去了一年,她就一人在燕京先打拼着。

周梦给了温初柠一张银行卡,温初柠去查了一次余额,查完之后吓一跳,这笔钱都够在淮川买套房了。

温初柠提心吊胆地说:"妈,这也太多了,你没事吧?"

周梦让她安心拿着花。

也是温初柠毕业这年,周梦在那家公司晋升上了副总,给温初柠的零花钱又翻了一倍。

温初柠在燕京租了个小套间,距离上班的高林国际坐地铁二十分钟。

温初柠天天盼着两年过去。她在手机上设了个倒数日,没到的日子是蓝色的,已经过去的日子会变成黄色的。

不知不觉,两年的倒数日,已经过去有半个月了。

温初柠从床上醒来，盯着手机看了好半天，最终也没看出个花来。

她爬起来，去洗了个澡，又站在镜子前化了个淡妆，就像所有已经步入社会的年轻女孩一样，她九点上班，早上七点的时候她的主管就开始给她私发工作进程。

温初柠点开语音，继续化着妆。

"今天下午四点半开会，开完会后跟合作方一起在国际酒店吃顿饭，会议内容的提纲我给你发过去了，你路上看看，听说合作方挺喜欢聊文学的，吃饭的时候你可以跟他聊聊。"

温初柠化完妆才回了一个"收到"。

高林国际在燕京有一个项目分部，在市中心一栋大楼的第十几层。

温初柠每天早上都要挤地铁，然后赶进大楼的电梯里挤上去，她一定得在八点半之前进电梯，因为再晚了，下一趟电梯不知道要等多久。

温初柠端着一杯咖啡上去，公司是大开间，他们的组长也都在这里，美其名曰没有距离感，免不了被别的员工吐槽是为了督工。

项目部有两个翻译，一个是温初柠，负责会议的同声传译，就是口译，另一个负责对接文件的翻译，是笔译。

今天开会的缘故，温初柠穿了稍微正式一些的通勤装——里面一件雪纺的白衬衫，收腰的黑色半裙，外面搭一件小西装。

她匆匆出门，脚踝被高跟鞋磨得有点疼。

见她走路有点瘸，旁边的笔译问她："小柠姐，你贴个创可贴吧，要不然这一天还早着呢。"

"啊，行，我等会儿去买。"

温初柠在自己的位置上坐下，翻了翻包，结果翻出来一包很久很久前的创可贴。

还是粉色的，卡通图案。

温初柠捏着这一包创可贴，一下就想起来，是她大三那会儿去高林面试，碰到了陈一澜，他弯腰蹲在她的面前，跟她说，以后要是非得穿高跟鞋，就备着创可贴。

其实这些年温初柠几乎不怎么穿高跟鞋。

这个包，还是她几年前背的那个。

温初柠出神了几秒,然后去洗手间贴上创可贴。

下午的会议进行得挺顺畅,来的人是高林国际的外资方,一个四十多岁的英国人,瘦高,有点秃顶。

笔译也是个小姑娘,拽着温初柠打趣说:"怎么这么像威廉王子……我听见他那一口英腔,我就想起来英国那个段子。"

说着,她还拖腔带调学着:"Cup of water……"

温初柠被她逗笑了。

晚上是在国际酒店订的包间,温初柠坐在组长旁边。

组长看着很年轻,是个不折不扣的女强人,叫邓思君,瓜子脸,及肩的中短发,万年通勤都市丽人的西装配高跟鞋,她虽然挺爱笑,说话也和气,但是做事雷厉风行,说一不二。

温初柠挺佩服她的,一开始以为她今年也就三十岁,后来才知道,她今年已经四十岁了,离异,带着俩女儿。

温初柠对她更肃然起敬了。

那天饭局结束的时间有点晚了,温初柠喝了一杯葡萄酒后就有点困,邓思君还在旁边笑着跟外资方聊天,讲到电影,然后腾手碰了碰温初柠。

温初柠的酒量一如既往的差,她逼着自己清醒过来。

"在聊电影。"邓思君很小声地跟她说。

因为这么一个很小的停顿,桌上几个人都看向她。

桌上还有几个西装革履的外国人,谢宴霖也来了,跟外资方的部长挨着坐。

"哦,我以前看过一部电影,叫《怦然心动》,好像挺老了……我好久没去看电影了。"

一杯葡萄酒,让温初柠的脑子都开始发虚。

桌上几个人面面相觑,显然有些没想到她这么说。邓思君知道她喝不了酒,把这话圆过去了。

温初柠当时还在想着,《怦然心动》,陈一澜。

"Flipped"这个词,她只能想到陈一澜。

后面,邓思君准备给温初柠叫辆车,低声说:"你先回去睡吧,明天可以晚点来。"

温初柠点点头,脸颊有点发红。

谢宴霖正好去了趟洗手间,看见邓思君跟温初柠出来。

"要走了?"

"是小柠状态不太好,我让她早点回去休息。"

"那正好,我准备走了,我送她吧。"

"也行。"邓思君跟温初柠说,"小柠,让谢总送你吧,我也放心点。"

"没事,我自己打车回去就行……"

谢宴霖看温初柠这样,折返回包间拿了车钥匙,同房间里的人客气道别,还客套了几句。

邓思君就先回去了。

温初柠有些犯困,拎着自己的手拎包出来的时候,被外面夜风一吹,神经都绷紧了。

"走了,我把车开过来。"

谢宴霖已经换了一辆劳斯莱斯,黑色的,他把车开过来,让温初柠坐后面。

"上车。"

"我自己打车回去就行。"

"你知道这是哪儿?"

温初柠抬起头环视了一圈,国际酒店在哪条路上来着……

"上车吧,我就是单纯送你回去。"谢宴霖又说了一句。

温初柠慢吞吞上去,坐在后座上。

谢宴霖锁了车门,车窗开着,灌进来一些冷风,温初柠吹了一会儿。

两人有些没话说。

谢宴霖仿佛是为了调节气氛,播了一首歌,是周杰伦的《晴天》。

　　消失的下雨天,我好像再淋一遍。
　　没想到失去的勇气我还留着。
　　刮风这天,我试过握过你的手。
　　还要多久我才能在你身边……

温初柠心口难受,两年都过去半个月了。

夜晚的燕京仍然繁华，车来车往，路上的车灯像一条银河。

"你家还在那儿？"谢宴霖只知道个大体位置。

"我应该是有男朋友。"温初柠没头没尾地说了一句。

"我应该是有的。"她又重复了一句，像在划明什么朦胧不清的界线。

谢宴霖没接话，调了导航，他依稀记得温初柠所住的小区的名字。

"谢总，我能麻烦你件事吗？"温初柠深深吸了一口气。

"说吧。"

"你能把我送到，送到……"温初柠抬手抹了一把眼睛，翻出微信，找到了张文博的朋友圈，往下一直划，看到了张文博以前发过的一条朋友圈的定位——燕京水上训练基地宿舍。

温初柠把手机举过去。

谢宴霖在一个红灯路口看了一眼，只说了句"好"。

温初柠一路上盯着陈一澜的微信看，等待两年的勇气，好像在今晚找到了一个发泄口。

外面的灯光明明灭灭，车辆从市区拐到略远一些的水上训练基地。

谢宴霖在后视镜里看了一眼，温初柠坐在靠门的位置，长发及胸，很安静，温婉动人，做事熨帖，也有着一股韧劲。

她气质很好，前一阵子听说别的组有个刚毕业的男生对她有好感来着，她硬生生直接拒绝了。

当时那个男生还在茶水间说："没见温初柠有男朋友啊。"

谢宴霖当时只是笑了笑，回道："你怎么知道人家心里没个人？"

温初柠不说，朋友圈也很少发。

她心里有个人，她只是在等他回来。

这种一往无畏的坚定的勇气，让谢宴霖总能回回对她刮目相看。

他也不免回想到自己唯一一段而且失败了的恋情，从校园到社会，才没多久就夭折了。

谢宴霖把车开到了地方，宿舍区外有保安，没登记不让进，谢宴霖只能把车停到了外面。

"你今晚还行吗？"谢宴霖没熄火，问，"我看这地儿也不太好打车，你等会儿打算怎么办?"

"我等会儿坐公交车回去,"温初柠随便指了指对面的公交车站,也不知道是几路车在这里停,"或者坐地铁,我知道我家在哪儿。我就喝了半杯葡萄酒,我没事的。"

毕竟是一个女孩子在这里,谢宴霖不太放心,正好也不太急着回去,温初柠推开车门下了车后,谢宴霖干脆把车子停在了附近能停车的地方。

夜风还是挺凉的,谢宴霖往车窗外面看。

温初柠下了车之后径直走向了保安那边,保安在岗亭里看电视剧呢,瞅见她,说:"您来找人没问题,但是得打个电话把人叫出来接您,因为咱们这地儿不能进生人。"

温初柠站在那里,说:"好。"但是放眼朋友圈,游泳队的人她就认识安东和张文博了,平日里也没什么交集。

温初柠犹豫了几秒,给张文博拨了一通语音电话。

谢宴霖落着车窗看她。

夏天晚上的风还是挺凉快的,他把手搭在车窗上,就这么看着外面的温初柠,二十来岁,步入社会了,却好像还有着等待一个人的韧劲和勇气。

这都是他没有的,他生活里的每一步都要精打细算,资本家的时间就是金钱。

他有时也会发现自己有点关注温初柠,找不到原因,如果一定要说,那大概就是从她身上看到了自己校园时代的一段美好。

他家境不错,当初毕业时,父亲在高林国际有股份,直接把他推了进来。其实这样压力很大,要做出点名头才能不被人当作"关系户",结果他也正是忙于工作,才短短几个月,女友就以受不了异地为缘由提了分手。

分手都是在电话里说的,两人面都没见,谈了几年的感情就那么在电话里结束了。

当初他分手的时候,应该就是在温初柠现在这个年纪。

温初柠给张文博打了语音电话,张文博刚好和游泳队的几个人一起回寝室,冷不丁一个语音电话弹进来。

张文博一拿出手机,几个人男生凑过来看,意味深长地"哦哟"了声。

"你们别闹,温初柠是谁啊?"张文博挠挠头,"一澜哥的青梅竹马?"

几个人咂咂嘴。

张文博推开人，接了语音电话："小柠姐？你怎么打过来了？"

"我在你们宿舍门口，你有空吗？"

张文博愣住："我们宿舍门口？你等等啊，我马上出来。"

温初柠在原地等着张文博，几年不见，张文博也大变样了，以前才一米八七，这也快蹿到一米九了。

一见到温初柠，他问："小柠姐，你怎么过来了？"

"陈一澜……"温初柠挎着包看着他，"他回来了吗？"

这架势……张文博愣了一下，小心翼翼开口："你们……"

张文博没谈过恋爱，纯情又直球，犹豫半天又问："你们是分手了吗？"

"在你梦里分的？"温初柠听见"分手"这俩字，像被戳中什么，一腔悲愤，"他在吗？你把他给我叫出来。"

"叫出来"这三个字儿一说出来，温初柠觉得自己心里找到了一个宣泄口，风一吹，她更清醒了一些。

张文博尴尬挠挠头："一澜哥今天才回来，他没住在我们这个区的宿舍，在运动员公寓，我把地址发你好了。"

"那你现在发我。"温初柠非得要个答案。

张文博摸出手机，发给她一串地址，然后犹犹豫豫地说："小柠姐，你别冲动啊，你怎么喝酒了？"

"喝酒壮胆，"温初柠瞎扯了一句，"我去了。"

"行……"张文博傻乎乎站在原地。

温初柠又转身，盯着他看。

张文博又是一激灵。

"谢了，张文博，"温初柠看着那串地址，浪潮在心底翻涌，"你是我今天的恩人。"

"不至于不至于，"张文博连连摆手，"百年好合百年好合。"

"真的，谢了。"

"你别跟我客气了，你快去吧，小柠姐，我们明天要报到，一澜哥可能睡得早。"

"行。"温初柠提起精神，这才反应过来，自己有点恍然无措。

她在地图上百度了位置，其实很近，于是一路小跑过去。

等在外面的谢宴霖看她跑，开车慢慢跟上："你往哪儿跑？"

大半夜的，这边又偏，于情于理他都不能扔她一个人在这儿。

"您回去吧，我要去找陈一澜了。"

温初柠拎着包狂奔，谢宴霖无奈，再往前开就是一个路口，路口红灯，他只能眼看着温初柠拐了个弯，还是散了。

这是个中等新的小区，离训练基地很近，只是温初柠还穿着高跟鞋，跑得不快，脚踝开始疼，但她全然不顾。

一路跑进大厅，温初柠按了电梯上去，寻到门牌号。

隔着一扇门，温初柠的呼吸不稳，她除了有点困，酒意已经在一路狂奔中散掉了。

她紧张，心都快跳出来了。

温初柠抬手敲门。

"扑通，扑通——"心跳跟打雷似的，走廊又静谧，心跳声分外突兀。

在她敲到第三次的时候，门开了。

温初柠几乎是条件反射地一抬头，却发现开门的人不是陈一澜，是安东。

"我俩合住的。"安东淡淡说了一句，给她让了路。

她和陈一澜的关系，安东也知道。

闻言，温初柠抿抿唇。

这是个不大的两室一厅，房子空荡荡的，没什么烟火气，地上放着几个行李箱，看起来他们的确像是才回来。

安东给温初柠指了指一边的门。

温初柠站在外面，这回她分外确定，推开门，就能看到陈一澜了。

安东低声说："他应该还在收拾行李，我先去睡了。"

"好。"温初柠点点头，看着安东回了自己的房间。

她深呼一口气，在脑中想着——

见到他该说什么？

这么突兀地出现在这里，该说什么？该是什么表情？

都没想清楚，温初柠就直接伸手推开了门。

是一间还算宽敞的卧室，地上摆着打开的行李箱，床铺看起来才刚收拾好，外套扔在床上，灰色的窗帘遮着光，只有浴室里传来"哗啦啦"的水声。

温初柠站在房间里，就这么一瞬间，她想哭，把眼泪憋在眼眶里，死活不能哭出来。

但是哪儿控制得住啊，看着陈一澜扔在床上的外套，空气里好像还残留着那种熟悉的气息。

她是真的两年多一面儿都没见到他，比赛上也没有。

禁赛其实只有一年就结束了，陈一澜在第二年可以参加比赛，可是也没有。

温初柠一遍遍地看陈一澜以前的比赛镜头，她一直记得他的味道。最后见面那次她穿的那身衣服一直挂在衣柜里，好像这样，还能让嗅觉想起他。

浴室里的水声停了。

温初柠也不知道是怎么，突然上头了，额头的血管因为急切而一跳一跳的。

来都来了，多看一秒是一秒。

这样想着，温初柠直接推开了浴室的门。

浴室里水汽氤氲，让一切蒙着一层朦胧不清的雾气。肩宽腿长的男人只围着浴巾，站在镜子前咬着牙刷。

两年多不见，他变了吗？

变了。

身材好像更加结实了，少了少年的青涩稚嫩，多了一些男人的稳靠。

从肩颈至结实的脊背，立体流畅，性感得不像话。侧颜的线条依旧瘦削挺括，短发湿透了，露出光洁白皙的额头，整张脸干净，轮廓分明。

时间好像在这一刻静谧起来，温初柠的心跳激烈极了。

很多很多让她辗转反侧的想念，像在海上的孤舟，今天终于漂泊到岸。

温初柠站在浴室外，眼泪突然就掉下来了，她都没顾着地上有水，就往他身上扑过去。

陈一澜转身，都还没反应过来，她就结结实实抱住了他，把脸贴在他的胸口，两只手很用力地抱着他的腰。

他的手还拿着牙刷，在这么一瞬间，僵在原处。

"陈一澜，我来找你了。"温初柠闭着眼睛，又重复一遍，"我来找你了。"

"我在刷牙。"静默了好一会儿，陈一澜终于开口说了第一句话。

"你刷。"

"你抱着我，我没法刷。"

"那我不管。"温初柠铁了心不松手。

陈一澜放弃抵抗，转身接水漱口，温初柠就这么跟个树袋熊似的挂在他身上。

他放下牙杯时，她的倔劲上来了："我不松开。"

陈一澜低头看她。温初柠的头发还是离开时候的那个长度，气味淡淡的，像是喷了点香水，只剩下一种很浅很浅的茉莉味道。

温初柠不敢抬头，生怕让他看到她发红的眼眶，还有她忍不住的眼泪。

他的胸膛温热潮湿，她清晰地听到他有力的心跳声。

上次抱他，都是很久前了。

这两年里，说起来也是奇妙，她一次都没有梦到过陈一澜。

她迷信了一次，故意在睡前一遍遍听着那些他发过的语音，一遍遍地看他的照片——她换过几回手机，但是把和他有关的内容都加了收藏。

好像这样，就能祈求上天，让他今晚进入她的梦中。

可是一次都没有。

有人又说，你越是想什么越是没有什么，她睡前不想他不念他，可是还是梦不到。

"温初柠。"陈一澜叫她的名字，平缓而低沉。

"我不走，"温初柠拒绝，"我不走，也不松手。"

固执，倔强。

陈一澜由着她抱了几分钟，突然微微弯腰，索性将她打横抱了起来。

就这么一瞬间，温初柠猝不及防对上他的视线。

陈一澜的眼睛依旧深邃好看，是形状极好的桃花眼，但气质清冷，所以更多了一种稳重深沉的禁欲感。他的皮肤依然白皙细腻，鼻梁挺拔，薄唇，下颚线条拓然。

温初柠吸了吸鼻子，手搂着他的脖子，就这么直勾勾地看着他。

陈一澜把她放在床上，然后起身在行李箱里翻到一件新的T恤递给她，说："换了。"

"我穿这个吗？"温初柠看着他手里黑色的T恤。

"不然你准备穿你这身睡？"

温初柠低头看了看。自己今天穿了通勤的西装外套，一条黑色的修身半裙，外套里面是一件薄薄的白色雪纺衬衫……

还因为刚才去抱他,胸前湿了一小块。

她今天里面穿了一件浅色的内衣,这会儿也露出了一点轮廓。

温初柠的脸颊涨红。

她赶紧抓起T恤,脱了高跟鞋就往浴室跑。

陈一澜站在原地。

温初柠关了门又打开,警告似的说:"你不许走!"

"不走。"

"那我叫你,你要答应。"

"知道了……"

温初柠放心关上门,站在浴室里,外面静静的,她两只手捂着胸口。

温初柠的心剧烈跳动,泵出的热血往脸上蹿去,这一瞬间,她好像想到了很多年之前,在那个摩天轮上,陈一澜跟她说的那些话。

——温初柠,答应我个事儿呗,二十六岁前不许谈恋爱。

那种似是而非的、没有挑明的心思,好像在无形中得到了一种回应。

那天她的脸滚烫。

温初柠伸手摸了摸脸,几次三番地调整呼吸,这才冷静了几分。

她拧开花洒——

"陈一澜?"

"在。"

温初柠又叫了他两声。

陈一澜顶多慢一秒就回答了她。

陈一澜站在原地,听着浴室里"哗啦啦"的水声,感觉像做梦一样。

他今天晚上才下了飞机过来,行李都没收拾完,温初柠是一路跑过来的,他看出来了。

在她推开门的那一瞬间,他就在镜子里看到了她。

看到她微喘着,头发有些乱。

她好像没变——但是越来越漂亮,化了薄薄的淡妆,依然是一张小小的瓜子脸,杏目干净澄澈,看到他的那一瞬间,她眼眶就红了。

也是在那一瞬间,陈一澜的心里像有什么东西碎掉了。

这回,是他把她惹哭的。

温初柠吹头发的时候，又叫了陈一澜一声，陈一澜没回答。

温初柠放下吹风机，开门前犹豫了一秒。

他只给了她一件 T 恤。

裤子呢？虽然这件 T 恤也挺安全，到了大腿的位置。

温初柠眼一闭，拉开门出来。

陈一澜穿了一件白色的宽松 T 恤，配一条黑色的运动短裤，短发依旧是有点乱乱的样子，他的身形落拓颀长，线条凌厉而分明，T 恤领口下的脖颈也性感，喉结微动，刚才没来得及细想的画面涌上脑海。她还记得他喉结一侧有一颗很小很小的痣，有一种漫不经心的性感。

陈一澜正拿着一个玻璃杯，用勺子搅了搅。

他撩眼一看，温初柠是洗完澡了，只穿着那件黑色 T 恤就出来了，还光着脚，赤裸在外面的一双腿笔直白皙，匀称漂亮。她好像确实瘦了些，又或者是他的 T 恤太宽松，显得腰部有些空，反而衬出了一截细细的腰线。

他回头看了一眼，安东房间已经熄灯了。

温初柠看到陈一澜的时候心才落回去，老老实实进了卧室。陈一澜走过来，把玻璃杯递给他。

温初柠问都不问就喝了一口，温热而清甜，是蜂蜜水。

"喝酒了？"陈一澜问了一句。

"是工作，喝了半杯葡萄酒。"温初柠"咕嘟咕嘟"把水都喝光，然后把杯子递给他。

陈一澜给她拿了一条薄毯放在床边。

"你睡哪里？"温初柠酒早就醒了，这会儿坐在床上，腿碰到柔软的床单，连触觉都敏感起来。

"睡沙发。"

说着，陈一澜拉开柜子。这里面的东西都是耿教练早就给他们准备好的，有多余的换洗床品。

陈一澜拿了个枕头，视线扫了温初柠一眼。

——今晚要是睡这儿，危险指数是直线飙升。

"不行。"温初柠立马回道，"沙发那么小，你明天起来会腰痛。"

陈一澜站着没动，手里拎着一个新枕头。

温初柠干脆趴在床上，越过去抓住他的手腕，把他拉回来，然后在床上一滚，抖开薄毯，把自己裹住："睡在这儿。"

"温初柠。"陈一澜又沉声叫了一遍她的名字。

"在这里睡。"她还挺固执。

陈一澜没说话，像是妥协了，他弯腰在行李箱里翻了翻。

温初柠就躺在床上，抬头看着他翻。

陈一澜从行李箱夹层里拿出一次性的消毒棉和创可贴。

"起来。"

温初柠乖乖坐起来，转了个身，挪到床边。

陈一澜在她面前蹲下，一只手托起她的右脚，看到她脚踝那边红了一大片。她一路跑过来，原本贴着的创可贴早就脱落了，那时心情激动，迫不及待地来见他，都没什么心思分给疼痛一些。

冰凉的消毒棉贴在脚踝上，温初柠疼得倒吸一口冷气，大概是磨破了皮，酒精刺着疼。

陈一澜攥着她的脚踝没松手。

温初柠不敢乱动，陈一澜用指腹蹭了蹭她踝骨，指腹柔软而温热，有种粗糙的摩擦感。

她低头看着他，恍然间，记忆就回到了那年在淮川外国语大学的宿舍楼下。

那会儿她是悸动，这会儿，比起悸动，更多的是一种说不清道不明的酸涩。

她的心仍然会为他悸动。

陈一澜托着温初柠的脚踝，贴了一个创可贴，把垃圾丢进了房间的垃圾桶里。

房间里亮着顶上的大灯，陈一澜走到墙边关了灯，反手开了另一边的灯带，是嵌在天花板内侧的灯带，只有一点暖色的光，笼着整个房间。

这个房间挺大的，床的对面隔着一条走道，是落地窗，灰色的落地窗帘掩着夜色。

温初柠缩在床的一侧，陈一澜把枕头放在旁边，新拿了一床薄毯。

温初柠转头看他。

两人挨得很近，近到陈一澜不用转头，都能感觉到她在看着自己。

他知道，她在等他开口。

该说什么？

陈一澜闭了闭眼睛，又睁开。

"温初柠，我没拿金牌。"

这句话他说得有点沙哑又平淡，却好像藏着很多种情绪。

温初柠抱着毯子翻了个身看着他。薄薄的暖光镀在他的脸上，轮廓更深刻了，却也有一种淡淡的落寞。

温初柠趴在他身边，披着毯子。她有几分钟没说话，陈一澜转头看向她。

温初柠的长发都拢在左肩，露出来一张秀气白皙的脸，她的眼睛一眨不眨地看着他，清澈异常，像是思维迟钝了一秒，在思考怎么回。

陈一澜心情其实还挺复杂的。那年出了那事儿，他想了很多，火气和憋屈肯定是有的。耿教练死死摁着他不让他出头，让他把一切交给自己和姜平去处理。

耿教练也是为了他好。明明有望参加奥运会却被禁赛，出了这事儿，除了对不起教练，再就是，愧对于她。更甚至是另一种复杂的情绪，对未来的迷茫——没有金牌，没有兑现承诺，白白让她等待很多日子，她已经为此等了很久。游泳运动员的退役年龄是真的早，这意味着，下一次奥运会，这是他有且仅有一次的机会。

能不能行呢？他也迷茫，也不确定。他不想让她的等待等成一场空。

分隔开的日子里，他不是没有关注过她的生活。

只是那会儿他被送到了洛杉矶的私立封闭训练基地，因为禁赛不止不能参加比赛，还不能参加正式的集训，但是为了职业生涯和训练质量，他必然不能松懈，枯燥的训练比以往更为严格自律。

而且禁赛期也需要时刻申报详细行踪，以备突击检查。

陈一澜知道温初柠去了英国读研，那天他反复地看着她发来的微信，失眠了很久很久。

怎么不想联系啊。

怕她耽误了学业。

因为洛杉矶跟伦敦的时差，怕打扰她休息，还怕她冲动。

况且他封闭训练，没有什么外出的机会，更怕自己再次失约。

那会儿陈一澜是真的迷茫，情绪和状态陷入颓靡低谷。

温初柠在越来越好，他想啊，他的温初柠那么优秀，要是被别人喜欢上了呢？但是这想法转念就没了，温初柠说的等，就一定会等的。

可万一呢，万一他真的一事无成呢？站在她身边，他自己都觉得过不去。而且那会儿，陈一澜知道，谢宴霖是高林的副总，去过英国几次。

这种微妙的感觉在于，有另一个男人，在似是而非地对温初柠有一种男人的好感，尽管谢宴霖确实没有表露过分毫，但陈一澜能一眼就察觉到。

他因此有些闷燥。

正这么想着，突然一道身影压过来，直挺挺地趴在他身上，两只手捧着他的脸亲下来。

温初柠不会接吻，就这么莽莽撞撞亲过来，把柔软的唇压在他的唇上，两只眼睛看着他，一眨不眨的。

这算哪门子接吻？

陈一澜两手搭在她腰上，只隔着一层薄薄的衣服，在淡光下，温初柠的身体柔软而真实。

朦胧的潮湿感，还有很浅很浅的酒味。

"我不管，陈一澜，我等的又不是金牌，我等的是你，"温初柠的脸颊滚烫，也不顾着形象，急匆匆又执着地说，"重要的一直是你。你如果不想要金牌，没关系，我跟你去哪儿都行……我都工作一年了，我能……"

"养你"俩字还没说出来，陈一澜慢慢开口："别说傻话。"

温初柠也不下去，就非得赖在他身上，她看着他，看着看着就眼眶发酸。

黑夜太安静了，这里又僻静，静到连呼吸声都分外清楚。

温初柠抬手抹了一把眼睛，不想让眼泪掉下来，她的睫毛湿成了一簇一簇的，眼睛直勾勾地看着他，像很久很久以前，什么情绪都藏不住。

"不行，我就要！"温初柠固执地说，"你说去哪儿我们就去哪儿，留在燕京也好，回临江也好，去淮川也好……我跟着你。"

"让你养我算什么本事？"陈一澜也抬眼看着她，说出来的话在黑夜里很清晰。

温初柠不说话，抿了抿唇，好像在想着怎么回答。

陈一澜就这么看着她，两年多不见，她一直是那个坚定地在原地等他的人。

她确实变了点，褪去了以前的稚嫩。

坦白说，陈一澜算是看着她长大的，小时候的温初柠还是一张小圆脸，有点婴儿肥，动辄嘴巴一扁就开始哭。那会儿家属院别的男生都贪玩，她一哭，大家都跑了。

只有陈一澜折回来，坐在温初柠旁边陪着她，然后温初柠就屁颠屁颠跟在他身后。究其原因呢，是两人住得最近，两人的妈妈关系好，于情于理陈一澜都默许了这个小跟班。

再后来呢，温初柠跟个小豆芽菜似的，跑起来带风，一听见陈一澜回来了，一阵旋风一样从楼上跑下来，一边跑，一边喊："陈一澜，你回来啦……"

她头回看他比赛，那还是个小型的市级比赛，掉了几颗牙，说话漏风，跟着一群小孩，在栏杆外探着半截身子，声嘶力竭地喊"陈一澜"，只可惜牙漏风，喊了半天都是"岑一澜，岑一澜……"

当时旁边的孙嘉曜都快笑抽了。

再往后面想想，小姑娘不知道什么时候长大了，看他的眼神有点闪躲，动不动就脸红。那会儿陈一澜也是迟钝，好半天没反应过来，还当着别人面问了一句："你看见我脸红什么？"

温初柠恼羞成怒，跑了。

事后孙嘉曜跟陈一澜挤眉弄眼，说："你是游泳游傻了，就看不出来？"

当时陈一澜还挺莫名其妙。

这种感觉是从什么时候开始萌生的呢？他也说不清楚。只是一想到温初柠的名字，就先想到那张笑脸，还有泛着光的、发亮的眼睛，让他莫名开始心跳加速，甚至多了些别扭。

直到现在，这种感觉越发清晰，甚至有了点坦荡、坚定的苗头。

在别人都只关注他成绩的时候，温初柠是唯一一个为他加油，只关心他累不累的那个人。

从始至终。

从天真无邪，到他的青春懵懂，再到二十四过半。

时间是个残酷无情的漏网，像浪中淘金，有些人，仅仅是遇见，已经是千载难逢。

温初柠憋着眼泪，结果还是没控制住，一滴泪滚下来，砸在他的下巴上，温热的水痕碎开，他心里绷着的那根弦，断了。

陈一澜伸手抱住了她。

"哭什么？"他嗓音有些沙哑，手搭在她的背上，"我在这儿呢。"

"陈一澜你别这样,我一点都不在乎你拿不拿金牌,我只在乎你回不回来……"

温初柠把脸埋在他脖颈处,哭得稀里哗啦的。

陈一澜拍拍她的背,很慢很沉地问:"委屈吗?"

温初柠不知道这个"委屈"指的是什么,她摇摇头:"我想你,我见不到你,我挺委屈的,但我知道你会回来,我就不委屈了。"

陈一澜静默了几秒,像是在想什么。温初柠像八爪鱼似的搂着他。

"温初柠,你这几年都耗我这儿,你后悔吗?"

温初柠抬起头来,已经不哭了,她的眼睛有一种水洗了似的清亮,坚定地看着他:"陈一澜,我考淮川外国语大学,是为了想离你近一点,以前我的成绩根本考不上它的,是你跟我说的,那是咱俩的约定,我也做到了。我又不是什么恋爱脑,我只是想跟你说,你在很久很久以来,都是我去努力的动力,我一点都没后悔过。"

陈一澜拍了她的后腰一下:"起来。"

"不起。"

"出事了你打算今天负责?"

温初柠起先还没明白这个"出事儿"是指什么,还疑惑地腹诽:我不就坐在你腰上了?

突然,温初柠想明白了什么,赶紧从他身上下来,麻溜躺在他身边,脸颊烫得不像话。

她在床上滚了一圈,又滚回来,凑近他身边:"负责也不是不行。"

陈一澜终于弯唇淡淡笑了一下,慢慢说:"温初柠,我只有一次机会了。"

"我知道,"温初柠趴在他身边,"我不耽误你训练,但是我想你答应我一件事。"

"什么事?"陈一澜转头看她。

小姑娘趴在他身边,两条白皙的腿晃了晃,细细的一截手腕托着下巴看着他。

"我不要你一定拿金牌,你已经很好了,你以前拿到过那么多次金牌。"温初柠吸了口气,像是做了什么决定,她仔细回想那天陈一澜对她说那句话的时候是什么表情来着,她当时慌里慌张,都不太敢跟他对视。

她想不到了,薄薄的脸皮很烫,视线垂了垂,又落在他眼睛上:"你退役前,嗯,对我负个责,过分吗?"

那句话是这么说吗?

——你二十六岁前不许谈恋爱,过分吗?

陈一澜微愣了半秒,像是也想起了什么,他低声一笑:"不过分。"

"就是委屈你了。"他又说了一句。

"这有什么好委屈的,你又不是普通人,我们谈个轻轻松松的小恋爱就好了,你可是陈一澜,是十七岁就能参加那么多比赛的陈一澜,是十七岁就能进国家队的陈一澜。"温初柠看他的时候眼睛熠熠生辉,"我这算什么委屈,陈一澜,翻译我做了,我在这儿等着你。"

从某些方面来说,她的感情确实有些"伟大",因为他的荣誉,因为他的身份,注定不能在这个二十岁出头的年纪,像别的情侣似的牵着她的手去旅游、去看电影、去吃很多她喜欢的东西。温初柠一开始确实也觉得挺委屈,但是转念一想,这是陈一澜啊,陈一澜又不是普普通通的陈一澜。

她愿意。

她愿意等着他。

他不只是陈一澜,他是她漫长难熬的青春里,最特别、最特殊的陈一澜。

是她梦想的动力。

"以后不会让你委屈的。"

陈一澜转头看着她,眼神中多了一种男人的稳重和坚定。

温初柠笑了,凑过去亲了他一口,对他伸出小拇指:"拉钩啊。"

"拉钩。"陈一澜的小指钩住她的,结果牵住之后,不松手了。

温初柠顺势躺在他身边。

陈一澜迷茫了快两年,在看到她的时候,拨云开雾,好像终于见到了天明。

他想起了她以前站在台上说的那一句话——

唯有热爱抵万难。

他的热爱,是泳池,更是她。

唯有热爱抵万难。

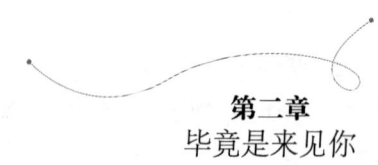

第二章
毕竟是来见你

陈一澜一夜没怎么睡着。

温初柠老老实实躺在他身边，其实也跟他差不多，两年多不见，她都舍不得睡着。

尽管明天还要上班，尽管现在凌晨了，温初柠想起来一个词儿，叫报复性熬夜。她现在就是报复性不睡——两年没见的人在自己身边，她连合眼都舍不得。

"陈一澜。"万籁俱寂，温初柠叫了他一声。

"嗯？"陈一澜也没睡着，闷闷地应了。

温初柠翻了个身，脑子里轻飘飘的，莫名想起来今天晚上这饭局，又想到那场电影，回忆就被拉到了很多年前。

"睡吧，"陈一澜打断她准备酝酿的情绪，"我明天早上六点多起来，你多睡会儿，晚上你不一定能过来了。"

"为什么？"

"这是运动员公寓，明天开始会有门禁。"

"那我怎么办？"温初柠这句话问出来，空气都安静了几秒钟。

温初柠转头看他。陈一澜闭着眼睛，外面正好开过去一辆车，一束光扫过，他的轮廓清晰了一秒又黯下去，温初柠困了，还是撑着精神看他。

"我在训练期，每天只能有两个小时的空闲时间，我去找你。"陈一澜回她。

温初柠"啊"了一声："这么紧张吗？"

她知道运动员的训练期很辛苦，但是没想到每天就两小时的空闲时间，一时间，温初柠的脑子有点错乱。

这还真不是个好时机。

陈一澜转头看向温初柠，黑漆漆的眸子有点疲倦，却有种坚定的光。

"是见你。"陈一澜说，"确实没什么多余的空闲时间了，但再紧张也要见一面。"

温初柠吸了吸鼻子，再紧张也要见一面，戳中了她心口最酸涩的地方。

温初柠往他身边凑了凑，钻进了他的薄毯中，伸出一只手抱住他的腰，脸也贴在他身边。她到底是有点困得撑不住了，含混不清地说："陈一澜，我就是突然想起来，很久很久前，你对我说过的三句话……"

"哪三句？"陈一澜由她抱着，她温温软软的身子贴着他，她的头发还有一点点潮湿，淡淡的香气绕在鼻尖。

"你那天说你只有三句话告诉我，你说陈一澜永远在你身边，你比谁都好，别忘了咱俩的约定……"小姑娘是真困了，声音软趴趴的，又轻又柔，"陈一澜，我也是，温初柠永远在你身边，你比谁都好，别忘了咱俩的约定……"

陈一澜弯了弯唇，低头看着她。

温初柠在他怀里合上眼睛了，盈白的小脸，眉眼秀气，长长的睫毛下叠着，尖润的下巴还在他肩膀附近蹭了蹭。

陈一澜轻轻抬手，为她拉了拉薄毯。跟着他，确实这些年会挺辛苦的，他缺少了本应该给她的很多陪伴，所幸的是，她还是一如既往的坚定。

他不会让她的喜欢找不到他了。

再坚持坚持吧。

温初柠没一会儿就睡着了，几绺长发散在脸边，陈一澜轻轻伸手，拨了拨她的发丝。

"忘不了的，"陈一澜很轻很轻地说了一句，"不会走的。"

也不知道怀里的人是听见了还是没听见，她手指勾了勾他的衣服。

温初柠第二天起来已经八点多了，下意识往旁边一看，人已经不在身边了，说没失落肯定是假的。

她从床上坐起来，这样见一面已经很开心了，只是见了一面，生活也得照旧，她今天早上九点多还得打卡上班。

温初柠起来就扎进浴室洗漱了一番。

出来的时候，看到桌上放着还热的豆浆和生煎，旁边留了个字条。

温初柠拿起来看了看，是陈一澜留给她的。

【不能陪你吃早饭了，你吃完再去上班。】

温初柠笑了一声，坐在桌前认认真真吃完，收拾了桌子。

这是陈一澜和安东住的公寓，两人客厅里也没多少东西，温初柠回了陈一澜的房间，从旁边的沙发上拿起了自己的裙子和衬衫，整了整重新穿上，思虑了一会儿，还是得回家换身衣服。

外面不远处就有一个地铁站，温初柠一路跑过去，公寓外面就是一个大型的运动场，温初柠路过时停了停脚步，下意识往那儿看。

昨天晚上来的时候都没太留意，这就是燕京水上训练基地。

她站在外面远远看了一会儿，也没看到陈一澜的身影，心情却好了起来。她坐地铁回了自己的公寓，换了一身衣服，想起来昨天邓思君说的允许她晚去一会儿，这才闲了点时间，化了个淡妆。

出门前，温初柠给陈一澜发了个地理位置，补了一句：【我家在这里。】

她发完之后也没盼着陈一澜能秒回，抓起包就赶去上班。

到了公司打卡，温初柠心情不错，意气风发的，脸上还带着笑，跟平时公司里别的同事说的清冷不太搭边。

小组晨会报告的时候，谢宴霖还往她这儿看了一眼。

从会议室出来，笔译都看出来了，问道："小柠，你今天怎么这么高兴？"

温初柠整理着桌上的文件，笑着说："我男朋友回来了。"

笔译是一个短发的姑娘，叫姜晴。温初柠平时朋友圈也不太发，平时几个姑娘聊感情，温初柠也基本不接话，冷不丁一说男朋友，姜晴都惊了，下意识问道："你什么时候有的男朋友？"

"他平时不在这边啦。"

"异地啊？"

"差不多。"

可能比异地还难。

"那平时也不见你们联系啊，你男朋友是军人吗？"姜晴好奇起来了，"咱们组里小白也是跟男朋友异地恋，天天打电话。"

"对，他不太方便，"温初柠笑了笑，"就是，我们从小就认识的。"

"哇，青梅竹马！"

温初柠脸红了，把手里的文件递给她："姜姜，这个等会儿你核对一下，检查之后给组长送过去。"

"行！"姜晴爽快应下。

隔壁办公室的隔间门打开了，邓思君拿着报表出来，单指叩了叩温初柠的桌子，笑着说："小柠，谢总找你。你昨天晚上没事吧？"

"没事的，给组长添麻烦了。"

温初柠不能喝酒也不是一天两天了，昨天饭局上有人推过来一杯葡萄酒，邓思君想给她挡一下来着，结果她一口气喝了半杯。

"你没事就行，快去吧。"邓思君说完，就回了自己的位置上，翻看着桌上的合同和文件。

温初柠抿抿唇，多少想起了昨天晚上的尴尬事，半杯葡萄酒，不至于让她把所有东西都忘了。

姜晴拉住她，给了她一个宽慰的眼神。

虽然从来都没有点破，谢宴霖也从未表露出对温初柠的什么特殊来，但是有时候这眼神多在她身上停留一秒，就能让旁人心领神会。

温初柠心里掂量着怎么启口，毕竟这话太尴尬了，你说明白，万一人家真只当你是个勤奋努力的员工多看一眼呢？你不说明白，结果就好像哪儿怪怪的。

温初柠犹豫几秒，推开门，进去。

谢宴霖坐在办公桌前，白色的衬衫规整，没打领带，深灰色的西裤，正坐在办公室里看电脑屏幕。

他的办公室也不太大，外资企业氛围不错，组长领导都是精英人士，没什么隔阂和职场的尊卑。

他办公室里放着不少书，背后还有几个相框，里面都是他在淮川外国语大学时的相片。

"谢总。"温初柠走过去。

"正好，你等会儿把昨天会议的记录整理一下发我工作邮箱，下周咱们有个文化咨询会，去淮川，大概是去一周，合作方订了酒店和两天游玩的票，提前和你说一声。"谢宴霖把一沓文件递给她，"这个是项目的会议提纲和安排，你有时间看看。"

"好。"温初柠接过来,松了一口气,但是没走。

谢宴霖抬起头来看她:"还有事吗?"

"谢谢昨天谢总送我过去,给您添麻烦了。"

温初柠觉得,至少有必要道个谢。

"没事。"谢宴霖说,"不管怎么说,你一个小姑娘在外,我都不能把你放那里。"

温初柠觉得到口的话有点不知道怎么说出来。

"见到了吗?"还是谢宴霖先问的。

"见到啦,"温初柠又松了一口气,"挺好的……那我就先回去忙工作了,谢谢谢总。"

谢宴霖没多说什么,温初柠觉得挺像是自己想多了,又或者说,这样的答复已经足够清晰了,于是回了座位上。

邓思君的位置就在温初柠后面不远,她坐在椅子上往温初柠这边靠了一下:"小柠,你是不是大学时还修过法语?"

"对,修过。"在淮川外国语大学的时候,温初柠主修的是英语,还修了第二门语言,当时选课表上很多小语种,温初柠选了法语。

"正好,咱们有个合作方是法国的,我还愁着要不要临时外包一个法语翻译,你看看你能处理吗?"邓思君把文件从邮箱里发给她。

温初柠看了看自己的电脑,说:"能的,应该没有问题。"

"那就行。小晴,你有第二外语吗?"邓思君没急着忙。

"西班牙语,我主修英语,辅修是西班牙语。"

"你们两个都是厉害的,我太放心了。"邓思君问,"小柠,谢总和你说了我们下周要去淮川出差的事情吗?"

"说了,七天对吧。"

"对的,也能当个小假期了。这次工作应该不忙,我看合作方定的地方蛮好的,是一个温泉度假区,那边好像有什么运动比赛。"邓思君说,"咱们燕京分部是做项目投资的,这次的合作方是几个运动品牌,不晓得能不能见到几个运动员哦。"

"哈哈,你们看不看运动会啊,前不久我就看了一会儿奥运会,简直太帅了,果然帅的都在国家队。"姜晴接了一句话,"思君姐,这次我能跟着去吗?"

"能啊，你手里没有项目的话，你去问问谢总。"

"行，没有问题。"

温初柠简单地翻译了一下邮件重新给邓思君返过去，邓思君挺满意。

温初柠忙活完今天的工作，难得正好是下班的点，温初柠打卡下班，见邓思君还没忙完手里的东西，她打了个招呼就和姜晴一起下了楼。

以往她俩关系不错，偶尔下了班一起约个饭。

两人一块儿从电梯里出来，姜晴一眼看到大厅休息区坐着的人。

"小柠，你看那边，那个人好帅。"姜晴碰了碰温初柠的胳膊，示意她往休息区那边看。

温初柠抬头看过去，一下就看见了坐在单人沙发里的陈一澜。

还是夏天，天黑得晚，下午五点多，天气很好，落地玻璃外种了不少银杏和梧桐，遮下了影影绰绰的光。

陈一澜坐在那里，穿着黑色的休闲长裤，白T恤，外面搭了一件浅色的衬衫，他只是随意地坐在那里看着手机，手腕的线条修长而清晰，身形挺拔而坚实，肩宽腿长，侧脸的轮廓立体，有种男人的稳妥，也有着少年的清爽。

陈一澜好像跟温初柠心有灵犀，转头看了一眼，然后收起了手机，朝她走过来。

"我的妈呀，好高啊！温温，怎么朝你走过来了……你男朋友？"姜晴感叹了一句，随即震惊地看着温初柠。

温初柠有点脸红，不好意思地说："那我先走啦，明天再见！"

温初柠往陈一澜那边小跑过去，挽住了他的手，陈一澜顺势扣住了她的掌心。温初柠不用回头看，也能猜到姜晴震撼的眼神。

温初柠挽住他往外面走，心"怦怦"直跳，没想到就两个小时的工夫，他居然过来了。

温初柠今天学乖了，穿了一双平底鞋，还是通勤的装扮，白色的雪纺衬衫，换了一条半长裙，到膝盖下方的位置，勾勒出细细一截腰线，长发扎成了松松的马尾，露出一张小脸白皙纤巧。

陈一澜下意识低头看了一眼她的脚踝，已经好多了，那儿贴着创可贴，周围的皮肤还是有点泛红。

"你来很久了吗？"温初柠被他牵着手，干燥温热的手掌有力地牵住她，她就有点忍不住心跳加快。

"刚到十分钟。"陈一澜低头看了一眼,温初柠的心情是真的藏不住。

温初柠抬头看他,因为身高差的缘故,她怎么看怎么都有点撒娇的意味。

"你吃饭了吗?"

"在食堂吃的。"

"那你陪我去一趟超市吧,我正好要买点东西。"

"好。"

温初柠自觉没说跟他在外面吃,自从上次的事件之后,陈一澜的饮食已经严格被耿教练管控起来了,每天吃什么都要报备检查。

说起那阵子也是不易。也正是上次的事件之后,陈一澜隔三岔五就被突击检查,饮食一度成为了最重要的事情。

温初柠家附近有个便利生鲜商场,她拉着陈一澜过去。温初柠平时都在家吃,有时候忙起来会叫外卖,偶尔组里聚会会在外面吃。

思来想去,两小时看个电影都不够,但是温初柠已经很满足了。

陈一澜推着购物车,温初柠随便买了点速食食品打算放在家备着,末了去挑了几盒水果。

生鲜超市也就在她小区的楼下。她拎着包,陈一澜帮她拿着东西,两人走进电梯的时候,后面又进来几人。陈一澜站在一侧,温初柠站在后面。

又进来两个大爷大妈,是住在温初柠楼下的,看见温初柠和陈一澜站在一块儿,大爷大妈开启了话痨模式——

"哟,这是?"大爷拎着一兜橘子。

温初柠有点不好意思:"我……我……"

说着,她往陈一澜那儿看了一眼,窘迫得不行。

陈一澜站在她旁边,肩宽腿长的,微微侧了个身,拉着温初柠的手晃了晃。

大爷大妈的眼神意味深长。

"我就和你说住咱们楼上的丫头有对象你不信,上回进来你非得给人介绍对象,人家都说有了,"大妈掐了一把老伴,"看人家对象一表人才的,要你多管闲事!"

"有了?"大爷耳背,回过头来打量陈一澜,"我看你平时也不着家,老婆怀孕了,男人得顾家点。"

"没有啊,大爷……"温初柠哭笑不得,"真没呢!"

"我懂,头仨月不能说。"

越说越离谱了。

温初柠朝陈一澜投去求助的目光,陈一澜却只看着她笑,薄唇微微上扬,一双桃花眼挑笑的时候,总能让人脸红心跳。

温初柠干脆红着脸不说话了。好在是大爷大妈先到,给她塞了几个橘子就先走了。

温初柠尴尬得不行,站在原地面红耳赤。

陈一澜按了关门键,一时间电梯里就只有他们两个了。

"还有人给你介绍对象了?"陈一澜还牵着她的手,转过身子来,随意地靠在电梯墙壁上,视线落在她脸上,语气稍稍扬着。

"哪有。"温初柠窘迫。

"那你都是怎么说的?"

温初柠深吸一口气,不对啊,这事儿明明就该是她占理。

温初柠抬起头看着他,视线有点凶:"我说我跟我男朋友异地的,我男朋友没太有良心,忙工作没时间找我的。"

陈一澜低笑一声,但随即还是敛了敛神色,说:"那会儿在洛杉矶……"

他几乎不提那段日子,温初柠拉着他的手等着他继续说。

"被禁赛的队员不能跟队训练,也不能使用公立的场馆,队里有队里的规矩,还有泳联的规矩,所以是在合作方的私立训练场馆训练的,有时差,也为了保证接下来的训练成绩……"

陈一澜话还没说完,温初柠就走过来,伸手抱了抱他。

"都过去了。"他刚想继续说,话就被温初柠接过去了。

陈一澜腾出一只手揽着她的腰:"嗯,都过去了。"

恰好电梯开了门,温初柠慢慢走出来,从包里拿出钥匙,另一只手还牵着他。

她在这儿住了一年多了,房子不大,就是很简单的两室一厅,房间布置得挺温馨,只是陈一澜一进来,微微愣了一下。

沙发上摆着很多玩偶,都是她从临江带过来的——都是以前放在她柜子里的那些游泳比赛的吉祥物。

那只海豚玩偶还在她的床上。

陈一澜看见这些,心口像是有一股暖流。

这世界变幻莫测，唯独她仍旧为他等在原地。

温初柠让陈一澜把东西放在客厅，她去换了身衣服，然后把东西收拾进冰箱和厨房里的储物柜，顺手拿出了一盒草莓，在厨房洗着。

陈一澜走进来，随手拿起一个洗净的草莓。

"甜吗？这好像是奶油草莓。"温初柠拆了两盒，打算今天晚上煮面条，再吃点草莓。

"你尝尝。"陈一澜拿起一个递给她。

水声"哗啦啦"的，温初柠还在清洗着，看着他手指中的草莓，也没太犹豫，凑过去咬了一口。奶油草莓个儿大，红彤彤的，汁水十足，果然很是清甜。

陈一澜给她关了水龙头，温初柠把草莓从清洗篮中拣出来，放在果盘里。

她又伸手去拿陈一澜手里她没吃完的草莓，陈一澜却没给她，他比她高了太多，他手一抬，她就够不到了。

温初柠瞪他一眼，越过去，从果盘里捡起一个大个的草莓咬了一口。陈一澜却往前走了一步，厨房不大，窗户开着，丝丝缕缕的风吹进来，他恰好将她堵在洗手池与他的胸膛之间。

温初柠手里还拿着一个草莓，刚咬了一口，得意扬扬，把后半截草莓递给他。结果冷不丁撞上他的视线，温初柠莫名有点脸红心跳。

陈一澜什么都没说，只是盯着她看了没一秒，忽然低下头，准确无误地吻了下来。

温初柠睁大眼睛，一动不敢动。这是她真正意义上的一个吻。

周围的一切好像都静止了。

她手里还捏着那个草莓，微颤不稳，他的呼吸软软擦过她的鼻息，她连呼出的气都变成了别样的滚烫。

陈一澜的两手只是很轻地搭在她腰上，温初柠一动不敢动，后腰抵着微凉的洗手台，洗手台上沾了点水，把她的衣服沾湿了一些。

冰凉，滚烫。

温初柠紧张，却又觉得心里像是一场蓄谋已久的火山在喷发。

陈一澜松开她的唇，却没松手。

温初柠低着视线不敢看他，心脏跳动得像是要爆炸。

"你男朋友确实有两年太没有良心，"陈一澜慢慢说，声线微微有点哑，却沉稳有力,"以后不会跟你异地了,再忙都得来见你一面。"

——真的,太戳她心窝了。

温初柠还没从那个吻里缓过神来,只觉得一股心动直往脑门上冲,明显是反应大过了思考。温初柠踮起脚来,两只手揽着他的脖子,凑过去亲他:"行啊,一天就见两小时,你让我再亲一下……"

陈一澜低笑一声,微微俯了俯身,结果俊脸这么一放大,他专注地看着她,光线太明亮了,她清晰地看到他瞳眸中映出了她雀跃又心动的脸。

两人面对着面,温初柠羞耻得不行,不久就反了。

陈一澜凑过来,又亲了她一下,但也只是很快的一下。

"得走了。"陈一澜揽着她的腰没松开。

"好,这么远,你明天别跑过来了,我去找你。我还能陪你一起吃饭吗?"温初柠松开他,问了一句。

"应该可以。对了,"陈一澜说,"我们下周要去一趟淮川,有个活动要参加。"

温初柠点点头:"我们也是……下周有个文化交流会。"

陈一澜得回去了,他们宿舍查寝有些严格,温初柠恋恋不舍地送他出门。

房间里只剩下了一些他残留的气息。

温初柠关上门,去了厨房把草莓拿到客厅,咬了一口,嘴角就忍不住上扬,脸颊也有些发烫,好像回想起了刚才的吻。

温初柠钻进厨房煮了一碗面条,打算吃完之后整理一下会议资料就睡。其实他们外企翻译还是挺忙的,有很多要对接的东西,工作群里也常常是晚上了还在发消息。邓思君让温初柠把下次会议的英文稿翻译好了给她,温初柠把电脑搬到了客厅,开始闷头忙工作。

结果没一会儿手机响了,房门也被敲响。

温初柠的小区治安不错,她接着电话去开门:"咦,我没买东西吧……"

她一开门,见外送小哥拿着一束花。白色与浅粉色的素色包装里面是白色的铃兰花束,配了一些白色的芍药和白色的风信子。

"温小姐,您签收一下。"小哥把花束递给她。

温初柠签了字拿进门。花束里面插着一张卡片,上面写着很连贯的一句话,是一句法文。

L'amour de la vie.

一生挚爱。

铃兰花淡香优雅,很轻的花香味道。不是玫瑰,也不是百合花,是铃兰和风信子。铃兰花的花语是幸福归来。

温初柠其实也挺满足这样的日子。

陈一澜比她早几天去了淮川。温初柠在临走前一天才开始收拾行李,房间里只亮着一盏落地灯,行李箱摆在地上,她收了几件换洗的衣服。

客厅里铺着一个小地毯,温初柠坐在地毯上,把电脑搁在玻璃桌上继续处理文件。

她在发呆的时候就看看茶几上摆着的那束铃兰花,花朵缀着,温婉漂亮,铃兰的花朵是垂在杆茎上的,曲线优雅婉约。温初柠总能在不经意的瞬间,想到很久前在云南的那个夜晚。

关于那个夜晚,温初柠已经忘记了很多事情,但独独记得与陈一澜在那条老街上一遍遍走,灯光一盏盏熄灭,在陷入黑暗之前,陈一澜送了她一束白色的铃兰花。

手机振动了一下,温初柠打开看了看,是陈一澜给她发的消息,说明天淮川有小雨,记得带伞。

温初柠笑了,给他拨过去一通视频。

陈一澜还在训练馆里,游泳馆里只亮着一盏浅浅的灯,他只穿了一条泳裤,短发湿透,水珠顺着瘦削的下颚滴落,肌肉线条一览无余,宽肩,腹肌结实,腿身比例极好。

游泳馆里水光粼粼,有些碎光晃过他的眉眼,愈加显得清澈而性感。

温初柠没想到会看到这样一幕,低声说:"你在训练怎么就接了呀?"

"晚上十一点了,训练结束了,我在泳池里多待一会儿。"陈一澜随意地在起跳台上坐下,用一块浅蓝色的毛巾擦了擦头发。

温初柠坐在地毯上,举着手机。她清晰地看到了他的脖颈,喉结微微滚动,几滴水珠滑下来,他的喉结一侧有个很小很小的小痣。屏幕上正好有他的侧脸,线条深而分明。

温初柠按下一张截图。

陈一澜低下头来,看着屏幕里的温初柠:"还不睡?"

"还在收拾行李。"

"明天飞机几点的?"

"下午啦,"温初柠说,"下午七点多的飞机,我们五点半下班后直接去机场,到地方可能要九点多或者十点了,你明天早点睡。"

"好。"陈一澜答应了一声。

"那你等会儿也休息吧,我还差一点就忙完了。"温初柠也不忍打扰他。

陈一澜答应了一句,然后视线还是看着屏幕里的她。

温初柠也没舍得挂断视频,只是这样隔着屏幕看着他,好像就已经很满足了。当两情相悦时,距离和时间好像不值一提。

"陈一澜,晚安。"温初柠看了他几秒,还是慢慢说了一句。

"晚安。"明天见。

陈一澜看着她,拿着手机,拇指触碰到屏幕上她的脸,有点不舍。

是温初柠先挂掉的视频。

"没良心,"陈一澜轻笑一声,"还不让我多看一眼。"

远处传来水声,陈一澜放下手机,活动活动肩颈,重新跳进泳池。

安东从里面浮出来,摘下了泳帽,捋了一把头发。

"你累不累?"安东在水里游了几千米,有些气喘吁吁。

"还好。"

"还游吗?"

"再游一会儿吧。"陈一澜重新戴好泳帽和泳镜。

安东靠岸休息,几千米下来,体力几乎耗尽,但是也没急着上岸。

当初安东在那年的冠军赛上失常发挥,当时心高气傲,以为自己多练练一定可以,结果因为经常缺席训练,反倒是突如其来的大量训练拉伤了膝盖和肌肉,再也无缘蝶泳和混合泳,耿教练给他转成了长距离自由泳。

安东坐在浮着的泡沫分隔线上,看着陈一澜在水里一圈圈地游,不知疲倦。

泳池里太安静了。

其实安东挺佩服陈一澜的——他远远没有陈一澜的心态。

陈一澜不骄不躁,永远都在闷声训练。

同样也是那年,因为好几家媒体总是报道安东的一些负面言论,安东没忍住跟记者起了冲突,当时那记者回去就发了几篇稿子,还是队里强压下来的。

正是那一回，安东被记了一次队内处分，加上膝盖的伤，他跟陈一澜一块儿被送到了国外的训练基地。

当时陈一澜也被禁赛，也是闷着一股情绪，但仍然该训练训练，该练体能练体能。

当时他们那个华裔教练还说安东是无能狂怒的表现。

确实，安东确实浮躁了很久，因为自负，因为不能很好地面对高强度、高频率的比赛。

陈一澜靠岸，靠着泡沫分隔线短暂休息。

"你到底怎么坚持下来的？"安东静默了几秒后问。他想起来，陈一澜是六岁就开始接触游泳，在这样寂寞孤单的水中，已经游了十几年。

安东起步比陈一澜晚，曾经一度被认为是耿教练眼里最有天赋的选手，可是后来天才陨落，安东现在的成绩在队里长距离自由泳中排不到前几名。

陈一澜喘息着，手攀着泡沫带，水光粼粼，四周安静，好像连喘息都只有自己的回音。可是这样的夜晚，是常事。

他这样过，张文博也曾这样，甚至队里的每一个队员都曾经历过这样的夜晚——

孤单地独自在水里，不知疲倦地一圈圈游。

谁没经历过黑暗？谁没经历过苦痛与巅峰时摔落到谷底？可是熬过来后，发现好像一切也不过如此。

"暴风雨结束后，你不知道自己是怎么活下来的，暴风雨永远都不会结束，暴风雨永远都在，"陈一澜说，"水里才最安静，所以，再坚持坚持吧。"

回头再看过往的路，也无风雨也无晴。

安东看着陈一澜，回想起来，当初他一个人保持着队里的 4'11" 的成绩，那会儿陈一澜才 4'15"，现在陈一澜的成绩能稳定地保持在 4'10" 左右。

这个成绩已经是来之不易，更别提保持住这个成绩。

而现在，安东已经无缘 400 米个人混合泳了。

"真的，你比我们厉害多了。"

"一起加油吧。"陈一澜说，"对了，你今天生日是不是？"

安东愣住了。

"生日快乐。"

温初柠第二天忙完工作已经五点半了，几人都是带着行李箱的，下班之后打了卡，一起去机场。

一共去了五六个人，姜晴到底还是没忙完手里的工作，没法跟着一起了。路上，谢宴霖跟邓思君两人聊着工作的事情，温初柠就在旁边默默地戴着耳机听歌。

飞机上几人的座位是挨着的。温初柠主动跟谢宴霖保持距离，上了飞机之后就开始睡觉，连邓思君都察觉到一点异常了。

谢宴霖去了一趟洗手间。

邓思君趁机跟温初柠说："Joy，我知道你没睡着。"

Joy 是温初柠的英文名，有时候他们组里会互相叫英文名。

"你不用太在意，该怎么相处就怎么相处，有时候成年人之间，答非所问或者问而不答，其实已经是回答了。谢总是个聪明人，你不要影响到工作。"邓思君凑近了她的耳边，很温和适中地提醒了一句。

温初柠有点尴尬，点点头。

邓思君又说："以前我像你这么大的时候也经历过……没必要影响自己在工作中的情绪。"

"好，谢谢思君姐。"

"没关系的，如果你实在是不太舒服或介意的话，你可以跟我说，相关的对接交给我就好。"

温初柠点点头，也觉得自己似乎也有点小题大做了。

飞机落地后，团队里的几人想去逛逛淮川的夜景，还种草了几个夜间清吧，要去逛逛，谢宴霖让助理把行李送到酒店。

邓思君询问温初柠去不去，温初柠摇摇头："我还是回去早点睡吧。"

"也 OK 的。"

邓思君几人把行李都交给了谢宴霖的助理，然后一起出来。

温初柠走在后面，帮谢宴霖的助理把行李箱放到推车上。

"谢啦，Joy。"

"没事的。"

温初柠推着自己的箱子出来，她熟悉淮川，打算从机场出来直接打车去酒店。主办方安排的是略微郊区一些的温泉度假酒店，有些远，地铁不能直达。

温初柠推着行李百度了一下位置，结果走出来的时候冷不丁有种熟悉的感觉。

她一抬头，在前面的出口位置，站着一道颀长的身影。陈一澜穿着黑色的运动长裤，黑色的连帽卫衣，就那样随意地站在那儿，一手背在身后，一手拿着手机，略长的刘海扫过了眉眼，衬得鼻梁愈加高挺，整张脸异常瘦削挺括。

周围有路过的女生，视线都落在他身上。

温初柠看到他，心情瞬间飞扬起来："陈一澜，我在这儿！"

陈一澜闻声，将手机放回口袋。温初柠拉着行李箱小跑过来，直直地跑到了他面前，松开了手里的行李箱，人就往他怀里扑。

熟悉的清新气息，有点淡淡的沐浴露的味道——温初柠猜着，他可能刚从泳池出来没多久。

"陈一澜，你过来接我了啊？"温初柠搂着他的腰，坚实而温暖，脸也靠在他的胸口，仰起头看着他挺拓的下颚。

他低下头来看着她，机场里的光线很暖，他忽而低下头，温初柠一躲，他的唇落在了她的鼻尖。

"你是不是等挺久了？"温初柠有点不好意思，但还是没松手，嘴角扬着笑容，怎么都止不住笑。

"来接你，"陈一澜的另一只手从身后拿出来一扎白色的风信子，"顺道送你一束花。"

温初柠笑着接过来，捧在怀里搂着，陈一澜帮她推着行李箱，温初柠顺势靠在他身边，左手紧紧地扣着他的手。

"你们住的地方远吗？"温初柠之前有把他们开会定的酒店位置发给过陈一澜。

"不远，"陈一澜说，"你在六楼，我在二楼。"

温初柠掐了他一下："你之前怎么不告诉我！"

陈一澜低笑："我和耿教练住的双人房，溜不出来。"

温初柠脸颊涨红："谁说要你溜出来！"

说得跟做什么见不得人的事情似的！

机场外面停着不少出租车，陈一澜拦了一辆，将温初柠的行李放在了后备厢里，然后跟她一前一后上了车子的后座。

不远处，谢宴霖一行人正好出来，看到了那边的那一幕。

那边两人好像旁若无人，一个眼神都没往这儿看。

谢宴霖毕竟是副总，邓思君也顺着他的视线看了一眼，只看到温初柠靠在一个男人身边，手里捧着一束白色的风信子，脸上扬着明媚的笑，也不知道跟身旁的男人说了什么，眼神全落在那个男人身上。

今天温初柠赶飞机，穿的一条杏色的宽松休闲高腰直筒裤，配了一件休闲舒适的雾蓝色的短袖，依靠在那身姿颀长优越的男人身边，多了些恋爱中女孩子的妩媚。

邓思君一眼就看出来了。

谢宴霖收回视线："走吧，我们的车来了。"

酒店在靠近市郊的地方，附近有个专业的游泳馆，听陈一澜说是队里的赞助方举办的活动，具体做什么，他好像也不太关心的样子。

只是出席活动，并不是训练，所以今天耿教练没怎么抓着他们查寝。

温初柠和陈一澜一起走进酒店大厅，酒店很大，一楼的会客厅门口还摆着立牌，宣传体育精神。

温初柠从包里拿出身份证递过去，看着那边的立牌，问："明天你也来吗？"

"不来。"

"不来还是不想来？"

"不想，"陈一澜说，"商业活动没什么意义，我是打比赛，又不是参加商业活动。"

"也行。"前台把房卡递过来，温初柠接过来，挽着陈一澜的手说，"也省得你抛头露面。"

陈一澜难得被她逗笑了。

"真的，有时候看到你，我也觉得挺没安全感的。"温初柠小声说了一句，抬头看着他，这种长相和身高扔在哪里都是一眼能看到的，以前还觉得是不是自己的滤镜问题，结果今天姜晴缠着她问昨天接她的是谁，非要看看照片。

温初柠照片也不多，就那三四张，其中一张还是在雍和宫那边拍的，姜晴当时"哇"了半天。

温初柠突然有了点危机感。

"胡思乱想。"

陈一澜拉着她的手进电梯,是观景电梯,电梯门关上,楼层升高,依稀可见外面璀璨的灯光。温初柠面朝玻璃看着,远处有个人工湖,在夜色中像嵌在地上的宝石,泛着浅浅的光。

温初柠刚想转头问他明天有没有时间,结果陈一澜的视线落在她身上,好像在思考什么。

"你在想什么?"温初柠偏过头来看他。

"在想我怎么让你没安全感了。"陈一澜神色如常地回了一句。

"那你得出结论了没有?"

电梯在缓慢地上升,周围太安静了,那个人工湖变得越来越小。

陈一澜盯着她看了好半天,这会儿才明白这个"没安全感"是指的哪方面没安全感。

空气真的太安静了,温初柠有点不习惯被他在这样狭小又透明的小空间里直勾勾地看着,只觉得自己的心跳速度越来越不受控制。

陈一澜终于在电梯开门前开了口:"是你的。"

温初柠一愣。

"不是别人的,是你的。"陈一澜捞过了她的手拉着,"走了。"

"啊……哦!"温初柠慢半拍,小跑着跟上他。

走廊里铺着厚厚的地毯,踩在上面没什么声音。陈一澜手里拿着温初柠的房卡,一间间寻着房间号。

温初柠回想着刚才的话——不是别人的,是你的。

是你的,陈一澜。温初柠自己补了一下,嘴角扬起来。

陈一澜刷卡开门,合作方给的房间是大床房,落地窗,房间干净整洁。

"吃饭没有?"

"没,"温初柠说,"下班就去机场了,路上只喝了一杯咖啡。"

"走,去吃饭。"

"那你呢?"

"不能吃,看你吃。"

酒店的一楼是休息区和自助餐厅区,温初柠进去随便解决了点晚餐,舟车劳顿,也得早点回去休息了。结果两人才进电梯,电梯里正在说话的两人顿住。

陈一澜一抬头，冷不丁对上耿爱国和姜平的视线。

温初柠尴尬极了，站在原地，有种高中时被老师抓住早恋的架势。

两人的手还牵着，陈一澜没松开，温初柠的手指蹭了蹭他的掌心。

要是有默契，陈一澜肯定能懂。但是陈一澜懂了，他就是不松开，甚至还抬手给温初柠摁了个数字六号键。

"过来玩的吗？"还是耿爱国先打破了这诡异的沉默。

"跟公司过来的，我是高林的翻译。"温初柠解释了一下。

"叮——"电梯在二楼停下了。

姜平和耿爱国先出去的。

电梯门还没关，温初柠推了推陈一澜，小声说道："我自己能上去，你快回去吧。"

"行，明天忙完告诉我。"

"知道了。"

姜平和耿爱国放慢了点脚步，似乎也在等陈一澜，温初柠脸颊有些发烫，赶紧把他推了出去，然后按了电梯的关门键回去。

陈一澜笑了笑，这才抬起脚步往耿爱国那边走去。

姜平的房间跟他们挨着，远处楼梯口传来一阵脚步声，张文博和安东，还有其他几个人的面孔出现在远处。一看到教练，几人正了正神色："教练好，我们要回去睡觉了。"

"都早点睡！明天七点起来吃早饭。"耿爱国唠叨他们，"晚上别玩手机了，这不是给你们放假来了！"

"知道了，教练，晚安。"几个大男生摸出房卡溜进去，"砰"的一声关了门。

耿爱国也拿出了房卡开门。他跟陈一澜在一个房间，商务双床房，陈一澜现在是他队里的重点苗子，因为出过一次意外，耿爱国格外重点看着陈一澜。

"你是什么情况？"一进门，耿爱国就直接问道。

陈一澜准备去洗漱："没什么情况。"

"我记得队里的规矩，"陈一澜顿了顿，说，"耿教练，你放心，我记得我们的约定，但我不只是游泳运动员，我还是陈一澜。"

"金牌我还要，但我也想对她负个责。"

陈一澜说完，就闪进了浴室里。

耿爱国站在原地，看着陈一澜溜进去，好像一眨眼，时间就过了很多年。

他头一次见陈一澜的时候是六岁，那次到家属院去选苗子，他还记得旁边那个小姑娘。这个小姑娘还出现在临江市运动会上，那个并不算专业的游泳比赛里，在观众台上为陈一澜加油。

一眨眼，就是六岁到二十四岁了。

陈一澜也从那个六岁的小孩子，变成十七岁的少年，再到现在稳妥挺括的男人。他的冠军之路上，不只有金牌，还有一个默默陪在他身边的温初柠。

他到底也不是那个十六七岁的年纪了。

耿爱国感叹了一口气，只要不影响成绩，索性不管了。

第二天是一个文化交流会，研讨体育精神，高林国际也应邀参加。交流会规模不算大，只有几十个人。

温初柠坐在台下最旁边的一处无人注意的位置，戴着耳返，面前摆着她提前整理好的会议提纲，还有同传的设备。

会议开始的时候，温初柠敛了敛心神，因为都是即时的，错过一句话就不可能有第二句复述的机会，温初柠仔细地听着耳麦里领导说的话，把重点词语和逻辑记在了面前的纸上，一段结束，她随即用准确流畅的句子以英文复述出来。

房间很小，没有空调，有些闷热，更加考验专注度，她把耳返的声音调高，以此让自己专注耳麦的声音里。

陈一澜过来的时候，会议正好过半。

他站在最后面，这会儿还没他们什么事，张文博和他勾肩搭背："一澜哥，我听说酒店里有温泉，你等会儿要不要去啊？"

"等会儿再说。"陈一澜往一旁看去。

温初柠就坐在玻璃房间里，为了工作，她今天还是穿的通勤装——白色的衬衫和黑色的半裙，半高跟的鞋子与丝袜。她的长发都绾了起来，露着一截嫩藕似的脖颈，侧脸白皙温和，用流畅的口语翻译着台上的人说的话，胸前还别着挂牌，同声传译：温初柠。

张文博也看了过去，工作时的温初柠神情专注，认真仔细。

"真漂亮。"陈一澜小声说。

温初柠白天没什么空闲，上午的翻译会议结束后，下午还有一个小型的活动，有外宾发言。

在活动开始前，温初柠就在大厅里找了个角落坐着，翻看着会议进程和会议提纲。

过了一会儿，邓思君朝她走过来，低声说："外宾可能要迟到一会儿，会议行程做了点调整，那边那个领导先发言，你得空了过去跟他打个招呼。"

邓思君弯腰，对她指了指那边。

温初柠看到了一个西装领带的中年男人，一看就是长期坐办公室的，说道："我现在过去问问吧，我看会议进程，说是三点半开始，现在已经快两点了。"

"行。"温初柠简单收拾了一下，朝着那边那人走过去。

"您好，张先生，我是这次会议的同声传译温初柠，"温初柠礼貌地打招呼，"我听主办方说外宾要晚到一会儿，您会先发言，您有发言提纲吗？"

"你们不是翻译吗？要提纲那不就是对着读了？"男人显然不是很配合。

"我们同声传译一般翻译的准确率都在百分之七十以上，如果您可以提供相关的资料，我的翻译肯定会更加贴切准确，如果您不提供的话也没关系，我仍然会认真完成这次翻译。"温初柠已经不是第一次面对这种不太配合的客户了，"只是有了您的配合，这次的翻译会更加高质量，如果您担心有任何泄密的话，我们这边有携带保密协议，可以签署。"

男人愣了一下，似乎没想到温初柠能给出这样一个完善的答复，当即有些尴尬，让秘书去取了发言提纲递给温初柠。

温初柠客气道谢，拿了资料回桌前整理要点。

这也是邓思君最欣赏温初柠的地方，她做事情永远最熨帖最认真，会细致到每一个细节。

温初柠出去上学那一年，高林国际招了另一个实习生，回回会议前不记得提前向合作方要会议进程和会议安排，会议本来也会有各种突发情况，那个实习生并不能很好地处理，事后还总说对方没有把文件对接给她。外企的工作氛围轻松，大家不太看过程，只看结果，于是在领导眼里，这反而更像是推脱责任，那一年谢宴霖单是翻译就换了四五个。

而温初柠也不是没遇到过不给对接资料的甲方，那会儿温初柠会特意提前去搜索外宾和发言人的背景资料，熟知对方的工作领域，即便是有突发情况，也能完美地接过去。

在邓思君眼里，温初柠是一个很优秀的同声传译。

温初柠忙活了一下午，最终出色地完成了自己的工作。

晚上有简单的自助晚宴，陈一澜是不太可能出现在这种场所的，温初柠等了一会儿，给陈一澜发了一条微信，没见着陈一澜回，她干脆找了个角落吃饭去了。

陈一澜还是过来了，是耿爱国把他喊过来的。

耿爱国问道："你吃饭了没？"

"吃了，在房间跟张文博和安东吃的。"陈一澜莫名其妙地回了一句。

"这个是何总，国内大型运动品牌的何总，也是咱们队里的赞助商之一。"耿爱国没想在这里碰上何彦明。

何彦明是个中年男人，西装革履的，视线落在陈一澜身上，看了好一会儿。

陈一澜只是客气地点点头。

"行，你去休息吧，十点回来睡觉。"耿爱国说。

"好。"

陈一澜没走，在大厅里寻着温初柠的身影。

"那个，陈一澜，参加过大型的赛事吗？"何彦明端了一杯香槟，朝陈一澜扬扬下巴。

"参加过不少国际和国内的赛事，现在是奥运会苗子，上一届奥运会前被禁赛了一年。"姜平回了一句。

"他的身材和长相好，代言的话肯定效果不错。"何彦明是商人，一眼看过去，就嗅到了利益商机。

"何总，长相好的人在哪儿都能一夜爆红，但是一个运动员的成名，还是需要金牌的加持。"耿爱国察觉到什么，答非所问地说，"陈一澜的重心还在训练上，他从六岁开始练游泳，走到这一步不容易。"

"耿教练，你过虑了，"何彦明笑笑，"要说利益最大化，我也一定会等他拿金牌。我是商人，我只考虑利益最大化。"

一个长相好身材好的奥运冠军做代言，远比一个只长相英俊的运动员带来的利益更大。

何彦明说完，就去一旁同别人说话了。

耿爱国叹了口气。

姜平拍拍他的肩膀："叹什么气，等一澜拿了冠军，以后你要面对的东西多了去了，诱惑也更多了。"

"是。"的确，成名后，要面对的诱惑巨浪似的席卷而来，以前也不是没有夺冠后立刻退役的运动员，毕竟有天价的代言和各种诱惑。

但冠军真的是终点吗？

耿爱国其实挺不确定陈一澜以后要怎么选择。耿爱国知道陈一澜一定可以走得更远，只是一想到黄金年龄就这么几年，陈一澜已经二十四岁，他不禁有种"儿大不中留"的伤感。

每一个运动员的退役，都承载着教练十几年的心血。

这十几年来，教练不仅仅是承担着教练的身份，还要承担着照顾他们、鼓励他们的责任，付出不比对自己的儿女少半分。

陈一澜寻了一圈，在靠窗的位置看到温初柠的身影，他抬步走过去。温初柠正在吃着盘子里的蛋糕，冷不丁看到旁边多了一个人，她一抬头，看到陈一澜。

他穿了一身深色的短袖短裤，温初柠坐的位置靠窗，外面是黑沉的夜色，光线有些晦暗，更衬得他手臂的线条分明，连腕骨都异样的突兀性感。

"你过来啦。"温初柠正好也快吃完了，她收好了餐盘，有侍应生走过来，温初柠把餐盘递过去。

"来找你了。"陈一澜站起来，把手递给她，"走，出去走走。"

温初柠点点头，挽着他的手出去，身上通勤的衣服也懒得换了。陈一澜和她走出大厅，下意识看了一眼她的脚踝，这回贴了个粉色的创可贴。

"你上次给我买的，我都没用完。"

温初柠倚靠在陈一澜身边。

陈一澜今天难得没下水，软软的头发被夜风吹起来，闲闲地拂过眉骨，他抬头看了看今晚的天空，好像心有灵犀，低头撞上温初柠的视线。

"上次？"

"太早了……那会儿我还在淮川外国语大学，头一次去高林面试的时候。"

陈一澜扣紧了她的手，细细一想，也有好几年了。

原来是那次。

温初柠笑了，她今天忙了一天，难得有些劳累。

陈一澜和她走在一条鹅卵石小路上，温初柠问他："去哪儿？"

"前面有温泉，去不去？"

"好。"温初柠无条件答应，从口袋里拿出手机看了看，晚上九点多，正好泡一会儿回去睡觉。

但是高跟鞋走在鹅卵石路上有些不太方便。

陈一澜低头看到了她的细高跟鞋："还能走吗？"

"能……哎……"

温初柠的能才说出口，他突然弯腰，手搭在她的腿弯处，将她打横抱了起来。

"我能走……陈一澜……"

温初柠轻轻叫了一声，不远处的上面，就是酒店大厅的落地玻璃窗，里面的晚宴还没结束，衣香鬓影，有些商务人士站在靠窗的位置聊天。

温初柠生怕被人看到了，有些羞怯。

"能也不行。"陈一澜很轻松地抱着她，他是运动员，从来都不碰烟酒，身上永远都是清爽好闻的青柠与薄荷的气息，夜风沉淀下，将嗅觉与触觉放大，他干燥温热的掌心托着她的腿弯，沉稳而有力。

温初柠靠在他的胸口，视线与他的面庞平齐。

陈一澜的眼睛深邃好看，他的目光落在她脸上，薄唇微动，气息扫过她的鼻尖，声音与夜色交融："多舍不得？"

温初柠的手搂着他的脖颈，凑过去亲了他一下。

陈一澜视线睨过来，温初柠又赶紧佯装若无其事："你们是不是快回去了？"

"亲错了。"

"我们还要过两天才回……"

"亲错地方了。"

"……等会儿我要回去早点睡了。"温初柠极快地说完，趁他开口前又迅速补一句，"亲一下就行了，错了也不亲了！"

又凶了。

陈一澜被她惹笑了，嘴角上扬，眼底盈着笑意。

温初柠情不自禁地回想了一圈，陈一澜以前比赛的时候基本没什么表情，就算导播切了镜头，也是他专注比赛的样子。

要是在镜头前笑得这样性感又勾人……

温初柠的危机感瞬间上来了，凑过去，有点儿用力地亲了他一下，眼睛盯着他，伸出一只手捂住他的嘴："我的！"

"嗯，你的。"

陈一澜被她捂着嘴，声音闷闷的，忽然吻了一下温初柠的掌心。

微凉的唇擦过手心，温初柠迅速抽回手，一张脸涨得通红。

行，还是他会。

温初柠一到地方就小跑进去，温泉池都不小，是露天的，潮湿的白雾袅袅，周围的环境极好，有修剪整齐的灌木和花丛，温暖的潮湿气息拂面。

旁边有更衣室和茶水间，温初柠去选了一套泳衣，把长发都重新绾了起来。

毕竟是温泉池，这里售卖的泳衣大多都是为了美观，温初柠随便选了一身，上半身是吊带的抹胸，下面配了一条荷叶边的短裙。她出来的时候没看见陈一澜，就近选了一个池子，她看了看旁边的牌子，是薰衣草池，安神助眠的。

池子不算很大，中间深，里面有一圈坐的阶梯。

温初柠慢慢走进去，水温正好，她坐在里面，白雾被风吹得四散，温初柠忙了一天，在温热的水中，终于放松下来。

她靠着一旁的池壁，仰起头看着夜空。

池水晃动了一下，温初柠还没反应过来，陈一澜从对面过来，带动的水涌到她的胸前，温热的水，还带着薰衣草的花香，很轻地在她的胸口散开。

陈一澜忽然过来，双手撑在她身后的池壁上。他比她高了一截，温初柠坐在那儿，手撑在水下，两人突如其来凑近，温初柠忽然有种不太安全的错觉——

他永远在水中占据主导，那一瞬间，温初柠想到了很多年前在泳池中的陈一澜。他只是在水里慢悠悠地游着，轻盈灵动，像一条鱼，水波被他掌控着。

温初柠坐在那儿一动不敢动，周围有昏暗的灯光，被袅袅四散的雾气浅浅地遮掩，陈一澜的头发微湿，有些水珠顺着他的下巴滚落，他的脸在距离她几寸的地方。

清晰的锁骨、线条分明的肩颈，喉结微微滚动，一侧有颗细小的茶褐色的痣，池水在他的胸前动荡。

呼吸中沁着浓浓的薰衣草味道，让神经昏昏欲睡。

陈一澜忽然低头，准确无误地吻在温初柠的唇上。

湿热的带着花香的雾气让温初柠头脑发晕,她下意识把手搭在他的肩膀上。陈一澜的手落下,搭在她的腰上。

温初柠错就错在不该闭上眼——她不该跟一个专业的游泳运动员比肺活量。

温初柠脸颊涨红,推开他:"哪有你这么亲的!"

陈一澜的手落在她身边,低笑:"哪有我这么亲的?"

"我怎么亲了?"

温初柠没吭声。

陈一澜低头,很轻地亲了一下:"你这叫亲个素的。"

温初柠的脸都在发烫,亲一下怎么还能分荤素?

她干脆推开陈一澜,往旁边挪了一下。陈一澜笑她,随即跟她并肩坐在池边。

这个时间没什么人过来了,周围安安静静的,只有薰衣草味道的潮湿水雾在蒸腾。温初柠在水里晃着腿,裙摆在水中散开。

她转头看了陈一澜一眼:"你今年都在燕京吗?"

"后年奥运会,我今年在燕京还要参加最后一场比赛,明年会跟队去国外的训练基地封闭训练,之后回燕京的水上训练基地封闭训练三个月,准备奥运会预选赛。"

"那你加油。"温初柠的手挪过去,牢牢地牵住了他的手。

陈一澜由她牵着。

温初柠有点无聊,跟他比量着手,他的手大而瘦,五指修长。

温初柠扣着他的手,往他肩膀旁挪了挪:"陈一澜,今天天气不错,有好多星星。"

"有吗?"

"有,快许个愿。"温初柠说着,还仰头闭上眼睛。

夜风吹拂着,池边有些小灯,像碎钻似的。

温初柠的侧脸干干净净,头发没太扎稳当,垂下来几绺碎发贴在脖颈上,黑色的头发衬得脖颈更加纤细白皙。

温初柠睁开眼,一扭头,撞上他的视线。

两人坐在一起,他们的腿挨着,他身体的温度传过来,水让温度变得稀薄又清透,他的皮肤细腻炽热,温初柠只看了他一眼,没来由有些脸颊发红。

就这一秒,她后知后觉刚才那个绵长且有点儿侵略性的吻充满着青春的荷尔蒙。就这么一想，温初柠心跳加速，觉得耳郭都在发烫。

"温初柠。"陈一澜突然叫了她一声。

"嗯？"温初柠的视线不敢跟他相撞，静谧的夜里，好像能听到自己打雷一样的心跳声。

"我大概明年初要出去训练了，还能陪你过一个年，"陈一澜的声线平稳，"被禁赛的一年里我有想过，这么游下去，只为了一枚金牌到底有没有意义，但我已经游了十八年，我不只是为我自己游的，还为了教练，为了国家队。"

温初柠默默坐在他身边，听着他说话。

稳当，又有一股劲儿。

"我要的东西不多，但我很坚定，我要拿到金牌，等比完赛后来找你。"陈一澜说，"有个秘密，等我拿到金牌告诉你。"

"好。"

温初柠的腿在水下晃着，好像因为那一句比完赛后来找你，因为那一句坚定，而在雀跃上扬着。

陈一澜转眸看着她。

温初柠从水里站起来，然后弯腰，对上他的视线，他的眉宇间多了些男人的英挺与凌厉，可看向她的眼神，依然像十七岁的那年，他对她回头，眼角微弯，噙着一点笑意。

温初柠想，其实自己挺有恃无恐的，好像是一种天然的默契和直觉，知道陈一澜永远都是陈一澜，永远都在她的不远处。

永远记得他们的约定。

他说能做到的，一定都会做到。所以，他说比完赛后来找她，就一定会来找她。

温初柠凑过去，主动亲了他一下。这回她多停留了一会儿。

陈一澜一动不动。四片唇瓣相触，温初柠弯着腰，两人直勾勾地看着对方。温初柠的脸颊发烫，迅速站起来。

陈一澜低笑，抓住她的手腕把人拉回来。

温初柠满脸通红："陈一澜，我们没有默契，以后我再也不会主动亲你了！"

陈一澜从水里站起来，一米九多的身高，溅起了池中的水花。

温初柠比他矮了一大截。陈一澜弯下腰，两手揽着她的腰把人压过来，一低头，就准确地亲下来。温初柠的脸通红，呼吸都不畅快。

"行，你不主动就不主动，这事儿我主动。"

温初柠在淮川待了一周，临走前一天，几个女同事要去淮川看夜景，听说温初柠是淮川外国语大学毕业的，几个人非要拉着她一起去。

晚餐是在外面吃的，选了一家烤鱼店，期间几人点了奶茶和饮品。温初柠正好觉得有些闷，主动出去拿。他们所在的地方是个商圈，有点绕，温初柠沿着马路出来。

"您在哪儿呢？我在中国银行这里。"温初柠举着手机往马路上看，只在路边看到几个外卖小哥。

"实在不好意思，我在等红灯，我才发我绕错路了……您再稍等我五分钟就到！"小哥急急急忙忙的。

"没事，我在银行这边等你就是，注意安全。"

"行！"

温初柠挂了电话，就站在马路边上等着。

这里是淮川市中心，挨近几所大学，周边有不少小吃店，温初柠转头随便看了一眼，结果视线在一家烧烤店门口落定。

老板正乐呵呵地上菜，晚上这个时间点是吃夜宵的高峰期，人行道外面也支了桌子。

温初柠一眼就认出了那个老板——那年山上烧烤店的老板。

那件事后，耿爱国和姜平找了体育局的领导，还带了检查食品安全的市场监管部折腾了好一阵子，结果只查出来个食品卫生问题，当时烧烤店的老板被罚了款，闭店修整。

耿爱国不服气，怀疑是何军从中作梗，因为李东伟是何军的队员，李东伟已经参与过一次奥运会，尽管是获得的银牌，也很受赞助商的欢迎，要是再参加一届奥运会夺奖，又恰好是退役的年纪，肯定有很大的商业价值，其中利弊温初柠也能猜得到。

那年奥运会，李东伟连铜牌都没拿到，对内交了退役申请，参加了几次代言，才短短两年过去，就没人记得他了。听说何军回了省队。

温初柠不知道这个老板是否有关联，之前温初柠还去追问了几次，老板连连喊冤，真假也不得而知。

眼下温初柠看到他就气不打一处来，犹豫了几秒，直接给城管打了电话举报，说有人占道经营。

"小姐，是您定的咖啡和奶茶对吧？"外卖小哥姗姗来迟，"真是太不好意思了，我刚到淮川没多久……还不太认识路，让您久等了。"

"没事。"温初柠把东西接过来，对着小哥道了谢。

远处城管开车过来，温初柠也没逗留，拎着七八杯咖啡和奶茶回去。

这一次小型聚餐，几人都挺开心的。

陈一澜他们比温初柠早回去了两天，两人得空了才能聊聊微信。

温初柠回来的时候，邓思君喝了几杯酒，早早回去睡了。温初柠回到了房间，趴在床上，今天情绪不太好，想给陈一澜发消息，又怕他在忙，洗完了澡盯着手机看了好半天，最后还是打开了售票的软件。

她有一种冲动，一种想见他的冲动。

温初柠的票不能改签，干脆买了一张高铁票回去。三个小时的车程，高铁的座位靠窗，温初柠上车的时候已经是九点了，估计到地方就十二点了。

温初柠看着车窗外的一片漆黑，这个点高铁上没多少人，大家都在昏昏欲睡，温初柠却分外清醒。她对面的一个男生戴着口罩，好像是在跟女朋友打视频电话，压低了声音说话。

温初柠看着他，莫名想到了几年前。那会儿陈一澜跑来找她，从燕京到临江，从淮川到临江。

那种想见一个人的勇气，想念恨不得乘风，想要下一秒就出现在他身边的冲动。

温初柠下高铁的时候已经是十二点十五分了。大厅里也空荡荡的，只有几家二十四小时的便利店还在营业。温初柠从包里拿出手机，想着陈一澜应该是休息了。

他在这儿，她好像就会有冲动的勇气。

温初柠慢吞吞打字，打了半天，那句"我想见你"就这么在对话框里躺着，犹豫着要不要发出去。

这个时间，他应该休息了。

温初柠坐在椅子上，盯着手机发了会儿呆，结果那边弹出来一条消息。

【没睡？】

陈一澜又问：【输入了半天，要说什么？】

温初柠坐在大厅里，把那几个字发了出去。

陈一澜有一分钟没回复。

温初柠正要发点别的，陈一澜给她发过来一张截图，温初柠点开看，发现都是明天，不对，过了十二点就是今天，今天凌晨的机票。

陈一澜发来一条语音："晚上没票了，最快得凌晨五点。"

温初柠没犹豫，一通电话打过去。

陈一澜秒接了。他还没说话，就先听到了高铁站的广播。

他顿了顿："你在哪儿呢？"

"我已经回燕京了，在高铁站呢，"温初柠握着手机说，"你要是不方便的话，我明天再找你。"

电话那端传来了窸窸窣窣的声音，像在穿衣服。

"等着，二十分钟过去。"

"喂……"温初柠刚才稍稍低落一点的情绪又被他逗笑了，"你们不查寝了吗？"

"查啊，"陈一澜说，"十几年我还没逃过寝。"

"那你今天怎么逃了？"

"你来找我了。"他回得理所当然。

温初柠坐在明亮的大厅里，鼻子酸了一下。这应该，还真是她第一次跑来找他。

陈一澜没挂电话，温初柠就捧着手机，觉得不说话太安静了，她没话找话："你出门了吗？"

"嗯，刚出来。"

"有没有人查你啊？"

"有，扣分了记过了。"

"真的假的？要不你回去吧，反正我有的是时间……"温初柠紧张了，生怕他在队里被扣分。

陈一澜笑了，很低的笑声从手机里传来，又是一趟高铁到站，出站口那边断断续续出来很多人。

温初柠这才意识到他是逗逗自己。

"你走路看路,我挂了,"温初柠说,"我就在高铁站这儿等你。"

"好,吃饭没?"

"没有,晚上思君姐订了烤鱼,我不喜欢吃鱼。"

"知道了。"

温初柠就坐在大厅里等着陈一澜,抱着手机刷微博,她小号都要变成大号了,经常在上面分享点日常,虽然不太常发,但还是有千来个小粉丝。

尤其是有一回,她关注的一个微博营销号夜间一问:【你身边最好看的男生,有照片吗?】

温初柠那会儿还在上大学,觉得是微博小号,犹豫半天,便发上去陈一澜的那张背影,是在他的寝室里,微暗的光,只能看到半张侧脸,有一点点模糊,却依稀可见他挺括的轮廓,瘦削的下颚,他只是随意地坐在那里,就依稀能看出优越的身材。

她那会儿只打了一句评论:【是CYL。】

结果第二天醒来,这条评论被顶上热评,吓得温初柠装死了一整天。

好多人问:【这是不是男朋友?】

温初柠窘迫得不行,又想着反正是小号,就回了一条:【还不是男朋友,是一起长大的关系,是我单方面喜欢他很久了。】

好多网友顺着她微博往下翻,当时挺多人点赞了两条。

——【高二啦,我的梦想是淮川外国语大学,还有CYL。】

还有那天她睡前发的一条——

——【我也快毕业了,可以许愿吗?】

——【愿CYL功成名就,愿他岁岁平安。】

——【还想,他能,永远永远,像我喜欢他一样喜欢我。】

淮川大学和淮川外国语大学挨着,当时温初柠不小心碰到了定位,定位在了淮川外国语大学的后门。

当时下面百来个网友来打卡:【哇,真考上淮川外国语大学了啊!】

她出国后学业很忙,国外的生活紧凑,她又有很多证书要考,时常两三个月才发一条。

有网友给她评论:【博主怎么出国了?】

她那时回道:【想等毕业回燕京等CYL。】

温初柠看着自己这些年发的两百多条微博,往下拉了拉,好像还能清晰地记得发每一条时的心情。

眼看高二发的那条,她才十七岁,现在都已经二十四岁了。

七年了。

已经过去七年了。

温初柠正在看微博出神的时候,一道身影坐在了身边。

温初柠一抬头,看到了陈一澜。黑色的运动裤,干干净净的T恤,外面配一件薄衬衫,在她身边坐着,手里拿着一束白色的风信子、一盒热气腾腾的关东煮,还有一杯热姜茶。

温初柠还没从情绪里缓过来,一抬头撞见他,稍稍愣了几秒。

"陈一澜。"

陈一澜把关东煮递过来,说:"有你喜欢的鱼籽包和煮萝卜。"

"七年了。"她没头没脑地说了一句。

我从青春年少时喜欢你,到二十四岁,七年了。

"十八年吧。"陈一澜还没反应过来她在说什么,"六岁到二十四岁,不是十八?"

"行,是十八。"

温初柠和陈一澜坐在高铁站的大厅里,看到他的时候,已经有点莫名眼眶发酸。

她藏在心底的人,在二十四岁这年,还在她的身边。会来见她,会记得给她买一束花,还给她捎了她喜欢的姜茶。

"你是不是等会儿还要回去?"

"回不去了。"

温初柠一愣。

"只能麻烦你收留我一晚了。"

温初柠咬着鱼籽包,半天没说出来一句话。

陈一澜笑了一声:"想什么呢?我六点要赶回去,估计五点多就要起来。"

"陈一澜,那现在都已经十二点半了……你跑过来……"

"不是为了见你嘛。"

就这么答一句话，好像有种不管天不管地，只为了见你一面的疯狂。

"陈一澜，你是不是挺恋爱脑，"温初柠吃着关东煮和他坐在大厅里，"逃寝的事儿你都干得出来，以前你还跑到临江，六公里，还过年的时候跑来找我，先说好，你别耽误训练。"

就这么莫名得了个"恋爱脑"的帽子，陈一澜被她逗笑了。

"那你也不差，说见我，买个票就回来了，还雄赳赳气昂昂地说在燕京奋斗着等我。"陈一澜睨她一眼，把姜茶递过去。

温初柠懒得理他，任他翻旧账，咬死不认。

"这可不叫恋爱脑，"陈一澜说，"想见的人，再忙都要见一面，毕竟……"

"毕竟什么？"温初柠问得含混不清，腮帮子一鼓一鼓的。

陈一澜偏头看到她手里的关东煮还有最后一串就吃完了，大老远跑回来，扎着的头发都有点松散了，也没化妆，一张小脸素素净净的。

毕竟你只有一个。

毕竟你更勇敢，一直怀揣着一颗心，把爱意藏在我的身边。

毕竟你也是我最喜欢的人。

"毕竟来见你。"

两人回去时，十二点半了，地铁都停运了，只能打车回去。

陈一澜给温初柠拎着行李箱，回了一趟她家。

温初柠只开了一盏落地灯，到家之后，见茶几上的铃兰枯萎了，温初柠把风信子换进去，然后换了身睡衣躺下。

陈一澜明天也要早起，温初柠不敢闹他，两人说了句晚安。

只是吃饱喝足了，温初柠又有点精神，轻轻偏了下头，看到陈一澜的侧脸。

"有话就说，我还没睡着。"

"……你怎么知道我在看你？"温初柠小声嘀咕一句。

"默契。"

不说默契还好，一说默契，她就想到接吻。

"陈一澜，真的假的？"她压低声音问了一句。

"什么真的假的？"

"你。"温初柠觉得自己有点脑抽了，大概是因为女孩子都是敏感的生物，她说完一个字,就口干舌燥起来,现在应该睡觉的,但她真不困。

这事儿好像早晚都得谈谈。

"你什么?"

"你,你说的负责是什么负责啊?"温初柠哼唧,声音微弱,"你可千万别因为……别因为咱俩认识十八年,就……"

陈一澜睁开眼,转头看她。温初柠眼神飘忽,他忽然微微凑近。

"你干吗?"温初柠更心虚了,不敢看他,他这么突然凑近,身上淡淡的气息逃无可逃地笼着她,让她脸红心跳。

"让你没安全感了?"

"不是……"

"我不是因为跟你认识十八年就要对你负责,要真这么说,家属院里哪个不是认识了十几年?"陈一澜看着温初柠的眼睛,黑夜中,他的眸子深寂,像一湾深深的湖水,溺着她的呼吸和所有的心神,"是恋爱关系的负责,是不会扔下你的负责,是欠你一个表白的男朋友的负责。我还欠你两年,我记着呢,我现在抽不出时间陪着你,这是我亏欠你的,但我知道我要什么,我要金牌和你。"

这么一番话,清晰又沉稳。

房间里只拉着一层窗帘,隔绝着浓稠的夜色。

所有的心情都在这么一瞬间被一股巨浪打翻掉,喜悦、激动、酸楚,都混在了一起。

温初柠伸手搂住他,主动亲过去,但其实也仅仅止步于一个有点长的吻。

温初柠的心跳加速,又赶紧松开手:"睡觉睡觉,晚安!"

"晚安。"

温初柠躺在床上,往他身边挪了挪,想到那么一番话,心里好像泛起了巨大的浪花。

以前那心动还是涟漪,这会儿绝对是惊天巨浪。

要是有人问她,等这么多年值得吗?

她一定会说,值得,因为是 CYL。

只因为是他,她什么都愿意。

陈一澜第二天走的时候天才刚亮,温初柠还在睡着,他轻轻起身,看了看温初柠熟睡的面庞，蓦地轻笑了一声。

以前两人小时候，周梦和汪茹两人倒班，谁上班就把孩子送另一人家去。

陈一澜作息挺好的，按时午睡，温初柠不，她好半天不睡，躺在旁边戳戳他手，捏捏他脸，他回回装睡，温初柠玩得不亦乐乎。

能怎么办？

吓着她了，等会儿又给汪茹告状。她可真是打小就被他娇惯的。

陈一澜弯弯唇，捞了沙发边搭着的衬衫穿上，然后视线冷不丁被她梳妆台上的相框吸引了。

他坐在床边，伸手捞过来。

那还是两人在雍和宫那儿，红砖墙，他站在她身边，伸手揽着她的腰，温初柠手里拿着一串糖葫芦凑到他唇边。

陈一澜拿着相框，这都是几年前的相片了，被她这么珍重地放在床边的梳妆台上。

陈一澜伸手摸了摸相框，慢慢放回原位。

温初柠睡得迷迷糊糊，往旁边滚了一下，没碰到人，睁开惺忪的眼。黎明的光有点昏暗，她困倦地问了一句："你要走了呀？"

"嗯，得走了，"陈一澜看着她困顿的样子，俯身过去，亲了一下她的额头，"再睡会儿吧。"

"好。"温初柠困得睁不开眼，捏了一下他的掌心，"那你路上小心点。"

"好。等下给你叫个早饭，吃了再去上班。"

"知道啦。"温初柠答应了一声，陈一澜这才放心走。

温初柠又睡了个短暂的回笼觉，八点多起来，正好外送的电话响起来，陈一澜真是踩着点给她点的。

温初柠吃了早餐，看着茶几上玻璃瓶里插着的风信子，觉得心情都好了起来。

今天温初柠在公司里忙了一会儿，陈一澜要晚点才能过来，因为不能一起吃饭，两人去的地方也是少之又少。

温初柠琢磨了一圈，打算跟他去逛超市，打发时间，还能让他充当一下苦力。

温初柠下班打了卡，电梯正好到了，她小跑过去，电梯里的人看到了她，又摁了开门键。

"谢谢……"温初柠挎着包急匆匆道谢,结果说完之后,才发现是谢宴霖,有点尴尬地打招呼,"谢总。"

"下班了?"

"对。"

温初柠站在一侧,电梯里就他们两个人,温初柠还挺尴尬的。

谢宴霖起初没说话,静默了片刻,他还是先开了口,说:"我过一阵子要调到淮川总部了,跟着Mia好好做,有空啊,回去看看你林老师,跟我念叨你好几回了。"

Mia是邓思君的英文名,在他们外企没什么领导下属之分,大家经常互喊英文名,无形里拉近了距离。

谢宴霖开玩笑的口吻像一位朋友,但温初柠毕竟没经历多少职场的事情,不太懂处理这样的事情,只客气地回道:"好,等我忙完这阵就过去看看林老师。"

"行。"谢宴霖温和地笑了笑,与她适当地保持着距离。

电梯还在缓缓下降,谢宴霖只是客气地问了一句:"怎么回去?"

"我男朋友来接我。"

"挺好的,"谢宴霖好像打趣道,"结婚的时候跟我说一声,给你包个大红包,毕竟你是咱们高林国际业务能力最强的口译了。"

"谢谢谢总。"温初柠抿抿唇笑了,无形里,她心中那根弦松开了。

电梯门打开,温初柠跟谢宴霖道别。

谢宴霖走出来,一眼就看到了在大厅休息区等人的男人。

温初柠小跑着过去,陈一澜站起来,两人顺势拉着手,温初柠说:"你今天跟我去超市吧,我想买点水果。"

"行。"陈一澜挽着她的手,抬头一看,谢宴霖正好走出来,拿着车钥匙出去。

温初柠看到了他的视线,忙解释说:"是不小心遇到了,我急着下班。"

"行。"陈一澜不是个小心眼儿的人,温初柠的心思,他清清楚楚。

不过两人出来的时候,谢宴霖正好开着他的劳斯莱斯离开。

"陈一澜,我今天想喝奶茶,你陪我去排个队吧?我听说有一家奶茶正好上了新品,是烤栗子口味的,好可惜你好像不能喝。"

温初柠扁扁嘴,有一大堆想给他分享的,哪里有家新开的烤栗子店,哪家新上了什么蛋糕,哪家今天有什么活动……

陈一澜一低头,温初柠跟他说个不停,他起初还没太听清楚,结果温初柠抬头看着他,两人视线相撞。

有人说什么来着,分享欲。分享欲是检验恋爱的第一条标准。

"你听没听见我刚刚说……"她话还没说完,陈一澜突然低头亲了她一下。

"你干吗亲我?"大庭广众的,还没出办公楼,温初柠脸皮薄,就被亲了一下,脸颊发烫,都不敢看他。

"行,下次给你打报告。"

温初柠一蒙。

"以前,"陈一澜说,"以前你怎么不跟我说这些?"

"以前又不能天天见到你,"温初柠回得理所当然,"那会儿你训练太忙了,我给你发消息都像打扰你,而且那时候我也在忙着学业。"

"我现在也挺忙的,"陈一澜说,"但是给你打扰的特权。"

温初柠一想,也对哦,他一天只有两个小时的空闲时间,好像还真是用来陪她了。

尽管只有两个小时,他都来找她了。

温初柠和陈一澜在生鲜超市逛了一会儿,买了点水果,温初柠的独居生活还挺简单。

走到冷柜那里,温初柠拿了一盒虾又放下。

"怎么不拿了?"陈一澜给她推着购物车,瞧见了她的小动作。

"我不想剥虾,"温初柠说,"我今天晚上随便吃点就好了。"

"拿着吧,我给你剥。"

"真的啊?"

"嗯,陪你吃个饭。"

温初柠笑了,喜滋滋把那盒虾放进购物车,又在冷柜里挑了几盒冰激凌。

陈一澜最近的训练计划不太紧,晚上十点前到宿舍就可以。

温初柠回家后就把虾直接煮上,等待的时候,她去卧室换了身睡衣,陈一澜帮她把冰激凌放回冰箱冷冻里。

她换完衣服就跑进厨房,一阵手机铃声传来,温初柠在厨房里说:"你帮我看看谁的电话,我手机在包里。"

"好。"陈一澜走过去,从她的拎包里拿出手机来一看,"是温许。"

温初柠诧异了一下,陈一澜把手机给她递过去。

温初柠右滑接听,却听到一阵车子鸣笛的声音。

"温许,你在哪儿呢?"

"姐……我还能叫你姐姐吗?"温许的声音好像有点发抖。

温初柠其实已经很久没见到她了,两人有微信,但平时不聊天。

上次见到温绍辉后,温初柠犹豫良久,把温绍辉的微信删掉了,可是删掉了这么久,温初柠也意外地发现,自己其实并没有想起过他。

温初柠沉默了一会儿,说:"你说吧,怎么了?"

"姐姐……你别骂我,我离家出走了,我……我不知道该去哪里,我买了一张到燕京的车票……"

温许都快哭出来了。

温许比温初柠小六岁,温初柠今年二十四岁,温许今年十八岁。

"你妈知道吗?"温初柠不愿意提起许燕,但归根结底,她和温许没什么过节,毕竟温许还只是个孩子。

温初柠挺泾渭分明的,更何况在父母失败的婚姻关系里,大部分受到伤害的都是孩子,没什么好怪温许的。

温许抽抽噎噎哭了,温初柠一看这架势,就知道许燕不知道。

"到燕京了吗?"温初柠叹了口气。

"到了……在车站。"温许话都说不利落了。

"我给你发个地址,你过来吧,"温初柠把定位发给她,"你坐4号线,从2号出站口出来,三站就到。"

"好……谢谢姐。"温许抽抽搭搭挂了电话。

"怎么了?"

陈一澜在厨房没走,温初柠没买什么菜,就点了俩炒菜外卖送来。

"温许离家出走了。"

温初柠点完把手机放下,虾已经煮好了,温初柠关了火,陈一澜拿了个漏勺,站在她身后,手从她身后绕过来,把煮好的虾一只只捞出来。

温初柠就这么被他圈在怀里,他穿了一件短袖,手臂修长,线条劲瘦,大概是因为游泳对手的力量也有要求,他的手也格外好看,十指干净,肌骨匀称,指甲圆润而整洁。

她靠在他的胸膛中，陈一澜微微低头，有些肌肤相触，在热气腾腾的厨房里，总有种默契而然的熟稔。温初柠有点不知所措，在他怀里转了个身，似乎是自然而然的动作。

温初柠仰起头看着他，陈一澜也低头看她，抬手把装着虾的瓷盘放到一旁。

他又自然而然俯身在她的唇上亲了一下，却没急着离开，声音很低地说："不想见的话，不见也没关系。"

"没有，"温初柠小声说道，"毕竟她才十八岁，到这么个人生地不熟的地方……"

陈一澜的鼻尖离她很近，两人的呼吸交织，他只是看着她，好像有点什么要说。以前不太爱提温许，因为像是鲜明的对比，温初柠是在暗处羡慕她的那个。

温初柠抬起视线，他的脸离她很近，轮廓清隽，眉眼深而干净，温初柠忽然就想到很久前的楼道。

陈一澜跟她说，温许有温绍辉，温初柠有陈一澜。

十七岁少年口中的话，在二十四岁时仍然有着回声。

陈一澜伸手，将温初柠揽进怀里。温初柠在家也只穿了一件宽松的T恤和宽松的长裤，身形显得更瘦，陈一澜弯着腰，手搭在她腰上，另一只手落在她的后颈。

他的喉结蹭过她的脖颈，温初柠伸手抱住他。

"我们家温初柠，"陈一澜慢声说，"十八岁跑到淮川念大学，二十二岁自己去伦敦，二十三岁自己来燕京，都人生地不熟。"

"别夸我了。"温初柠掐了他一下。

"谁都没你勇敢。"

温初柠一低头，隔着T恤咬了一下他的肩膀。

陈一澜低声笑了。

——还不是，因为想到跟你的以后，我就有了足以面对一切的勇气。

——还好，你仍然在我身边。

温许过来的时候，已经快七点了。

好多年不见，以前那个开朗乐观漂亮的小女孩变了副样子，穿着露脐的短T恤和短裙，还化了妆，一头长发披散着，妆花了，有种自暴自弃的颓废。

温许站在门外,温初柠给她开了门。

温许走进来,看到后面的男人有些尴尬:"姐,我方便进来吗?"

"进来吧,这是陈一澜。"温初柠给温许递了一双拖鞋。

温许不知道该怎么叫他。

"先吃饭吧。"温初柠看着温许身上空空如也,连个包都没带。

温许点点头,对这个见面不太多的、以前许燕总在背后阴阳怪气说道的姐姐有一种感激。

她来到燕京,谁都不认识,也没住处,唯一能想到的,也就是温初柠。

打那通电话前,她甚至不知道温初柠会不会接。

温初柠不仅接了电话,还收留了她。

十八岁的女孩,叛逆和感激都来得气势汹汹。

温初柠点了两菜一汤和米饭,加上煮了一盒虾,两人吃是够的。

陈一澜坐在温初柠旁边,给她剥着虾。温许拿着筷子,觉得自己才是那个外人。

温初柠的手机响了,接了电话,是邓思君找她要一份文件。

"稍等,我开电脑发你。"温初柠穿着拖鞋去卧室开电脑。

餐桌上只剩下了温许和陈一澜。陈一澜低头给温初柠剥了一小碗虾。

"你……是我姐姐的男朋友吗?"温许低声问了一句。

"嗯。"

"你们……在一起很久了吗?"

"认识了大概十八年。"陈一澜剥着虾,很淡地回了一句。

温许今年才十八岁,她对这个数字有些震惊。

"你们都不腻吗?"

"腻什么,往后几十年也不会腻。"

"……真好。"

"是她值得。"陈一澜淡淡说了一句,"她不用说什么做什么,只要是她,就是我的唯一选择。"

温许咬着筷子,夹了一筷子鸡肉,有些无言。

陈一澜没再说什么。

温初柠发了几个文件回来时,陈一澜已经给她剥了一小碗虾,干干净净的。

他去切了些姜末,倒了一点清醋,都不用温初柠说,他已经熟记着她的喜好。

陈一澜坐了没多久,手机响了,是队里喊他回去。

温初柠说:"那你先回去吧,明天再给你打电话。"

"嗯,有事叫我。"陈一澜站起来,去厨房洗了手,正好也留给她们一点时间和空间。

陈一澜走的时候,温初柠到门口送他。

"别出来了,回去吃饭吧。"

"好。"温初柠靠在门边,看着陈一澜出去后,才关了门。

回到饭桌上,终于只剩下她们两个人,气氛也没那么拘谨了。

"说吧,怎么了?"温初柠顾忌着女孩的面子,毕竟当着陈一澜的面,温许可能不太好意思说什么。

"我……我不想考大学了。"温许扒着饭,低声说了一句。

温初柠的筷子顿了顿,以前她高中时,温许是温绍辉的骄傲,回回都是第一,听说还跳级过。

一个学习优等的女孩,很难想象,就这么几年沦落成这样。

"我留级了,"温许扒着饭,"我能跟你说吗?"

"你想说就说。"

"你会笑我吗?"

"我要是笑你,就不会收留你了。"温初柠咬了一口虾。

温许觉得是这个道理,低头吃了两口饭。

"我不是爸爸的女儿,他俩离婚了,一开始只是分居,我妈根本没时间管我……她跑去爸爸的朋友那里抓人,没人告诉我,我是听爸爸跟她吵架的时候听到的。后来两人越吵越凶,就离婚了。"温许低着头,"我妈说都怪我,怪我不是爸爸的孩子,现在我妈也没有工作了,爸爸已经不知道去哪儿了。

"我成绩下滑了,班主任找了我妈一次,我妈说都怪我,要是我能考第一,爸爸也不会走了。我交了几个新朋友,逃课了,有一次跟她们吵架,她们叫我私生女,我跟她们打了一架,就被处分留级了。"

温初柠听到这么个回答,好像是预料之中,又觉得是预料之外。

"那你跑到燕京干吗了?"

"我网恋了,他本来对我挺好的,可是我去了之后……其实不一样。他一听我才刚满十八岁,就撺掇我找家里要钱……我就跑出来了……"

温许说着说着就哭了。温初柠也没什么胃口了。

以前被父母捧在手心里的孩子，一夜失去了所有，她以前被保护得太好了，像温室里的花，那温室碎掉了，她根本无所适从，甚至疯狂地想要找到一点归属感，找到一点被人爱的感觉。

温初柠回想起了自己的十七岁。周梦长期在国外，温绍辉极少联系她，跟舅舅也总归不是无话不谈。

"别用他们的过错来惩罚自己的人生，"温初柠想了想说，"我也有你这样的十七岁，人生是你自己的。"

"姐，你是不是也觉得，我这样的人生已经完了？"温许低声说着，"我应该也考不上大学了，我觉得我的人生好像已经被我作完了。"

"你才十八岁，你想做什么就做什么，并不是一定要考上大学才是完整的人生，你的选择，做了不后悔就好。"温初柠说，"也并不是每一个父母都是合格的，很遗憾的是父母从来都不需要持证上岗，但你也永远不要用他们的过错去惩罚你的人生。"

温许咬着筷子，抬起头来，温初柠坐在她的对面，没什么太大的反应。

温许小时候见过温初柠好几面，那会儿温初柠安安静静的，是那种很容易被忽略的类型。许燕也总隔三岔五给温许说这位姐姐和她妈妈的坏话。

可这次，温许才恍然明白过来，真正强大的人是温初柠，她淡然、理智，明明经历的过往比自己更沉重，可她与之相安无事，反而在过往中成长。

孤独的人有他们的泥沼，温暖的人也有自己的雨林。

温许觉得，温初柠身上背负的更多，像是背负着很多大山，随便把一座给她，都能把她压死。

温绍辉和周梦离婚的时候，温初柠才六岁，周梦忙于工作，极少回家，后来还出了国。在最需要父母的年龄，温初柠是独自过来的。

温许抬手擦了擦眼泪，结果眼线和眼影糊了一手臂。

"等会儿你去洗洗脸，今天就在这里住吧，明天你回临江吗？"温初柠问她。

"我不想回家。"温许说，"我不想看到我妈。"

"外公外婆家？"温初柠又问。

温许似乎想了想。

"回去吧，想想要不要好好读书，考个大学。"温初柠说，"以前我妈跟我说，你自己才是你自己人生里的导演。不考也没关系，各人有各人的人生，未来你不后悔你当初的决定就好。"

"好。"跟同龄人说话，温许总算找到了一点归属感。

温许很庆幸，因为温初柠的善良，她不像许燕，总是对别人暗中诋毁。

温许觉得，能让温初柠拥有这些观念的周阿姨，一定也是一个很好的人。

"姐，那个，你男朋友真好。"温许没话找了点话。

"嗯，他很好，"温初柠说，"你好好学习吧，你这个年龄喜欢一个人也很正常，但你要喜欢一个让你积极向上的人，不只是这个年龄，任何年龄都是，喜欢一个让你积极向上的人。"

"还有，别人常说，不要在别人身上找什么归属感和安全感，安全感和归属感都是自己创造的。"温初柠吃完了，抽了张纸，觉得说这些有点没必要，可又觉得话都说到这儿了，于是顿了顿，继续说，"你这年纪，要分得清轻重缓急。不要给自己太大的压力，但要努力一把。"

温许点点头，又抬手抹了一把眼泪。

温初柠让她慢慢吃，去自己的房间里给她找了一件干净的棉质短袖和运动长裤："等会儿洗澡了穿这个吧。"

"小柠姐……真的谢谢你。"温许感激地说，"真的。"

"没事。"温初柠摇摇头，让温许吃完饭早点休息。

正好她家是两室一厅，温初柠趁着温许洗澡的时候拾了客房。

温许离家出走这两天，没吃好没睡好，躺下没一会儿就睡着了。

温初柠坐在客厅里，处理了两份文件，也才十点多。

温初柠拿着手机去了阳台，给陈一澜拨了一通电话。

"怎么了？"陈一澜的声音从那边传来。

"没怎么，就是觉得……"温初柠趴在阳台上，黑夜寂静，月亮皎洁，她的脑海中就想到那个稚嫩却又明媚的少年，为她撑起一把伞，背着她走过下雨的夜晚。

那是她在年少岁时遇见的宝藏。

会想到陈一澜在漆黑的楼道里停下脚步，回身跟她说：你有我。

——我不会离开你。

"觉得什么？"陈一澜问了一句。

温初柠看着黑漆漆的夜空，有些许星星在一闪一闪："觉得我挺幸运的，我有你。"

"傻，快睡。"陈一澜轻笑一声，"晚安。"

"晚安，陈一澜。"

"晚安，温初柠。"陈一澜拿着手机半靠在床上。

电话挂掉，手机屏幕亮着。他的手机壁纸很久都没换过。

是在玉龙雪山上，温初柠穿着厚厚的外套，站在他的身旁，小脸发白，却仍然挤出了一丝笑容。

漫山都是皑皑白雪，人间的情爱俗套，他只看着她，就一种想要跟她过完一生的勇气。

那应该是他第一次察觉到，他对她也很坚定的时候。

在那天前，温初柠认认真真地看着他，跟他说，陈一澜，你好好比赛，我能等你的。

她也是他在青春年少时遇到的宝藏。

他心爱的女孩，拥有一颗诚挚而热烈的心，有着一往如故的勇气，将所有无言的爱藏在他的身边。

藏在相隔两地时的日日夜夜里。

一往如故，七年，从未曾变过。

第三章
双向暗恋成真了

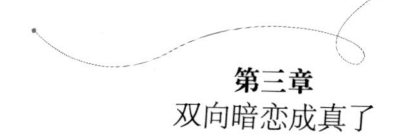

今年过年早,一月底就是春节了。

温初柠的公司早早准备了放假的事宜,发了不少东西,谢宴霖还给每个员工包了红包。温初柠也收到了一份,她掂量掂量,大家的都差不多,没有特殊待遇她就放心了。

晚上公司要聚餐,温初柠推托不开,也就应下了。

陈一澜没什么假期,即便是在这样冷的冬天里,他们队里的训练照旧进行得如火如荼。

温初柠跟着他们去聚了个餐,餐厅是谢宴霖订的,是市中心的一家星级餐厅,长桌,环境光鲜亮丽,餐食少而精致。

桌上的几人都在聊着公司的项目,温初柠接不上什么话,低头默默吃了一会儿,手机振动,是陈一澜给她发的消息,问她什么时候放假。

温初柠发了个定位,说自己还在聚餐,现在几个组长都在,她走不开。

陈一澜发了个表情:【等会儿来接你。】

温初柠弯了弯眼睛:【现在十点了呢,那你几点回呀?】

陈一澜干脆利落打过来两个字:【不回。】

温初柠有点脸红,但看到他消息的这一刻,她也没心思继续待在这里了,跟旁边的邓思君客气了几句。

桌上的男人还凑在一起,话题从项目聊到了投资,邓思君看向温初柠:"男朋友啊?"

"对。"温初柠点点头。

"年轻真好,我想起我在你这个年龄的时候也是这样,男朋友来接,工作都没心思了。不过女孩子也得长点心，爱情事业都别落下。"

"不会的，我记着呢。"

乍与比自己年长的人聊感情，温初柠还有点不好意思，正好手机响起来，温初柠看到陈一澜的来电，从椅背上拿起了自己的外套，小声说："思君姐，我先走啦。"

"好，提前祝你新年快乐！"

温初柠笑了笑，拿着外套和包包出去，今天她穿了一条毛线的长裙，修身柔软，外面是一件长款的毛呢外套。

餐厅在燕京的一栋高楼上，二十多层，都开着暖气和中央空调，只一件薄薄的裙子也不太冷，温初柠把外套搭在手肘上走出来，抬眼一看。

外面玻璃镜似的墙面与地面，一道颀长的身影站在末处，他好像不太怕冷，零度的天，也是黑色的外套，里面只一件薄薄短袖，一看就是刚从训练的地方出来没多久。

想起来姜晴和邓思君说的话——

"下了班之后，永远不知道对方先去了哪儿，尤其是婚后吧，你问了也不一定是实话。"

"对哦，我和我前男友也是这样，那会儿我还在学校呢，他跟他朋友去网吧还是去吃饭我都不知道。"

温初柠看着陈一澜，莫名笑了。

"笑什么？"

"你是不是刚从训练中心出来？"

"对。"

"我就想起来，刚才她们在聊下班后知不知道男朋友在哪里，我就想，陈一澜不是在泳池就是在食堂，再要不就是在找我的路上。"

"你还挺聪明。"陈一澜接过了温初柠手里的毛呢大衣，打开让她穿上。

温初柠没好好穿，故意把两只手伸进袖子里，顺势抱住了他。

人冷不丁扑过来，陈一澜低头，顺势搂住了她的腰，针织的裙子柔软，格外衬着一截细腰，好像不盈一握似的。

"这么投怀送抱，能大庭广众的亲一下了吗？"

"不能。"温初柠搂着他没松手，凶巴巴地说，"不许！"

"行,不许。"陈一澜忽然低头亲了她一下。

"你怎么不听我的……"被偷亲的温初柠皱了下眉头。

"口是心非。"

温初柠哼了一声。

陈一澜重新给她拿着外套,让她好好穿上。温初柠穿好外套,挽着陈一澜的胳膊出来,包也交给了他拎着。

两人从餐厅出来的时候,街上还挺热闹。

温初柠放假早,差不多小年就休假了,也是这会儿温初柠才意识到是小年了。

燕京是个北方城市,一砖一墙都与淮川和临江不一样,这里冬天的风冷硬,还有点凌厉,她冷不丁出来,还是有些冷。

陈一澜看她冷成这样,坐地铁回去不太现实,会感冒,便要叫一辆车。

温初柠和他在门口站着,街边正好有工人在往马路上装灯笼,红艳艳的,给这样萧瑟而干燥的冬天平添了一抹喜气。

这里是商业区,来来往往的都是些商务人士或者约会的情侣,温初柠的视线落在前面。

她仍然记得几年前来燕京参加比赛的时候,那会儿她打扮得漂漂亮亮的,结果整个人差点被冻死在燕京的冬天里,她就那么跟在陈一澜身后,羡慕地看着燕京的女孩打扮得漂亮光鲜在眼前走过去,那么冷的天,她们只穿一条薄薄的打底裤,配短裙高筒靴的。

这么一看,真到了这个年龄,反而羡慕起了以前。

正好走过去一对看似学生的情侣,他们穿着厚厚的外套,裹着围巾,女孩子手里端着奶茶,催着男朋友:"你快点呀,电影快开始了……"

然后他们就那么肆意地奔跑起来,快乐就是单纯地拥有彼此,哪怕也只是一起看一场电影。

温初柠吸了口气,凉凉的风灌进来,她今天也没系围巾,手冰凉的。

"别打车了。"温初柠说,"我们坐地铁回去吧。"

"看你冷的。"

"我想吃那个,"温初柠指了指街边,"烤红薯,正好暖暖手。"

"太冷了,回去你要感冒了。"

"你不觉得走在燕京冬天的马路上,跟喜欢的人一起吃烤红薯还挺浪漫的?"

陈一澜伸手揉了一把她头发，抬头一看，地铁站也在不远处，勉强应了她。

烤红薯摊位上还写着牌子：甜过初恋。

温初柠偷偷踮起脚跟陈一澜说："那还是你甜。"

"温初柠。"陈一澜微微弯了弯腰，用黑漆漆的眼睛看着她，直勾勾的，摄人心魄似的。

"嗯？"

"你是不是喝酒了？"

"没有……"

"我不信。"陈一澜一边说着，一边付了钱，接过来烤红薯，烤红薯热气腾腾的，还有点烫手。

"真没有，"温初柠心虚了，"就喝了一小口，葡萄酒。"

陈一澜睨了她一眼。

温初柠心虚得不行，主动牵住了他的手，然后塞进了他的口袋里："陈一澜，你口袋里好暖。"

"你这是……"陈一澜想了想，"借酒壮胆？"

"没有。"温初柠矢口否认。

"真的假的？"

"不理你了！"

温初柠太心虚了，确实，她从看到那条"不回"的信息的时候，确实胆大了那么一秒，就怕被他戳破小心思。

两人走到了地铁站，等地铁的间隙，温初柠接过陈一澜手里的烤红薯，跟他坐在等候厅那儿，她晚上吃得不多，烤红薯外面沁出来一层蜜，红红的心儿，咬下去又热又甜糯。

温初柠冷不丁想到了很多年前的公交站。

她悄悄抬头，陈一澜也正低头看她，视线落在她的脸上，温初柠先脸红，低头专注去吃自己的烤红薯。

陈一澜轻笑一声，把她的另一只手攥在手心里。

"跟你说个事儿。"

"什么？"温初柠咬着烤地瓜说得含混。

"你今天壮胆也没用。"

温初柠一愣。

"根据美国科罗拉多州大学的研究，赛前有无性生活对比赛的成绩影响不大，"陈一澜慢悠悠地说，"但我还是得集中下注意力，半个月后我有一次短池测验，你还是等之后再壮壮胆吧。"

温初柠还是挺囧的，尤其是那点小想法被他识破之后，到家冲了个澡就躺下了。

陈一澜去洗澡了。

温初柠躺在床上，拎起了那只海豚玩偶抱在怀里，卧室的房门开着，隐约听到浴室里"哗啦啦"的水声。温初柠睡不着，躺在床上，捞过了手机，刷了半天，点到了微博。

她上次发微博都是几个月前了，零散有几条点赞和艾特，她点开了一眼，是高林国际的官博艾特的，庆祝上次的活动圆满结束。

公司的官博互动没几个人，平日里是邓思君在运营，就互相关注了她们几个。

温初柠看了看照片，是九宫格，还有一张是她，温初柠笑了笑，把这张照片存了下来，点个赞。

没一会儿，陈一澜洗完澡出来，温初柠把抱枕放到身边，关了台灯，好像一切还都挺自然的。

陈一澜身上清清爽爽，她家里很暖，落地窗帘也没拉上，窗外就是黑漆漆的夜色。

温初柠翻了个身，朝向他，想跟他没话找话。

"陈一澜，你今年回临江过年吗？"

"今年过年只放三天假，"陈一澜合着眼睛说，"我妈应该在医院加班。"

"那你还留在燕京啊？"

"嗯。"

"那要不然我也留在这儿好了，"温初柠说，"我妈反正也没消息，还不如在这里陪你。"

"该回去就回去，放三天假也没办法跟你吃饭。"陈一澜说完，又补一句，"以后日子多着呢。"

以后日子多着呢。

温初柠往他那儿挪了挪，靠在他怀里，陈一澜一言不发，其实他俩是不提，谁都知道，过完这个年，陈一澜就得出去封闭训练了。

"都要去哪里啊?"温初柠小声问了一句。

"去美国强化训练三个月,"陈一澜说,"队里聘了外教,去那边专门练习提高蛙泳和蝶泳,再去高原训练,然后去新加坡封闭训练,之后回燕京准备封闭训练了。"

言下之意,这一年大概又是意味着分别的一年。但温初柠希望,这是他们分别的最后一年。

"然后就奥运会了。"她说了一句。

"嗯,然后就奥运会了。"陈一澜低低应了一句。

他俩谁都没先说话,房间里太静谧了,只能听到彼此的呼吸声,但他们知道,谁都没睡着。

"陈一澜,"温初柠从他身边抬起头来,外面的微光映着男人的脸,轮廓似乎愈加深刻。他睁开眼,转头看着她,眸光有一种温涟,温初柠的手搭在他的小腹上。

隔着薄薄的睡衣,他的身体坚实而温热,衣服下依稀能触碰到腹肌的轮廓,在随着他的一呼一吸而微微起伏动荡,身边都是潮湿清爽的薄荷与青柠的味道。以前是无所畏惧的少年,在朝夕间拨动她的心弦,现在是沉稳而坚毅的男人,永远都能让她的心动一次次潮起潮落。

"你尽力就好,我等的是陈一澜,不是金牌,我只是觉得,你永远都值得拿金牌。"

那是你努力了十八年的理想,你应该实现它。

温初柠的声音有点低,却像春风,总能一次次无形中让他坚持下来。

他的归宿,是一直等在这儿的温初柠。陈一澜低着视线看她,忽然吻了下来。

温初柠抬手环着他的脖颈,不得不说,专业锻炼过的身材就是不一样,每一块肌肉的线条都是修长而恰到好处的,腰线迷人,没有一丝赘肉。

温初柠的脑子都像蒙了一层雾气。在黑夜里接吻,窥不到全貌,却能让她一次次想起陈一澜从水中出来的样子,肩宽腰窄腿长,比例极好,赤裸着脚踩在地板上,脚背瘦削白皙。

温初柠脸红得像熟透的苹果,比肺活量比不过他,她有点急了,拍拍他的胸口:"你是不是想憋死我?"

"你小时候那股劲儿哪里去了?"陈一澜离开她的唇,温热呼吸交织,他故意说,"小时候我憋气都憋不过你。"

"你居然好意思在这种时候提小时候……"温初柠真是太羞耻了,想到自己那么多黑历史都被他清清楚楚记着,太丢人了。

那会儿小啊,哪能想到以后这么喜欢他呢。

"以后想去哪儿?"

"干吗?"

"不干吗。"

"去哪儿都行。淮川、燕京、临江……你去哪儿我去哪儿。"温初柠不敢对上他的视线,黑漆漆的夜色让视线都在隐隐发烫,陈一澜离她好近,呼吸就拂过她的鼻尖。她视线一晃,看到他的脖颈和微微突起的喉结,荷尔蒙直线拉满。

"燕京吧,"陈一澜说,"等我回来,在这儿跟你落个家。"

他声音又平又稳,是隆冬夜里唯一掷地有声的暖风。

温初柠的睫毛颤了颤,抬起视线看着他,好半天才反应过来这句话其中意味着什么,她一激动,就凑过去亲他。

结果人被陈一澜摁了回去:"睡觉。"

"谁说不睡了,睡睡睡。"温初柠老老实实躺回去,把被子一拉,然后从被子中摸索到他的手臂搂着,"晚安,我等你。"

"晚安。"陈一澜随她抱着。

其实陈一澜放假了也没多安生,队里计划着年夜饭在食堂做,说是放假也仅仅是没训练而已。

温初柠回去也没什么事情做,今年周隽阳给她发的微信,只说回来吃年夜饭就行。

温初柠干脆买了腊月二十九下午的票,正好回家吃年夜饭,周隽阳为此还给她发过来一条语音:"你这是在燕京陪陈一澜呢?"

温初柠乐了,一条语音回过去:"不是吧,舅舅,你还没谈女朋友呢?"

周隽阳发了个狗头的表情,说:"你当谁都有你这青梅竹马啊?"

温初柠笑得不行,因为这个词,心情飞扬起来。

陈一澜基本是在训练基地吃了饭过来的,这两年都这么清心寡欲吃过来的,队里现在严禁队员在外就餐,甚至严苛到出去吃就开除。他们运动员吃的每一份蔬菜和肉类都与供货商签订了协议的，是体育局严格挑选的食材，因为瘦肉精的问题，菜类和肉类更是严格送检确认无误后才给他们吃。

燕京这儿过年还挺有意思。大街上的小馆子闭门打烊，饭店餐馆提前俩月被约得间间爆满，连大厅的空桌都没有。

大超市下班早，温初柠懒得去买菜开火，随便叫了个外卖，等了足足一小时后，才打发了一顿饭。

腊月二十八这天，两人就在家里窝着看电影，温初柠选了个片子，这片子有点老了，一直放在她家的架子上，她工作忙，没时间看。

《爱你，罗茜》。

温初柠起初以为是一部像《怦然心动》一样的小甜片，结果当青梅竹马因为怯懦而次次错开的时候，温初柠忽然有点失神。

高中时的她也是如此，因为一起长大，因为是很好的朋友，所以小心翼翼地藏着自己所有的心思，这种喜欢，就是一道模糊且界限不明的分割线，跨过去，也许连朋友都做不成。

那时温初柠将所有的心思藏起来。因为太在乎，所以太害怕失去。

画面定格在中场，罗茜去参加艾力的婚礼，她穿着白裙子，说："不管你在哪儿，在干什么，和谁在一起，我都会一直，诚实地、真诚地、完全地爱着你。"

温初柠从没想过分别。她比罗茜勇敢，比罗茜更坚定。

陈一澜比艾力更坦荡、更赤诚。

罗茜和艾力许愿一起去波士顿追求梦想，可两人还是错过了。

温初柠和陈一澜许愿一起去淮川，那一年，温初柠拼尽全力考上了淮川外国语大学，陈一澜努力地考进了淮川大学。人生就是这样的奇妙，如果当初她没有考进淮川外国语大学呢，是不是两人也要错过？

温初柠跟陈一澜坐在沙发上，捞过他的手，牢牢地扣住，低声说："陈一澜，我永远都不松开手。"

陈一澜笑着揉揉她的头："得了，你这电影也太狗血压抑了，你说这两人有没有在一起？"

"在一起了吧？"

"这样还能在一起？"

温初柠不信邪，百度了结局凑过去给他看："你看，最后这两人各自经历了结婚离婚又在一起了……"

陈一澜无语，勾着她头发："少看点儿狗血片，生活又没电影这么曲折。"

"那你说，我要是那年没考上淮川外国语大学怎么办，你要是没去淮川大学怎么办？"温初柠一想到这样的可能就委屈得不行，"那我是不是就错过你了？"

"还委屈上了。"陈一澜笑着把人捞过来，她顺势靠在他怀里，下巴搭在他肩膀上，陈一澜的手搭在她后背上，有一下没一下地轻拍着。

"就怎样？"

"大概会多一堆的车票和机票，"陈一澜说，"我会来确认一下。"

"确认什么？"温初柠软趴趴问。

"确认下我们家温初柠有没有被谁拐走。"陈一澜说完，又冷不丁想起什么，"不对啊，你十七岁的时候不是答应过我嘛，二十六岁前不能谈恋爱。"

"那我现在还没二十六呢！"温初柠想起那天就诡异地脸红了。

陈一澜伸手捏起她的脸，盯了一会儿。温初柠心虚，视线到处乱飘。

"行，你二十六岁前也不是不能谈，"陈一澜气定神闲，直勾勾地看着她，有点儿不太正经，偏偏一双眼睛就这么仔仔细细看着她，修长的手指捏着她的脸颊，成年男人的占有欲终于有了点苗头，"是只能跟我谈。"

这么一句话，真像是把她拿捏死了。

"你还挺霸道。"

"那肯定的，跟我后面实打实十八年。"陈一澜没松开手，还捏着她的脸，"生活不是电影，想要在一起的人，就要在一起，没那么多曲曲绕绕，就算真面对什么必须做出选择的时候。"

他顿了顿。

"你选了我，我也选了你，我们都在努力，"陈一澜继续说，"这么多年，不都是这样吗？"

许下一起到淮川的愿望，我们都在为此努力。

分别的两年，她坚定地等他，他仍然将她放在内心深处。

从来都没有过任何人，也不曾有过任何第二选择。

温初柠从他身上翻身下来，把手抽出来："走走走，不在家里窝着了，咱俩出去走走。"

"冷。"

"冷也去。"不然这么跟你在家待着，可真是早晚要出点事。

温初柠跑去卧室换衣服，一边开衣柜，一边说："我明天回家吃个饭，我大年三十就回来。"

"好。"陈一澜准备去洗手间。

结果卧室的门没关紧，温初柠正好脱了衣服，背着手扣搭扣，脊背瓷白，腰线纤瘦。

陈一澜莫名耳郭发热，闪身进了洗手间。得，出门前还是冲个澡吧。

回家那天，温初柠连行李都没拿，反正第二天就回来了，在家闲着好像也没什么事情做。

温初柠没让陈一澜送，陈一澜非要去，也就依着他了。

除夕了，马路上空荡荡的，路边的馆子里却热热闹闹，车站里的人特别特别多。

温初柠挽着陈一澜的手，挺想跟他说，你要不要跟我回临江。可是没有票了，他也要回队里。

温初柠几乎是踩着点过来的，大厅的大屏幕亮起，回临江的高铁要检票了。

温初柠回身抱住陈一澜，陈一澜的外套敞开着，她结结实实地抱着他劲瘦的腰。陈一澜好像不怕冷，里面总是穿得很薄，温初柠的脸颊贴在他的胸口，薄薄的衣料下，是他炽热的体温。

温初柠踮起脚，手里没有行李，她伸手捧着他的脸，准确地吻住他的唇，因为莽撞，还撞到了他的鼻尖。

排队的长龙在缓缓移动。温初柠深深地吻了他好一会儿。

陈一澜扬起嘴角，两手揽着她的腰，轻轻拍了拍，低声说："该检票了。"

温初柠的呼吸有点儿不稳："我憋气还挺好的。"

陈一澜笑了："回去跟家里人吃团圆饭吧。"

温初柠扁扁嘴，也只能松开手。他们之间的每次分别，都是漫长的等待，隔着遥远的距离。可见一面，好像又充满了能量，让他们彼此期待着重逢。

温初柠去检票，回头看了一眼。

人潮涌动，陈一澜站在后面，身姿颀长高挑，脸颊瘦而轮廓分明。温初柠想到很多年前在雍和宫上香的时候，她在香炉前许愿，偷偷睁开眼看他，少年的脸颊被晨光镀着一层暖光，视线看着不远处的佛像，眉眼悠长。

她的陈一澜，一定要熠熠发光。金牌属于他，她也是。

温初柠到家的时候才五点多，下了高铁直接打车回外公家了。

别墅外面挂着红艳艳的灯笼，这个点儿就有人放过鞭炮了，地上散着红色的鞭炮皮。

临江市的天空雾蒙蒙的。

温初柠进门，保姆王嫂来给她打招呼，周隽阳和外公在客厅里看电视，厨房里有说话声。

温初柠先跟外公和舅舅打了招呼，然后钻进厨房，发现是周梦回来了。外婆虽然年龄大了，但平时注重养生，身子还硬朗，眼下，老太太个子娇小，银白色的头发都绾在脑后，穿着肉桂色的高领毛衣，披着一条红色的披肩，指着周梦说："哪有你这么包饺子的？一个包那么大怎么吃？"

周梦烫了大鬈发，穿着森绿色的针织长裙，还做了指甲，费劲儿地捏着饺子。周梦确实不太会做饭，案板上的水饺大小不一。

"小柠回来了。"周梦看见温初柠，跟看见救星似的。

"妈，你怎么回来了？"温初柠还挺讶异，这么多年，头一次见周梦回来。

"我正好买到了今天的机票，回来吃顿饭，就得回去了。"周梦走过来，摸了摸温初柠的头发。

"小柠，你这个妈真是，不会做饭，你舅舅也够呛。你们出去吧，我和王嫂包饺子。"外婆走到案板前要忙活。

王嫂在家里照顾老人多年，肯定不能让老人做这活。其实外婆未必是真要做点什么，只是因为过年，老人也想参与一下帮帮忙。

王嫂让外婆去看煮水饺的水开了没有。

周梦趁机把温初柠拉过来，压低声音问："你舅舅说，你谈恋爱了？"

温初柠也没打算瞒着，点点头。

"是不是我认识的？"

"妈……"温初柠有些不好意思，"等以后告诉你。"

"就你那点儿事还能瞒得过我？"周梦"喊"了一声，"你汪阿姨人也挺好的，等我以后有空跟她聊聊。"

"聊什么呀！你别去乱说话。"

"聊聊闺蜜当亲家的事还不行？"周梦伸手，轻轻点了下温初柠的额头，"你打小就跟在陈一澜身后转悠，那会儿哭着闹着要学游泳。"

温初柠早不记得这茬了，有点窘迫。

"行了，你也二十四了，喜欢就喜欢吧，不过咱们温初柠，"周梦摸了摸温初柠的头发，"就算陈一澜拿了世界冠军，也不差哪儿。"

温初柠被周梦逗笑了。

温初柠家的团圆饭是六点准时开始的，饭桌上几人聊着天，其乐融融。

饭后，老人休息得早，没等着看春节联欢晚会。周梦也早早睡下，明天一大早的飞机回伦敦。

七点半，客厅里就剩下了温初柠和周隽阳。

"今日晚间，燕京有降雪，国内大部分城市将会局部降温，请广大居民朋友注意保暖……"

温初柠有点无聊地看着手机，落在跟陈一澜的对话框上，手指停在屏幕上。

周隽阳坐过来，给她剥了个橘子："外面好像下雪了。"

温初柠"啊"了一声，扭头去看。家里特别暖和，外面有点风，路灯下，细细碎碎的雪花鹅绒似的飘着。

多少年前，少年就这样站在覆着薄雪的路灯下，长款的外套敞开着，里面只有一件薄毛衣，对着她张开手，结结实实地把她抱进怀里。

那回，陈一澜从燕京买了车票跑回临江，只为了亲口跟温初柠说句新年快乐。

"想回燕京了？"周隽阳老神在在的。

"嗯。"人声鼎沸时，万千人团聚时，她只想在他身边。

他没法回家。

"想去就去，反正你本来也是明天就走，看看还有没有头等舱票，"周隽阳说着，拿出手机点了几下，给温初柠发过去一笔转账，"当给你的压岁钱了。"

温初柠一看，转过来小几万块钱："舅舅，你还有老婆本吗？"

"你舅舅我，暂时单身主义。"

"行，你今天不是单身狗，你是单身贵族。"温初柠本来也没行李，从门口拿了自己的大衣，有一种勇气从胸口往上涌着，"舅舅，我走了。"

"注意安全。"

"知道啦！"

这个点坐飞机已经不太合适了,温初柠买了高铁的一等座,路上看着高铁窗外黑漆漆的夜色,只觉得那颗想要见陈一澜的心,愈加强烈。

温初柠回燕京的时候,已经十一点多了。原本运营到十二点的地铁十一点半就停运了,温初柠正好在等最后一趟地铁。

陈一澜几人还在食堂。今天队里只有一个厨师,其他的食堂员工早早放假回家了,几个神经粗线条的运动员在厨房里面忙活得一团乱。技术指导竟然是耿爱国和姜平,还有队里的体能教练。

一群纯爷儿们,没几个会正儿八经做饭的,姜平干脆充当了厨师。

说是放假,但这群孩子也没落下训练,都各个自觉去练了一会儿,这吃饭就拖到不早了。

反正是放假,姜平没多说什么,让他们难得熬个夜快乐一下。

厨师和面,调好了饺子馅,耿爱国让队员们自己包饺子,结果几个大男生包得乱七八糟。

转眼,陈一澜和安东已经算是队里年龄大的了,张文博比他俩小两岁,这会儿跟一群小孩打成一团。现在国家队里又多了些十五六七岁的队员,这个年纪的孩子,教练很怕他们乱吃零食。

不一会儿,耿爱国拿着擀面杖出来找人:"陈一澜,你去找找陈浔,那小子怎么又不见人了?"

"行。"陈一澜和安东在食堂坐着看春晚,闻言,陈一澜站起来,这边是他们的食堂区,出去走不远就是游泳馆。

陈一澜进来时果然发现游泳馆里有一道身影,在一圈圈游着。

"走了,吃饭了。"陈一澜站在泳池边,对着那道身影叫了一声。

陈浔慢吞吞游过来,十七岁的少年也已经窜到了一米九,脸颊还稍稍有些少年的稚嫩,陈一澜没来由想到以前的自己。

"一澜哥,"陈浔弯腰拿起毛巾,擦了擦身上的水珠,低声说,"我就是有点想家了……"

"正常。"陈一澜看他情绪不高的样子,就坐在了起跳台上,打算和他说会儿话。

陈浔披着大浴巾:"我就是觉得好累。"

"训练太紧了?"

"比赛也太紧了……"陈浔慢慢说。

确实,每次他们比赛,因为合理的兼项对提高成绩也有帮助,所以每次比赛教练都不止给他们报一个主项目,还会兼项,而且游泳运动员的陆上的体能训练也占了很大一部分。

"教练以前说你特别喜欢游泳。"

陈浔点点头。

"很正常的,做任何事情,都需要那么一点热爱才能熬得过去这一段日子,有句话不是说,唯有热爱抵万难,"陈一澜说,"水里才是这个世界上最安静的地方,再坚持坚持吧。"

陈浔又点点头。

"走了,回去吃饭了,耿教练以为你去偷吃零食了。"

"谢谢你,一澜哥。"陈浔披着毛巾,顿了顿,认认真真地说,"你一定能参加奥运会拿金牌的。"

陈一澜笑笑:"我先走了,等你。"

"好。"

十七岁的少年,心思简单,陈浔看着陈一澜出去的身影,也没来由的有些崇拜陈一澜——他没什么架子,一起在一个池里训练的时候,偶尔还会指点一下陈浔的动作,后来听到别的队友说,这是陈一澜,职业生涯里基本都是金牌,但奥运会之路走得却很不顺畅,十七岁的时候还在国家队代训,十八岁刚转正没来得及参加奥运会预选,下一年奥运会又被禁赛,这一回的奥运会,大概是他职业生涯里最后一次机会了。

耿教练就常常说,陈一澜是他们一群人里心态最稳的那个。

等陈一澜和陈浔回来时,耿爱国已经煮好了饺子,这也不是他们队里第一次在一起过年了。

姜平在饭前讲话:"希望大家都能在新年取得更好的成绩!"

结束时临十一点了。耿爱国和姜平赶着他们回去休息,几个教练在厨房收拾。

陈一澜和安东合住的,张文博也搬到了他们隔壁公寓,三个人并肩走在回公寓的路上。

"哇!居然下雪了!"张文博欢呼,他是个典型的南方孩子,看到雪就激动得不行。

陈一澜也抬头看了一眼,燕京在北方,雪下得比临江淮川大,雪花片片飘下来,地上覆着一层白色。

张文博拿着手机,在等红灯的时候装模作样地采访:"来,一澜哥,说几句。"

"说什么?"陈一澜双手抄在口袋里,看着空荡荡的马路。

今夜大雪纷飞,越发想念一个人。

"新年快乐。"安东凑过去说了一句。

"对,新年快乐。"陈一澜也笑着说。

"是的,我们三个,未来的 400 米混合泳之王,1500 米自由泳之王,200 米蛙泳之王,新年快乐!"

"行了,绿灯了,青蛙王子,回去睡觉了。"陈一澜拍拍张文博的肩膀。

走到公寓的时候,陈一澜拿出手机,看了看时间,十一点四十,想跟她说一句新年快乐。

"你们先上去吧,我等会儿上去。"

"行,早点回来。"

"嗯。"陈一澜应了一声,站在公寓楼下,他的外套敞开,有些薄薄的雪花落在脖颈处,融化掉,潮湿的凉意。

陈一澜打开与温初柠的聊天框,不料一通电话进来,是温初柠的电话。

陈一澜站在雪地里接通,那边的人好像在跑,还喘着:"陈一澜……你在哪儿呀?"

"我在公寓楼下了。"陈一澜听到电话那段的风声,还有小跑的声音,问,"你干吗去了?"

"陈一澜——"声音好像在不远处传来,陈一澜拿着手机回头,看到一道身影站在不远处。

温初柠穿着奶咖色的毛呢大衣,里面是软软的毛衣和短裙,系了一条方格围巾。看到他的时候,她举着手机对他晃了晃,然后朝他跑过来。

陈一澜愣住了,没有想到温初柠下午才走,晚上又回来了。

她奔跑过来,结结实实地扑进他怀里:"陈一澜,我来跟你说新年快乐了!"

那年十七岁,是陈一澜从燕京买了最后一张票赶过来见她,只想亲口对她说一句新年快乐。

这年换她来找他。从临江到燕京，她也买了一张车票，不远几百公里，只想对他说一句新年快乐。

陈一澜抱着温初柠，忽然想到了那年的心情，那种仅凭直觉冒出来的坚定又热烈的情绪，是死心塌地。

温初柠一路跑过来，脸颊被风吹得有些泛红，白色的薄薄的雪花落在她的刘海上，落在她的鼻尖上，迅速消融成了一点点水痕。

陈一澜刚一弯腰，温初柠就莽莽撞撞亲上来，鼻尖磕到他，还带着融化的雪意。

温初柠搂着他的腰，这是她最喜欢抱的地方，手感好，结实，线条劲瘦。

拥抱能给她很多很多的勇气去面对下一年的分别。

凌晨十二点到了，远处有人在放烟花，声音此起彼伏。

温初柠仰起头，烟花绽开，点亮夜空。明明灭灭的光，映着他深刻的轮廓，可他没有在看烟花，而是在看她。

在楼下吹了半小时的风，第二天，温初柠抱着手机躺在床上，打了几个喷嚏。

陈一澜这儿没有感冒药，因为平时生病了吃药是经过队医检查的。

温初柠摆摆手，喝了几杯热水，说明天就好了。

大年初一，队里不需要训练，两人去了一次雍和宫，上香的人格外多，温初柠拉着他来凑个热闹，宁可信其有。

依然是红砖墙，松柏树苍劲萧瑟，温初柠拉着陈一澜进去，奉了一炷香。但这回，她不求金牌不求怎样，只要他平平安安回到她身边就好。

晚上回去，温初柠窝在床上，几个月都没发微博了。她翻到七年前那张照片，和今天拍的拼成了一张图。

七年前他们站在一起，七年后他们能牵着手。

温初柠慢慢敲字：

不管你在哪里，不管你在做什么，我会一直一直，诚实地、真诚地、完全地爱你。

七年了，陈一澜，任几百公里，不顾那些见不到的日夜，我们从未走散过。只因为是你。

CYL

陈一澜集训在年后，因为这一年几乎没办法回家，队里额外给了一天，允许家属来队里看他们。

张文博和安东的父母都来了。

陈一澜坐在桌前，手机突然振动。是汪茹的电话，出乎他的预料。

"妈。"陈一澜接了电话。

汪茹那边静默了几秒，说："你教练给我打电话了，可我们医院走不开。"

"我知道。"陈一澜习以为常了。

汪茹不太支持他游泳，也很少给他打电话，或许是缺乏沟通，或许是她们急诊科太忙了。陈建平更是如此，他在省队带运动员，更忙碌。

上回陈建平突发高血压性心脏病，休息了没多久带着药就回了省队，怕他的队员换教练不适应。

"你好好游吧。"陈一澜握着手机，以为这段对话又无疾而终的时候，汪茹又开口了，"你好好游吧，你都游了十八年了，这应该是你最喜欢的事情。"

汪茹已经很久没跟陈一澜好好说过话了，这句话说得很快。有些抱歉没有说出口，算是迟来的支持吗？

陈一澜有些沉默。

手机里突然窸窸窣窣的，然后传来了陈建平的声音："我说几句。

"你好好训练，拿不拿金牌都没关系，重在参与，就算你不是奥运会冠军，你也有十八枚金牌了，我儿子就是最棒的！"

陈建平说这话的时候，比汪茹还别扭，说完就要匆匆结束："好好听耿教练的话！"

"知道了。"陈一澜低低应了一句。

以前他会羡慕唐子甄的父母总是来训练基地探望，会羡慕张文博的父母每天晚上打来电话，羡慕安东的父母有时候也会买票来看安东的比赛。

可是陈一澜的父母没有过，汪茹工作太忙了，陈建平又在带省队，即便是在比赛上见到了，陈建平也在指导他的队员，他是个好教练。可他们也是陈一澜的父母。

迟来的支持，总比没有好多了。陈一澜的满足点挺低的。

陈一澜临走那天，温初柠已经上班了。

他们坐车准备去机场，陈一澜把行李放到车上，似乎犹豫了一秒。

航班是在三个小时后的，决定上来的那一瞬间，陈一澜直接跟耿爱国说了一句。

耿爱国一瞪眼："你干吗去！"

"我一会儿直接去机场，坐地铁过去。"

"你怎么过去？"耿爱国说，"这都几点了？"

"我跑过去。"

"……陈一澜，你就是个恋爱脑！"耿教练大骂，"你快去，要是给我晚了飞机我扒你皮！"

陈一澜笑了一声，转身朝另一个方向跑去。

张文博目瞪口呆："教练，他真谈恋爱了？咱们队里不是不能谈恋爱吗？"

"你什么时候有个认识了十八年的青梅竹马再说这话。"安东搭着他的肩膀，把人勾回来。

"我可没准他谈，他偷摸谈的。张文博你少给我胡思乱想，你谈恋爱就给我滚出国家队！"耿爱国气得不行。

"教练你区别对待啊！"

陈一澜有时候觉得，自己还挺适合跑3000米的，一个3000米，两个3000米，三个3000米……

从训练基地跑到高林，差不多七八公里。

那年十七岁，跑过去有点费力，这年陈一澜即将二十五岁了，耐力比以前更好。

温初柠接到陈一澜电话时正在开会，手里一振动，温初柠拿着手机猫着腰从会议室里出去。

"温初柠，"他的呼吸不太稳，"出来，楼下。"

"好。"温初柠有点儿等不及，电梯还没有下来，她顺着楼梯一路小跑下去。

陈一澜跑了八公里，温初柠从二十多楼一路跑下来。

陈一澜站在大厅里，怀中抱着一大束白色的风信子。

温初柠跑下去，陈一澜稳稳地抱住她。

"等我回来。"

"我等你。"

异口同声。

两人都喘息着,视线相撞,温初柠弯起眼睛笑了,陈一澜低头吻了她一下。

"跑下来的?"

"你不也是跑着过来的?"

因为是你,因为是来见你。

当我们相爱时,分别与爱,并不相悖。

时间有点紧,陈一澜只能短暂地来见她一面就要去机场。

温初柠抱着那一束风信子站在原地看着他离去,男人的背影颀长,被午后的暖阳镀着浅光。

这十八年,无数次的分别,可真的好奇妙,每一次分别的模样,她都记得清清楚楚。

他一定会回来。

这是他们的约定,他每一次都做到了。

陈一澜,明年见。

这一年,温初柠跟陈一澜的联系少了很多,但他有空时就会给她发很多东西。

这一年,他们到美国洛杉矶和圣地亚哥集训,他发过来的照片,是安东拍的。陈一澜的身形更为劲瘦了,眉眼一如既往的立体而清俊。

陈一澜还随队里进行了一次短暂的高原春训,仍然是在昆明,他们几个人身体素质好,没什么高原反应。

有次晚上几个人出去走走,路过一个花市,陈一澜看过去,一眼看到花店里摆着的一瓶铃兰花。

马路上空荡荡的,他无端想起那天在老街,温初柠坐在椅子上,手里捧着一束铃兰花的样子。

只要想到她,就觉得多了坚持下去的勇气。

昆明是个浪漫的城市,在街角处,有个男人站在那儿,手里抱着吉他忘我地唱——

"为我守候的人是你,给了我坚定的信心。

我是如此相信,在背后支撑的是你……"

陈一澜给温初柠打了一通电话。

温初柠接得很快，声音有点期待："陈一澜！好巧啊，我刚刚还在想你呢！"

"我也是。"听到她的声音，陈一澜紧绷的神经都放松下来。

昆明今天天气好，万里无云，月光皎洁。

"陈一澜，还有一年多点儿，四百多天。"温初柠说，"我等你回来呀。"

陈一澜笑了。

温初柠跟着邓思君出差，准备着一次次的口译。

奥运会那年，温初柠二十六岁，她有点逃避，第一次紧张到不敢关注奥运会，甚至都不敢打扰陈一澜。

网络上言论四起，有说很多泳坛老将退役，现在的游泳队里没夺金点的，也有媒体预测本次奖牌应该出在女子游泳队，还有人预测张文博可以拿到银牌。

几个人提及陈一澜，因为他被禁赛的那一年没有成绩，第二年比赛也参加得很少。

温初柠特别不忍心看到那些言论，唯有一次次点开他的对话框，但最终什么都没说。

离奥运会的游泳项目还有最后三天，温初柠让自己全心去关注工作的事情。

这三天对于陈一澜来说也不太好过。举办奥运会的城市在国外，饮食、奥运会村的住宿都不太适应，更不适的，是本次参加奥运会的压力——众说纷纭，传言满天。

几人在训练池里泡着。陈一澜游过去，看到安东，并肩跟他攀着泡沫分割线。

"外界的言论都不重要，"陈一澜说，"我们是运动员，不是别人茶后饭余的谈资。"

"嗯。"

"水里才最安静，再坚持一下吧，"陈一澜故作轻松地说，"今年我二十六，你也是，这是我们参加的最后一届奥运会了，离退役也不远了。"

安东终于轻松了一些，说："陈一澜，你也好好游。"

"你也是，安东。"

说完，两人扎进水里专心练习。

耿爱国和姜平站在岸边，分外注意他们几个人。

奥运会倒计时的几天，陈一澜早早休息，奥运会村是酒店公寓式房间，这一层楼住的都是游泳队和跳水队的。

耿爱国好几天没太睡好,跳水队的人回来得晚,耿爱国就站在楼道口,让他们小点声,回去早点睡。

姜平不说,也知道是耿爱国爱惜着这些队员,尤其是怕打扰陈一澜、安东和张文博休息。

其实陈一澜被禁赛那年,耿爱国就该退休了,那年本来是耿爱国带的最后一届奥运会,可他硬是没退休,要继续带着陈一澜他们几个。

对他来说,他们不只是他的学生,更像是他从小拉扯大的孩子。

那年去临江的体校家属院,耿爱国选了陈一澜和孙嘉曜,陈一澜跟着他的时候才六岁,叛逆期也不是没有,张文博和安东跟着他的时候,也不过七八岁。一转眼,这些孩子都二十多岁了。

当教练操的心不比父母少。

已经是晚上十二点多了,耿爱国还没睡。

姜平出来,看到背着手站在走廊上的耿爱国:"耿教练,怎么还没睡?"

"我听着,这两天陈一澜晚上睡不好,我怕他晚上起来有什么事。"

"十二点半了。"

"我知道。"

"你对这些孩子还真是上心。"姜平说,"你早点睡啊,耿教练,身体重要。"

"知道,我看跳水队的还有两人没回来,我等等他们,不然一会儿吵醒了陈一澜。"

姜平点点头,先回去睡了。耿爱国继续背着手站在走廊上。

陈一澜确实睡得断断续续的,总觉得好像绷着一根弦,翻来覆去的,400米个人混合泳,国内还没有刷新过纪录。

菲尔普斯的世界纪录是 4'03"84;世界第二、亚洲纪录是日本选手萩野公介的 4'06"05。

400米个人混合泳,几乎都是被国外选手垄断的。

陈一澜的纪录是 4'10",这一年的封闭训练,他的最佳成绩是 4'07"。他这次的目标是 4'05"。

第一次从 4'17" 到 4'13",前进四秒,他花了快两年,第二次从 4'13" 到 4'10",他花了足足四年。而这次从 4'10" 到 4'07",他训练了两年。

这次的目标是再进步两秒，不枉这两年的训练。

回头看看，不只是他在努力，还有耿教练，还有姜平，还有他的体能教练，还有各个训练基地的教员和训练外教……

他不只是陈一澜。

陈一澜想出来松口气，结果一开门，看到耿教练搬了张椅子坐在走廊上，背影已经有些佝偻，头发几乎都白了。

"耿教练，你怎么还没睡？"陈一澜微微愕然。

"你怎么了？吵醒你了？还是渴了？"

"我没事，"陈一澜摇摇头，瞬间明白了耿教练为什么坐在这里，"耿教练，您去睡吧，我没事，就是睡不着。"

"你不要有心理压力，再坚持几天咱们就回去了，回去我给你放几天假……"

"耿教练。"

"你说。"

"那我能谈恋爱了吧？"

耿教练盯着陈一澜看了一会儿："你就非谈不可了是吧？"

"对。"

"行，你谈吧，我不让你谈你也谈，你偷摸谈几年了，我再不让你谈，就不是你的恩师，而是你仇人了！"

"耿教练，我都二十六了，她等我九年了。"

"谈吧谈吧，你就因为这事儿睡不着？"

"不是，就是觉得……"陈一澜摸了摸鼻尖，"算了，耿教练。"

"你说。"

"你还记得我小时候你和我的约定吗？"

"你十岁的时候吧？"耿教练说。

"对。"陈一澜说，"我都没忘。"

耿教练站起来看着他，眼看着六岁的小孩慢慢窜到了一米九三的身高，这些年他刻苦地训练，从不抱怨，从不放弃。

陈一澜十岁那年叛逆过一次，当时耿爱国还在省队里带他。省队分好几个组，别的教练互相攀比队员的成绩，当时有个教练说陈一澜没有冠军的潜质，这种孩子太皮了，管不住。

那是耿爱国第一次跟人吵架，吵得脸红脖子粗。

陈一澜懵懵懂懂，看着耿爱国维护他；后来，陈一澜十七岁进入国家队代训时，成绩处于中游，队里比他有天赋的运动员太多了，可耿爱国从来没放弃过他，一次次鼓励他，一次次去姜平那里给他争取机会。

陈一澜跟耿爱国有过一个约定，要拿金牌。

十岁的陈一澜因为那次吵架抹眼泪，陈一澜问耿爱国："教练，世界纪录是多少？"

"4'05"25。"

那时世界纪录是由菲尔普斯刷新的，后来2008年菲尔普斯再一次以4'03"84的成绩刷新世界纪录。

这个项目，几乎是被美国队垄断的。

"那我要试试4'04"！"

"你啊，你职业生涯能游到4'05"，我就特别满意了。"

陈一澜十七岁的时候，觉得这个数字好遥远。他花了十几年才慢慢接近，只为了这几秒。

"耿教练，我还记得呢，"陈一澜说，"我没忘。"

男子组400米个人混合泳那天，场馆里坐满了观众，国内外的媒体都在赛场入口处。

耿爱国什么都没说，生怕给他们增加压力。

陈一澜是队里唯一一个400米个人混合泳的选手。

8个赛道的选手，都是其他国家破过纪录的泳坛名将，压力格外大。

在此次奥运会前，陈一澜一直都没怎么被媒体谈论过，也没什么人记得他的最佳成绩，他是国家队里最不起眼的那个。甚至在奥运会预选赛的时候，陈一澜的成绩也只排在中间位置。

陈一澜已经二十六岁了，这二十六年里，他拿过国内和亚洲的金牌，可这是他第一次参加奥运会。

各国的运动员登场，高手云集，彼此之间没什么交流。

只有赛场上观众的欢呼。

陈一澜整理好了泳镜。50米的长池，池水清澈。

陈一澜调整呼吸。

"Take your mark——"随着电笛声,运动员入水。

水花声、呐喊声、加油声……什么都听不到。

水里才最安静,再坚持坚持吧。

"比赛开始,在男子400米个人混合泳的决赛中,陈一澜在6号赛道,第一个出水,反应时间为0''53,隔壁赛道的美国选手在蝶泳上暂时领先陈一澜,这位选手是今年最强大的竞争者……"

"蝶泳结束,陈一澜暂列第三,现在进入仰泳阶段,陈一澜的蝶泳蛙泳均衡,自由泳是强项,仰泳稍微一般,陈一澜现在位列第四,要坚持住啊,只要前两个泳式陈一澜能稳住前三,就非常有希望……"

"仰泳结束,陈一澜的进步非常大,现在已经位列第三,陈一澜的蛙泳保持得很不错,但隔壁道的选手是100米蛙泳的单项金牌得主,陈一澜要坚持住……"

陈一澜牢牢地记得这些年的训练。

在美国封闭训练时,外教给他制定呼吸要求,一遍遍练习,一遍遍增强肺活量,已经形成了肌肉的记忆。还有一次次的陆地训练,增强体能,增强肌肉的质量。

他全神贯注地向前冲。这是他的第一次机会,也是最后一次机会。

"已经到了最后100米的自由泳,这个100米,陈一澜能顶住的话很有希望,陈一澜现在位列第二。现在在奖牌的追逐战中,还有最后的20米,陈一澜现在反超了!陈一澜加油……陈一澜在憋气冲刺……"

陈一澜出水的时候,心脏在剧烈地跳动,他一把摘下泳镜,看向前面的记分屏幕。

【第一名:陈一澜,CHN,4'05''12。】刷新了亚洲纪录。

这一枚金牌,承载着无数教练的心血,也承载着陈一澜的二十年。

陈一澜从水中出来,台下的观众在欢呼,耿爱国眼眶泛红,抬手抹着眼泪。

"他做到了。"耿爱国的声音哽咽,"陈一澜做到了!"

奥运会那天,温初柠在公司加班,游泳比赛在下午,温初柠一直没看新闻,反倒是在下班前,隔壁的姜晴疯狂地晃她。

"温温!温温!今天奥运会十五金出来了,你看了没有?"姜晴坐着转椅过来,"那个是不是你男朋友?"

姜晴这一句话出来，旁边的邓思君都过来了。

"什么呀？"温初柠被她们弄得紧张兮兮的。

"你快看——"姜晴激动地把手机递给温初柠。

温初柠本来正在埋头翻译文件，冷不丁看到屏幕上的人影，她的呼吸都停滞了一瞬。

陈一澜从泳池中走出来，肩宽腰窄，一手拎着泳帽和泳镜，手臂的线条修长，他的泳裤微微低了些，完整的八块腹肌，还有性感的人鱼线。镜头一直定格在他的身上，男人的面庞轮廓凌厉拓然，五官英挺立体，深而好看的眼型，微微喘息的时候，简直是人间行走的荷尔蒙。

"温温，你看他腰上……"

"啊？怎么了？"

陈一澜的泳裤位置稍低了些，在他腰间，有一行并不太大的法文文身，L'amour de la vie，在法文的中间，还有一个星月的符号，下面有一行数字，0926。

温初柠脑子蒙了一下。看起来并不是新文的，平日里这个位置她也没注意。这什么时候的事儿？

温初柠愣愣地看着镜头里，男人紧实的腰性感至极，皮肤上缀着水珠，那行字迹越发清晰。

L'amour de la vie.

一生挚爱。

温初柠看着那个星月，还有0926，冷不丁就想到了十七岁的生日。

陈一澜送她的项链。她十七岁的愿望。

在那个摩天轮上，陈一澜把那条项链递给她，一弯小月亮的吊坠，月亮的中心有一颗星星。

"温初柠，十七岁生日快乐，许个愿望吧。"

"陈一澜，你拿奥运会冠军吧。"

"这不是你的生日愿望吗？"

"对啊。"我的愿望是关于你。

"那我也再加一个，我考上淮川外国语大学，以后毕业当翻译，你就好好比赛，拿奥运会冠军好了。"

温初柠愣愣地看着屏幕上，陈一澜抬手整了整泳裤的腰，那行文字被遮住了。

"哎，这行字是什么意思呀？温温你不是学过法语吗？"姜晴问。

"是，一生挚爱的意思。"

"那个星月符号呢？"

温初柠眼眶泛酸，是他们的约定。

是他们做出约定的那天，9月26日，是她的生日。

"思君姐，我想请几天假，正好我的年假还没休。"温初柠没让自己哭出来。

"行，你去吧，你去年年假也没休，你直接休就行，最近咱们没什么会议了。"

"好。"温初柠点点头，买了一张回临江的机票。

这两年外公外婆身体不是很好，舅舅已经回了外公那里住，家属院的房子还闲置着。

温初柠跑回家，回到了自己的房间。

仍然是以前的样子，墙壁上贴着那张纸已经泛黄了——

我要考淮川外国语大学

她在桌前坐下，拉开抽屉，那个小小的盒子还在那儿，她把盒子拿出来。她平时没有戴饰品的习惯，加上总是小心地珍藏着，这项链一直被她放在这里。

温初柠把它拿出来，弯弯的月亮吊坠，中间有一颗很小的星星，跟他腰上的图案一样。

温初柠莫名眼眶泛酸。

她站起来，不小心碰掉了桌上的一本书，是她的英语课本。温初柠弯腰把书捡起来，却有一张纸从里面掉出来。

温初柠弯腰拿起字条——

温初柠，十八岁生日快乐，我早知道你喜欢我了，等我拿了金牌就跟你表白。

十八岁……

温初柠蹲在地上想着,她的十八岁,繁忙的地铁4号线,她在地铁里一眼看到了陈一澜。

"陈一澜,就一句生日快乐,你要是训练很忙的话……你给我打电话也不是不行。"

"那你怎么就不想想,我这是特意赶回来见你。"

"训练确实挺忙的,但总得抽出点时间吧?不然还怎么能突出这是温初柠的十八岁生日呢?"

"行了,我的意思是,重要的也不是你十八岁的生日,是你的每一个生日。"你的每一个生日,我都不想错过,都想亲口对你说一句生日快乐。

他没有错过。

温初柠捏着这张字条,看起来已经有些泛黄了,是他在八年前写下的。

他赶回来,以为没有见到她,在桌上放下了生日礼物。

而后抬起头,看到了墙上写的——

温初柠的目标:我要考淮川外国语大学

在下面,还写了一行很小很小的三个英文字母。

· CYL

那天陈一澜弯唇笑了,那天周隽阳在厨房里忙活,陈一澜匆忙撕了张纸,一笔一画写了这张字条。

"陈一澜,你今天在这儿吃饭吗?"

"不了,得回去训练。"陈一澜随口说着,把这张纸夹进了温初柠的书里。

可这张字条,温初柠在八年后才看到。温初柠给陈一澜发了一条消息,她在临江等他。

陈一澜估计是在忙,没有立刻回复。

温初柠躺在床上,翻来覆去地看着微博。因为陈一澜夺金,今天霸占了一整天的热搜。

温初柠随便点开了一条,映入眼帘的就是陈一澜从泳池出来的照片,甚至还有人特写了他的腰,那行文身格外性感撩人。

网友们刷爆了评论——

【这是什么神仙男人啊,国家队狠狠地纠正了我的审美!】

【天啊,这是什么国家游泳队啊,这是国家男模队吧?】

【帅哥多吃点少穿点!陈一澜是什么神仙颜值!】

温初柠看着微博的相片,嘴角扬了起来。但随即,下一条热搜就被顶上来了——【奥运会冠军陈一澜的独家赛后采访。】

温初柠点进去,里面的一段视频里,陈一澜上台领奖牌,男人专注的侧颜线条优越至极,赛后的相片里,陈一澜穿着白红相间的运动装,身姿颀长,令人挪不开视线。

有记者在赛场外对他做独家采访,起初的问题还中规中矩。

后面,记者问出了现在网友最关心的问题:"陈一澜,你今年二十六岁了,有女朋友了吗?"

陈一澜头发还潮湿着,要去换衣服:"我有喜欢的人了,我是运动员,不要太关注我的私生活。"

有点敷衍。

这视频出来,网友们的评论更惊呆——

【这是什么酷哥!居然有喜欢的人了!帅哥喜欢什么样的?】

【帅哥有喜欢的人了!】

温初柠刷着刷着,觉得有点不太对劲,自己微博上好像发过照片,她连忙切回去,却发现自己的微博收到了一条私信——

【CYL一直都喜欢你。】

温初柠点进去,发现是一个小号,连头像都没有,唯一的点赞,还是高林国际的微博,中间那张相片是她,她穿了一身黑色的通勤装,雪纺白衬衫,下半身通勤修身裙。

面前的牌子写着:同声传译,温初柠。

温初柠没太当一回事,抱着手机犹豫半天。她微博上发过陈一澜的照片,严格来说也不是正脸,是两人在雍和宫前的相片,还有一张在他寝室里,她拍的他的背影。

温初柠觉得网友应该也不会扒到,犹豫半天,还是没删掉。

她早早睡了。但也是第二天起来,温初柠的手机死机了。

今天微博上挂着的文娱热搜——#磕到了,青梅竹马双向暗恋成真了!#

她的手机被微博上 99+ 的消息直接卡死了。

温初柠蒙了，点进去看，她好半天没反应过来。昨天给她发私信的小号已经挂上了小黄 V 的认证：奥运会冠军陈一澜。

温初柠的手都哆嗦了，颤巍巍点进他的主页。

陈一澜在今天发了一条微博，定位在国际机场，那是四张照片。

第一张照片，在他家床边看到过，是小时候汪茹和周梦单位聚会，他们两个并肩站在一起，温初柠比画着剪刀手，陈一澜站在她身边，在她头上比着兔耳朵。

第二张照片，在那年的雍和宫外，他伸手揽着她的腰，温初柠把糖葫芦凑到他嘴边。

第三张照片，玉龙雪山上，她的小脸发白，紧紧地挨在他身边。

第四张照片，是他的金牌，还有她房间墙上的那张目标单：我要考淮川外国语大学。

右下角那个很小很小的 CYL，被他用爱心圈了起来。

【陈一澜：CYL 也一直喜欢你。@Joy 的 CYL。】

温初柠彻底呆住了。

陈一澜是晚上回来的，温初柠电话响起的时候，是晚上十一点半。温初柠已经不敢说话了，听到他的呼吸声，心脏就在胸腔里扑通扑通狂跳。

"陈一澜。"温初柠的声音有些发抖，是因为酸涩和喜悦。

"下来吧，我在楼下。"

温初柠往楼下看了一眼，陈一澜依然是穿着干干净净的短袖和短裤，手里捧着一束白色的风信子，他抬起头，正好与楼上的她视线相撞。

温初柠飞快跑下楼，飞奔而去，用力抱住了他的腰。

她跑得有些快，扑过来的时候，撞得他闷哼了一声，他伸手搂着她，另一只手还拿着风信子。

陈一澜单手环着她的腰，微微弯下身，偏头亲了亲她的侧脸。

"温初柠。"

"嗯……"

"我回来了。"

"我知道。"温初柠鼻尖酸涩，强忍着要落下来的眼泪，心中涌起各种复杂的情绪。

"金牌我拿到了,咱俩的约定我做到了,"陈一澜揽着她,闷声问了一句,"二十六岁了,你要谈恋爱还是结婚?"

"嘭!"什么东西在她心口炸开了。

"结结、结婚……"温初柠整个人呆住,"我们恋爱还没谈多久呢!"

"看不出来啊?"陈一澜懒洋洋地说,"这是我喜欢你的第九年了。"

九年。第九年。

温初柠的心口酸涩得不行,这种感觉,就像是那年喝下的冰镇过的荔枝气泡水,无数气泡在心口炸开,然后一次次泛起甜蜜。

"陈一澜,我也喜欢你九年了,是真的喜欢了你九年。"温初柠声音有些颤抖,整个人搂着他的腰不松手。

这一瞬间,情绪铺天盖地地席卷着她,温初柠甚至不知道要怎么形容。

因为她的喜欢一直被他看在眼里,被他小心而温柔地回应着。

因为他们之间,从来都不是她单向的心动,他的回应,早就在日日夜夜里,在每一次为她而来的奔赴里。

"陈一澜,你什么时候文的?"

"离开你的第一年,"陈一澜抱着温初柠没松手,"每次累了,就想想我答应你的事情,这是我们的约定。"

而他,一直将所有的承诺放在心间。

温初柠视线模糊,想到很多年前,她考上淮川外国语大学的那天,跑去看陈一澜的比赛。

在赛场外,那条路上开着蔷薇花,少年清爽干净,面庞被阳光镀上一层浅浅的金色,他回头看着她,嘴角挑着笑意,慢悠悠地说——

"温初柠,这十年来,我答应你的事,哪件没做到?"

从六岁,到二十六岁,他们彼此相伴了二十年。

最初的心动在年少青春时,这一年,他们二十六岁。

年少的热烈是草长莺飞的春天,你笑一笑,就让我沦陷了近十年。

温初柠那样勇敢,那样赤诚而热烈,这十年,异地的日子更多,她将所有的爱都藏在他的身边。陈一澜也是,不远几百公里,只想亲口跟她说一句生日快乐,想与她度过新年的第一秒。

他的终点，他的唯一选择，都永远是温初柠。

那些藏在时间里的喜欢，早就被他以最坦荡的方式回应着，她的喜欢从来都不是单向的。

因为她爱了九年的少年，原来也在这九年里，一点不少地、同样地爱着她。

耿爱国只给陈一澜放了三天假，就要他回燕京，倒不是为了训练，而是有诸多的采访和队里的赞助会议。

陈一澜是个思维直球的运动员，跟耿爱国打电话僵持了好半天，最后妥协了。

陈一澜和温初柠买了当天的机票回去，时间太晚，温初柠下了飞机还没睡醒，整个人迷迷糊糊的，两人折腾到家时近凌晨了。

温初柠家里的速食食品不少，陈一澜给她煮了一盒泡面，吃完之后，她精神了一点。

温初柠磨叽着去浴室洗澡，陈一澜在外面等了好一会儿："洗完没？"

"在擦头发。"温初柠在浴室里回了一句。

下一秒门被推开，陈一澜接过她手里的毛巾，她的长发还半湿，换了一身白色的睡衣，上半身是一件白色的小吊带，下面一条短裤，短裤上还缀着点蕾丝边。

浴室里雾气朦胧的，温初柠刚洗完澡，脸颊有些泛红。

陈一澜帮她擦着头发，温初柠转过身来，腰抵着洗手台，视线落在了陈一澜的领口下，一截锁骨，还有男人线条紧实的脖颈与喉结。

温初柠这一天都过得迷迷蒙蒙，这一会儿思绪和理智才渐渐回笼。

"陈一澜？"

"嗯？"

"你真喜欢了我九年？"

"嗯。"

"那张夹在我英语书里的字条，我昨天才看到。"温初柠默默说。

"没事，现在看到也不晚。"陈一澜仍然是专心给她擦着头发，他的声音好像被这水雾蒸得在升温。

"你洗澡吧，我去吹头发。"温初柠有点心虚，推开他，趁机从他胳膊下钻出去了。

温初柠回卧室吹了吹头发，一把捞过手机，微博上的热搜还在持续发酵，她返回去看，自己高二时发的那条微博已经成了主页的热门微博。

CYL，是陈一澜。

他八年前夹在她书里的字条，她在八年后才看到，可好在，这八年里他们从来都没有错过彼此。

从来没有误会抑或是动摇。

温初柠翻看着自己的微博，一条条地看，时间从高二跨到了大学，跨到了她今年二十六岁。

从临江到淮川到燕京，三座城市，他们彼此坚定地奔赴。

温初柠点进了陈一澜的主页，他的粉丝量还在暴涨，但唯一的关注是她——Joy 的 CYL。

温初柠反复地看着他发的那四张照片，时间过得很快，可细细一想，也是近二十年了。

那会儿六岁，是陈一澜跑过来牵着她的手把她送回家。

幸运的是，二十六岁这年，还是陈一澜跑过来牵着她的手把她送回家。

浴室里的水声停住，温初柠把手机塞回枕头下。陈一澜从浴室里出来，穿着干净随意的短袖短裤，微湿的短发，他随手关了卧室的灯，只留下了房间边缘的灯带。

温初柠莫名想到无意刷到的网友的评论——

【陈一澜还是不穿衣服的时候更好看。】

【帅哥少穿点。】

温初柠麻溜躺回去，拉上被子，又偷偷露出一双眼睛，看着陈一澜背对着她，拿着毛巾随手擦了擦头发，而后又走到窗边拉上了窗帘。

房间里更暗了。温初柠躲在被子里，明明什么都没发生，她脸颊却烫得不像话。

陈一澜回到床上的时候，温初柠条件反射地翻了个身，自觉往边上挪。

"要掉下去了。"陈一澜把她捞回来。

温初柠拉着被子蒙住脸死活不肯看他。

"怎么了？"

陈一澜当时还觉得她挺反常，连被子带人抱过来，非得要看看。

温初柠一把把被子拉下来，头发上尚且有一点点潮湿，这点潮湿的水雾蒙着她的呼吸，几乎要点燃了这个漫漫的黑夜。

两人冷不丁一对视，谁都没先说话。

"你是不是还要参加全运会和亚运会?"温初柠低声问了一句。

"是。"

"那算了,你不是……不是得集中注意力吗?"温初柠又小声补了一句,尽可能地暗示,"你好好比赛……"

这话一出来,陈一澜的视线明显深了深,想到了酒后壮胆那一回。

"温初柠。"

"嗯?"

漫漫黑夜,视线闪躲,又躲不开。

"你是打算让我清心寡欲到三十岁是吧?"

"你乱说什么呢!是我困了!"

"真困了还是假困了?"

"真、真的……"温初柠觉得口干舌燥,在一片黑暗中,她的视线终于跟他的相撞,对视一眼,就像溺在池水中。

像很多年前那个夏天,她惊慌羞涩不敢让他看到,于是脑子一热跳进了池水中,他随即出现在水中,在清澈湛蓝的池水中,陈一澜同她短暂对视。

一切都是蓝色,泳池泛着金光,陈一澜看到她,对着她吐了一个小小的泡泡。她几乎忘记呼吸,被他拉着手腕带出池水中。

于是温初柠又脑子一热,说不清是她主动抬头亲上去的,还是陈一澜先低的头。

温初柠在比赛上看到过很多次陈一澜只穿泳裤的样子,这样近距离地,还是第一次。他的轮廓坚硬而结实,每一块肌肉都是恰到好处的性感。

"你哪儿来的这些……"温初柠眼看着他伸手捞过一旁的包,拿出了一个东西,让她脸颊顿时涨得通红。

"奥运会发的。"

温初柠觉得不可思议:"你还拿回来了?"

"我哪知道奥运会发这个……"

"重点不是你拿回来了吗?"

"我比赛一结束就回来了,回来第一件事不是见你吗?"

"不对……"

"要我开灯吗?"

"陈一澜,"温初柠快哭了,"你闭嘴行不行?"

陈一澜真闭嘴了，但也是真的亲了下来。

温初柠抬手，默默地抚摸过了他腰部的那行细小的文身，鼻子有点酸涩："你们游泳队允许吗？"

陈一澜知道她胆小，在转移话题："队里也没明令禁止……"

"耿教练没骂你吗？"

"骂了，但也不影响，泳裤遮住了。"

"陈一澜……"

"嗯？"

温初柠什么都没说，只是默默想着，她已经喜欢了他这么多年，终于在这一天真切地拥有了他。

月光照着长夜，所有的感情都在此刻坦坦荡荡，风是温柔低吟，月光是融化的一池春潮。

她散落在脖颈的长发像是紧紧地缠住了两颗心，汗水擦拭了过往所有的分别与距离。

陈一澜扣着她的手说："不会再分开了。"

一天都不会再分开了，世界把我归还给你。

天将亮，温初柠脑袋里只剩下一句话："陈一澜，憋气我憋不过你，你一个专业的运动员，能不能不要再跟我比体力了？"

陈一澜把她捞起来："行，睡觉。"

温初柠瞅了一眼手机，凌晨四点了。

行。

怕了。

二十六岁的陈一澜还在黄金年龄，二十六岁的温初柠天天坐办公室，又没时间锻炼健身，体力天差地别。

陈一澜去客厅给她倒了杯水，看她躺在床上一动不动，好笑地把她扶起来。

温初柠愤愤不平，喝了水又躺回去。

"我跟队里商量一下，我不能住宿舍了，我去问问运动员家属能不能跟着一起住。"

"陈一澜，"温初柠纳了，"咱们这样就挺好，分居，你住公寓我住这……"

陈一澜毫不留情地打断："做梦。"

"我怎么做梦了？"

"喜欢九年的人，好不容易能在一块，你居然还想跟我分居，我不同意。"

他回得挺理直气壮，温初柠抓住这个"喜欢了九年"的词，也有点感慨。

他俩小时候都没怎么拌过嘴，回回都是陈一澜随便她折腾。

"疼吗？"诡异的静默里，陈一澜没来由问了一句，想起来温初柠怕疼这茬。

"你手给我。"温初柠心平气和。

陈一澜老老实实把手递给她。

温初柠低头咬了他的手腕一口，落下了两道半月形的牙印。

陈一澜把手收回来，看着牙印弯唇笑了。

他抬手，把温初柠揽回来。房间内还有点挥之不去的潮雾，他俩依靠在一起，都没什么困意。温初柠又盯着他手腕上的牙印，把他的手扣在掌心里，问："不会影响你游泳吧？"

"你咬一下还没猫挠一下疼呢。"陈一澜轻笑一声，扣着她的手抵在唇边亲了一下。

温初柠往他怀里一蹭，心尖泛起了甜的涟漪。

温初柠伸手搂着他的腰，手搭在那行文身的地方，莫名多了点情绪，声音闷闷的："你怎么就想起来文这儿了？"

"不然文别的地方，"陈一澜慢悠悠地说，"耿教练扒我皮。"

这儿好歹泳裤还能遮一遮。

温初柠被逗笑了，手就搁在他腰侧。

两人又说了会儿话，就已经快五点了。

温初柠困了，靠在他身边阖了阖眼，没一会儿，感觉到陈一澜起来了，他要回游泳基地了。

陈一澜临走前在她唇上亲了一下，温初柠顺势勾住他脖颈没松手。

陈一澜被她拉住，唇畔的呼吸拂过鼻尖，被子也落了落，她只穿了一件吊带睡衣，松散软糯，露着白皙的脖颈和肩膀。陈一澜低声说："那我不走了？"

"那你还是走吧，拜拜！"温初柠麻溜松开手，人又跟贝壳公主似的躲回去。

陈一澜低笑一声，帮她重新拉了拉被子。

陈一澜回基地训练，最近这一年的比赛频繁，确实没办法放松下来，奥运会之后紧跟着就是全运会，再过半年就是亚运会。

第四章
铃兰花与风信子

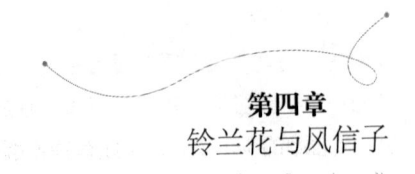

温初柠睡醒时已经下午了,房间拉着窗帘,暗无天日。

原以为陈一澜这精力旺盛的劲头,大概率是不在家的,结果她这想法才冒出来,蓦地感觉到了腰上搭着的一只手。

温初柠回身,难得看到了还在睡觉的陈一澜。温初柠不知道陈一澜什么时候回来的,也不知道他睡了多久。她轻轻翻了个身,看了一眼手机,是下午五点多了。

她凑过去,借着一点昏暗的光,细细地看着他。两人这么多年还从来没有这样的时刻,能够肆无忌惮地赖个床。

陈一澜的眉眼已经越发深刻,眉宇之间多了些男人的稳重和锐气,但他仍然还有着一丝少年的清冷。

温初柠在他唇上亲了一下,折腾了大半天,她准备下床做点吃的。结果刚掀开被子准备下床,后面的人醒了,勾在她腰上的手覆过来,把人又搂了回来。

"你再睡会儿,我去做点吃的。"

"再抱五分钟。"陈一澜搂着她,把她当成抱枕一样,声音还有着刚睡醒的慵懒。

"不行。"

"抱一下都不行,"陈一澜语调有点喑哑,"你偷亲我就行。"

不说还好,说了之后温初柠脸颊涨红,伸手捂住他的嘴,她脸皮薄也不是一天两天了:"你话真的好多啊!"

陈一澜闷笑一声,拉过她的手腕,亲了亲她的手心:"这么多年你心理准备还没做好?"

"什么心理准备?"温初柠还没反应过来。

陈一澜终于肯闲闲地睁开眼睛，深棕色的眼瞳，狭长而深邃的眼睛，像有着一股神奇的吸附力，就这么勾魂似的看着她，无端让她觉得空气稀薄。

"我好像在很久前就跟你说过，要你做好心理准备，我跟你谈的，可不只是拉个小手的恋爱。"他薄唇挑笑，搂着她的手不松开，声线有些睡醒的慵懒性感，说出来的话，莫名让人心里一抖。

温初柠简直怕了，手抵在他胸膛上："我真饿了，我要吃饭。"

"亲一下再去。"

"不亲。"

"一下。"

温初柠深呼口气："那就一下。"

"行。"

温初柠低头飞快亲了他一下，结果陈一澜早有预料，一只手搂着她的腰，另一只手覆在她后颈上，一下被拉成了好多秒。

松开的时候，温初柠怀疑人生了："陈一澜，我为什么以前不知道，你还挺厚颜无耻的。"

"我也没想到，咱俩互相暗恋九年能无事发生。"陈一澜低笑一声，揉了把她的头发，"九年里没法儿跟你光明正大谈恋爱，已经很亏欠了，这不是把亏欠的九年给你补回来……"

"那也不是让你一天补回来！"温初柠怒了，低下头去啃他，"给给给，亲个够！"

陈一澜由着她闹，一脸无辜，非常诚实："亲不够。"

温初柠哼了一声，啃了他的嘴一下，低头看着，陈一澜就这么躺这儿让她闹腾，挺愉快的样子。

温初柠以前觉得"谈恋爱"这三个字还没什么特别的感觉，但是这会儿，想到谈恋爱这三个字，心里就无端的异常甜蜜，像是意味着，他会在身边，意味着无数个亲吻，意味着可以一伸手就能牵到他的手。

温初柠两只手捧着陈一澜的脸，仔仔细细地看着他，越看越觉得有些满足和开心。

多年的喜欢，终于开花结果。

他的爱从来都没有什么深刻的情话，抑或浪漫的疯狂，可她的陈一澜，永远为她坦诚而坚定。

在这个匆忙又浮躁的世界里,他是她汹涌的真情,也是她唯一想追逐的火光漫天。

世界混乱蹒跚,他们独有人间。

温初柠去厨房里翻了翻,恰好冰箱里还有冷冻的虾,拉开冷藏看了看,空空如也。

温初柠回卧室,随便从衣柜里拿了件外套。

陈一澜正在床边穿衣服,温初柠都没注意到,陈一澜带来一些衣服挂在了她的衣柜里,还挺相得益彰。

陈一澜低笑一声,攥着她的手腕,把她拉过来亲了一口。

温初柠还挺受用,扬着下巴:"免礼了。"

陈一澜弯唇笑了,他微微凑近,唇畔的呼吸交织,他的嗓音低得性感:"行啊,今天我女朋友想当小公主了。"

温初柠莫名脸颊发烫,伸手推开他:"腻歪死了,快点,我去换鞋。"

陈一澜被她推了一下,跌坐回床上,他的手指顺势跟她十指相扣。温初柠被他带回来,差点没站稳,她单腿屈膝跪在了床上,差点扑到他身上。

陈一澜顺藤而上,毫不客气地捏着她下巴亲过来,手掌还扣着她的手心,他只是很轻地亲了一下:"腻歪腻歪不行吗?我喜欢了这么多年的温初柠,我特别,心甘情愿。"

"心甘情愿"四个字儿他说得又慢又重,温初柠的心都软了。

"陈一澜,"温初柠说,"你还欠我一场表白呢!"

"你看不出来吗?"陈一澜揽住她的腰,声音好像贴着耳畔传来,低沉又微哑。

"看出来什么?"

"这么多年,"陈一澜的掌心与她相贴,牢牢地扣着,两人的呼吸挨得很近,房间里只开着天花板内嵌的灯带,窗帘没打开,这种朦胧的光好像带着天然的诱惑与令人春心浮动的滤镜,他看着她的眼睛说,"这么多年,我看你的眼神都是表白,你却选择性看不见。"

这话说得更像是一种宠溺,他抬手捏着她的鼻尖,距离更近了:"你好好看看。"

温初柠的心跳在加速，陈一澜的眼睛很好看，狭长而深邃，长睫浓密，一双深邃且清澈的瞳眸中清晰地映着她的脸，那些坦荡的爱与真挚一览无余。

"你早就在我的未来里了，"陈一澜说，"所以我是认认真真跟你谈恋爱了，我亏欠了你很多年，这些年没能正儿八经跟你谈，是我的不对。要是你愿意，我明天带你去民政局。"

"不行……太快了！"温初柠脸颊泛红，"你还欠我一场恋爱呢！"

"行，你定个日子。"

"定什么日子？"

"领证的日子，"陈一澜说，"把你娶回来，我说到做到。"

温初柠的情绪已泛滥，偏偏陈一澜不松开手，这种炽热在二人之间升温，他一点都不给她躲闪的机会。

大雪，银杏叶，春风与夏雨，穿过几百公里，跨过多少年，他在她的青春里辟开一方世界，那里只有少年坦荡而坚定的视线，只有彼此最无畏的奔赴。

十七岁的薄雪天，他对她张开怀抱，心动燃烧，点燃了往后十几年的炽烈。

陈一澜对上温初柠的视线，弯眸一笑。

温初柠有点绷不住了，嘴唇动了一下："我会答应的，但是该走的流程还得走走，我还没享受一下跟你谈恋爱的生活呢！"

"结了婚不也一样谈？"

"那叫婚后生活！这是婚前恋爱！"温初柠又扑过去捂他的嘴，"婚前恋爱！"

"行，谈，"陈一澜笑了，拉着她的手，"反正我是要把你娶到手的。"

温初柠脸颊红得不像话，转身出去穿鞋，陈一澜也从床上坐起来，心情还不错。

温初柠拿了钥匙，在门口等他。

两人一起下楼，温初柠家的小区不错，小区外有一个二十四小时便利店，温初柠进去挑了几盒草莓。

陈一澜跟在她身后，从货架上拿了一瓶她最喜欢的荔枝气泡水。

便利超市里只有一个女孩子，温初柠之前常来，通常是加班后来买一个三明治当夜宵。

这会儿还是那个小姑娘，冷不丁看到温初柠身后的男人，笑着跟温初柠打招呼："小柠姐，是朋友吗？"

"对，朋友。"温初柠坏心起，故意这么回，一面还小狐狸一样回头看着陈一澜。

陈一澜丝毫不慌，模样闲散又正经，他直接从收银台旁边的货架上拿了一盒东西放过去，口吻平淡且郑重："男朋友。"

而后视线看向温初柠，语调透着放纵："你还挺皮？"

陈一澜绝对是故意的！

两人买完东西，顺着小路走回去。现在是下午六点半了，小区里还空空荡荡的，只有几排路灯映着将黑未黑的天。两人就这么慢慢地走，陈一澜没说话。

温初柠偶尔有点胆大，本质还是个容易脸红的薄脸皮小尾包。

陈一澜不说话，温初柠想着，刚才说的"朋友"是不是有点儿过分，于是下意识地往他身边挨了挨，两只手抱着他的手臂，仰着头看着他。

陈一澜察觉到，偏了偏头，撞上温初柠的视线，小姑娘像只无辜的小狐狸对他眨巴着眼睛，像撒娇。

"看什么？"

"你生气啦？"温初柠抱着他的手没松开。

"别叫朋友，是男朋友，"陈一澜一边走，一边看着她，语气稍显严肃地纠正她，"我一点儿都不想跟你当朋友。"

"乱说，以前当了那么多年朋友呢！"

"那我可没把你当朋友。"

"那当什么了？"

"还没告白的女朋友。"陈一澜若有似无地提醒她，慢悠悠地说，"不记得是谁说，希望陈一澜也像我喜欢他那样喜欢我……"

温初柠怼他："你不也喜欢我这么多年？"

两人边说边进了电梯，温初柠抱着他的手按按键，结果才按完，陈一澜把她拉过来，低头亲下来。

"陈一澜！"温初柠小脸涨红，仰着头看着他。

陈一澜亲她的时候嘴角上扬，笑得让人脸红心跳。

"是男朋友，"陈一澜还不忘仔仔细细纠正她，字正腔圆，"男、朋、友。"

电梯门猝不及防打开，温初柠匆忙推开她，唇瓣有点嫣红，她做贼心虚似的用手抹了抹嘴。

进来的是楼下的住户。

陈一澜随意倚靠在电梯壁上,手拉着她不放开,温初柠威胁似的瞪他一眼。

等待着电梯的楼层升高,空气里有些静谧,陈一澜侧着脸,却慢悠悠转过视线看着她,唇畔微勾,目光看着她就笑了。

好在这一刻电梯开了门,温初柠拉着他走出去,陈一澜不紧不慢的。

"你看着我笑什么?"温初柠从口袋里拿出钥匙开门。

陈一澜跟在她身后进来,客厅里没有开灯,客厅的薄纱窗帘半遮着,天终于开始将黑,一抹深蓝与红霞没入天边,房间里是昏暗的光。

"因为以前看到什么好看的东西都想拍照发给你,这回意识到,你在我身边,我不只能跟你一起看到,还能牵到你的手。"

陈一澜把袋子放到茶几上,弯腰捡出一盒草莓拿去厨房洗。

温初柠正好把衣服挂回去,冷不丁听到陈一澜这么说,从卧室里走出来,看到男人劲瘦而颀长的身影站在厨房里。

就这么一刹那,温初柠觉得,分开的日子里,其实陈一澜的想念一点都不比她的少。

温初柠默默走进去,陈一澜看见她过来了,拿出一个清洗干净的草莓递给她。

温初柠走过去抓住他的手咬了草莓一口,把尖儿咬走,剩下的留给他。

陈一澜笑了一声,也没嫌弃,咬了一口,说:"没我甜。"

温初柠拉开冰箱拿出那盒虾放进锅里煮,陈一澜端着草莓倚靠在橱柜旁,挑出来几个大的凑过去。

温初柠往左他也往左,温初柠往右他也往右。以前怎么就不见他这么黏人?

温初柠一回头,陈一澜趁机把草莓递过来。

温初柠咬了一口,故意跟他反着来:"比你甜多了。"

"是吗?我不信。"陈一澜端着盘子低头。

温初柠也不知道他怎么这么爱亲她,还没等反应过来,唇齿相贴,到口的草莓尖不见了,只剩下泛着甜味的汁水在口中弥漫。

陈一澜干脆从后面抱着她,两只手只是虚虚地环在她腰上,下巴蹭着她的肩膀,热气腾腾的,他也不嫌,偶尔喉结蹭过她裸露的肩颈,滚动的那一下,温初柠有些脸红心跳。

她盛出虾来，陈一澜接过盘子放在一边的桌上。

"喂，我的晚饭……"温初柠踮起脚也抢不过来。

陈一澜捉住她的手，他的手掌宽厚，轻而易举捉住她两只手腕，另一只手撑在她身后，只一低头就轻而易举吻住她的唇。

"陈一澜，你别欺负人……"温初柠放弃抵抗了，眼巴巴仰头看着他，"明天我们出个门吧。"

"行，明天的事情明天说，今天还没过完。"陈一澜干脆一弯腰就把她抱起来，轻轻松松地往房间走去。

温初柠的手搂着他的脖颈就是不松开，好像还在给自己争取一点求生机会。

床上还没收拾，被子仍然是刚才离开时的样子。

温初柠要哭了："不行，行不行？"

"不行。"

正好她还勾着他的脖颈，陈一澜顺势而就，温初柠可怜巴巴，陈一澜比她还可怜巴巴，他偏偏在她上方，脸颊离她好近，一双深茶棕色的眼睛格外深邃，略有几分不稳的呼吸与她的交织。

他视线里溺着深不可测的海，风吹欲念起，克制又深沉的声线，是一把打开她心口柔软的钥匙。

他只说："温初柠，我爱你，九年。"

温初柠落在他的视线里，心甘情愿地溺进去。

陈一澜总觉得，是他亏欠了她九年。其实没有，只是现在一切刚刚好。

夜风吹着窗帘，只剩初升的月光在墙壁上摇动，落下的斑驳碎影虚虚晃晃，花开了千百回，大雨又下了几万场。

因为是他，所以拥抱和亲吻好像天生会让她上瘾。

"我也爱你，特别特别爱你，"温初柠说，"我梦想成真了。"

陈一澜轻笑一声，抬手捏住她的鼻尖："我也是。"

温初柠盘腿懒懒地坐在沙发上，抱着手机看明天能跟陈一澜去哪里，明天就是他休假的最后一天了。陈一澜把虾热了热，重新给她下了一碗面，就坐在她身边给她剥着虾。

"我们明天出去的话你吃饭怎么办？"温初柠又开始发愁。

"我问过耿教练了,吃点蔬菜水果吧。"

"那要不然,明天我们早点起,你们食堂的东西能打包吗?我们可以带着去。"

"行,明天去看看。"陈一澜剥了虾,把虾仁递到她嘴里。

温初柠咬住,故意亲了他的手指一下。

"你最好老老实实吃,"陈一澜继续剥虾,"懂我意思吗?"

"特别懂,"温初柠说,"我故意的。"

陈一澜给她剥了虾,手里还拿着虾仁。

温初柠乖乖张嘴:"啊。"

陈一澜被她气笑了,捏住她的脸俯身亲过去:"我也故意的。"

"温尻包"终于萎了,继续看手机上的计划,她平时爱好不多,翻来翻去,也就是去泡个温泉购购物。她正愁着去哪儿,手机跳进来一通电话,是舒可蓓。

舒可蓓是在燕京大学毕业的,后来在一个外资物业管理公司上班,平时还挺忙的,老加班,即便在一个城市,两人也是一俩月才能见一回。

电话一接通,先是听见舒可蓓的哭声。

"我、我谈不下去了……我现在去你家吧。"舒可蓓喝酒了,声音有点醉腔。

温初柠电话刚挂,陈一澜手机又响了,温初柠凑过去一看,是孙嘉曜。

孙嘉曜沉默了好一会儿,说两人吵架了,麻烦温初柠劝劝舒可蓓。

没半个小时,舒可蓓就来了。

"温温。"舒可蓓一进来就抱住了温初柠,稀里哗啦哭了一通。孙嘉曜要去国外封闭训练了,为期一年,舒可蓓的爸爸让她回淮川,给她安排了相亲,电话被孙嘉耀听到了,两人吵起来了。

舒可蓓说着就开始抹眼泪:"真的,异地太难了。"

温初柠拍了拍她的后背,无言安慰。

"你去睡会儿吧,养养精神,明天跟他好好谈谈。"

"行,温温我今天和你睡,咱俩说会儿话,让陈一澜睡沙发。"

温初柠点点头,拉着舒可蓓回了房间。

陈一澜眼瞅着人进去,去厨房刷了杯子,出来的时候蓦地看到投影幕布下面放着的相框。

陈一澜蹲下身,拿起相框看了看。

这还真是他俩真正意义上的第一张合照，在雍和宫外面的冬天。这张照片候被她洗出来还裱了一张相框。

陈一澜拿着相框，无声笑了笑，然后去阳台上给孙嘉曜打了个电话。

彼时孙嘉曜还在操场上跑步，手机就搁在包里，扔在一旁的草坪上。

孙嘉曜闷闷应了一声："什么事？"

"明早把人接回去，"陈一澜不是个爱多管闲事的人，但听着舒可蓓的吐槽和抱怨，陈一澜没来由地想到温初柠，"有什么话好好说。"

孙嘉曜不说话。

"感情不是一个人的付出，是两个人的经营，"陈一澜继续说，"你也多想想，人家是为什么跑到燕京上大学的。"

舒可蓓跟温初柠说了一晚上话，两人嘀嘀咕咕，最后温初柠绷不住睡了。舒可蓓喝了酒之后容易头疼，早上五点多就醒了，她不休班，还得回家换个衣服吃点药去上班。

舒可蓓蹑手蹑脚穿上衣服收了东西，出来的时候，结果看到陈一澜起来了，正要出门的样子。

舒可蓓抿抿唇，跟他打了个招呼，然后钻进厨房倒水。

"陈一澜，你得好好珍惜我们家小柠，"舒可蓓喝着水说，"可不是每个人都能等你这么多年。"

"我知道，"陈一澜穿鞋出去，"也没有人是她。"

舒可蓓确实挺羡慕他们的，她喝完水，陈一澜正好也要走："有什么话好好说，我昨天给孙嘉曜打了电话，他快到了。"

"……咳咳！"舒可蓓压低声音，"你给他打电话干吗呀？"

"本来就异地，别冷战了，"陈一澜拿上温初柠的钥匙，"孙嘉曜没怎么跟女孩子打过交道，你有什么话就跟他直接说。"

"说得好像你跟女孩子打过交道一样呢。"舒可蓓嘀咕。

"没，但我跟温初柠可是一块儿长大的。"陈一澜慢悠悠补刀。

舒可蓓翻了个白眼："你快走吧！"

陈一澜"嗯"了一声，终于出门。

舒可蓓叹了口气，昨天吵架那劲头上来，真是恨不得分手算了，但今天清醒了,又觉得自己太冲动,细细一想好像自己回回是这样,孙嘉曜不跟她计较。

舒可蓓抿抿唇,给孙嘉曜发了条微信。

对方秒回——【我在楼下呢!】

舒可蓓气笑了,换了鞋拎着包跑下去,看见孙嘉曜站在楼下,穿着长裤和运动卫衣。他戳她脑袋:"回去吃饭吃药。"

"你怎么知道我喝酒了?"舒可蓓还绷着脸。

"猜的,"孙嘉曜说,"以后少作……你少羡慕陈一澜温初柠他俩,人家俩感情基础多好,十几年青梅竹马……"

"咱俩也八九年!"舒可蓓不甘示弱。

孙嘉曜刚想抬杠,冷不丁想起来陈一澜说的——

"别管什么对错,人不高兴了就是你错,吵赢了人走了有什么意义?"

舒可蓓把他骂了一顿,说到生气处就去掐他,孙嘉曜头回没叨叨。

"你怎么不反抗了,你不是挺能说吗?"舒可蓓轻咳一声。

"算了,打是亲骂是爱,行不行,祖宗?"

温初柠睡醒时已经是早上九点多,舒可蓓已经走了,微信上给她留了个言,还说过两天请她吃饭。

温初柠笑了笑,哼唧了一声,发现身边的人已经是陈一澜了。

温初柠翻了个身,往陈一澜怀里一滚,知道是他回来了,还蹭了蹭他。

陈一澜醒了,伸手揽住她的腰,声音还有点懒散:"再睡会儿吧,等会儿给你热早饭吃。"

"知道了。"温初柠埋在他怀里,困倦地准备睡个回笼觉。

陈一澜却扣住她的手搁在掌心里,一时半会儿没松开。

温初柠抬起头看他。

陈一澜垂着视线,慢悠悠睁开眼睛,房间里的光线暗暗的,他的眼神很深,缱绻与温存都在放大。

"辛苦你了,等我这么多年。"陈一澜昨天就想说,但温初柠睡了。

现在哪儿还有人愿意经历一场异国,愿意等一个人这么多年?连舒可蓓都不止一次地想要放弃过,后面,真是全凭着意志和一腔多深的爱才能挨过来。

一年两年,三年四年……多少年过去,都是一如既往地坚定。

一想就会心疼，她就这么一个人在淮川，在燕京等着他。

陈一澜伸手把她捞过来搂着，温初柠起初还没说什么，脸埋在他脖颈想着继续睡，结果这人越搂越紧，倒是让她清醒点了。

"陈一澜，你想干什么？"温初柠幽幽地开口了，张嘴在他脖颈上咬了一口。

咬完看了看，他漂亮的肩颈线上多了枚小牙印，还挺好看。

温初柠又凑过去亲了一下："口感还挺好。"

陈一澜没出声。

"你怎么说我辛苦了啊？"温初柠喜滋滋地把下巴搭在他肩膀上，"良心发现了？"

"说正事儿呢，"陈一澜难得没把她带沟里，"让你等这么多年。"

温初柠慢悠悠抬起头，长发枕在身后，她支起身子靠在他身边，露着一张光洁白皙的小脸，就这么看着他："你还挺没诚意。"

"要什么诚意？"陈一澜躺在她身边，也侧着身子看她。

温初柠想了想："你说辛苦我了，就嘴上说辛苦我了啊？"

"那你要什么？"陈一澜攥着她的手扣在掌心里，有一下没一下地捏着。

温初柠还真想不到要什么，就转而说："我觉得是因为我们太熟悉了，孙嘉曜都叫贝贝宝贝呢，哦对，你给我的备注是什么？"

陈一澜从旁边捞过手机打开递给她，温初柠抱着他手机躺在他旁边，看到自己的微信被置顶，上面的备注是——

【记得三个月后领证。】

温初柠脸颊瞬间涨红："陈一澜！"

陈一澜闷笑，把被子往上一拉，然后俯身吻过来："怎么，羡慕人家喊宝贝了？"

他这么猝不及防凑近，被子拢在头顶上方，空间狭小，只剩下很暗很暗的光，还有彼此清晰听到的不太稳的呼吸声，他声音低沉又带着才醒来的慵懒，沉得让人耳朵发麻，他偏偏凑过来亲了下她的脸："谁说温初柠不是宝贝了？"

"宝贝"两个字被他咬得很慢。

温初柠后悔了。陈一澜撑在她身旁，就这么看着她笑。

下午两人出去转了转，温初柠有点懒，加上九月的天还热，她随便买了点零食准备囤在家里,陈一澜让她原地等会儿,温初柠正好在便利店结账,就随口让他快去快回。

结果不一会儿,温初柠结了账出来,就看见陈一澜手里拿着一大束白色的风信子站在那儿等她。温初柠快步走过去。

"哦,我知道了,这是你的诚意啊?"温初柠把购物袋递给他,抱着花,另一只手挽着他的胳膊。

"你猜猜。"陈一澜和她并肩走回去,温初柠觉得哪儿怪怪的,不对劲。

直到回家之后,温初柠看陈一澜总觉得他好像藏着点儿什么事儿,她开了投影看电影,从里面捡出来一盒葡萄味的奶糖。

陈一澜端着洗好的草莓过来:"要吃这个?"

温初柠转头看着他,手里晃着一支盒装的糖,心底有种直觉:"陈一澜?"

"嗯?"

"你这个表情,让我以为你是不是学了什么网上的视频,在糖盒里藏了什么礼物。"

温初柠拿着奶糖,把奶糖拆开,结果里面还真就是单纯的一整支奶糖,什么东西都没有。

"你以为我把什么东西藏这儿了?"陈一澜有些好笑地看着她,似乎等着她找。

不对劲,太不对劲了!

"你是不是藏了什么东西?"温初柠侧头看着他。

"吃糖吗?"陈一澜给她剥了块奶糖塞她嘴里。

温初柠咬着奶糖,人干脆又坐在他怀里:"快点。"

陈一澜老神在在坐在沙发上,嘴角挑起笑,从外套的口袋里拿出一个金属盒子,另一只手拿出她的掌心。

温初柠以为是薄荷糖,结果金属糖盒打开,里面滚出来一枚戒指。银质的戒环,心形的切割钻石,散着淡淡的光。戒指滚在她的掌心,冰冰凉凉的。

陈一澜单手拿起她的右手,左手拿着戒指,仔仔细细给她戴上。

"陈一澜,你干吗……"温初柠的声音低下去,有点愕然和哽咽,"你就是这么求婚吗?"

"这就求婚啊?"他含笑的声音有点上扬,"也不是不行。"

"……不要！"

陈一澜笑了，攥着她的手，微微粗糙的掌心扣着她：“先送你个戒指，欠你的表白给你补上，三个月之后再求婚。"

"这还差不多。"温初柠已经不知作何反应了，低声说了一句，视线落在戒指上，莫名的眼眶发酸。她前几回其实是觉得很酸涩，那句"你欠我一句表白"还是她随口说的，结果就这么被他惦念在心上。

"我认认真真跟我们家温初柠表个白，"陈一澜攥着她的手不松开，"我还挺词穷，但你要知道，这九年里，你每一天都在我心里，我是真的爱你。"

他顿了顿，又说："是真的，特别爱你。"

温初柠就这么坐在他身上，低头看着被他扣着的掌心，心里又酸又涨，戒指完美地契合她手指的尺寸，就这么牢牢地戴在那儿，钻石泛着浅浅的璀璨的光。

温初柠抬起头，唇瓣嗫嚅着，想说点什么。

陈一澜只是笑着看她，一双好看的眼睛深情又缱绻："表白不是我主动吗？你乖乖听着就行了。"

"你也是，被我一直放在心里的……"

温初柠开口说话的时候，声音里有了点小小的酸涩，说什么都不能形容她此刻的情绪。

他的每一次认真对待，他每一次都把她说的话放在心里，永远永远都不会食言。

是她的陈一澜，是她最特别的陈一澜。

温初柠低头亲了他一下，陈一澜坐在沙发上，干脆托着她，把她抱起来往回走。

温初柠也觉得她特别幸运，手勾在他脖颈上，距离极近地说："陈一澜，等你退役，我们在这儿安个家吧？"

以前上大学时，温初柠觉得在一起应该多做点有意义的事情，比如多跟他去旅游，多去看看山看看海，然而当二十六岁的陈一澜真正在她身边的时候，温初柠却觉得平平淡淡才更好，哪怕只是在他身边，只待在同一个房间里都好。

陈一澜去厨房忙煮饭。温初柠正刷着微博，几天没上网，微博上仍然有着陈一澜夺冠的热度。点进去，还有官媒发的照片。

温初柠点开照片放大，即便没有滤镜的相机直拍，他的面庞仍然分外好看，下颚线条流畅，五官优越精致，他微微弯腰，颁奖人将红色丝带的奖牌挂在他脖颈上。

往后翻翻，还有陈一澜刚从水中走出来的连拍，他手里拿着一块毛巾擦着脖颈上的水珠，头发都被捋到额后，只是一个侧脸，鼻梁与眉骨的线条无一不引人注意。

温初柠看着看着就笑起来，默默将照片逐张保存。

没一会儿，陈一澜的手机响起来，温初柠凑过去看了一眼，是耿教练打过来的电话。

温初柠干脆翻身下来，拿着他的手机跑到厨房里递给他，顺道伸头去看他做了什么。

陈一澜站在厨房里，一手拿着锅铲煎鸡蛋，另一只手接电话。

温初柠没走，干脆从后面搂住他的腰，只听到陈一澜答应了几声。

温初柠把脸贴在他后背上，总觉得自己似乎格外喜欢抱着这儿，手感异常好。她还没忍住转过脸蹭了蹭，又想到网络上的那些言论，总觉得本该离她很遥远的人就这么出现在她的身边，还喜欢了她九年，不由得喜悦跃上心头。

温初柠干脆偏了偏头，她的手环着他的腰，还有点不太老实地捏了一下，戒指隔着T恤刮过了他的腹肌，温初柠的视线又落在自己的右手上。陈一澜正好挂了电话。

"你什么时候买的？"温初柠搂着他的腰问道。

"今天早上回来的时候顺路买的。"

"是不是绕了挺远？"温初柠才不信这个顺路。

"给你买，就顺路。"

陈一澜随手关了火，然后拿着手机，一只手拿起她的手指。

"你干吗？"温初柠伸头看。

陈一澜拿着她的手指，录入了指纹解锁，说："密码是你生日。"

"我又没说看你手机……"话虽然是这么说的，但是温初柠心里还挺高兴的。

"这不是尽一下男朋友的义务，给我们家宝——贝——安全感。"

他故意咬重了某两个字，慢悠悠的语气，让听的人无端羞窘。

温初柠掐了他的腰一下，又觉得下手重了，用掌心揉了揉。

一会儿又想起来，这个位置是他文身的地方，她一把掀开他的衣摆凑过去看。果然是这儿，一行法文没入裤腰中，还能隐约看到一些腹肌的线条。

结果才揉一下,手腕就被捉住,陈一澜回了身,后腰倚靠着橱柜,就这么把她搂在面前。

"你是不是知道我能看得懂法语?"

"对啊,就是给你看的,"陈一澜把她搂过来,温初柠就这么靠在他身上,"知道你修过法语,看我文在这儿,不就是只给你看的。"

"谁说的,你游泳的时候泳裤往下滑,大家明明都看见了……"

这句"只给你看的",可真是被他说得又苏又肉麻。

"那我就说,不好意思啊,我也不知道什么意思,得问我女朋友。"这么说着,陈一澜就弯腰偏了偏头,凑过来亲她的脸颊。

温初柠怕了他,扭头躲了两下躲不开,陈一澜就看着她这反应笑,呼吸蹭过了她的耳郭,又热又痒,她不自觉脸颊发热,她有点恼羞,踮起脚来,手搂着他的脖颈往下压,然后咬了他的唇一下。

"怎么往这儿咬?"陈一澜舌尖舔了舔下唇,一双眼睛就这么藏笑地看着她。

温初柠以前可没发现陈一澜谈个恋爱这么黏黏糊糊腻腻歪歪,她顺着他的话问:"不然呢?"

陈一澜微微低头,对着她指了指下巴:"怎么不往这儿咬?给你个机会,留个爱的印记。"

语调扬着,浸着一股浓浓的纵容。

温初柠还真就没客气,只是凑过去一看的时候,陈一澜真是天天在泳池泡着皮肤好,脖颈的皮肤白皙,下颚线利落挺拓。

温初柠干脆板回他的脸,在他嘴角又咬了一下:"我才不上当。"

陈一澜闷笑,拍了下她的腰:"洗手,去吃饭。"

温初柠闪身出去洗手,陈一澜只给她做了点清淡的三明治,温初柠吃饱喝足又窝在沙发上看手机,想着陈一澜明天要回去了,她干脆给邓思君发了条微信,说明天回去上班。

只是惦记着也许早晚要回淮川的事儿,她犹豫半天也不知道怎么说,决定干脆明天见了面跟邓思君说好了。

温初柠是知道高林国际的淮川公司有口译岗位的。

温初柠盘腿坐在沙发上,陈一澜主动去收拾厨房,温初柠点开微博,也不知道什么时候,她收到了这么多条催更和打卡的消息。

陈一澜倒好，也不知道什么时候改了一条简介——

Joy 的 CYL。

温初柠弯唇笑了。

这两天跟陈一澜窝在家里，她没什么心思看微信，这会儿真闲下来，看到工作群里堆积了几条消息，温初柠一一回了，往下拉，看到这两天姜晴疯狂给她分享热门微博。

都是各个角度的陈一澜的照片，也不知道是谁扒到一张合照，那会儿还是陈一澜十来岁去参加比赛的照片，他站在泳池外的颁奖台前接受采访，温初柠在最近的看台上对他挥手。

很早的视频截图。下面很多人评论嗑到了嗑到了。

温初柠时常觉得像梦一样，这种不真实的事情真切发生着，她藏在心底这么多年的陈一澜，跟她一样，把她放在心里最特殊的位置，也是从始至终的特殊与唯一。

温初柠洗了个澡，跑去阳台跟陈一澜说明天上班的事儿，陈一澜转回身，把她的睡裙烘干了挂在晾衣架上。

温初柠就这么跟在他身后，跟小时候似的，什么都想跟他说个不停。

"你什么时候开始喜欢我的？"陈一澜把她抱在怀里，低头看着她的脸。

"太早了。"温初柠说，"干吗问这个？"

"我们两个之间，"陈一澜难得没有用那种闲散的口吻，他是认认真真看着她的眼睛。

温初柠有点羞窘，陈一澜却抬手捏住了她的下巴，夜色深寂，陈一澜的轮廓越发清晰深刻，他说："是你一直在这儿等了我九年，虽然我也同样地爱你，但是你等了我这么久，你比我更勇敢，所以以后的日子，我永远都会让着你，我不要你追随着我，是温初柠去哪儿，陈一澜就在哪儿。"

他这么一段话，说得很慢，但却字字清晰，她都听得清楚。她仰头看着陈一澜，他的眸光就这么专注地看着她，尽数纵容和独一无二的偏爱。

"听见没有？"陈一澜捏着她的下巴晃了晃，"还分心了？"

温初柠皱皱鼻子，无数心动的气泡在心口密密麻麻地炸开，泛开一层层的酸涩和甜蜜，但沉淀过后，只剩下别样深刻的感动。

这九年这么挨过，会失眠，会在某一个深夜里格外地想念他。

比如新年时，当万家灯火温馨相聚，她是那么想要见到他，想跟他说一声新年快乐，有两年没怎么联系，思念在夜晚一次次发酵，有时候会在半夜醒来，突然给他发一条消息，或者翻来覆去地听着他发过的语音。

她只是固执又单纯地觉得，陈一澜一定会回来。

因为他从来都不会缺席他的每一个约定和承诺。

因为他是陈一澜。

异地的那些年，真是一场异常漫长的煎熬。

"我真的很想你在我身边"这一句话，温初柠在手机上反复敲过很多次，可是一次都没有发出过，是怕他难过或自责，于是宁愿自己咽下这些委屈。

这句话不是责备，只是在某个片刻，比平时任何时刻都更加思念。

为了跟你有以后，我情愿接受这些难挨的分离。

这会儿，陈一澜真的在她的面前，温初柠才意识到是九年，几千个日夜。

温初柠踮起脚，顺势搂住了他的脖颈。

陈一澜就这么乖乖让她抱着，手揽在她腰上，有一下没一下轻抚着。

温初柠的下巴蹭了蹭他的脖颈，慢慢说："我听见了。"

陈一澜往后靠了靠，在深深的夜色中，还是看到了温初柠有些泛着光的眼睛。他随意地倚靠坐在那儿，伸手摸了摸她的脸，然后捏了捏，哑然笑了："怎么还哭上了？"

"陈一澜，我只是觉得好幸运，"温初柠低着视线，脸颊蹭着他的掌心，"这么多年，我们都没想过放弃，也挺庆幸，我每一次都能等到你，不只是我在等你，还有你来找我……"

说着，一滴眼泪滚下来，陈一澜帮她擦掉，又不忍这么看着她，一低头，干脆吻住她。

陈一澜个子高，他站起来，却弯下腰，温初柠搂着他的脖颈，一个结结实实的拥抱，真切又滚烫。

唇齿相贴，连空气都一点点变得潮湿升温。

每一次跟他接吻的时候，温初柠永远都会为他心动。

他身上淡淡的青柠味道清冷干爽，温热的手掌隔着T恤揽着她的腰，那点温度传来，坚实有力。

陈一澜从架子上取了一条毛巾，松开她，帮她擦了擦头发。

"都没吹干就跑出来。"

"想跟你说话。"

"我又不走。"

"那也是想见你。"

陈一澜轻笑，勾着毛巾把她拉回来，声音慵懒低沉："那我也是，我还亲不够。"

温初柠脸颊热热的，小声接了一句："我也是。"

陈一澜给他擦着头发，低头一看，薄脸皮的温初柠垂着睫毛也不知道往哪儿看，一张小脸素素净净的，只有脸颊有一点桃子似的绯色。

"那要亲一下吗？"陈一澜故意停了手里擦拭的动作，把毛巾搭在她脖颈处，微微向前一拉，他顺势低头，鼻尖抵着她的，声音像过了电一样，撩着她的听觉与触觉。

温初柠脸颊更热，凑过去，只是很单纯地碰触到他的唇。

就这么停了一秒，陈一澜弯弯唇，她的睫毛低垂着，有些不太稳地颤了颤，像是紧张，跟第一次接吻似的。

这样的，与他热烈相爱的日子。

这样的，被他永远放在心中的日子。

温初柠凑过去亲了他一口："睡觉。"

陈一澜捏住她的后颈，把她拉回来，暧昧地亲了一下："睡觉。"

自从他回来了，盛烈的春风席卷扑面，九年的痛苦欢愉都被铺成千万里情爱，在深夜的碎光中，她的身畔，是他甘愿沉溺停滞的春景人间。

——你在汪洋中，以思念与坚持为舟，把我打捞起来，爱河亘古长流，那是只有你和我的理想国与栖息所。

放假的这三天，天天跟他黏在一起，温初柠有点昼夜颠倒。

这会儿凌晨三四点了，温初柠翻了两次身都没睡着。

陈一澜睡得也浅，伸手把她捞回来，声音有点困懒："怎么还不睡？"

"那可能要怪你，把我作息打乱了。"温初柠把脸埋在他胸口，脸颊隔着睡衣蹭过，他的肌肉柔软结实，还能听到他的心跳声，让她觉得长夜安稳。

陈一澜没说话，只是把她抱在怀里。温初柠抬起头看他，深寂的夜色下，陈一澜合着眼睛，眉骨凌厉，鼻梁高挺，轮廓线条分外利落。

在他身边的每一分钟都格外贪恋沉迷——这大概就是异地的后遗症。

温初柠没来由想到了很多年前分开前的那一夜，在他的寝室里，她就这么趴在他身边，转头看着他的脸，鼓起勇气很快地亲了他一下——后来那段日子她常常后悔，为什么之前没有更主动一些，留下更多一些的回忆呢？

还是不要有任何的遗憾才好。

"温初柠，别碰我。"陈一澜慢悠悠睁开眼睛，视线浅淡，像是月光下的湖水。

温初柠手搂在他腰上，另一只手勾起了他下巴，很快地亲了他一下。

"不听。"温初柠慢慢说了两个字。

陈一澜没了困意，眼底的困倦消失不见，是一种澄透的深邃，就这么看着她，时钟走过的时间像汩汩流淌的红酒。温初柠也这么直直地看着他。

温初柠捉住他的手。陈一澜低低笑，他反下为上，干脆扣住她的掌心，十指相扣。

他的黑发有点乱，擦过英挺的眉骨，眼睛深邃，皮肤好得不像话。

温初柠动了动唇，抓了一下他的手心："陈一澜。"

"嗯？"

"我有点吃醋。"

"你吃什么醋？"

"你好像还有挺多女粉丝。"

陈一澜听见这么一句，弯唇笑了："我还以为什么大事。"

温初柠抬起两只手捏住他的脸，故意凶他："不能对别人笑。"

"我呢，"陈一澜攥住她的手腕，拉到唇边亲了一下，眼神里有点暧昧，又浓又勾人，"我是唯温初柠至上主义。"

"陈一澜，你以后还是少说话吧。"一句普普通通的话，硬是被他说得脸红心跳。

"行啊，少说话多动嘴，"陈一澜笑着起来，"我看你还点赞了一条微博。"

"什么？"温初柠捞过手机打算看一会儿。

"帅哥多吃饭少穿点，"陈一澜把刚脱下来的T恤扔过来，盖在了她的手机上，"放心，我呢，除了在泳池里少穿点，就只在你面前了。"

"快走快走。"

"没良心。"陈一澜光着脚下去给她倒了一杯温水。

温初柠喝完水就趴在床上,看着睡前读物酝酿着睡意。

陈一澜倒是没什么睡意了,靠坐在床边看手机,但另一只手还搭在她的腰上。

陈一澜视线落过去,她已经把空调关了,九月末尾的天气没那么热了,T恤掀起了一角,白皙的腰肢柔软,细细一截腰线,线条凹凸有致,长腿跷着,趴在另一边拨弄着手机。

他喜欢看着她,哪怕什么都不做,都觉得爱意融在每一寸空气里,流水一样温柔,她的脊背纤瘦,落着一层浅浅的月光。

他的手指绕了下她的长发,像攥住了这么多年来的浓情蜜意,他在每一个沉默贪心的片刻里细细凝视着她的眼睛,妄图将说不尽的爱都给她。

爱融千山雪,爱渡万尺江。

爱没有具象,在陈一澜的眼中,爱只会是他最独一无二的温初柠。

他是唯温初柠主义者。

陈一澜是下午去的训练基地,那会儿温初柠刚睡醒,裹着被子挪到床边。

陈一澜穿上衣服,悠悠瞧她一眼,说道:"我还挺想珍惜跟你在一起的每一天。"

温初柠觉得自己没法跟他沟通了,就赶他快走。

陈一澜哼笑一声才慢悠悠出去。温初柠以为陈一澜走了,磨叽了一会儿才去洗漱,才短短几天,家里充盈着二人生活的气息,平平淡淡,却处处留有爱意。

温初柠来到阳台上,收了陈一澜洗过的休闲衬衫和她的睡衣,挂进衣柜。

才出来,房门又被打开。

温初柠还穿着他的衣服,长度到大腿。

"你怎么又回来了?"

"给你买了晚饭,吃完早点睡。"

陈一澜把手里拎着的袋子放到桌上,眯了眯眼睛,看着她裸露在外面的两条纤细笔直的腿。

"快走快走!"温初柠跑过去把他推出去。

陈一澜笑着由她推到门口,要开门的时候他轻而易举把她的手腕捉住,压在头顶。她仰着头,凶巴巴地看着他。

陈一澜低头吻了她一下,只碰了一下。

"晚上见?"

"知道了,你快走。"

"你还赶我,我有点逆反心理了。"

"行了,不逗你了,乖乖吃饭。"

陈一澜口袋里的手机响了,他抬手捏了捏温初柠的脸,接了电话出去。

温初柠关上门,心脏剧烈跳动,唇上还残存着一点他的气息。

干净,清爽,让她有种莫名的上瘾。

陈一澜到训练基地时已是下午三点多了。他直接到了泳池,这两天放假,队里的训练不太紧,张文博和安东正好刚换完泳裤出来。

陈一澜去更衣室换了泳裤,这会儿泳池里泡着的可不止他们三个了,还有几个新面孔。张文博有点话痨,说都是昨天新招进来的。

陈一澜热了会儿身,才进了泳池。他们三个的泳道挨着,陈一澜瞧了一眼,都是一些稚嫩的十五六岁的面孔,甚至还有个十三四岁的。

"时间过得真快。"间歇的时候,安东没来由发出一声感叹。

陈一澜正好游完几组,摘下泳镜往那边看去,几个孩子还在水里攀着池边,他们的教练正年轻,跟他们讲解分解动作。

"我打算今年游完全运会和亚运会就退役了。"安东转头看着陈一澜,问,"你呢?"

"应该也是。"

"我还没想好做什么,"安东重新戴好泳镜,做了个深呼吸,"游了十几年了,青春也要结束了。"

这次的奥运会上,安东只在1500米自由泳上拿到了一枚铜牌。他同样已经二十六岁,下一回奥运会,大概是没有机会参加了。

陈一澜没说话。张文博比他俩小一些,大概还有一次机会。

陈一澜靠岸休息了一会儿,才几分钟过去,耿爱国跟两个人朝泳池这边走过来。陈一澜只认出了其中一个是何彦明,某个运动品牌的老板,旁边跟着的应该是他的助理。

耿爱国对着陈一澜招招手。

陈一澜从水里上岸，扯过浴巾披着，随手擦了擦头发。

"耿教练。"

"你练习了吗？我看你三天不下水，人都懒了。"

严师上线。

"还行，"陈一澜说，"这不是回来训练了。"

"等会儿我给你计时，你游一遍我看看时间。"

"行。"

耿爱国才说完，口袋里的手机响起来，他去一边接完电话，说："我先去接个人，你们先说着。不过何总，陈一澜还得训练，你们尽快点。"

"好。"何彦明点点头，让助理送耿教练出去。

耿教练最近有点腰疼，贴了好几天膏药，加上紧张的比赛，做教练的也没法好好休息，毕竟上了年纪。

何彦明示意了一下，带着陈一澜往休息区那边走——休息区也只是几张椅子，有点简易，就在泳池不远处。

何彦明过去坐下，陈一澜也随便拉开一张椅子坐过去。

"是还打算参加全运会和亚运会？"何彦明刚开口问，他的助理就回来了，给他们拿了两瓶矿泉水。

"是的。"陈一澜礼貌地答了一句。

"我听说游泳运动员年纪越小，越容易出最佳成绩，往后，是越来越难了。"

说完，何彦明喝了口水，往泳池那边看过去，别的教练正在带新进入国家队的队员——一群十几岁的孩子。

"您不如有什么说什么。"陈一澜听出了他话里有话。

"我是个商人，万事以利益为先，我那天过来跟你们队里签合作的时候，看见你带了个小姑娘，是谈了女朋友吧？"

"是。"

"打算留在燕京？"

陈一澜抬眼睨了何彦明一眼。

陈一澜话不多，跟人的沟通是有什么说什么。

何彦明笑了，干脆开门见山："我们品牌觉得你的形象很好，加上有奥运会冠军的名头，正好现在你的微博上有了几百万粉丝，可以考虑做我们的独家代言，不跟国家队一起，代言费可不低……毕竟退役之后，还是要考虑下现实问题。"

"私接代言违反了国家队的规定。"

"我知道。"何彦明笑着说，"全运会和亚运会出最佳成绩的概率不太大，不如考虑下提前退役的事情。"

他几乎挑明了自己的目的。

陈一澜拿着矿泉水瓶捏着，也只是淡淡地看了他一眼。

"我确实谈了女朋友打算结婚，也会考虑现实的问题，但是我首先是个运动员，我的背后是很多教练为我付出的心血，因为私接代言这种问题被国家队除名，得让我教练多难受？"陈一澜说，"我跟我女朋友早就做好了打算，就不劳你费心了。"

"我听说你五年前被禁赛过一次。"

"所以呢？"

"如果你想，我倒也可以为你找回个公道。"

陈一澜听见这话的时候，喝水的动作都顿了顿。

在他二十一岁那个年纪，确实冲动上头，怎么都想讨回一个公道，那会儿耿教练死死地压着他，不让他去闹，不然再扣上一个闹事打架的名号，禁赛的时间只增不减，甚至如果舆论发酵，还可能会被踢出国家队。

后来冷静下来想想，禁赛的一年，不只是让他期待了很多年的努力落空，更重要的是，他为此跟温初柠失约了第一次，让她白白地继续多等了那么多年。

但每一件事都有得有失，如果那一年参加奥运会，他那时的成绩可能会仅仅止步于进了选拔赛和预赛，4'10"，几乎是无缘奥运会。

正是因为禁赛的那一年，耿爱国和姜平想尽了办法把陈一澜送出去，并不是每一个运动员都有条件和资格拿到出国训练的机会。

那会儿他还不知道，是陈建平和汪茹出了很大一部分钱把他送过去的，而那个时候，陈建平的病还没怎么好利索。也正是那两年的高强度训练，他的成绩又提高了两三秒。

事情过去那么多年，陈一澜已经不太在意了。

"已经过去很多年了，没什么意义，"陈一澜继续喝水，"你是商人，你可能不懂……"

"不懂什么？"何彦明没反应过来。

"游泳也是我的事业，"陈一澜说，"有句话说，唯有热爱抵万难，我的热爱只给了我女朋友和泳池。"

何彦明微愣。

陈一澜拿着毛巾站起来，对他礼貌道别："我去继续训练了。"

陈一澜回了泳池，张文博划着水游过来，颇为八卦地问："跟你说什么了？"

"青蛙王子，你加把劲儿啊！"陈一澜睨了他一眼，在水里缓了一会儿。

"是不是跟你聊咱们队里的代言了？我隔壁队里说了，说是要拍写真呢！真羞涩哦……"

"你脸皮还挺薄。"陈一澜被张文博惹笑了，泼了一把水过去，"游你的泳。"

"我肯定羞耻啊，我这不还没女朋友呢！我这几天看微博，我微博也涨了好多粉丝，有些人给我发的私信太羞耻了……哇，现在的女孩子真是……"张文博还挺纯情，说着说着就不好意思起来。

陈一澜游出去，张文博在旁边泳道追他："一澜哥，你看微博了吗？这几天有人都把你和小柠姐的照片顶到热门了，啧，一澜哥，你得加把劲哦，小柠姐粉丝也不少了。"

话音落，陈一澜还真顿了顿，并回头一看。

张文博蛙泳游出去："一澜哥，你欠我个红包哈，上回还是我告诉了小柠姐你住哪儿的！"

陈一澜笑了，懒得跟他计较了："行啊，我结婚的时候你也别忘了给我包个红包！"

陈一澜游了一会儿，耿教练帮着旁边的年轻教练指导。

陈一澜练完之后，正好耿教练叫住他，这回是带他去了办公室。

耿教练的办公室不大，桌上放满了文件。

"今天下午体育局的人过来了，你回去看看这些。"耿教练递给陈一澜一份东西，"你的奖金七七八八加起来，回淮川买房应该可以了，燕京这儿房价贵。"

陈一澜听乐了，又跟着问了一句："耿教练，全运会金牌在S省有多少奖金？要不你给我多报几个兼项。"

全运会是国内各个省份以省队的形式参加，陈一澜不止在国家队，还在S省队，奖金是由各个省决定，S省队是个经济大省，金牌的含金量很高。

耿教练瞪他一眼:"干吗,准备批发金牌去?"

陈一澜还挺无辜:"对啊,我运动员生涯就这么几年,多赚点奖金以后养老婆啊。"

耿爱国推着他出去:"你快走吧,我看看给你多报几个项目。"

"行,"陈一澜爽快答应,"那教练,我今天先不回宿舍住了,我看咱们全运会训练期还要过半个月开始,我保证每天早上八点来训练馆。"

耿爱国瞪他,陈一澜一脸无辜。

最后,耿爱国咬牙切齿:"你要是敢给我耽误成绩……"

"放心,"陈一澜举手保证,"哪怕不为了教练,我也还得为我以后赚钱养家努力奋斗。"

耿爱国把他赶走了,一个人坐在办公室里,看着办公桌上的一份退休报告,无端有些感慨。

当时姜平让他这个月就退休的,他想了想,还是想再等一年,等陈一澜、张文博和安东参加完全运会和亚运会再说。

办公室的墙上贴着很多照片,都是他们这群孩子从小到大参加的颁奖典礼的相片。那时陈一澜才十来岁,手里攥着奖牌,有点稚嫩青涩。

现在桌上多了一个相框。那天颁奖,别的运动员都是自己去的,陈一澜非得拉着耿爱国,把那枚珍贵的金牌挂在耿爱国的脖颈上,然后拉着耿爱国的手致意,他还挺骄傲地跟别人说:"我是陈一澜,这是我的教练,耿爱国。"

十几岁的少年蜕变成了成熟稳重的男人,但骨子里还带着那么一点青春的风气。

耿爱国坐在椅子上,想着也好,陈一澜再比一年,然后去追求他的爱情,也挺好。

陈一澜回去的时候,给温初柠打了个电话。温初柠过了一会儿才接的,听声音,没在家里。

"你在哪儿呢?"陈一澜拿着手机问她。

"我下楼了一趟,马上回家,你结束了吗?"

"嗯,正在回去的路上,有想吃的吗?给你捎回去。"

"我想吃……算了,等会儿你陪我吃吧,你在哪儿呢?"

"刚从训练馆出来。"

"那你回来吧,在地铁站这边等等我。"

"好。"

陈一澜刚答应,温初柠就挂了电话,也不知道在忙什么。

不过陈一澜也没细问,在进地铁站之前,脚步拐了个弯,正好附近有一家花店还没下班,陈一澜进去,顺手给温初柠买了一束风信子,配了几株铃兰。

"铃兰这个花可不多呀,送女朋友吗?"店主是个中年女人,铃兰这种花娇气,平时花店里都不见有,而且极易损耗。

平时男人送花都是送玫瑰,各式各样的玫瑰,点名要这两个的可真是不多。

"嗯,送给我暗恋了九年的女朋友。"陈一澜还补一句,"刚结束了异地恋。"

"呀,这不容易哦……"

花店老板了然,刚还想说风信子的花语是暗恋呢。

还挺贴切。

铃兰花的花语是幸福归来。

风信子的花语是暗恋。

他漫长的暗恋和异地终于都结束了。

第五章
最特殊的陈一澜

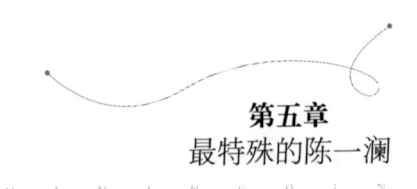

温初柠下午接到那通电话的时候,还愣了一会儿,看到是个陌生的号码,打了三次,最后还是没忍住接听了。

温初柠正去楼下扔垃圾,结果接听之后,一听到那个声音,她不管多久都忘不掉。

是何军。

温初柠听到他的声音就一阵火大。

"你该联系的不是我,是陈一澜。"温初柠压着火气,"你知道当年陈一澜被禁赛吗?你知道当初对他的影响有多大吗?我看你现在是因为看到他拿了奥运会冠军,怕他提起来吧?"

何军早就预料到温初柠是这个态度——当初,陈一澜被耿爱国他们送到国外,听说这个小姑娘跑来找了好几趟,何军让烧烤店老板关门歇业了几天,正巧那阵子查食品安全,最后烧烤店以食品安全问题闭门整顿。

瘦肉精那会儿在市场上屡见不鲜,普通人吃了可能不会怎么样,但运动员药检一查一个准,尤其是瘦肉精克伦特罗代谢周期极其久,何军不可能不知道。

只是那年他带李东伟,那年是李东伟第三次参加奥运会,也是最后一次。因为李东伟已拿过一次银牌,背后有不少赞助商看好,体育明星商业化,那巨额的利益诱惑,远比做教练赚多了。

而那年陈一澜是队里最有竞争力的对手——他的成绩稳,外形条件比李东伟更好,更容易得到资本家的偏心。陈一澜一旦出头,李东伟就再也没有机会了。

但每个项目报名的人有限。何军只是想着陈一澜成绩稳,但还没到达最佳成绩,也才刚满二十二岁,下次还有机会。可李东伟没有下一次了。

只是那一年李东伟参加的 400 米混合泳，在预赛就止步了。

而陈一澜被送去了国外训练，正是那两年的国外封闭训练，陈一澜的成绩才提了上来。何军常常就这样安慰自己。

但人年龄越大，越容易多想，尤其陈一澜拿了奥运会冠军后，风头盛，何军确实担心陈一澜在这个关头说什么。他联系不上耿爱国，也没有脸去联系陈一澜。

"你要是真有什么歉意，你应该对陈一澜道歉，而不是来联系我。想让我给你说情吗？你做梦，你耽误了陈一澜这么多年！"

"你也应该换个角度想想……"

"我为什么要换？不管陈一澜怎么处理我都不会干涉，那一年陈一澜才刚刚二十二岁，你真的是一位教练吗？你明明知道他们的黄金年龄这么短！"温初柠站在楼下一口气说完，还觉得心口有一股火气闷着。

何军不再多解释什么，后来说了句"抱歉"，就挂了电话。

温初柠站在楼下，除了生气，就是将几年前的那种情绪重温了一遍——愤怒，不公，为陈一澜心痛。

下一秒陈一澜电话打过来的时候，温初柠特别委屈，听着他云淡风轻还带点笑意的声音，温初柠格外难过。

他才是当事人。

陈一澜就在地铁站那儿等着她，温初柠下楼丢垃圾时只穿了一件他的 T 恤，套了一条运动短裤，披了一件薄休闲衬衫，地铁站离她小区很近。

晚上十点多了，这会儿也没多少人，温初柠干脆小跑着出去。陈一澜在地铁口等着她，穿着黑色的运动短裤，白 T 恤，外面一件浅蓝白条纹的休闲衬衫，清爽干净。

手里还有一大捧包扎漂亮的白色风信子，中间是几株铃兰花。

温初柠心里特别难受，看着陈一澜站在没人的地铁站门口，手里捧着一大束花，远远地看到她，眼角眉梢就扬起一点笑意。

他今天下午训练了，好几天不下水，游了不少，还做了会儿体能训练。训练的时候倒还好，放松肌肉的时候才是最痛苦的，专业的教练帮他们做拉伸，这会儿肌肉酸痛得都没什么力气。但看到她的时候，那点疲倦都消失不见了。

陈一澜张开手，看着温初柠一路小跑过来，结结实实扑进他怀里，两只手用力地环着他劲瘦的腰身，就这么把脸也埋在那儿。

陈一澜一手还拿着花束,另一只手揽着她。他个子比她高了太多,还需要微微弓下腰,好像把她整个人都揽进了怀里,紧实地抱住。

怎么感觉她还挺委屈?就一晚上不见,想成这样?

陈一澜起初还没想明白怎么回事,干脆就这么让她抱了好一会儿。

"去不去吃饭?"

"去。"温初柠的脸还埋在他怀里,闷闷应了一声。

陈一澜往后了一点,全当成是她有点小脾气,低头看着她:"心情不好?"

"不好。"温初柠还挺诚实。

她这么多年几乎都不会发火,刚才接到何军那一通电话,她只觉得一阵火气在胸口沸腾,生气好半天没缓过来,见到陈一澜的时候,就只剩下了一些难过和委屈。

"亲下能不能笑笑?"

"不能。"

"两下?"

"也不行。"

"啧,"陈一澜低头看着她,"我们家温初柠今天有点难哄。"

温初柠抿抿唇,主动松了松手,往后仰起头看他:"那算了,还是亲一下就好了。"

"你这撒娇⋯⋯"陈一澜低笑,"还挺可爱。"

说完,他低下头,很快地亲了她一下:"行不行?"

他亲下来的时候,尽管也只有很轻的一下,还是让她心情好了一些。

温初柠攥着他腰间的衣服,踮起脚:"不行,再亲一下。"

"你还挺黏人,"陈一澜心情不错,就这么微微弯着腰,视线落在她脸上,缱绻温存,他嘴角上扬,空无一人的地铁站,夜风清凉,他声音钻入耳畔,像含着一点笑意,"我还挺喜欢。"

他声线有些低,温初柠又不敢看他的眼睛了,干脆松开他,拉着他的手腕,还不忘接过他怀里的花束抱在怀里:"前面有个面馆,我去简单吃点吧。"

"好。"陈一澜牢牢地跟她十指相扣。

这个时间面馆里都没人了,老板在玩手机。温初柠以前经常来这家日式拉面馆，深夜食堂，因为附近的小区住的都是一些996的白领，这种装潢温馨的小店还挺受欢迎的。

温初柠点了一份豚骨拉面，老板出餐快，陈一澜给她取了小碗和筷子。

花就放在桌上。

温初柠用筷子翻了翻，面是刚做出来的，有点烫。陈一澜本来坐在她旁边看手机，瞧见她吹来吹去，索性端过来，给她盛出来一小碗，说："慢慢吃，我等着你。吃完我们再回去。"

"好。"

陈一澜给她夹出来一些，还不忘盛点汤，吹了吹才把碗递给她。温初柠两手撑在椅子边缘，有点入迷地看着他。

深夜食堂的光线是很淡的暖光，到处都是日式的摆件和装潢，分外温馨，温初柠就这么看着他的侧脸，就有些挪不开目光。

每一个细节，都戳中了她的心口。

温初柠终于有了点开心，弯唇看着他笑。

"笑什么？"陈一澜把筷子递给她。

"笑我男朋友对我真好。"温初柠接过筷子，依旧偏着头对他笑。

"老老实实吃饭。"陈一澜就坐在她身边，帮她吹了吹剩下的面，等凉了一些夹进她的碗里。

温初柠吃得挺开心。

两个人回去的时候，已是十一点了。小区里特别寂静，两旁的景观树木落下孤孤单单的影子。

二人放轻脚步回去，温初柠拿出钥匙开了门，把花插进了茶几上的瓶子里，重新好好整了整。她处理了邓思君发给她的文件，洗了个澡就开始发呆。

陈一澜去洗了个澡出来，温初柠已经在床上坐着，抱着电脑敲字。

看到他过来，温初柠把笔记本放回了床头柜上，陈一澜也顺道儿把她圈过来。

"说说吧，今天委屈什么呢？"陈一澜才洗完了澡，身上有清新的沐浴露的味道，干干净净的，好闻。

"你怎么看出来了？"温初柠小声嘀咕。她特别喜欢趴在他怀里，大概是因为他锻炼过的身材格外赏心悦目，就算穿着衣服，也能隐约感受到下面挺括的线条，温热，柔软，有种让她万分心安的温度。

"就你那些小心思，你看我一眼，我就知道你在想什么，"陈一澜让她枕着肩膀，另一只手搭过来，牵着她的掌心，很轻微地摩挲了一下，"别忘了，咱俩可是认识多少年了。"

温初柠转过脸来，下巴搭在他身上，眼睛看着他，眨了眨："今天何军给我打电话了。"

"嗯？"

"我觉得是他知道了你现在拿了冠军，怕你说他什么。没关系，你不要原谅他，他耽误了你那么久的时间。"

温初柠看着陈一澜的脸，在黑暗里，轮廓深挺，温初柠提起来还有点不高兴。

"就因为这个？"陈一澜微微愣了一秒。

"嗯，"温初柠支起了身子，脸凑近他，"我觉得都怪他，让你当时被禁赛……你明明那年……"

温初柠的话没说完，又觉得不该提起，怕让他不开心。

"傻，"陈一澜把她搂过来，吻了吻她的脸颊，"要是几年前，我确实挺生气的，但是除了被禁赛，我最难过的还是第一次跟你失约了……让你多等了我这些年。

"凡事也有坏有好，那年我被禁赛了……但是那年我成绩也才 4'10''，估计进奥运会决赛都够呛，更别提追逐奖牌了。也是那年那回事，我出去训练了两年，才又进步了几秒，"陈一澜搂着她说，"要是那年我参加了奥运会，那成绩，也基本跟金牌无缘的。"

他说得有些风轻云淡，温初柠就这么抬着头看着他。

"我现在没什么跟他计较的意义了，事情过去了，我也不想旧事重提，更不想跟他浪费时间。"陈一澜低眸看着她，"我这不是拿了金牌，还跟我们家宝贝谈了个恋爱。"

后半句，他说得还挺轻快，语调有点闲散了。

温初柠心里挺难过的，想起了那些年陈一澜遭遇的低谷和挫折，那明明是他的机会，就算他在那年拿不到冠军，那也本该是属于他的时刻。

"陈一澜，在我心里，你永远都值得最好的，"温初柠拉住陈一澜的手，捧在两只手之间，"你就是最好的。"

陈一澜靠坐在床头，笑着看她："别想那么多，过去的事儿我都不太在意了，我啊，唯一在乎的就是你，我可就这么一个温初柠。"

温初柠捧着他的手，往前凑了凑，两人的脸挨近了，呼吸纠缠着，温初柠吻住他的唇，好久没松开，陈一澜还等着她主动呢，结果一撩眼皮，就看见温初柠有点儿发红的脸颊。

陈一澜伸手勾住她的脖子，把人拉回来。

温初柠亲了他一会儿，就羞得不行，松开他，索性两只手揽着他的脖颈。陈一澜也抱住她的腰，好像就这么抱一会儿，也足够让她心满意足。

因为太过深爱，所以每一个拥抱的时刻，每一个亲吻的时候，时间都像是停留在这儿。

温初柠又正过身子，看着他的脸。

陈一澜倚靠在床边，轮廓深，下颚的线条性感，开扇的双眼皮，鸦羽一样浓而纤密的睫毛，鼻梁高挺，性感的唇微微上扬。

就这么一双深色的眸子，平静地看着她，似是能溺死人的月湖。

温初柠觉得怎么都看不够。

"陈一澜，你也是我人生里最独一无二的、最特殊的陈一澜。"

温初柠以前嫌这样很腻歪，但真到情浓的时刻，才觉出这样的话是浸着虔诚与只有她知他知的坦烈。

"我也永远是陈一澜的温初柠。"

温初柠跟陈一澜十指紧扣，寸寸爱意深入漫漫经年千百回，窗外的月光浸过水，在湖底泛起波漾。

爱不是什么轰轰烈烈分分合合，爱就是在他身边的每一分每一秒。

只要在他身边，就够了。

时间静止住，她看向他的每一个眼神，都在与永恒沉沦，是她想要用往后余生向他投诚的旗。

滚滚红尘中，唯相爱至死不休。

第六章
他是她青春中的头筹

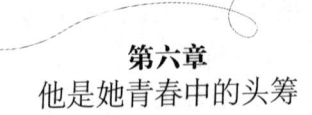

温初柠和陈一澜的作息不一致,第二天起来,陈一澜已经去训练馆了,她今天也得上班了。

温初柠洗漱完了走出来,看到桌上还留着的早餐,摸了一下还温热,她其实也有点遗憾不能跟陈一澜一起吃饭,但转念一想,等他退役了,日子还多着。

温初柠一边咬着煎饺,一边给他发消息——

【你退役了我们可以一起吃饭吗?】

那边的人秒回:【天天陪你吃。】

温初柠笑了,喝完了粥,跟他说了一声自己要去上班了,没等回复,就钻进了洗手间化妆。

只是站在镜子前看了半天,脖颈上的斑痕仍然有点惹眼,尤其是她皮肤白,更是一眼就能看到。温初柠思来想去,还是系了一条丝巾遮了遮。

但是一到了公司,姜晴一眼看到了这条突兀的丝巾,联想到一向不请假的温初柠休了好几天,眼神暧昧得很。

"怎么样?"趁着还没开工,姜晴抱着面包滑着椅子凑过来压低声音问。

"什么怎么样?"温初柠一边开电脑,一边从包里拿出手机。

"谈恋爱啊!"姜晴笑嘻嘻的,"跟奥运会冠军谈恋爱怎么样?"

不说还好,一说这三天两人都没怎么出门,温初柠只觉得耳郭发烫。

姜晴一副了然暧昧的神情:"我懂了,毕竟异地这么多年……"

"你快别说了……"温初柠开了电脑当鸵鸟。

姜晴笑出声来,一脸我懂我懂。

温初柠干脆埋头闷进电脑里,姜晴笑了一会儿也去忙工作了。

邓思君姗姗来迟，手里夹着文件走过来，拍了拍温初柠的肩膀："正好你来了，等会儿收拾一下，跟我去开个会，我们去临市，估计今天要晚上才能回来。"

"好。"温初柠答应一句。

邓思君回了座位，把文件递给温初柠："我们十一点多走，我们最近的合作方临时改了时间，他们的会议提纲还没发过来，你问问他们的对接人。"

"好。"

已经九月末，公司里好几个项目都要收尾。

温初柠收了收心思，跟陈一澜说了一声晚上要晚点回，邓思君买了车票，温初柠接过来，顺道跟陈一澜说了一下回来的车次。

中午十一点多的时候，温初柠跟着邓思君去车站，要坐一小时的高铁才能到开会的酒店。

邓思君坐在她对面，闲聊了几句，说谢宴霖过不久要调回国外的总部了。

温初柠听着，不知说什么。

下午的会议进程顺畅，简单的商务晚餐结束之后已经到晚上九点多了。邓思君喝了点酒，温初柠下了高铁先帮她叫了辆车。

两人等车的时候，温初柠的手机响起来，看到是陈一澜的号码，温初柠下意识在附近搜寻了一圈儿，果然看到了马路对面的身影——

"陈一澜，我在这儿！"温初柠喊了一声，对着他招了招手。

陈一澜这才放下了手机，等着绿灯再过去。

邓思君也看到了，笑着说："真好，你快早点回去吧，今天一天太辛苦了。"

"好，那思君姐我先走了。"

"OK，明天见。"

温初柠小跑着过马路，本以为这么晚了陈一澜可能不会等她，但他出现在高铁站时，还是让她格外雀跃。

九月末的夜晚有些冷，温初柠受不得凉，赶紧拉住他的手，把手藏在他的口袋里，歪着头看他："陈一澜，真的好近的，我从高铁站出来打个车或者坐个地铁一会儿就到家了。"

"那我也要来接你。"陈一澜攥着她的手，偏头一看，温初柠今天穿了件稍显慵懒的白衬衫，一条浅卡其色的半身长裙，这回倒是老老实实记得穿了平底鞋，长发有点卷，刘海也长了些，小脸干干净净的，大概是补了一次浅色的口红，唇瓣在夜色下有点红润。

"你这什么眼神？"温初柠瞅见陈一澜有点深意的视线，下意识抬起手拉了拉脖颈上的丝巾。

本来陈一澜还没往那儿看呢，她这一个动作，陈一澜瞧过去，细细的丝巾在一侧打了个小结，垂着两根带子，又细又软。

"怕你被人拐跑的眼神。"陈一澜忍着没逗她，手却轻轻收紧。

温初柠总说她是幸运的，其实他也同样，这样一个女孩，在这么多年，坚定、一如既往地在原地等着他，即便她已经足够耀眼，眼里心里却仍然坦烈，只有他一个人。

温初柠因为这句话心里暗喜。

"温初柠？"陈一澜看着她低着头，嘴角有点笑意，就叫了她一声。

"啊？"

两人牵着手去了地铁站，这个点儿了地铁站里没多少人，只有几个加班下班的人拿着手机在一边看。温初柠抬起头来看陈一澜，眼底的笑意还没收回去。

对面的地铁到站了，发出轰隆隆的声音。陈一澜低着视线看她，忽然微微弯下腰凑近了她的脸。

"干吗？"温初柠攥着肩膀上的包带，手指不自觉收紧了一些。

陈一澜突然亲了过来，压在她的唇上，对面的地铁上下来一些人，温初柠有点羞窘，睁着眼睛看着他。两人就在这么近的距离中对视，陈一澜绝对是故意的，对着她眨了眨眼睛，而后他突然加深了这个吻。

温初柠一动不敢动，呼吸都好像就此凝滞，所有的感官都被放大，陈一澜的手揽在她的腰上，稳靠有力。

地铁到站了，自动门打开，车子上没多少人，玻璃车窗上映出拥吻的两个人的身影，紧密地纠缠在一起。

"地铁来了……"温初柠轻轻推了他一下，呼吸有些不稳，抬头看了陈一澜一眼，视线都在发热。她今天上高铁的时候补了一下口红，陈一澜的唇边沾了一点浅浅的豆沙色，冷白的肌肤下，暧昧惹眼。

"等下一趟。"陈一澜的唇瓣微动，低声在她耳边说了一句。

温初柠的脸颊涨红，明明不是第一次接吻，也不是第一次跟他对视，可是每一次都会让她脸红心跳。

温初柠从包里拿出了一张纸巾,两人在地铁站的长椅上坐下,她往他那边凑近,然后用纸巾帮他擦了擦嘴角。

陈一澜就这么转过头,嘴角还带着点笑意,一双深邃的眼睛看着她,眼底的碎光都有种勾人的撩劲。

温初柠想到很多次看他比赛,看他赛后接受过的几次采访,比赛时专注认真,采访时客气礼貌,后来采访视频被网友们打卡,刷屏的弹幕都在说——

【帅哥好冷酷啊,很难不爱!】

【国家游泳队都这么好看吗?】

【姐妹们,帅哥怎么都没有其他采访?】

【帅哥就两条微博,都是女朋友!嗑死了,快去看他女朋友!】

温初柠这几天都不太敢看微博,前几天她的微博下冒出来特别多的评论催更,让她多发点恋爱日常。

温初柠还想哪有恋爱日常,三天都腻歪在家里。

——跟他谈恋爱,是真要命。

温初柠胡思乱想着,陈一澜伸手攥住了她的手腕,这么一分心,把他的嘴角擦红了。

陈一澜嘴角还带笑,对着她单挑了下眉,随意地坐在那里,黑色的连帽卫衣,露出的脖颈线条流畅,喉结微微动了一下,肆意地撩拨着。

温初柠收回手,虽然羞窘,却也暗自偷乐——这样的他,好像只有她能看到。

二人回去,温初柠洗了个澡躺在床上,还真仔细思考了一会儿,她工作忙,陈一澜训练也紧,确实不太能有太多的恋爱计划,跟他待在一起,已经是来之不易了。

温初柠对谈恋爱一窍不通,思考了一会儿,给舒可蓓发微信:【贝贝,约会还能干什么?】

这几天刷朋友圈,看着那两人是又和好了,头几年三项的赛事很少,孙嘉曜空闲时间比陈一澜多,那两人经常出去玩,温初柠还羡慕得不行。

舒可蓓还没睡,干脆给温初柠打过来一通电话。

温初柠瞧了一眼,陈一澜还在洗澡,干脆就压低了声音跟舒可蓓在床上打电话。

"本来就异地恋了,见个面儿不容易,谁还想着约会啊,在家不就得了。"舒可蓓夹着手机,回得挺理所当然。

温初柠无语了,但舒可蓓说的也不是全然不对,他们训练期很久见不到,她这工作忙,折腾出去旅游也是劳心费神,约会还挺难。

陈一澜洗完澡出来,看着温初柠趴在床上想事情。

"想什么呢?"陈一澜随手把毛巾搭在床边她的化妆椅上,翻身上来。

温初柠趴在床上,郁闷得不行:"我想跟你约会去。"

"去。"陈一澜笑了,"就为这个?"

"可是你要训练,我也要上班。"

"那等你放假,"陈一澜把她捞过来,"等你放假陪你去。"

"你下次训练呢?"

"我半个月后去淮川封闭训练三个月,准备全运会。"

"全运会之后呢?"

"回燕京,普通的训练期结束后应该是寒假了吧,能放三五天假,之后在燕京封闭训练准备亚运会。"

温初柠这么一听又失落了:"还有两场比赛啊。"

"嗯,比完这些,我想退役了。"陈一澜把她搂在怀里,唇无意识地蹭了下她的发顶,"比完这些,多拿点儿金牌和奖金,跟你求个婚,咱们就结婚了。"

温初柠趴在他身上,抬起头看着他,她的头发长了很多,都拢在了肩膀的一侧:"你是不是都计划好的?"

"什么计划好的?"

"我。"

"我之前是不是跟你说过,"陈一澜伸出手捏着她的脸颊晃了晃,声音又低又浓,"你早就在我未来里了。"

"虽然这些年,总有很多变数,但是变来变去,我的终点只有你,"陈一澜望着她的眼睛,"变数那么多,只有你一直在我的计划里。"

女孩儿在恋爱时都是感性的,哪怕温初柠已经二十六岁也仍然是。

"要是我那年没考上淮川外国语大学呢,要是你去了燕京大学呢……"

"那我可能要失信一次。"

"嗯?"

"那我大概单方面不想遵守跟你二十六岁前不能谈恋爱的约定了,我大概在大学的时候就跟你谈恋爱了,先把你留在我身边,大概会多很多车票机票,会更难一点儿。"陈一澜说,"不过也没有那么多如果,因为这九年里,我和你,哪一次没有信守承诺过?你在我的未来里,我也在你的计划里。"

"所以啊,少胡思乱想,咱俩没那么多可是。"

陈一澜揽着她的腰,温初柠就这么趴在他身上,脸埋在他的胸口。

他很少对她说腻腻歪歪的情话,可这九年来,他爱得异常坚定与浓烈。

最赤裸的爱,是十指紧扣的深夜,是床边放着的花瓶里插着的风信子与铃兰花。

今晚花不凋谢,在床头柜上羞涩地绽放。

繁星与皎月在坦诚相待,交织一个烂漫汹涌的夜晚。

陈一澜半个月后要去淮川封闭训练了,备战全运会。

临走前一天是周末,温初柠特别舍不得,从早到晚黏着他。

陈一澜觉得还挺好笑,在家给她做了点吃的,温初柠就从后面搂着他的腰,也不嫌厨房里闷热。

"你要走好久啊?"温初柠声音蔫吧下来。

"封闭训练三个月,比赛很快,我的项目三天就可以比完。"

"那也是三个月不见呢。"

"温初柠。"

"嗯?"

"还记不记得三个月后答应了我什么?"

"什么呀?"

他一说三个月,温初柠瞬间想起来了,脸颊有点泛红,故意装作无知的样子。

"领证。

"三个月后的比赛,我努努力,多拿点金牌,回来跟你求婚,"陈一澜慢悠悠地拿着锅铲,"你呢,做好心理准备。"

温初柠羞得不行,脸干脆埋在他背上。

陈一澜就笑她:"这有什么好脸红的?还不是早晚的事儿。咱俩,也就是走个过场。"

"过场你也要好好求,"温初柠把脸偏过来,"你记得好好比。"

她从来不要求他一定拿金牌,在她眼里,他已经足够耀眼。

"知道,"陈一澜说,"这不是准备好好赚钱养老婆。"

"……陈一澜!"温初柠听见后俩字儿就跳脚了,把手伸进他衣服里掐他。

陈一澜闷笑更甚:"你是掐我还是故意占我便宜呢?"

"光明正大占你便宜。"温初柠破罐子破摔了。

陈一澜一边翻动着锅里的东西,一边说着:"你说占便宜,我就想到你小时候……"

温初柠等着他继续说。

关于小时候那点儿回忆,温初柠记着好多,但是也忍不住想听他说以前的事。

"我小时候怎么你了?"温初柠小声问了一句,脑子里迅速回想了一下,自己好像并没做什么过分的事。

"有一回你妈上班,把你送到我家,咱俩一块儿睡午觉,你装睡,然后趴在我跟前看我。我为了让你睡觉,骗你说不睡觉老鼠就会把你抓走……你倒好,非要搂着我睡。你现在让我很怀疑,你是不是打小就对我有点想法。"

温初柠还真细想了一会儿。

那时她还小,五六岁的样子,周梦把她送楼下陈一澜家,陈一澜作息可好了,每天一定要午睡,俩天真的孩子躺在一张床上。温初柠也才上幼儿园,觉得幼儿园里的小孩子都没陈一澜个子高,没他好看。

关于那天,其他的事她不太记得了,只记得她凑过去,看到陈一澜闭着眼睛,睫毛很长,半片阳光被百叶窗割碎,让她不自觉看得有点入迷。

陈一澜突然睁开眼睛,幽幽问了一句:"你看什么呢?"

温初柠还挺坦诚:"一澜哥哥,你比我们班班草长得好看。"

小孩心绪别扭,陈一澜心想,你的事儿都是我给你兜着,你还提你们班班草。

陈一澜懒懒平躺着,一只手搭在床下挠了挠,就是故意的:"你快点睡,不睡老鼠来抓你。"

指甲挠过床边,发出细细碎碎的声响,温初柠果然被吓了一跳,滚到他旁边就紧紧地闭上眼睛:"我睡觉老鼠就不抓我了吗?"

想到这儿,陈一澜笑意更深,小时候的温初柠还挺好骗。

"对啊,我打小就觉得你可好了,是咱们家属院里最好的哥哥。"温初柠回得理直气壮,笑眯眯的。

"你可得做好心理准备,"陈一澜关了火,故意放慢语速说,"你这哥哥打算再比一场赛就回来跟你求婚。"

他转过来,后腰抵着橱柜边,温初柠还搂着他不松开,仰着头喊:"陈一澜。"

"嗯?"

"全运会我能去看你吗?"

"你工作不忙就来。"

"好!"温初柠开心了,穿着拖鞋,踮起脚凑过去作势要亲他,"我去给你加油!"

陈一澜笑了,两只手圈着她的腰,有点不正经地往下滑,揉了揉她的腰。

人间有意义的事那么多,我偏偏想做最贪心的那个,莽撞与欲望,深爱与坦荡,我都要。

陈一澜勾着她的长发,低眸看着她。

多庆幸,在他的生命里,能够拥有这样一朵花,柔软又坚定,九年的时光和无数次的分别都不能使她黯淡枯萎,她光鲜亮丽,抚慰他的动摇与汗水,她就这么扎根在他的岁岁年年,横亘在他的春秋与理想里,他奉上信仰,她就只为他送上所有的春天。

"我一点都不想等三个月。"陈一澜说。

"怕我反悔呀?"温初柠笑着问他。

"想得美,"陈一澜挨过来,说,"我现在这一刻觉得……"

"觉得什么?"

"觉得能跟你在一起,就是我最大的本事,"陈一澜说,"天下第一大的本事。"

温初柠笑得更深:"行啊,我给你记着,结婚的时候你念念。"

"那可不行,这些只能说给你听,"陈一澜伸手把她捞过来,唇不经意蹭过她的脸颊,故意压低声音,咬重了似的,"只说给你听的。"

温初柠由着他抱着,伸手捞过了手机问:"我现在能不能买到全运会的票?"

"应该行,都提前几个月开售,可能没几个人爱看。"陈一澜揽着她的腰,隔着衣服,"又不是追星,以前票都卖不完。"

温初柠一听这话,心里忐忑了,从微博瞅了一眼,陈一澜粉丝多得有点吓人。

她找到售票渠道,点进去一看,只看见了一片灰色,游泳的场次都没了。

温初柠的心瞬间凉了半截,把手机递给他:"完了……都没票了!"

陈一澜有点讶异,拿过来看了看,田径赛和其他项目大半的票都空着,就游泳赛事的票售罄了。

"等我问问队里,看能不能给你要一张票。"陈一澜倒是没觉得多大的事儿。

"真的吗?"

"真的。"陈一澜捉住她的手,"专门给你的票。"

温初柠开心了,瞅着他的脸:"好好训练!"

"行,"陈一澜说,"咱俩说好。"

"嗯?"

"我多拿点儿金牌,回来跟你求婚,别管我求得好不好,你得答应。"

……还挺幼稚。

温初柠笑出声来:"行行行,我答应。"

陈一澜跟她躺在一块儿,两人休息了几分钟,最后是他起来,给她热饭吃。

温初柠不想动了,趴了一会儿起来,老老实实去客厅里等饭。

她等得也不太安生,伸头看了一眼,陈一澜站在那儿,肩宽腿长,穿了一件白色的短袖,手臂修长有力,正在水池边给她洗一盒草莓。

温初柠拿出手机拍了一张他的背影——

【他是我青春中的头筹,我希望他永远在我身边,我永远需要他,也永远被他需要。】

第七章
少女虔诚的等待

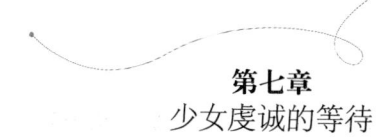

大概是因为坚持了那么多年，分隔的这三个月也算不上什么了。

温初柠照旧上班，陈一澜忙着训练，有空的时候就给她发个消息，虽然两人很少秒回，但时刻拥有着与对方的分享欲。

只不是这回经历了一场奥运会，先出圈的是陈一澜的颜，被称为"国民初恋脸"和"泳坛第一神颜"，其次是张文博——张文博当时接受采访还挺害羞，圈了不少粉丝。

安东更是，安东话不太多，就留了一条微博：【希望大家关注体育运动，不要关注私生活。】

当时游泳队接受官媒的采访，各个都身高一米九以上，身材好，颜值高，一下圈粉无数，被称为国家男模队。

张文博性格大大咧咧，人单纯，休息闲暇时，剪剪 Vlog，做了点儿运动员的日常分享，但是频率极低，三个月了就发了一个。

温初柠那天在座位上午休，正巧看见张文博更新了一条三分钟的 Vlog 视频。剪辑得并不太专业，都是由片段组成的。

他们早上六点多就要起床，大半天的时间花在游泳和陆上体能训练上。

有一个镜头是张文博拿着手机走到泳池边，泳池里有七八个人，安东在练习负重打水，陈一澜正好游过来，他从水里起身，只穿了一条泳裤，身材比例近乎完美，张文博把大毛巾递给他。

陈一澜把毛巾随意接过来搭在肩膀上，肩颈的线条流畅，极致劲瘦的腰腹，腹肌随着呼吸起伏。

"你干吗呢？"陈一澜还喘着，拿着毛巾擦了擦脸上的水珠。

"我给小柠姐拍。"张文博诓他。

陈一澜凑过来,听见"小柠姐"这个词,嘴角带了点笑。

温初柠看着视频里的陈一澜,无端有些开心。

后来镜头切出去,张文博进了泳池,还带着防水的摄影机,他浮在池子里,慢悠悠地一圈圈游着,陈一澜就在隔壁泳道一圈圈游。

"一澜哥,你有没有话要和小柠姐说的?"张文博叫住了正在隔壁游泳的陈一澜。

陈一澜捋了一把头发,招招手,他游到池底,张文博在上面录。

陈一澜对着镜头吐了一个泡泡。

温初柠拿着手机,不自觉地笑起来,好像想起了很多年前的水池中,他在水池里对着她吐出一个泡泡,晃悠悠地晃到她的面前。

温初柠笑得有些停不住。

姜晴吃完饭回来,看着温初柠坐在椅子上乐,也凑过来看了一眼,一脸羡慕地说:"温温,你男朋友真是太好看了,我能要个签名吗?"

"他去淮川训练了,人不在这儿。"

"温温,我看微博上,原来你们两个是青梅竹马啊!"

"对呀,我俩妈妈以前是朋友,就住在楼上楼下的……我俩从小就认识。"

"太羡慕了,这么多年你们怎么过来的啊?"

"我的未来里有他,他的计划里有我,就这么熬过来了。"

温初柠有时候觉得,能够坦然地说出这句话,可真是不容易极了。

全运会往年在九十月,这一年因特殊情况推后了些。

陈一澜给温初柠寄来了一张门票,居然是非售卖的,在A区1排6号。

温初柠看了看场馆的图,是最好的位置。陈一澜说,这票是赞助商那边给的。

温初柠平时没怎么打扰他,但是临近全运会的三天前,陈一澜给她打了一通视频电话,当时他们已经到了全运会的酒店。

温初柠刚洗完澡,就趴在床上跟他打视频电话。

"想看我直说。"温初柠把手机支在面前,捋了捋长发。

陈一澜已经在房间里了,看到她穿了一条吊带的睡裙,真丝的缎面,浅V领压着一点蕾丝,露着的锁骨和肩头清晰漂亮。

"是挺想你的，"陈一澜拿着手机，"温初柠，我怎么发现……"

"发现什么？"

"发现你一天比一天好看。"

温初柠笑起来，被人夸心情好，被他夸心情更好，她有些飘飘然。

"不对，"陈一澜随即意识到什么，"我在家的时候你怎么不穿这条？"

陈一澜微微皱眉。

温初柠得意道："漂亮吧？"

她洗过澡了，黑发有点微潮，唇红齿白的，笑起来的时候，眼睛弯弯，像只得逗的小狐狸。

陈一澜眸光暗了暗："行，你故意的，你等我回去试试看。"

全运会之前，温初柠跟陈一澜偶尔视频，有一回陈一澜正好洗完澡出来，只围了一条浴巾，温初柠的视线定格住，看着他腰间那行细细的文身。

温初柠那天有个冲动的决定，恰好陈一澜睡得早，温初柠跟他说了一声就挂了电话。

没有告知他。

L'amour de la vie，一生挚爱。

第二天温初柠下了班之后，去了公司附近的一个大型商圈，里面也有不少文身店。温初柠寻了一家进去，店里很有个性，木质的牌匾，中式的潮流，墙壁上挂了不少的人体画，都是各种复杂高难度的文身照片。

虽然从小就怕痛，但是她仍然没什么犹豫地选择文在了左胸口，靠近心脏的位置。

一生挚爱，她生命里，最真挚的永恒。

老板娘瘦高，气质清冷型美女，红唇长鬈发，松松绾着一个发髻。她瞧见温初柠，挑了挑眉。

温初柠跟着她去工作室，然后拿出手机，把很久前存下的照片给她看。

"这不是前几天刷爆网络的奥运会冠军？"老板娘拉开椅子坐下，饶有兴趣地问了一句。

"嗯……我男朋友。"温初柠抿抿唇，淡淡笑了笑。

老板娘心领神会："在左胸是吗？"

"是。"

"行,脱一下衣服。"老板娘说完,去做准备工作。

温初柠坐在椅子上脱了大衣和薄毛衣,人皮肤白皙,锁骨突兀清晰。

文在这儿——陈一澜永远都在她心里,最珍重的位置。

她的爱,也一点都不比他的少。

温初柠又问老板娘:"可以再加一点吗?"

"加什么?"

温初柠想了想:"加一朵铃兰花。"

这一年的全运会是在燕京的体育中心举办的。

那天正好是周末,温初柠不用上班,周六都是预赛,周日才是决赛,陈一澜报了四个项目——400米个人混合泳、200米个人混合泳和100米以及200米蝶泳,比赛的密度很高。

温初柠周六到了,检票处排了好长的队伍,门口都有志愿者服务。

场馆大又专业,50米的长池一侧另有一个大池,供赛前热身用。

温初柠来得早,她进来的时候,只远远看到泳池里有两道身影在热身。温初柠一眼就看到了陈一澜,他在水里很慢地划着清澈湛蓝的池水,很轻松地浮在水中,像是天生的掌控者。

水里是属于他的。

温初柠走过去的时候脚步停了停,陈一澜正好游到了岸边,耿爱国在旁边站着,给他把水杯递过去。

陈一澜攀着岸边,一抬头,看到了站在不远处的温初柠,他笑了起来,耿爱国也顺着看过去。

温初柠站在那儿,陈一澜似乎跟耿爱国说了点什么,最后有点闷闷不乐,放下了水杯,隔空对着温初柠用口型说——

等我。

温初柠只笑,也用口型跟他说"好好游"。

耿爱国看不下去了,喊她:"你过来吧。"

温初柠不好意思,伸手抬起了隔离用的分隔带,弯腰从下面钻过去,走到了热身池旁边。

耿爱国借故去洗手间。

陈一澜又游回来，他没戴泳帽和泳镜，头发湿透了，随手往后面捋了一下，额头光洁干净，水珠顺着高挺的鼻梁往下滑。

温初柠穿了一双六厘米的高跟鞋，外面一件毛呢风衣，腰带系着，长发微卷，化了点淡妆，明艳动人。

她走到池边，捋了一下大衣在他的面前蹲下。

陈一澜突然攀着池边起身，这么猝不及防地吻上她的唇，他的脸上还有水珠，两臂撑着池边。

温初柠没反应过来，下意识往后退了一下："……陈一澜！周围好多人！"

"那又怎么了？"陈一澜答得还挺理所当然，"你是家属，又不是什么外人。"

"比赛还没开始呢。"

这会儿才八点多，比赛九点半开始。

温初柠蹲在池边，三个月不见面，温初柠看着他挪不开视线。

"我等会儿去找你，"陈一澜说，"中午一起吃饭。"

"好，加油！"温初柠不想过多打扰他，又凑过去，亲了他的脸一下才起身。

陈一澜看着温初柠离开的身影，嘴角扬了扬，而后又进了水中。

预赛在九点半开始，八点半的时候普通观众区才开始检票入场。

这回比赛来了很多观众，以往的运动会尤其是游泳比赛大半的座位都空着，现在观众区坐满了人，温初柠没来由有点紧张，尤其是回头一看，自己这个区前排的座位没几个人，只有几个看起来穿着很正式的人，应该就是赞助方。

温初柠坐的这一排没人。她还挺窘迫的，尤其是后面几排的观众是一些小姑娘，还自发做了应援，她孤零零坐在这儿有点惹眼。

几个小姑娘看到了她，在后面问："那个是一澜哥的女朋友吗？"

"好像是呢，看背影就好像啊！"

"太嗑了吧，神仙爱情好上头啊！女朋友来看比赛！"

"温温——"突然有人叫她。

温初柠一抬头，看到了舒可蓓和孙嘉曈，孙嘉曈的比赛项目在几天后，所以难得有空过来。

"游泳比赛的门票好难买啊！我敢打赌后面那些都是来看陈一澜的！"舒可蓓小跑过来，在温初柠身边坐下，"陈一澜真是小气，我们买不到票，让他帮忙还不乐意,原来是给你留着票呢……这还是我让孙嘉曜托了人才买到的票呢!"

温初柠笑了,看着后面的孙嘉曜,有一阵子不见了,孙嘉曜晒黑了点,这天儿都冷了,还是短裤短袖的,人还是乐呵呵的,见着她还打趣说:"我早就知道你俩绝对有事儿,你俩真行,偷摸在一起都不跟你嘉曜哥哥说一声。"

"少开我们温温的玩笑。"舒可蓓一眼瞪过去。

孙嘉曜举双手投降,老老实实坐在一边。

比赛还有一会儿才开始。温初柠跟舒可蓓凑在一起聊天,有一搭没一搭的,期间舒可蓓还压低了声音说:"温温,我看后面那些小姑娘都是来看陈一澜的,你得有点儿危机意识。"

"还行吧。"温初柠不好意思抿抿唇。

"怎么就还行呢?你得吃醋!"舒可蓓翻白眼说,"你不知道,前一阵子他们三项全能也是火了一把,居然还有了后援会……有几个人天天给孙嘉曜发消息。"

"然后呢?"

"然后我把孙嘉曜挠了。"

"真是我祖宗,"当事人孙嘉曜嘀咕说,"你就天天胡思乱想,小姑娘追星你也吃醋。"

"你那是星吗?"

"体育明星!"

"挠得对!"温初柠突然插嘴。

"小柠你叛变了啊!"

温初柠认认真真地说:"我永远站在贝贝这边!"

孙嘉曜自觉投降,不能跟俩姑娘较真。

温初柠笑了,然后凑过去跟舒可蓓说:"我跟陈一澜约定好了……他今天要是拿金牌,我们可能最近去领证了,不过我还没想好日子呢。"

"行啊你!你是办大事儿的,挑个良辰吉日,百年好合,早生贵子!"

"说什么呢!"

俩姑娘说说笑笑,压低声音,孙嘉曜只听见后两句,还惊呼一句:"这就早生贵子了?"

"谁跟你说话了!"

"问问都不行？"

俩小情侣又吵吵闹闹起来，温初柠笑着看他俩闹腾。

过了一会儿，比赛要开始了，广播里在说运动员入场。温初柠的视线也看过去，陈一澜在6号道。

他穿了一身白色的运动装，长裤长袖外套，为了赛前保温，外面还套了一件黑色的长款大衣。

又瘦又高。

陈一澜脱了外套放进衣物箱中，而后坐在椅子上脱掉了外裤，里面是泳裤，裤腰稍稍低了一些，还能隐约看到那儿的一行文身。

L'amour de la vie.

一生挚爱。

还有他们当初在十七岁时约定的诺言。

温初柠只觉得自己的心在胸腔里有力地跳动。

陈一澜在6号道旁做热身运动，隔壁5号道却空着没人。

孙嘉曜凑过来，压低声音说："5号道弃权了……刚才来的时候，我们看到有检查的来，应该是要做赛前血检和尿检。"

"然后呢？"

"那个运动员不做，估计有事儿，哦，你知道他是谁吧？"

"谁啊？"

"他是A省的，教练是何军，前几天何军被查了，已经被踢出教练队了，不过细节我不知道，只知道今年A省省运动会查出来好多兴奋剂和激素阳性，毕竟运动员成绩也跟教练挂钩，可能是何军觉得A省游泳不行，参加不了大型赛事，就糊弄一下省内比赛拿奖金吧……"孙嘉曜说，"早就说这人有问题。"

温初柠静默地听着，心想，运动员遇见一个好的教练，也属实不易。

"预备——"电笛声响起。

温初柠重新将视线放在比赛上。

陈一澜入水，从第一个泳式就领先了半个身位。

毕竟是拿过了奥运会金牌，这一场预赛，陈一澜毫无意外地拿了第一名。

陈一澜从泳池中出来的时候，赛场有不少媒体的直播。

他拎着泳帽和泳镜，黑发湿透，下颚瘦削立体，大概是因为刚从水里出来，湿气平增清冷的性感。他面前有几个运动员，记者一直在拍照。

陈一澜却抬起头往观众区寻找着什么。温初柠知道他在找她，对他挥了挥手，陈一澜瞧见了她，突然弯唇笑了起来，甚至还突然抬起手，对着温初柠比了个心。

温初柠坐在那儿都惊呆了。

陈一澜走过去，又回过身倒退着走了几步，视线牢牢地落在她的身上，就那么一边倒退着走，一边对着她笑。

时间好像一下被拉得很长很慢，她的视线也落在他的身上。

后面有人在尖叫，有人在疯狂地喊着陈一澜的名字，可是他的目光一直停在温初柠这儿，一秒都不曾离开。

温初柠脸颊发烫，一瞬间想起了很多年前临江市的那场中学生运动会的游泳比赛，陈一澜第一个到池边，他回头看了一眼成绩，那会儿她坐在看台上，陈一澜攀着泡沫分隔带看向她，一如既往地寻找她的身影。

温初柠笑起来，从十七岁一场平平无奇的中学生运动会，到二十六岁的全运会，他们之间好像从未曾改变过。

陈一澜走出去，只留下一个背影，男人的腰臀线线条紧实，腰线性感，肩宽腰窄腿长，每一块肌肉的线条都是恰到好处。

温初柠光明正大地看着他的背影，舒可蓓一脸揶揄。

温初柠清清嗓子，好像一瞬间回到了上学的时候，两个小姑娘相视一笑，心事都藏在风里和眼神里。

陈一澜上午只有两个项目的预赛，比赛进行得很快，这两个他都毫无意外地拿到了第一名。

过了一会儿，温初柠的手机振动，是陈一澜给她发来了消息。温初柠跟舒可蓓和孙嘉曜说了一声，悄悄提前离场了。

温初柠沿着出口跑出去，看到陈一澜远远地站在那儿，穿着黑色的运动长裤和白色的T恤，手臂修长有力，腕骨性感突兀，有些隐约的青筋与脉络。他看见温初柠过来，眼角挑笑。

温初柠小跑过去，挽住他的手臂："走吧。"

"走，吃饭去了。"陈一澜顺势攥住她的掌心，带着她去专用食堂吃饭。

结果两人没走几步，就碰上了几个记者，记者说明了来意，想跟他一起拍张照。

结果陈一澜会错了意，以为是要给他和温初柠拍一张照片。温初柠想松开他的手让他过去，陈一澜没放开，就这么牵着她的手站在那儿。

　　"拍吧，"陈一澜说，"拍完我要带女朋友去吃饭了。"

　　记者是几个年轻的女孩子，冷不丁这样近距离接触陈一澜，他个子高，气势有点压人，多少有些不太好意思，忙拿出了相机拍照。

　　温初柠仰头看他："要不你去跟她们拍一张吧？"

　　"不行，"陈一澜凑近她耳边说，"我要跟你去吃饭了。"

　　还挺幼稚。

　　温初柠无奈，她挽着他的手，仰头看着他，陈一澜微微弯腰凑近她，两人相视而笑。记者猝不及防被喂了一大口狗粮。

　　决赛一般都在晚上七点半。陈一澜的两个项目不出意外地拿到了金牌，温初柠不敢太打扰他，比赛的项目紧凑，不能让他分心。

　　陈一澜把她送出去的时候，耿爱国在后面盯着。温初柠有种早恋被班主任抓包的紧张和羞窘。

　　陈一澜不当回事，拉着她的手把她送出去，他比完出来天都黑了，全运会村还有点偏，好在外面不远处有个地铁站。

　　"好了，你回去吧，早点睡，耿教练在那边看你呢！"温初柠觉得陈一澜有时候还挺黏人的。

　　"我又不是早恋。"陈一澜挽着她的手把她送过去，"你也是，回去早点休息，我明天比赛也是这个时间。"

　　"好。"

　　"晚安。"陈一澜跟她说。

　　"晚安。"温初柠要松开他的手，陈一澜又把她拉回来。

　　"干吗？"临走前的腻腻歪歪，让温初柠有点不好意思。

　　"给个晚安吻，不给睡不着。"

　　陈一澜在她面前微微弯下腰，凑近了她的脸，在黑漆漆的夜色下，一点夜风拂面，他从泳池出来还简单冲了一下，身上有点淡淡的沐浴露的味道。

　　温初柠回头看了一眼，耿教练在不远处跟人说话。陈一澜察觉到她的分心，揽着她的腰把她搂过来，直接低头亲下来。

　　黑夜让吻都变得缠绵悱恻。

温初柠有点紧张兮兮的,附近人来人往,陈一澜偏要拉着她在一处背光的地方,总有种莫名的羞耻感。

温初柠的手下意识抵在他胸前。陈一澜顺势攥住了她的手腕,他的掌心温热干燥,像是一股暗火。

温初柠耳郭发烫,觉得自己差点要窒息,陈一澜这才松开她,只是手还揽着她的腰,呼吸拂着她的鼻尖:"我明天比完之后可能还要一天忙一下队里的事情,在家等我,嗯?"

"知道了,你忙你的就好。"温初柠脸颊红红的,多亏是晚上,她又低声说了一句,"明天见。"

陈一澜这才慢悠悠松开她的手。

温初柠拎着包转身走了,嘴角好像还残留着一点他的味道,心情却上扬了起来。

这回陈一澜的比赛,温初柠都没有缺席。回想起来奥运会其实挺遗憾的,一个是温初柠当时工作忙,最主要的原因还是自己不想去打扰陈一澜比赛的状态,她知道当时比赛对他有多重要,那可能会是他职业生涯里最重要的一枚奖牌和一场比赛,她一点都不敢赌。

温初柠到家的时候,陈一澜正好给她发了消息。温初柠洗完澡,站在浴室的镜子前,水温让她左胸口的文身有些轻微泛红,温初柠伸手摸了摸,也不知道陈一澜看见是什么反应。

温初柠睡前看了会儿手机,陈一澜给她分享过来两条微博的链接,还敲字说:【拍得挺好看。】

温初柠点进去,一条链接里是白天时的照片,她挽着陈一澜的手,那个记者抓拍了两张,第一张是他俩相视而笑的照片,第二张才是正脸照。

第二条微博,大概是被路过的人拍的,就在全运会村的门口,在道路两边的冬青和灌木丛的旁边,陈一澜穿了一身黑,黑色的长裤和黑色的卫衣。温初柠今天出门还特意打扮了一下,一件长款的大衣,系了个收腰的蝴蝶结,她手里拎着包,被陈一澜揽在怀里,她穿着高跟鞋,陈一澜微微弯腰亲下来。

抓拍的人还给加了一层有点朦胧的滤镜。

这两条微博下面评论都破万了——

【啊啊啊,好配!青梅竹马的爱情真是让人羡慕!】

【陈一澜是什么模范男友！身材颜值超纲了，还宠女朋友！】

【这个不能想办法嫁给他了，这个帅哥的女朋友太漂亮了！】

【刚爱上就失恋了家人们！张文博和安东有女朋友吗？】

温初柠扔掉手机，在床上滚了一圈，其实陈一澜自打有了这么多粉丝以来，温初柠一点都没担心过。因为他还是一如既往的，眼里只有她。

全运会的游泳项目结束得快，陈一澜成绩超常发挥，一个主项三个兼项都拿到了金牌。

陈一澜队里在第二天有不少宣传活动——几家官媒的采访，还有几个签约品牌的合作拍摄。

陈一澜有点意兴阑珊，在采访之前，他得了空跟耿爱国说话去了。

"教练？"

耿爱国本来跟姜平聊天来着，看见陈一澜走过来，就觉得没啥好事。

"行，那我先走了，你俩说。"姜平心情不错，拍拍耿教练的肩膀先走了。

"说，又什么事。"耿爱国倒了杯水。

"我最近能结个婚吗？"陈一澜在他面前坐下，尽可能选了一个委婉的词，但这话根本就不能委婉。

"咳咳咳……"耿爱国差点呛住，"你结哪门子婚？"

"跟温初柠啊，"陈一澜抽了张纸递过去，"不过是打算先领证，你放心，明年的亚运会我还参加的，婚礼要等等再办。"

这么一听，人家计划得还挺好，耿爱国一时间都不知道说什么了。

这么细细一看，陈一澜早就不是当年那个稚嫩的少年了。对于游泳运动员来说，黄金年龄差不多走到了顶峰，普通的游泳运动员都已经在这个年龄退役了，但是陈一澜今年才出了最佳成绩，这一年内都尚且是他的黄金期。

耿爱国挺舍不得的，但是随即也意识到，在这一年，陈一澜退役，他也要退休了——刚才姜平跟他聊的，也是这个事。

耿爱国已经六十多岁，本来四年前就该退休，但是为了带陈一澜参加奥运会，硬是又坚持了几年，一个合适的教练和运动员，是千载难逢。

这么看着……他打算跟陈一澜退役的时候一块儿退休。

完完整整的，带完陈一澜的职业生涯。

"理论上来说咱们游泳队不许在役结婚,以前发现都会被踢回省队,这两年稍微宽松了一点,原因是什么你也知道。不过我给你去申请一下,你今年领个证没问题,婚礼也没问题,但是你今年没有婚假,"耿爱国难得就这个话题平和了点,说完又警告说,"今年结婚可以,生孩子你就别想了。"

"我还没想到那儿呢!"

耿爱国用词比他还不委婉,陈一澜都笑了。

"行,那我今年先领个证,"陈一澜又说,"婚假我还不急,但是我想领证之后休年假。"

"你年假也就五天,你可省省吧。"耿爱国说,"不过你最后这一年,能参加的比赛也不多了。"

"全运会结束了,还有明年九月的亚运会吧。"

"对,我刚刚还跟姜教练商量,春天有一场世锦赛,现在队里400米个人混合泳还没有太稳定的成绩,如果没有合适的队员,你大概还要参加一次这个。"

"行。"

师徒两人在外面聊了一会儿,然后有工作人员带着他们去办公室接受采访。这是一家主流的体育新闻的独家专访。

陈一澜夺冠,其实出乎了很多人的预料,因为当时游泳队里有很多比他更知名的种子选手。

尤其是陈一澜头几年的比赛成绩一般,后来参加的赛事都是国际的大型赛事,很少有人关注。

更别说因为禁赛,陈一澜专注训练了足足两年。

采访的记者是个二十六七岁的女人,是体育圈的专业记者,叫吴映,着一身浅色的西装裙,带着录音笔和采访提纲。

前面的几个问题她都是问的耿爱国,陈一澜就坐在耿爱国的身边。

吴映又问陈一澜:"奥运会前,听说你们封闭训练了一整年的时间,是怎么坚持下来的呢?"

陈一澜只想到了一句话:"唯有热爱抵万难,坚持下来不容易,总得找到一点热爱,才能让自己继续坚持下来。"

——他一直都铭记着,想做的事情要努力去做,想留在身边的人,也要努力地去奔赴。

因为那是他的热爱。

也因为那是他的热爱，才能让他一次次地坚持下来。

是泳池，是温初柠。

"我们国内在混合泳上、在这样的大型国际赛事上拿到成绩很不容易，这块奖牌，承载着我十八年的训练和付出，也承载着教练在背后的付出和心血。希望大家还是多多关注体育运动，走下领奖台，我们还是要重新开始。"

温初柠看到这段采访的时候，听着那句"唯有热爱抵万难"时，稍稍愣了几秒，然后想到了很多年前自己的那场比赛。

这句话是她在那天的领奖台上说的，陈一澜怎么会知道？

温初柠看着采访的画面，就这么忽然想到了以前的种种过往。

那天她结束了领奖，回去的时候给陈一澜打了电话，那个时间本来应该是陈一澜休息的时间，结果他不仅秒接了电话，还有些气喘吁吁的。

那会儿温初柠问他在干吗，陈一澜说他在自愿跑8000米。

当时温初柠以为他是在训练，很多年前的记忆就这么一瞬间苏醒过来，温初柠突然后知后觉到了点什么……

那个时间，地铁早就停运了，陈一澜是跑回训练中心的。

这也意味着——那天，陈一澜来看她了。

而她毫不知情。

他训练的日子很累，从早上六点到晚上十点，可即便是那样繁忙和劳累，都不曾忘记过哪怕一次对她的承诺。

也不曾把她忘记过或丢下过。

温初柠也就是这么一个瞬间忽然明白过来，在他的心里，她的位置，远比她想的更重要。

她曾经以为那是一段属于她的暗恋，所以小心翼翼地不敢越过那一段模糊的分界线，可她不知道，她早就被他放在了心里最重要的地方。

被他更为珍视、坚定地爱着。

温初柠在家等了陈一澜两天，他都没回来，没忍住给他拨了通电话。

温初柠也不知道他在哪儿，只听见一点开门关门的声音，随即，他好像是进了某个房间里，一切都安静下来。

陈一澜带笑的声音从那边传来："怎么，想我了啊？"

有点闲散的声音传入耳畔，温初柠耳郭发热，她正好盘腿坐在客厅的沙发上抱着电脑，客厅里空荡荡的，原本还不觉得什么，但是有了与他的日日夜夜，她好像有点不太习惯了。

"想。"温初柠老老实实回答。

"行，我明天晚上回燕京。"

"那我去找你。"

"好。"陈一澜知道劝不住她，也就由着她去。

"好！那明天见！"

听着温初柠带着点雀跃的声音，陈一澜嘴角笑意更深。

孙嘉曜推门进来，身上的外套灰扑扑的："行啊你，陈一澜，你们的快乐建立在我们的痛苦上，你结婚的时候你等着！"

陈一澜笑着把他推出去："哥们不就是互相利用一下。"

"你是拉我给你当苦力！"

"你们三项全能体力比我们好。"

"那你这也不能把我当苦力！"

"给你发红包。"

"低于两千不行，咱们认识这么多年了，我给你打个折。"

两人说说笑笑出去，张文博和安东还在埋头吹气球。

"你看看人家，孙嘉曜就你话多！"

"就我干得多！"

"哈哈哈……"

大概是因为能见到陈一澜，第二天，温初柠早早就醒了，她洗漱后，拉开衣柜，认认真真挑了一身衣服。

燕京的十月已经入秋了。温初柠里面穿了一件浅雾霾蓝的针织吊带长裙，外面一件柔软的毛呢大衣，因为天冷，又搭了一条围巾。

一下班，温初柠就坐地铁去游泳训练中心。

温初柠在泳池里没看见陈一澜，张文博正好游到岸边，喊道："小柠姐！一澜哥去换衣服啦！"

"好！"温初柠笑了笑，拎着包站在原地等。

没过一会儿，她看见陈一澜从里面走出来，瘦削颀长，身形利落高挑。

温初柠看到陈一澜就笑起来，陈一澜顺势拉住她的手，牢牢地扣在掌心里："走，先去吃个饭。"

这会儿他们食堂里没多少人，温初柠坐在座位上等他，远远看见陈一澜的背影，就想起来这两天她闲着没事逛了陈一澜的超话。

当时有家媒体发了张体育杂志的封面，下面有不少评论，甚至还有体育圈的采访，连带着官媒都转发了，眼看着陈一澜就这么"火"出圈了。

不过温初柠倒是觉得生活没太大的变化，大概还是因为陈一澜跟以前一样，就是最近电话打得少了点。

"你这两天忙什么呢？"温初柠看见他回来，幽幽地问了一句。

"队里有不少采访。"

"你以前也挺忙的，我觉得我这几天被你忽略了。"温初柠想故意撒个娇。

陈一澜笑了："等会儿你就知道了。"

"干吗啊？"

"不告诉你。"

"不得了，陈一澜有偶像包袱了。"温初柠拿着筷子夹着蔬菜一边吃，一边委委屈屈。

话是这么说，但看着陈一澜被这么多人喜欢着，她挺自豪的，甚至想着因为他，带动大家关注体育运动也是个好事儿。

温初柠还挺骄傲的。

两人吃完后，天都要黑了，碰见了张文博和安东过来吃饭，温初柠听着张文博说泳池里来的新人。

他俩走的时候，正好路过了游泳馆，馆外立面是一圈透明的玻璃，晚上七点多了，池子里还有不少的身影在一遍遍游来游去。

温初柠想着，陈一澜那会儿也是这么过来的，真辛苦，于是她下意识地挽紧了陈一澜的手臂，贴近他。

陈一澜侧头看着她的脸，两人好像心意相通似的，相视一笑。

温初柠问他："你要带我去哪儿啊？"

"带你约个会。"

"晚上七点半约会啊？看电影吗？"

"不看。"

"那干吗呀？"

"不告诉你。"陈一澜懒洋洋的，轻飘飘四个字打发了她。

温初柠还挺不高兴的，但心里更多的是期待，倒是想看看陈一澜带她去哪儿约会。

她故意挽着他的手，说："陈一澜，你都开始敷衍我了，就回我四个字。"

正好走到地铁站口，七点半正好是不少白领下班的时间，人来人往的。

陈一澜停住了脚步。

温初柠晃晃他："走呀，你干吗停下，后面好多人呢。"

陈一澜把她往旁边一拉，走到一个人少的地方。

温初柠还有点不明所以。下一秒，陈一澜把她揽进了怀里，一只手勾在她腰上，忽然低头亲下来。

温初柠差点被他亲蒙了，一时间竟然不知道怎么反应，只觉得在这样的秋夜，风本来应该是冷的，可她却觉得热，她清晰敏感地听到了他的呼吸声，还有那样一个缠绵悱恻的深吻。

"我一点都没敷衍你，"陈一澜松开她的时候，手还勾着她的腰，鼻尖抵着她的，"亲了一分钟。"

"……陈一澜！"

温初柠的脑子差点不太清醒，听见这句话，她深吸了口气，拉着他的手往地铁站走。

陈一澜笑了，就这么慢悠悠地让她拉着。

温初柠回头瞪了他一眼，却见陈一澜笑得开怀，五官深刻优越，眼神也别样缱绻。

温初柠脸颊羞红。

温初柠跟他到了地铁站，不知道他要带她去哪儿，就跟在他身后。

四号线通过市中心和很多高档住宅区，有个站点离温初柠上班的地方不远。

温初柠跟陈一澜上了地铁，觉得陈一澜比她还直球，估计也想不出来什么太浪漫的地方。温初柠平时有点宅，到站了也不知道附近有什么好玩的地儿，只觉得离自己上班的地方好像就一两站地铁的距离。

"等会儿给你个惊喜。"陈一澜走到她身后,伸手捂住她的眼睛。

"什么呀?"温初柠问他。

陈一澜说:"你往前走三步,有三级台阶。"

温初柠听他的,慢悠悠走了三步,小心翼翼上台阶。

陈一澜单手捂着她的眼睛,好像摁了电梯。

温初柠一句话没说,周围太安静了,她的心跳得厉害,总觉得是要发生点什么,可心里又不太确定。

这么想着,电梯门"叮"的一声打开了。

陈一澜走在她后面,还是两只手捂着她的眼睛,他好像打开了一扇门,然后让她慢慢走。

最后停住了。

陈一澜松开手。

"我能睁开眼睛了吗?"温初柠还闭着。

"能。"陈一澜声音有点紧巴巴的。

温初柠慢悠悠睁开眼睛,只看到这是一个新房,只有最简单的装修,落地的玻璃窗,玻璃窗处摆了一个巨大的用白色的风信子和铃兰花扎起来的心形拱门,地上还放着好多小海豚的气球和玩偶,一看就是精心布置过的。

因为铃兰非常娇气,花材极容易损耗,这么一大簇的铃兰,不知道费了多少功夫。

客厅里没有开灯,只有夜色的光。

温初柠惊呆了,回头看着陈一澜,磕磕巴巴地说:"你该不会是想、想、求婚吧……"

怪不得这几天忙到不跟她打电话聊天,温初柠还以为他队里忙,原来是在忙这些。

温初柠脑子里面乱七八糟闪过了很多东西。

不对!这儿可是离燕京市中心不远的地方啊,一套房子得多贵!

这房子是干吗的?

陈一澜站在她身后,从口袋里拿出一把钥匙。

温初柠仰头看着他,一双眼睛亮晶晶的,莫名有了点儿水光,眼神复杂,有期待、有惊喜、有心酸……

"结婚吗?"陈一澜拉起她的手,把那枚钥匙放在她掌心里。

两人目光相撞,温初柠挺期待他说点什么,结果冷不丁瞧见这视线,陈一澜在脑子里过的那些词基本上忘了个干净……

于是两人这么大眼瞪小眼看了半天。

陈一澜的脑海里就剩下了一句话,他拉着她的手,惊异发现自己竟然忘记了最重要的一件事——忘了买求婚戒指!

练习过很多遍的台词也忘了个干干净净。

"温初柠,你愿意……"嫁给我吗?

话还没说完,温初柠忽然踮起脚搂住了他的脖子。

陈一澜哑然失笑,就这么一回的求婚,最后没按顺序发展。

温初柠只是抱着他,一句话没说——不是因为别的,是因为她完全找不到词去描述它。

从小时候的依赖,到十七岁的心动,再到后面知道他同样珍重地爱着她,把她也放在心里最重要的位置。

"陈一澜?"

"嗯?"

"你说,"温初柠吸吸鼻子,"你是不是以前,就那次我在燕京比赛的时候……你是不是来了?"

"是。"

"我就知道。"

"你怎么知道?"

"我看到你的采访了……那句话是我说的。"

陈一澜闷笑一声,搂着她的腰:"这二十多年,我爱的东西不多,只有你和泳池,但你永远都是第一位。"

温初柠说不出话了。

"以后这么多年,我不只是爱你,还要对你忠诚,给你陪伴,永远都不会和你分开,"陈一澜抱着她,慢慢地说,"结婚……"

还没说完,温初柠松开他,就这么踮着脚看着他。

陈一澜的目光清澈,有种深而浓的缱绻,他的眼睛很好看,是很标准的桃花眼,睫毛长而密,五官分外优越。

"陈一澜,你也是我从十七岁就喜欢的人,我愿意,"温初柠鼻子发酸,"我特别特别愿意。"

陈一澜笑了:"我希望这是咱俩的最后一个约定。"

"嗯?"

"我会一直爱你,跟你好好地走完这辈子。"

温初柠没忍住,眼泪一下滚下来,陈一澜抬手摸了摸她的脸:"还哭上了。"

"没有,我本来想……"

"什么?"

"我本来猜到了你要求婚,我还想要让你多求几遍,结果我看到你的时候,我就想告诉你我愿意了……"

温初柠说着,陈一澜给她擦了擦眼泪,有些好笑地看着她,温初柠踮起脚亲过去。

外面突然绽开了烟花,她扭头去看,烟花的光芒划破了夜空,一团团细碎的烟花密密麻麻地炸开,金色的光芒璀璨耀眼。

温初柠拉着陈一澜的手走到了窗边,然后温初柠一低头,看见了孙嘉曜和张文博,还有安东,几个人在下面挥着手。

温初柠一下就猜到了。

"求婚戒指过两天给你补上。"陈一澜把温初柠打横抱起来。

"你什么时候还买了房子?"温初柠凑过去亲他,声音有点含混。

"你打电话那天。"

"嗯?"

"那天你问我要不要留在燕京,我就去了。这里离你上班的地方近,早上你还能多睡会儿。"

"陈一澜……"

陈一澜轻笑一声,探手解开了温初柠大衣腰间系着的蝴蝶结。

温初柠里面穿了一条针织的吊带。

温初柠本来就很瘦,骨架纤细,脖颈和肩膀的线条漂亮,天鹅颈似的,她皮肤也生得格外瓷白。

床单是白色的,她的头发乌黑柔顺,柔软的吊带歪了,陈一澜看到了她左胸口处的那一行文身。

L'amour de la vie，旁边还多了一朵铃兰花。

黑漆漆的夜晚，白皙柔软的肌肤，这样一行有些突兀的法文。

陈一澜怔怔地看着她。

他知道温初柠最怕疼和冷，冬天的时候就爱待在家里，离不开暖气，每次翻个书，纸张都能把她的手指割破。那会儿她一割破了手指就要哭，小时候陈一澜还笑话她，说她这道伤口晚一分钟就愈合了。

尽管是那么细小的伤口，陈一澜还是会去专门给她找创可贴，仔仔细细消了毒包上。见小姑娘可怜巴巴的，他就捉住她的手，给她吹一吹，说："吹吹就不疼了。"

文身其实挺痛的。

温初柠学过法语，这句话的意思是是一生挚爱。

这像是他们两个的约定，陈一澜的文身那儿多了一个星月的符号，只有她才知道，那是意味着她的十七岁的生日——

她对他说，陈一澜，我十七岁的生日，是希望你拿奥运会冠军。

他那会儿想，拿了冠军就来给她表白。

而她多了一朵铃兰花。

是因为虔诚漫长的等待，因为跨越了这九年，温初柠想，总要把他等回来。是少女的坚定。

是这场横跨了九年的坚定的等待。

——而你终于归来。

铃兰的花语是幸福归来，我的幸福是你。

陈一澜把温初柠拉起来，低头吻下去，有点用力，却也温存。

好像比任何一次都要热烈。

"温初柠。"陈一澜的声音有点沉，性感好听。

温初柠靠在他怀里，慢慢伸手抱着他紧实的腰，手上还戴着那次他送的戒指。银质的戒环微微刮过了他的腰肌，温初柠垂下视线，还是看到了他腰间的那行法文。

陈一澜低头吻上她的左胸口，像是虔诚地吻着那个文身，是横跨了这么多年的炽烈爱意。

也是被他放在心里,从喜欢到深爱的女孩。

外面的烟花结束了,可深夜才刚到浓处。

陈一澜吻着她,微微汗湿的黑发扫过了眉眼,他的呼吸蹭过了她的耳畔。

温初柠有些累了,闷闷地应了一声。

"我爱你。"

"我也是。"

后来陈一澜想起来。

那句"唯有热爱抵万难",前面还有一句,"少年总会实现理想"。

——少年总能实现理想,唯有热爱抵万难。

陈一澜想,那年十七岁,他的理想是拿到奥运会金牌,然后给他喜欢的女孩表个白。

横跨了九年,理想终于实现。

因为这九年,他们都在漫长的时光里,一如既往地深爱着对方。

爱意有回响,爱意有回应。

唯有热爱抵万难。

大概是因为陈一澜求了婚,加上睡在一张陌生的床上,心中有狂喜与别样的感动,让温初柠彻彻底底睡不着了。

温初柠翻了个身,回头看到陈一澜,房间里还有一种未散去的悱恻,陈一澜也没睡着,两人在黑夜里对视,温初柠先笑了。

她干脆挪过去,挨着他,躺在他怀里。

"陈一澜。"

"嗯?"他懒洋洋答应了一句。

"你真对我求婚了呀?"温初柠还有些不敢相信。

陈一澜转过头来,拿起了她的手,温初柠的右手上还戴着戒指,他扣着她的手,放在唇边亲了亲:"真的,求婚了。"

温初柠趴在他身边,视线在房间里转了一圈:"这就是我们的家啦?"

"嗯,"陈一澜应了一声,"你喜欢什么样,就装修成什么样。"

温初柠笑着问他:"是不是以后要我养你了?"

"那还不至于,"陈一澜说,"养你还是绰绰有余。"

温初柠干脆爬起来翻身趴在他身上,低头亲了他一下:"明天你还回去吗?"

"能休两天。"

"那我也请两天假吧,我年假上次才休了三天呢,"温初柠说,"我们去约个会。"

"好。"陈一澜就这么让她八爪鱼似的趴在她身上,伸手搂着她的腰抱着,"不过婚礼要过一段时间。"

"我知道,你还有一次比赛呢。"

陈一澜的手顺势摸了摸温初柠的后颈,温初柠抬头,慢吞吞从他怀里爬起来,说:"我去倒点水。"

"好。"陈一澜伸手给她开了床头灯。

温初柠光脚踩在地板上,随手捞过了陈一澜的T恤套在身上,陈一澜倚靠在床边看着温初柠的背影,就觉得这是他生命里最不可或缺的存在。

是他坚定地爱了很多年的女孩。

温初柠从房间出来之后才好好看到这个房子的格局,她从来没跟陈一澜讲过这些,可是他好像能够看透她所有的想法,落地窗、书房、开放式的厨房……都是她喜欢的样子。

温初柠拉开冰箱,原本以为这儿会有矿泉水,结果拉开之后,温初柠有点惊了,整个冷藏柜里,密密麻麻摆着好多铃兰花和白色的风信子,中间夹杂着很多白玫瑰和香槟玫瑰,中间有一张卡片。

温初柠拿下来看,上面只有一行字——

陈一澜在爱你,陈一澜会永远爱你。

温初柠捏着这张卡片,有点眼眶发酸。

陈一澜过了一会儿没看到她回来,下床出来找她,就看到温初柠打开了冰箱,站在那儿,手里拿着一张卡片。

陈一澜走过去,温初柠晃了晃。

"你准备了多久啊?"

"昨天。"

"我不信。"

"三天。"

温初柠笑了，念着这张卡片上的字："陈一澜会永远爱你。"

陈一澜幽幽拿过来，低头看着她的眼睛，嘴角噙着笑，就那么直勾勾地看着她："陈一澜会永远爱你。"

陈一澜早上要回去吃早餐，温初柠就跟他一起回了训练基地。这会儿张文博和安东也过来吃早饭了，他们起得早。

趁着陈一澜去给温初柠拿饮料，张文博对温初柠招招手。

"小柠姐，他给你看了没？"

"看什么？"

"我就知道！"张文博说，"一澜哥肯定不好意思！"

"什么呀？"

"你等着，我上午把他手机偷过来发给你！"

温初柠一脸茫然，正好这时陈一澜走过来，张文博顺势换了个话题。

两人吃完饭，温初柠还要回去补个觉。温初柠本来还挺困的，昨天晚上没睡多久，这会儿躺在自己家的床上，想起了张文博说的话，不由得清醒了。

还挺想知道是什么。

温初柠抱着手机困顿地眯了一会儿，睡了没几个小时，枕边的手机疯狂振动，电话和微信一股脑地涌进来，温初柠吓了一跳，下意识以为是工作上有什么紧急的事情。

结果手机解锁后，发现有舅舅周隽阳的电话，有舒可蓓的电话，还有张文博和安东给她弹了七八个语音电话……

温初柠一脸蒙，微信上也弹出来了几十条未读消息，清一色的祝福。

正巧舒可蓓一通电话打进来——

"温温，怪不得那两天孙嘉曜没回来！你们真是干大事儿的人！"

舒可蓓的尖叫声从手机里传来，温初柠彻底吓精神了。

"怎么了啊？"

"你们家不是有投影吗？你用投影看，哎呀，你打开微博就看到了！快去看！"

温初柠挂了电话，慢吞吞去客厅，拉上了窗帘，打开了投影。

然后就看到了微博上的热搜第一……

#陈一澜求婚Vlog#

温初柠点进去,就在不久前陈一澜发了一条13'14"的长视频。
温初柠坐在沙发上,用投影看着。
黑色的画面上打出来了一行字——

是我们相识的第二十年,今天……

陈一澜站在燕京的水上训练中心的门口,正是黄昏,他身后是红蓝色的晚霞,陈一澜站在那儿,似乎还有些不太好意思,周围有点儿催促声,是张文博跟孙嘉曜。
"所以今天,我要求婚了。"
画面切了切,切到了一张车票上,燕京至临江。
"这是我坐过的最多的一趟列车,"陈一澜说,"每一次训练后回去见你,都只有这一个车次。训练其实很紧的,但每一次有时间,在重要的日子,我都会回去见你,很多次我要当天去当天回,总是错过了最后回寝室的地铁,我就要一路从高铁站跑回去……因为这事儿,我3000米提速还挺快。"
温初柠看着画面里的陈一澜,不由得笑起来。
后来画面又转到了临江的家属院,温初柠已经很久没回去了,看着熟悉的小区和熟悉的门店,一时间有点鼻子酸酸的。
"这就是咱俩最开始的地方,从有记忆开始,我就记得你,你妈上班就把你送到我家,我妈上班就把你接下来,还记不记得那张合照?"
那会儿周梦和汪茹的科室春游,他俩并肩在一起,五岁的温初柠,五岁的陈一澜。
"你小时候总喜欢跟在我后面,你刚上小学时,记不住你妈妈刚换的手机号,只记得我家的号码,我跑去接你回来,你抱着我一个劲儿哭,我那会儿就想,这个世界上怎么还有你这样的,要是我不在你身边,你说你该怎么办?现在想想挺好,"陈一澜压低声音笑着说,"你还是我的,还在我身边。"
"小时候有一回你妈和我妈都去上班了,那是个雷雨天,我本来想去孙嘉曜家里看他新买的碟片,结果你怕打雷,死死地抱着我的胳膊不让我去,说我去哪儿你跟到哪儿，哭得还挺惨。我逗了你两回，你跑去跟我妈告状……我妈打小就护着你，"陈一澜闷笑一声，"以后更好了，她更护着你了。"

画面有点晃，不是孙嘉曜拿着手机，就是张文博帮忙拍的，剪辑并不算太专业，但看起来也很努力了。

画面又切到了小区里楼下的那棵银杏树下，正好也是这个季节，金灿灿的银杏叶落了一地，被他扫成了一个心形。

"还记得吗？那年你以为我要走了，难受了一天，我就这么站在你家楼下。"

换成了陈一澜举着手机，一张英俊的面庞离镜头有点近，温初柠甚至可以清晰地看到他喉结一侧的小痣，看得到他高挺优越的鼻梁，还有线条分明的下颚。

他对着镜头笑了，嘴角上扬："那会儿我说什么来着……小屁孩，真难哄。我可真是把你从小哄到大。"

温初柠眼眶有点泛酸。

陈一澜拿着手机扫了一圈家属院——

"我们一起在这个长椅上吃过蛋糕，这条路上学放学走了很多次，小时候还一起拉过手，在这儿一起吃过西瓜。你还记得吗？那年我被游泳教练选走的时候，你一直抓着我的手哭，说要我别忘记回来，别忘记给你带礼物。"陈一澜又笑了，"我那会儿是想把你哄好来着，让你别哭，就答应你了，后来每一次我参加比赛，去一个新的城市，都记得给你带礼物，带我们比赛的吉祥物……我以为那也就是一些玩偶，结果没想到被你那么细心地收藏着，还放在了柜子里。你上大学，从临江带到淮川，后来又带到了燕京……"

视频里又出现了十七岁时他们一起坐过的摩天轮。

"十七岁的时候我送了你一份礼物你还记得吗？那会就在这个摩天轮上，我跟你说二十六岁前不许谈恋爱……那会儿我想，我要拿到冠军，你只能跟我谈恋爱，我想我总能在二十六岁前拿到吧？不能也得能，我们家温初柠为了我学习那么用功，我也得好好努力，那时候咱俩约定，你考淮川外国语大学，我考淮川大学……其实我考淮川大学挺不容易的，因为我们队里大部分都是去燕京体大，可我不想让你经历异地四年，我想见到你，所以我努力了。

"温初柠，你等了我这么多年，你特别勇敢、坚定，我们两个的约定，不只是我在努力，你也一样。我也特别幸运，在我还很幼稚的那个年龄，遇到了你，这九年我们都很不容易，特别幸运，我们两个没有走散过。"

温初柠想到那条陈一澜背着她走过的无人小路。

她坐在那个破旧的公交车站旁，陈一澜出现的那一刻，那一刻的心情她仍然记得。

黑夜大亮，世界仿佛被抽成了真空，他站在她的面前，还有点呼吸不稳，就那一秒，她的心跳剧烈起来。

那我们以后别走散。

画面上出现了一行字——

带你去个地方。

镜头切了过去，就在昨天的房子里的客厅中，摆着一扎一扎的铃兰花和风信子，孙嘉曜和安东两个大老爷们在吹气球。

张文博拿着手机帮陈一澜拍。

"这是我们的新家，是你一直特别喜欢的大平层，有落地窗，有一间你的书房，有开放式的厨房，厨房很大，等我退役之后，就能每天陪你吃一日三餐了。

"你比较怕冷，在这儿可以做个壁炉，客厅里会铺上地毯，你总喜欢光着脚在家里走，改不过来的习惯咱不改了。

"这儿还有你的衣帽间，你那么多漂亮的裙子都可以挂在这里，别忘了穿给我看。

"你喜欢什么样，我们就做成什么样，反正决定权都在我们温初柠手里。"

温初柠看着画面上的陈一澜……他平时真的话不太多，但这些，被他说得格外认真，像是只发给她看的——或许他拍的时候，真是这样想的。

只发给她看的，只有她能懂的，句句的告白，句句她都在他的计划之中。

后来画面又切回来，客厅里几个大男人在费劲儿地摆弄那些花。

陈一澜接过了手机，压低声音说道："看我明天发挥吧，要是太紧张，说不定会给你看这条。温初柠，我还挺紧张的，但我也挺期待，这个家要你来做女主人了。"

陈一澜手里拿着钥匙，钥匙上多了一个钥匙扣，钥匙扣上，是他们两个很久前在雍和宫的照片。

还有一个小小的挂牌，L'amour de la vie, WCN&CYL。

温初柠眼眶泛酸，画面定格在这一幕上。

她坐在沙发上，眼泪没忍住，昨天的求婚有点匆忙，她没想到，还有这么一段十三分钟的视频。

十三分钟的视频里，陈一澜清楚地记得他们之间的所有的回忆。

房门突然被打开，温初柠一转头，看到陈一澜正好开门进来，手里还拿着一大扎铃兰花。

温初柠擦擦眼泪，放下手机，朝他跑过去。

客厅里拉着窗帘，屏幕暗了下去。

陈一澜猜到了。

温初柠跑过来，扑到他身上，眼眶还泛红。陈一澜稳稳地接住她，将手里的花束放在了柜子上，两手把她托起来。

温初柠两只手搂着他的脖颈，身子贴向他，眼泪有点没忍住，把脸蹭在他的脖颈处。

陈一澜抱着她，声音里有些笑意："怎么还哭上了？"

"陈一澜。"温初柠声音哽咽，那些被她视作珍贵的回忆，也被他同样珍视地记得。

他们的约定，他们的努力，他们的承诺从来都不是单向的。

在她偷偷喜欢着他的时候，他也在喜欢着她。

在她坚定地等他的时候，他也在为她努力。

事事有回应，双向奔赴才最美好。

"你看见了？"陈一澜抱着她回房间，"第一次求婚，没有经验，总觉得想说的话你都知道了。"

"我都知道了。"温初柠搂着他不松手，那么多回忆沉淀，一遍遍在心口翻涌。

"我也知道的，"陈一澜抱着她，把她放在床上，弯腰吻了下她的唇，"你爱的一点都不比我少。"

"我们还有往后的一辈子相爱。"陈一澜从口袋里拿出一个戒指盒，"求婚戒指。"

"我已经有一个了……"温初柠抬起自己的右手在他眼前晃了晃。

"表白是表白，求婚是求婚。"

"陈一澜,你还挺败家。"

"养你算什么败家?"陈一澜笑着坐在她身边,打开戒指盒子,"我爱了这么多年的温初柠。"

温初柠吸了吸鼻子,陈一澜把她右手上的戒指摘下来,拿出了新的戒指,细细的银质的戒环,左边是一个缀着好多颗钻石的月亮,右边有一颗很小的星星碎钻。

精致,秀气。

陈一澜给温初柠戴上戒指,放在唇边亲了一下。

"我把你娶到了。"

他就这么坐在她身边,唇边噙着点得意的淡笑。

第八章
是他爱了九年的女孩

时间过到二十六岁,放假不想去太远的地方,陈一澜请了三天假陪温初柠,温初柠继续休了几天年假。

温初柠困困顿顿,通宵到早上才睡,只睡了三四个小时。

"我再睡一会儿,你想想等会儿我们去哪儿。"温初柠干脆把这个问题扔给陈一澜。

"回临江。"

"回临江干吗?"温初柠又从床上滚回来。

"领证。"

这俩字,让温初柠瞬间又清醒了。

她抓起手机看了一眼时间,已经中午十二点了,从燕京回临江,高铁就要两个半小时,民政局下午五点下班……

"走吧?"温初柠立马从床上坐起来。

陈一澜一回头,有点好笑地看着她:"你还挺急。"

"那当然,择日不如撞日,"温初柠爬起来,"我看今天就是良辰吉日。"

"明天也行,"陈一澜把她搂过来,"再补个觉。"

"你怎么还拖延了?"

"明天宜嫁娶,"陈一澜长腿压着她,把她牢牢地搂在怀里,"明天我们早点回去。我给我妈打过电话了,顺道回去吃个饭。"

一听这话,温初柠脸颊瞬间通红:"你、你给阿姨打过电话了?"

"温初柠,"陈一澜慢悠悠低下头看她,"你是不是得改口了?"

"陈一澜!"

"睡会儿,昨天睡太晚了。"

"你松开我。"

"不行,抱着舒服。"

这人手长腿长,温初柠放弃挣扎。她抬起头来看他,陈一澜的下巴抵着她的额头,她的视线里,是男人线条流畅的性感脖颈。

温初柠一使坏,凑过去,亲了一下他的脖颈,然后明显感觉到,陈一澜搂着她的手微微松了松。

温初柠仰头看他,男人的眸光有点深邃,温初柠心虚,老老实实把脸蹭他怀里。

有时候真觉得温初柠像只猫,撒娇的时候特软萌,凶巴巴的时候也挠人两下,挠得不重,还挺撩人。

温初柠在他怀里躺着,明显有点危险感,慢吞吞从他怀里试着挪出来,刚挪了没两步,陈一澜闲散睁眼:"亲一口就这么算了?"

"陈一澜,明天还得早起回去呢!"温初柠心虚得不行,软着声音装可怜。

陈一澜闷笑:"你胆子还挺大。"

温初柠心虚闭眼。陈一澜压过去,非得给她长点记性——撩了就得负责。

温初柠死死捂住他的嘴:"你别往脖子上亲,明天我还想打扮漂亮点呢!"

"行。"陈一澜弯弯唇笑着答应。

温初柠把下巴搭在他肩膀上,想了想,说:"你这两天就是在忙那个Vlog?"

"嗯。"陈一澜应得挺爽快,"虽然咱俩认识这么久,但别人有的你也得有。"

"钻戒,花,房子,求婚,我都不会给你少,"陈一澜隔着被子搂着她的腰,"就是婚礼不能最近办,亚运会后退役,我都补给你。"

他的语气淡然又稳靠,温初柠闷闷应了一声:"我还挺紧张的。"

"紧张什么?"

"汪阿姨会不会觉得我觊觎你?"

陈一澜笑了:"想什么呢,咱俩不是互相觊觎?"

"谁跟你互相觊觎?"温初柠小声回了一句。

陈一澜把她的脸转过来,还挺认真地亲了一下:"行,是我惦记你。"

温初柠很受用:"今年过年的时候你跟我回我外公家吧,我们一起过年。"

温初柠其实这一晚上没太睡好，一个晚上醒了很多次，偏偏头，一眼看到陈一澜就在她的身边。

夜晚的光暗淡朦胧，陈一澜就这么躺在她的身边，他们的距离很近，近到一伸手就可以拉到他的手，近到一转头就能亲到他。

温初柠想到明天领证的事情，没来由地失眠，她有一种不太真实的感觉。

她想起来当初收到淮川外国语大学通知书的那一刻。

——那原本是对她来说遥不可及的梦想，她已经记不清当初是怎么努力的了，一次次的熬夜刷题，无数个煎熬的日日夜夜。

就像现在，在这个梦想真正要实现的时候，温初柠都快要记不清这九年是怎么熬过来的了。

她翻了个身，房间里暖暖的。

陈一澜悠悠睁开眼睛，偏头问她："睡不着？"

"……嗯，是我把你吵醒了吗？"温初柠小声问他。

陈一澜说："没有，我也睡不着。"

温初柠索性枕着胳膊看他："你也失眠了？"

陈一澜笑了，吸了口气，转头朝着她，黑漆漆的夜色里，两人的视线相撞，好像心有灵犀。

陈一澜先开口："我还，挺紧张的。"

温初柠闭上眼睛，小声说："我也是。"

"特别不敢相信，我的愿望成真了。"

"我也是。"

"温初柠……你能不能说点儿别的？"

温初柠又睁开眼睛："没了，你把我折腾得一句话都不想说了。"

陈一澜笑了一声："行，我的错。"

温初柠阖了阖眼，还是觉得没有睡意："陈一澜，明天几号？"

"已经过了十二点了，明天是 11 月 26 日。"

"嗯，从九年前的 9 月 26 日，到九年后的 11 月 26 日，陈一澜，新婚快乐啊。"

陈一澜捏着她的脸，让她睁开眼睛。温初柠老老实实睁开眼睛，对上他的视线，陈一澜好像有什么要说。

"你快点说，我们还能睡……"温初柠捞过手机看了一眼，"三个小时。"

"温初柠,谢谢你等了我这么多年,"陈一澜扣住她的手,把她拉到怀里,搂着她的腰,低低的声音从头顶上方传来,"新婚快乐。"

温初柠笑了:"你别说这么早……还没办婚礼呢!"

"可以提上议程了。"

"太早了吧。"

"亚运会在明年九月,结束我就退役了。"

"你还想游吗?"

"已经游了十八年,我挺满意了,以后做技术指导也挺好的,还是没有离开泳池,"陈一澜闭着眼睛,"想好好陪你了。"

这话听着可真是太受用了。

"有点儿事业心啊。"

"事业心在你身上了。"

"陈一澜,以前怎么没发现你这么黏人?"

"以前还得拿金牌,金牌拿到了。"

温初柠被他逗笑了。

陈一澜低声说:"睡吧,等会儿要起来了。"

"还能睡三个小时。"

"嗯。"

"你说,以前你来找我又赶回去的时候,是不是也这样,严重缩短了你的睡眠时间?"

"但见你一面特别值。"

没否认的答案,让温初柠心里热热的,她窝在他怀里,腾出一只手,搭在他的腰上,手覆在上面,手有点不老实,隔着T恤伸进去,啧,锻炼过的身材摸着真舒服。

她也有点贪心。

二十六岁的日子,爱情不只是承诺,不只是陪伴,不只是说出口的我爱你,还有着最初的炽烈,像遇见火,一点即燃,烧得坦坦荡荡,阔海长流也不能熄灭。

这一晚上两人都没什么睡意,一个被"求婚"冲昏了头脑,一个被"被求婚"冲昏了理智。

陈一澜鲜有这样的时刻。回想起来,比赛的时候都不会紧张,稳定发挥。

而这回，跟温初柠求了个婚，他处于一种极其不稳定的狂喜中。

那是一种将珍藏多年的宝贝终于抱回家里的满足，那个只能看着照片才能缓解思念的人，就这么真真切切地在他怀里。

"温初柠。"

"嗯？"

"我爱你。"

"知道了……"温初柠蹭了蹭，"我也爱你。"

温初柠到底是只睡了两个小时，还睡得并不踏实，闹钟响的时候，温初柠眼睛困得流泪了。

一翻身，身边人不见了。

她磨磨叽叽，没一会儿，陈一澜从外面走进来，说给她做好了早饭。

温初柠瘫在床上："陈一澜，你觉得恋爱的意义在哪里？"

陈一澜揭开她身上的被子叠起来。

"这个问题太深奥了，"陈一澜慢悠悠地说，"我跟你谈恋爱的目的是结婚，意义嘛……往后几十年，我和你一块琢磨琢磨。"

温初柠被他的答案逗笑了，一头扎进他怀里，牢牢地抱着他的腰，还满足地喟叹："真好。"

陈一澜笑着让她抱，下巴搭在她的肩膀上："走了，去刷牙。"

温初柠困得眼睛疼。陈一澜干脆把她抱起来，稳稳地抱着她的腿根，温初柠这一瞬间觉得，跟他谈恋爱，都不用带脑子，她的身后，永远有他。

温初柠仔仔细细地化了个淡妆，想到临江的冬天有点冷，温初柠特意穿厚了一点，一件修身的高领毛衣，配了一条牛仔裤和高筒靴，外面套了一件毛呢大衣，一双腿又直又漂亮。

出门前，陈一澜检查她的证件："身份证？"

"带了。"

"户口本。"

"在临江的家里呢！"

"确定？"

"确定，我已经问过我舅舅了！"

"都收拾好了？"

"对！"

"今天就领证了？"

"好！"

温初柠抬起头来看他，两人相视而笑，陈一澜牵起她的手，帮她拎着包出去。

早上八点多的高铁，到地方就快十点了，温初柠回家取了户口本。

温初柠下楼的时候，陈一澜正站在楼下。

家属院里还有一些老人，看到陈一澜回来，还笑着跟他打招呼，说他拿了奥运会冠军的事在小区里都传遍了，陈一澜只是笑。

"怎么回来了？"

"来跟温初柠领证。"陈一澜扬扬下巴。

看到从楼道里走出来的温初柠，一个大爷一下就想起来了："这不是温初柠吗？打小跟你后面的那个。"

"对，"陈一澜对温初柠伸出手，牢牢拉住她的手，十指相扣，"今天去办结婚证了。"

温初柠还有点不好意思，被陈一澜牵着走的时候，没忍住地问道："那是谁来着？"

"是住在一楼的张爷爷，小时候他养了一只小狗，你不是吃饭藏了一块骨头塞在口袋里嘛，去打肥皂洗了三遍，狗不吃，你坐这儿哭，"陈一澜云淡风轻说起往事，"后来你抱着小狗，张爷爷下来，你甩锅说我想偷他狗，说你正在劝我不要偷狗。"

温初柠掐了他一把。

"这种事儿可太多了。"陈一澜慢悠悠地拉着她，突然弯腰凑近她的耳边。

"放心，以后这就是咱俩共同的秘密了。"陈一澜对她单挑眉，笑得有点不太正经。

温初柠隔着外套掐了他一下，陈一澜笑着也不躲。

民政局不远，两人走一会儿就到了。

陈一澜个子太高了，站在这儿有点惹眼，很快就被一个工作人员认出来，女人有点惊喜："你是……你是陈一澜？"

陈一澜礼貌地点了点头。

工作人员也看到了旁边的温初柠，职业原因，忍着激动，没有要合影，带着他们进去办理程序签字。

直到拿到结婚证，温初柠都觉得挺不真实的，甚至有点恍惚。

温初柠拎着两本结婚证，兴奋得脑子都反应迟钝了，下一秒，结婚证被人抽走。

陈一澜把证塞她包里，拉着她的手，说："走了，回去睡觉了。"

"陈一澜，"温初柠还有些蒙，"今天11月26日。"

"对。"

"我们领证的日子，"温初柠从口袋里拿出了手机，"原来距离以前，过去了好多天了啊。"

陈一澜伸手拿过她的手机，就看见了一个叫倒数日的APP。

上面好多的事件，蓝色的黄色的。

【事件一：两个月倒计时。】

【事件二：奥运会倒计时。】

【事件三：下一次见面倒计时】

…………

零零碎碎，竟然有十几个事件。

天冷了，温初柠裹着围巾，反应有点迟缓了。

陈一澜把她的手机放回了口袋里，只是跟她十指相扣："我们还有很多个三千三百四十五天呢，多少日子都陪你过。"

"好！"

陈一澜让温初柠回他家，毕竟楼上空着。最近这段日子周隽阳一直住在外公外婆那儿，外公外婆年龄大了，腿脚有点不方便，总指望着保姆不太好。

陈一澜提前给汪茹打过了电话，房间都收拾好了。温初柠进了他房间，多少有点复杂的心绪。

今天天气很好，陈一澜房间不算太大，书桌旁边就是窗户，百叶窗拉着，有点碎光映进来。

温初柠想到小时候，陈一澜睡午觉，她顽皮，躺在旁边就是不睡觉。陈一澜吓唬她说不睡觉老鼠就会把她捉走。

但更多的时候，是陈一澜被迫给她放录音机——

陈一澜也不知道在哪儿摸到一盘磁带，是七八十年代的歌。还是邓丽君的磁带，什么《月亮代表我的心》《甜蜜蜜》《我只在乎你》……

在一个烈日炎炎的午后，陈一澜躺着睡午觉，温初柠趴在那儿听歌。

就那么十二首歌，怎么都听不腻。

磁带里的女声在唱："任时光流去，我只在乎你。"

后来又唱到："轻轻的一个吻，已经打动我的心。"

温初柠在床上滚来滚去，最后趴在那儿看陈一澜睡午觉。

温初柠鬼使神差地凑近陈一澜，看着他脸很白皙，睫毛很长，刚想咬一口，她忘记了数是哪一首歌，第十二首歌结束了，陈一澜醒了。

小温初柠厚着脸皮吧唧一口，无辜地说："我们老师说，亲吻要送给最喜欢的人。"

"你喜欢我？"

"我喜欢的东西和人可多啦！我喜欢张爷爷的小黄狗，喜欢陈一澜！但是我最喜欢陈一澜，因为张爷爷的小黄狗喂不熟，陈一澜会接我放学！"

陈一澜翻身下床，温初柠也爬起来，跟在他屁股后面问他一连串的问题。

温初柠站在卧室里，冷不丁看到了他书架上还放着的磁带，才从回忆里抽回一些思绪。

温初柠笑了。

陈一澜正好走进来，一米九三的身高，房间瞬间有点压人。

"我觉得真好，"温初柠脱下外套递给他，"以前都是你接我回家的。"

"现在把你带回家了。"陈一澜闲闲补了一句。

温初柠回身，伸手勾住他的脖颈，像小时候那样，还挺正大光明地在他脸上吧唧亲了一口："我最喜欢你了。"

温初柠惦记着汪阿姨回家，调了个闹钟，让陈一澜也睡会儿，他的床不算大，两个人挨在一起，温初柠到底是困了，往他怀里一趴就睡着了。

陈一澜微微动了动，想让她多睡会儿，趁她睡着的时候，把她手机的闹钟关了。

他从口袋里拿出自己的手机，他不太爱发微博，也不太关注网络的东西，微博认证还是那天队里要他认证的。

陈一澜打开微博，想了想，写了一段话——

二十六岁了，青春已经翻到了末尾，一件人生大事终于画上了句点。

我们认识二十多年了。

最开始的时候，聚少离多，我们总在异地，燕京、淮川、临江。九年，你永远都在那里等我，那些回忆，我们翻来覆去讲了很多遍，我很想你，你是我藏在心底放不下的人，还好，我们从来都没有放弃过彼此。

今天是我们领证的第一天，我很开心。

——我是说，能够遇见你，已经很幸运了。

能够被你这样放在心里最重要的位置。

在我背后的人是你，为我守候的人是你。

年少时许下的愿望，是拿冠军，回来跟你表白。

二十六岁，我拿到了冠军，还跟你领了结婚证。

温初柠，是我爱了九年的女孩，今天成为了我的妻子。

@Joy 的 CYL，我希望这是我们最后一个约定，陈一澜会永远爱你，跟你走完这漫长但会很快乐的后半生。

写到最后，陈一澜的眼眶有一丝泛酸。

他无端想到很多过往，想到异地的时候，温初柠趴在大学宿舍的阳台上给他打电话，他刚从游泳馆出来。

那会儿万籁俱静，思念隔着手机，隔着几百公里，乘风四散，从淮川飘到燕京。

在他出国训练的那些年，不敢想，不敢分心。

温初柠还在这儿等着他。

她不会知道，在那天晚上，温初柠急匆匆跑来，出现在他的浴室的那一刻，他无端却坚定地想——

他一定要拿到冠军，要跟她有一个确定的未来。

第九章
把你领回家

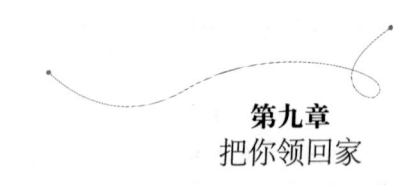

温初柠这一觉睡了很久,陈一澜不忍心打扰她,手机振动了一回,是汪茹的电话。

陈一澜正好没睡着,温初柠枕着他肩膀,陈一澜慢慢托着她的头让她躺好,放轻了动作去接电话。

下午五点多,汪茹刚从急诊室出来,问他温初柠想吃什么,等会儿陈建平也回来。陈一澜看温初柠睡了,说今天出去吃,怕把温初柠吵醒了。

汪茹还以为温初柠在燕京工作忙,又一大早回来领证,想了想,说:"出去吃也好。哦,对了,昨天你给我打了电话之后,我就告诉了你周阿姨,你周阿姨也回来,估计这会儿已经下飞机了。"

"好。"陈一澜说,"你们定地方吧,我等会儿带温初柠过去。"

陈一澜挂了电话之后回了房间,结果温初柠幽幽醒了,睡眼惺忪。她发现房间里已经暗了,撑着身子坐起来:"已经五点了……你怎么没叫我?"

"再休息一会儿,今天出去吃,怕做饭吵醒你。"

陈一澜开了床头灯,温初柠迷迷糊糊地伸了个懒腰,然后从床上爬起来,说要上楼一趟。

陈一澜问她上楼做什么。

温初柠说要回家补妆换件衣服,人紧张得不行。陈一澜看她还挺无措的样子,把她拉回来。

温初柠确实突然紧张了,因为通宵了一天,迟缓的神经终于反应过来——这是见家长了。

"陈一澜,"温初柠吸吸鼻子,声音干涩,"是见家长了。"

"你还挺迟钝,咱俩早上才领了结婚证。"

"也对……"

"挺漂亮的,不用收拾了。"

"不行,"温初柠推开他,"我去补个妆收拾一下。"

温初柠从床上爬起来就飞奔上楼,陈一澜跟在她后面。

温初柠扎进了洗手间补妆,梳头发。

陈一澜跟着,在客厅里等着她。温初柠站在落地镜前,忽然就想到很久很久前,陈一澜带她去淮川那一次。

那应该算不上是二人的第一次约会。

陈一澜推开门,温初柠穿了一条白色的连衣裙,在那儿拨弄刘海。

时间一晃,过去了很多年。

陈一澜抬起脚步,走进了她的房间,落地窗,一张小床,衣柜,落地镜,书桌。墙上还贴着那张有些泛黄的纸。

我要考淮川外国语大学

右下角,一个很小很小的"CYL"。

陈一澜弯唇笑了,而后视线落在了她的书桌上,那里有个带着密码锁的小招财猪的储物罐,陈一澜隐约记得是自己给她买的。

他有点无聊,拿起了小招财猪,看着上面的密码。

恍惚里想到了温初柠的手机解锁密码。

那会儿他把她的指纹录进去,他的密码是她的生日,结果那天晚上温初柠也拉着他,跟他说了她的手机锁屏密码。

0306。

当时陈一澜还愣住了,问她0306是什么日子。

温初柠凑过来问他:"你真不知道还是假不知道啊?"

"什么?"

"你生日呀!"

陈一澜几乎不过生日,忙碌的训练里没人记得,而且在队里只能吃队内食堂,蛋糕啊庆祝啊都没有的,汪茹陈建平工作都忙,他从六岁起就被耿爱国带着训练,真的都快不记得自己的生日了。

可温初柠记得。

那天陈一澜好半天没反应过来,温初柠还苦着脸说:"你过生日我也没法跟你一起吃饭,等你退役了我给你补回来!"

下意识地,陈一澜在招财猪上摁了"0306"。

储藏罐打开了。

里面丢着许许多多的折好的字条。

陈一澜随便拿了两条,看清上面的字。

——X年9月10号,陈一澜给我买了我最喜欢的草莓乳酪蛋糕,他还记得我最喜欢茉莉奶绿七分糖,他说,我还有他。

——我说我们还有很多十七年,陈一澜说好。

——flipped,是CYL。我年少时的怦然心动。我一定要考淮川外国语,CYL说话算话,我也要。

…………

他在十七岁时小心地藏着喜欢,怕她知道,又怕她不知道。

她也是。

他们曾经在一段最美好的时光里,隔空相爱着。

温初柠被陈一澜拉去吃饭的时候,人都快紧张晕了。

推开包间的门,温初柠看见了周梦,还有舅舅周隽阳。

一时间,温初柠紧张得手心出汗,看着跟周梦坐在一起聊天的汪茹,舌头一打结,脑子里面想着喊什么,喊汪阿姨还是喊什么?

然后她一张嘴:"汪妈妈,周阿姨……"

陈一澜闷笑,勾了勾她的手心。

温初柠脸颊瞬间爆红:"啊不对……汪阿姨,啊,妈……"

……完了!温初柠羞得恨不得挖洞钻进去。

饭桌上周梦跟汪茹在一起说话,温初柠埋头吃饭还紧张得不行。

没一会儿,话题落到他俩身上——

周梦先说:"我记得大学那会儿,小柠就谈恋爱了吧?那年过年,都除夕了才回来,回来吃了个饭就走了。"

"还挺想知道你俩什么时候开始的,那时候觉得你俩都在淮川燕京,想让你们互相照应点儿呢。"汪茹也接话。

"应该是大学。"

周隽阳闷笑,想起来高中时他俩等在临江那个小镇上,黑漆漆的夜色里,依靠在一起等着他来接。

"这谁知道呢,他俩感情多好啊,从小就腻歪在一起,"周隽阳说,"挺放心的。"

温初柠一记眼刀过去,示意舅舅别乱说话。

周隽阳笑得更开怀了。

陈一澜给温初柠剥了只虾,蘸了点醋放她碗里。

"以前我和汪茹大学就一个寝室,单位是一个科室,"周梦今天喝了点酒,打扮得依然漂漂亮亮的,说,"我们那会儿还说要不订个娃娃亲,我觉得太老土了,俩孩子还指不定以后谁跟谁呢。"

"谁跟你娃娃亲,摊上你这种缩头乌龟丈母娘,"汪茹想起来很多年前的事依然心里过不去,"一言不合就跑路,小柠受委屈怎么办?"

"不还有你吗,小柠交给你们家,我也放心。小柠,以前你汪阿姨还说要给你当干妈……"

温初柠听着她们说话,莫名也是觉得心里热热的。

陈一澜手机响了一回,他出去接电话时,陈建平也找了个借口出去了。

陈建平带省队平时真的很忙,当教练操心很多,那两年高血压性心脏病没太当回事,结果住院之后人在 ICU 里待了几天,是眼看临床的患者在病床上遭罪,整天吸着氧气,躺下就喘不上气,他当时住了几天非要出院,结果出院第一天就差点一头晕倒,这才意识到了问题,老老实实住了半个月院。

现在,他需要每天吃药,以往冷硬严苛的性格也平和了许多。

陈建平按理说也该退休了,但是毕竟带的省队还有一些比赛,只能稍稍放缓了一些压力。

陈一澜在外面打完了电话,回头碰上陈建平。

陈建平以前还有啤酒肚,现在人瘦了点,倒也不全是因为生病,还是因为突然意识到了健康的问题,起码作息和饮食规律了一些。

陈建平觉得对儿子挺亏欠的,那会儿陈一澜被禁赛,旁人都觉得陈一澜可能要进入一个最大的低谷,情绪不好、训练跟不上,有可能会提前结束职业生涯。

因为禁赛不能跟队训练,家里有条件的才会送出国去训练,有些训练场也并不是想去就能去,教练也不是想请就能请,教练也不是什么队员都带。陈建平深谙陈一澜在游泳上的潜力,费了好大的努力才把他送出去,联系了自己在体育局的老朋友,联系了耿爱国,让人联系了国外俱乐部的外教……足足折腾了有个把月。

陈建平并没有让耿爱国告诉陈一澜,说怕让他想多了,影响训练的情绪。

耿爱国最终也没有告诉陈一澜,只说是队里的决定。

陈一澜看见他,叫了一声:"爸。"

"挺好的,"陈建平也很少跟陈一澜聊天,说,"跟温初柠,挺好的,小姑娘人好。对人家好点。"

"会的。"

"这么多年,恨爸爸吗,逼你游泳?"

陈建平过两天还得回省队了。

这么多年,陈一澜不只是跟温初柠聚少离多,跟家里更是。

父子两人也有点没话说。

陈一澜摇头:"没什么恨不恨的,一切都刚刚好,以前,可能也是因为年纪小,总容易产生抵触心理。你也到年龄就退休吧,别在外面太拼了,回家少跟我妈吵几句,我妈也不容易。再过一年我也退役了,温初柠有假,放假了我们能回来看看。"

陈建平微微愣了下,好像在他的记忆里,儿子还是那个十几岁的孩子,结果就这么一段日子不见,其实他的儿子已经二十六岁了,变成了一个沉稳、有担当的男人。

"行,好好对人家。"

"一定的。"

饭桌上,周梦跟汪茹喝了点酒,俩女人好久不见,终于算是冰释前嫌。

汪茹还抹了把眼泪,说:"你心真狠,当年我跟你说,你辞职咱们绝交,你还真走了……你就没把我当朋友。"

"我不走能行吗?温绍辉跟许燕结婚了之后,给的抚养费够干吗?我还得养女儿。"

"也是,但我又没跟你扯温绍辉,我跟你说你辞职的事,当时咱们科室都传……我还跟那个护士吵了一架。"

"你就是个暴脾气,这两年急诊科的大夫都被你得罪了个遍吧?"

"嘴碎!"

温初柠还真想劝两句,结果也插不上话。

周隽阳让她别插话了,这两人多少年不见。

温初柠想想也是。

"在燕京还行吗?"周隽阳压低声音问她,"以后就打算在燕京了?"

温初柠点点头,说:"陈一澜……在我单位附近买了房子,等他明年退役之后,我们装修一下,过年还是会回来的。"

"啧。"周隽阳感慨,"我看见了那个 Vlog,燕京房子多贵啊,一套顶咱们临江三套了,你单位那边更贵……钱不够跟舅舅说。"

"得了吧你。"温初柠笑了,"舅舅,我都领结婚证了,你什么时候谈女朋友啊?"

"你说这个就没意思了,"周隽阳云淡风轻,"没遇见想喜欢的人。"

"你都,奔四了吧?"

"少提年龄。"

"行。"

"你俩好好的,"周隽阳往外瞅了一眼,看见了陈一澜的背影,"我早就知道了。"

"你怎么知道的?"温初柠还挺好奇。

"那年在临江的镇上啊,你睡着了。"

"你俩说什么了?"

周隽阳想了想,那天温初柠睡着了,陈一澜把她抱到车上。

那天周隽阳在外地,陈一澜在淮川。

陈一澜打了电话,只说,不能让温初柠一个人在那里。

陈一澜明明可以轻松一些被燕京大学直录,但他没有,他选了一条有点儿困难、有些曲折的路,那条路难走,但路上有温初柠。

因为想做的事情,总要去做,想留在身边的人,也要努力地奔赴。

每个人都在努力,有人为了前途,有人为了爱情,有人为了事业……

在十七岁的年龄，前途和爱情是个脆弱到没法选择的独木桥。

但十七岁的陈一澜，不惧困难与荆棘，因为他的终点是温初柠。

十七岁的陈一澜总有一种分外的勇气与坦荡，可抵距离，可赢万难。

就像在那三百多公里的距离里，他可以为她奔跑六公里。

"没说什么，"周隽阳说，"就觉得你俩特合适。"

温初柠跟陈一澜是当天回去的，陈一澜怕她休息不好，已经连续两天几近通宵了。温初柠回家之后瘫倒在床上，从包里翻到两本结婚证，仔细地看了看，然后收进了床头柜。

这动作让陈一澜看见了，他正在浴室里擦头发，侧身看到趴在床上的温初柠抱着结婚证看来看去，也没自觉笑出来。

温初柠到底是折腾了两天累了，在床上趴了一会儿就困了，陈一澜擦完头发出来，看她快睡着了，走过去弯腰，拍了一下她挺翘的臀："去洗漱了，懒猫。"

温初柠懒得动，对他伸出两手。陈一澜弯腰靠过来，俯身，鼻尖抵着她的，有点懒散的声线听着勾人："不得了，今天把我们家宝贝累坏了。"

"你别用这种声音说这种话，引人遐想。"温初柠合着眼睛，困顿得不行。

这"累坏了"三个字，听着就太有歧义了。

陈一澜低笑，手探到她腰下，托着她的腰就把她抱起来，温初柠回来衣服也没换，也没洗漱。

洗手台上摆着两人的洗漱用品——当然大部分都是她的。

陈一澜抱着她到洗手间，温初柠困得把下巴搭在他肩膀上。

"下来了。"

"不下。"

声音软糯，听着让人心尖一颤。

陈一澜没跟她废话，干脆在洗手台上垫了块浴巾，让她坐上面。他伸手捞过了她的牙刷和牙杯，给她挤了牙膏递过去。

温初柠腻歪他，不情不愿刷了牙。陈一澜看她磨叽，没跟她废话："卸妆吗？"

"卸，旁边有个透明的瓶子，卸妆水。"

陈一澜耐心地把洗脸巾浸湿了给她擦脸，温初柠仰着头，间隙里偷偷睁开一丝眼缝看他，陈一澜倒是挺耐心，仔仔细细给她擦了一遍。

温初柠伸手搂住他的腰。

"老实点。"

"不行。"

"你不行我行。"

温初柠已经不怕他威胁了,陈一澜给她洗了脸,让她自己下来。

温初柠偏不。

陈一澜觉得再多待一秒,今天也别睡觉了。

结果温初柠看见他要出去,从洗手台上跳下来,干脆扑到他背上,两只手搂着他的脖颈:"你怎么还把我扔洗手间了……"

陈一澜背着她,把她放到床上。温初柠依旧搂着陈一澜的脖颈,陈一澜被她压着,幽幽问了一句:"冷水澡也不让洗了?"

听到这低沉又性感的声音,温初柠慢悠悠睁开眼,一瞧,没想到他还来真的,连滚带爬攥着被子裹住自己。

陈一澜拉开衣柜,把她的睡衣找出来放旁边。

今天第二个澡。

温初柠听着里面"哗啦啦"的水声,脸颊烫得不行,趁着这个空当麻溜换了睡衣躺好。等陈一澜出来的时候,温初柠又小心问了一句:"我还能抱着你睡吗?"

她用被子遮着半张脸,小心翼翼的。

陈一澜在她旁边躺下,伸手把她捞过来,亲了额头一下,温初柠舒服地哼唧一声,手摸在他腰上。

陈一澜警告她:"抱着睡行,你别乱来。"

"这叫哪门子乱来……摸一下。"

"行,不叫你乱来,叫我没抵抗力。"

温初柠贼兮兮笑了,手故意在他腰间摸来摸去,还不忘捏着声音来了一句:"陈一澜,新婚快乐啊。"

最后那调,她特意嗲着声音来。

陈一澜觉得自己很没威严,但温初柠在他怀里一边蹭一边笑,觉得没威严也挺好。

"新婚快乐啊!"陈一澜强忍着冷静,有点咬牙,"温、初、柠……别摸了!"

温初柠哈哈地笑出声来。

深夜真安静，月亮普照人间，浮云慢慢飘上来，遮住月亮羞红的脸。

温初柠这回一觉睡到了下午，睡够了精神特好。
一看时间，下午两点半了。
阳光从窗户里沁进来，她伸了个懒腰，身子有点酸痛。
往后滚一圈，难得看见了还在睡觉的陈一澜。
温初柠心情大好，蹑手蹑脚起来，考虑着陈一澜的吃饭问题，温初柠打算做点简单的先垫垫肚子。
结果她刚掀开被子，脚还没着地，一只修长的手搭在了她腰上。
温初柠只穿了一条睡裙，冷不丁被搂回来。
温初柠趴在他身边，笑眯眯提醒他："不行，我饿了，我要吃饭。"
"结了婚就不负责了？"
"我怎么没负责？我对你多负责。"温初柠坐在他身上亲了他一下，"是吧？"
"我说的是，肉体负责。"陈一澜躺在床上，手搁在她腰上，说话慢悠悠的，怎么听怎么危险，"昨天是这样吧？"
睡裙撩过大腿，温初柠摁住他手，她怕痒，一摸腰就想笑。
陈一澜手顺着上去："昨天还摸哪儿了？"
温初柠痒得不行："你别挠我……哈哈哈……"
陈一澜突然坐起来，一只手扣在她腰上，另一只手覆在她脊背上，毫无征兆低头亲下来，危险极了。
温初柠起初觉得亲就亲了，结果就在睡裙肩带滑下来的时候，她怕了，从床上滚起来："我今天定个温泉酒店，我们去泡温泉……正好你明天假期结束了，假期是用来放松的！不是用来劳累的！"
陈一澜看她跑得飞快，闷声笑了，干脆起床洗漱。
温初柠早餐就煮了鸡蛋，热了两盒奶，烤了几片面包，看陈一澜食堂里早餐就是这样，只不过还有好几种粥，配餐倒是丰盛，还有一些水果之类的。
温初柠说去温泉酒店也是临时起意，很久前跟舒可蓓一起去过，是个放松的好地方。
温初柠站在厨房里，听着锅里的水"咕嘟咕嘟"沸腾，另一只手打开APP订了一间房，那环境好，泡温泉当放松了。

温初柠刚好订完，在另一个锅里热牛奶。

陈一澜进来时，温初柠头发也没扎，长发已经到胸下了。十一月底，燕京格外冷，多亏有了暖气，家里供暖很足，温初柠只穿了一条吊带。

她平时很少做饭，做的饭也就是能吃不炸厨房的地步，这会儿人站在厨房里，看着还挺美好。

温初柠回头去冰箱里拿水果，一转身看见陈一澜。

陈一澜个子高，靠在冰箱旁给她打开冰箱门。

她冰箱里本来空空荡荡的，很少在家吃饭开火，此刻空荡荡的冰箱里，多了一束花。

"你怎么把花放这里？"温初柠走过去，把那一大扎风信子拿出来，放在鼻尖嗅了嗅，里面还有不少铃兰花。

挺清香的。

"放外面被你看见了还有什么惊喜。"

"你什么时候买的？"

"早上起来了一次。"对上她的视线，陈一澜坦白，"没睡着。"

"你怎么还失眠了？"

"对啊，失眠了，没良心的温初柠摸了不负责，整个人黏在我怀里抱着不松手。"陈一澜幽幽地说着，把冰箱里的草莓拿出来，关上冰箱门。

温初柠这么一听，觉得他还挺可怜。

陈一澜凑过来，两手抄兜，倚靠着橱柜，故意学着她可怜兮兮的口吻："所以能让亲一下吗？"

温初柠被他逗笑了："你跟谁学的？"

"跟我老婆学的。"

温初柠一手抱着花，一手揽住他的脖颈，还挺主动地亲了他一下，陈一澜得手了，揽着她的腰把她压过来。

锅里的水"咕嘟咕嘟"着，雾气袅袅，在玻璃上蒙上一层浅浅的水渍。

两人一起吃的早餐，期间耿教练有预料似的，打了个电话提醒陈一澜别忘了明天回来。

温初柠剥着鸡蛋问他："明年的亚运会是在国内举办对吗？"

"嗯，在淮川。"

"好。"

"好什么好？"

"能去看你呀。"温初柠说，"去看你比赛，比赛结束之后把你领回家，你就退役了。"

陈一澜闲闲看她一眼，温初柠明显开心，他又补一句："婚礼的事情你可以提上议程了。"

"没想好，"温初柠老老实实说，"想夏天办。"

"那就夏天。"

"想冬天。"

"那就冬天。"

见他回得干脆利落，温初柠笑了："我真没想好。"

"九个月的时间好好想想，"陈一澜说，"你要什么样的我都答应。"

"真的？"

"真的。"陈一澜把面包塞她嘴里，温初柠乖乖被投喂，"你要什么我都答应，因为你的每一件事都很重要。"

第十章
美梦成真啦

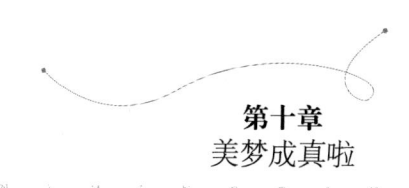

温初柠订了个温泉酒店起初是想放松的，离市区有点远，偏偏在燕京这样的大城市，开车还不如坐地铁便捷。

温初柠拉着陈一澜先坐地铁再倒车，奔波了俩小时后，温初柠发出感叹，反正也是出来睡觉的，还不如在家待着舒服。

陈一澜只是给她拢了拢围巾："跟你出门才最有意义。"

温初柠笑了，问他有什么意义。

当时两人正好从地铁里出来，就这么她随口扯的一个问题，陈一澜还真答了，也挺俗套的几个字——

"因为是跟你，做什么都有意义。"

"陈一澜，我以前怎么没发现你这么会说。"

温初柠笑了，拉着他的手，把手揣进他外套的口袋里。

地铁站的地下通道里常年有北漂的歌手，寒气飘飘的冬天，天黑得早，温初柠和他出来，心里却暖洋洋的。

"嗯，你不知道的还挺多。"

温初柠笑得不行："没事，我就喜欢你这样的。"

陈一澜一手牵着她，一手在手机上打车："我哪样的？"

温初柠说："憨憨的，你知道吗？"

陈一澜收了手机放回口袋，闲闲扫她一眼："脑子不太聪明，但是体力好不也挺好的？"

温初柠的手隔着衣服口袋掐他的腰，结果这人里面穿得薄，估计外套里面就是一件单衣，手感还真不错。她又夸了一句："还是个貌美的小狗。"

陈一澜瞪了她一眼,温初柠笑得不行。

定的车到了,两人登记完入住就已经是晚上八点了。

酒店远离市区,在半山,有公共的温泉池,也有玻璃屋房间露台的造景温泉。

燕京今年寒潮来得早,远离市区的山上下了一层薄雪,看着有些萧瑟。

温初柠选了一条裙子,裹着浴巾出去,外面的气温零下了,但热腾腾的温泉让浴池周围暖洋洋的。温初柠脱了浴袍进去,趴在水里,看着外面覆着薄雪的景观树。

以前都是她和舒可蓓来,头一回觉得北方干冷的冬天和温泉很搭。

陈一澜给她点了客房餐食,端进来的时候看到床上和房间里没有人,往外面一看,温初柠已经在造景温泉里趴着了。

大雪天,覆着薄雪的松柏树,还有趴在水里看夜景的温初柠。

这是一个远离市区的度假酒店,布置造景漂亮,袅袅的雾气衬着北方冷硬的冬天,别有一种柔软。

温初柠裙摆在水里晃着,下面是光洁修长的腿,长发很松地绾了起来,有几绺不太听话的黑发落下来,被水浸湿了,软软地贴在脊背上。

陈一澜出来,还穿着外套,温初柠伸手搅了搅水,说:"特别热。"然后又补了句,"等会儿吃饭,你要不要一起?"

温初柠等他的时候在水里闭目养神放松,一会儿又听见开门声,回头瞧见他那一瞬间,温初柠没心思看景了。露台的人造温泉不大,两人挨得有点近。

温初柠跟他在一起后挺少想起小时候的事,总觉得现在对他的觊觎之情是成年人的觊觎,掺上小时候纯洁的回忆不太好。

可这么四目相对的时候,温初柠想到了一回事。

那时候才四五岁,还分不清什么男女有别。

记得是周梦临时加班,把温初柠带下楼时,汪茹正好在家给陈一澜洗澡,温初柠看见了,搬着椅子坐在浴室门口看。陈一澜板着脸不让她看,小男生又没脾气,温初柠一边看一边偷乐,一会儿说陈一澜的沐浴露香,一会儿颇为好奇地问他洗澡为什么不要抱小鸭子。

后来汪茹去接电话,要回医院,叮嘱陈一澜自己洗,顺道看好妹妹。

温初柠"噔噔噔"跑回家,把自己洗澡时的玩偶都抱了下来。陈一澜还没反应过来,小姑娘就把一袋子的小鸭子小海豚一口气倒进他的浴缸里。

浴缸瞬间变成了玩具场。

温初柠还很豪气地跟他分享——

"这个鸭子会叫的!"

....

冷不丁想起往事,温初柠莫名想笑,一抬视线,那会儿的小男生早就变了样子,脸颊的轮廓分外立体流畅,露在外面的肩颈修长而结实。池水泛着淡光。温初柠挪过去,跟他并肩坐在一起。

水里是滚烫的,外面的空气有点冷。

温初柠捞过陈一澜手,低头看,他的手臂修长,手背和手腕上隐着浅浅的血管经脉,她抱着他的手靠在他肩膀上,发出满足的喟叹:"陈一澜,跟你在一起真好。"

"也挺辛苦的。"

"哦,"温初柠不甚在意,"所以以后对我好点!"

"嗯,温初柠说往东绝不往西。"

"行啊,听话的小狗。"

"跟小狗过不去了?"陈一澜笑了,转头看她一眼。

温初柠笑嘻嘻,吧唧亲了他的脸一下,结果陈一澜有点不为所动,温初柠撞上他一双好看的眸子,眸光有点深,热腾腾的白雾把她思维蒸散了。

陈一澜忽然靠过来,准确无误地吻住了她的唇,扣着她的手腕,吻得还挺强势。温初柠没什么抵抗力,加上被雾气蒸得不太理智,思维跑到外太空去了——

谈恋爱的意义是什么?

没有意义,快乐至上。

陈一澜闷笑着松开她,温初柠裹着浴袍跑了,陈一澜也从水里出来,露台到房间也就几步路,房间里很热。

温初柠坐在桌边吃晚餐,这个季节又不是什么节假日,但是酒店布置得还是很浪漫,圆桌上点着蜡烛烛台,插着红色的玫瑰花。

温初柠回想起来,切着面包说:"你怎么天天送白色的风信子,都没送过我红玫瑰?"

"那不是为了提醒你,"陈一澜赤着脚,劲瘦的身材一览无余,"这段漫长的暗恋史。"

"你去把衣服穿上!"温初柠又要耍毛了。

陈一澜低笑,留给她一道背影,这腰,这腿,这肩膀……温初柠强硬逼着自己冷静吃饭。

结果,耳朵听着陈一澜在浴室里打了个电话,隔着门也听不清楚。

陈一澜出来吃晚餐,温初柠追问他,陈一澜也不回。

过了没半小时,温初柠听见了客房服务来敲门。她披着浴袍去开门,就看到了酒店的员工捧着一大束红玫瑰进来。

"是陈太太吗?是陈先生托我们买的。"

这句"陈太太"可真是把温初柠听得面红耳赤,有点不太适应这个称呼,她这才知道陈一澜那通电话打给了谁。

她捧着花跑回房间:"要是我要别的呢?"

陈一澜正在慢悠悠地吃着水果沙拉:"那我就去给你买。"

"很过分呢?"温初柠抱着那一扎红玫瑰傻兮兮站在那里。

"不过分,"陈一澜说,"这不是,宝贝就一个,要什么都不过分。"

温初柠搂着花,眼眶酸得不行,抱着花不松手,坐在他对面,愧疚发酵了:"我这两天是不是对你有点过分?"

"良心发现了啊。"陈一澜插起了一块草莓递到她嘴边。

温初柠老老实实吃进去,低头看着玫瑰花。就这么随口一句怎么不送玫瑰花,不到半小时,她就收到了第一束玫瑰花。

重要的不是玫瑰花。

是被他在意的每一句话。

是陈一澜。

莫名温初柠想到了生日那回,大冬天,两人在家属院的树下吃蛋糕。

当时温初柠问,被别人看到别人会怎么想?

陈一澜说,是陈一澜在陪温初柠吃生日蛋糕。

温初柠想到以前读大学的时候,看着钟颜颜和齐鸣谈恋爱,以为爱情总是大风大浪,是伟大的浪漫主义,她现在越发觉得根本不是,在他身边,与他的每时每刻,都是她人生里最快乐的浪漫时光。

是因为,被他这样爱着,被他放在心上,被他在意着她说过的每一句话。

温初柠把玫瑰花往床上一扔,转而过去搂住他。

"陈一澜……"温初柠把脸埋在他脖颈里,"你对我真好。"

陈一澜还在椅子上坐着吃饭,温初柠就这么坐在他怀里,两只手搂着他。

"风信子也不是不行。"温初柠说,"你送什么我都喜欢。"

外面在下着薄雪,温初柠的心间下了一场绵绵的春雨。

漫无边际的黑夜,一场春雨一场情意便更长。

陈一澜吻了吻她的脸颊,说:"温初柠,我是真的,很爱很爱你。"

"我知道,你说过很多遍了……"温初柠声音有点含混。

长夜寂寂,陈一澜把她揽进怀里,很轻地亲了下她的额头:"每天说十遍都不腻,是要你知道。"

"我知道。"

"我还没说呢,"陈一澜轻笑一声,"是要你知道,你永远会被我放在心里第一的位置。"

温初柠从他怀里滚开了,拉过被子蒙住自己,莫名想起来今天闲着的时候看到的陈一澜那天新发的那条微博。

最后一句是——

【我希望这是我们的最后一个约定,陈一澜会永远爱你,跟你走完这漫长但会很快乐的后半生。】

漫长但会很快乐的后半生。

温初柠又裹着被子滚回来,陈一澜正好要关灯,动作停顿了一下。

"一条白色的毛毛虫"坐起来,陈一澜先反应过来,微微往她那边低了低头,温初柠亲了他一下。

"陈一澜,我也特别特别爱你。"

跟你一起走完这漫长,但一定一定一定会很快乐的后半生。

两人这么放肆地过了三天假期,温初柠起来的时候也不早了,看到陈一澜还睡着,趴在他身边捏了捏他的脸。

陈一澜慢悠悠睁开眼睛,攥住她手腕,声音有点沙哑:"几点了?"

"下午两点了。"温初柠问他,"你几点回去?"

"四点吧,现在队里还没什么训练计划。"

"也是哦,那你该起床了。"

"今天去不去上班?"

"不去了吧,我看思君姐只给我发了个文档让我处理好,明天我过去。"外企没那么严格,大家只看最终的成果。

"好,我三点半起来吧。"

"太晚了吧,只有半个小时了。"温初柠坐在床边准备穿衣服,"你要再睡一会儿?"

"是我想抱你一会儿,"陈一澜翻了个身,把手搭在她腰上,"正好,三点二十五我起来洗漱,五分钟出门。"

温初柠回头看他一眼,难得找到点陈一澜倦怠的样子——头发有点乱了,软软的,拂过了额头,挺耐看的。

温初柠也没什么事做,抱着电脑靠坐在床头翻译文件,看了看会议进程,最近几天要出差一次。

陈一澜干脆挨在她旁边,房间里还拉着一层窗帘,只有电脑屏幕的暗光笼着。陈一澜瞧了一眼,看着温初柠噼里啪啦打字,也没忍心打扰她。

只是陈一澜没什么睡意了,视线撩着温初柠,看着她工作的样子。

两人谁也没先说话,陈一澜的手环在她腰上,温初柠多少有点分心,但挪过余光看,陈一澜分明闭着眼。

温初柠也没打扰他,尽快地翻译完了给邓思君发过去。

她低头一看,也不知道陈一澜睡着没有。温初柠仔细地看着他,总会有一种满足,是她的了。

陈一澜没睡着,扣着她的手牵了一会儿,无端闷声叹了口气。

"叹什么气?"

"还得几个月的亚运会才能退役。"

"你怎么对退役这么积极了?"温初柠听着好笑。

"恋爱脑吧。"陈一澜懒得解释了,刚醒来就煽情一大段有点不符合常理。

温初柠捏着他脸说:"那也是个很厉害的恋爱脑。"

陈一澜懒懒拍开她手,慢悠悠从床上坐起来:"哦对,没跟你说,今天我们队里五点多要拍一组广告。"

温初柠觉得还挺好,翻了个身坐在他腿上,捧着他脸左看看右看看,说:"挺帅的。"

陈一澜眼神暧昧。

温初柠往下一看，他肩膀上不知道什么时候被她给挠了一下，就浅浅一道，但他皮肤白皙，那一道红痕可真是显眼又暧昧。

"你等着……"温初柠火速从床上爬起来，找了个冰块裹着给他敷了一下，"网上说五分钟就能消下去。"

陈一澜闲闲让她敷，温初柠聚精会神，卡着五分钟拿开冰块一看，还在呢！网上偏方信不得！

"实在不行，你就说你被蚊子咬了……你自己挠的。"

"蚊子还挺会。"

温初柠赶紧把衣服扔给他，从床上爬起来开始收拾："你快去，我要收拾收拾房间了！"

"行。"陈一澜穿上衣服去洗漱了一番。

陈一澜穿戴整齐出来的时候，温初柠正蹲在阳台的洗衣机前，把这几天的衣服放进去。

陈一澜过去，趁着温初柠站起来，把她搂过来腻歪地亲了半天。

温初柠推开他，红着一张小脸："你快去吧，重点放在训练上，我等你的。"

之后的日子算是回归了正常。

温初柠跟着邓思君出了一趟差，陈一澜依旧在队里严格训练，毕竟还是在燕京，有事儿没事给她发视频。

邓思君瞧见了恋爱里的小姑娘，也是被她感染了。

婚后恋爱真是齁甜。

这年的奥运会和全运会挨着，陈一澜经历了紧密的比赛和训练。耿爱国和姜平几个教练商量，今年的世锦赛，不打算给陈一澜报名参加了，让他全心准备最后的亚运会。

队里的成绩在其他项目上都很稳定，只是400米个人混合泳上没有夺金点，这个项目长期被国外运动员垄断。

国内优秀的游泳运动员很多，但各自有各自的主项。混合泳的要求较高，四种泳式都要均衡，且有一到两项成绩优异，陈一澜就是如此，混合泳的四种泳式均衡发展，蝶泳和自由泳成绩优异。

这么一想，姜平最近挺愁的，现在队里只有一个陈浔暂定专攻400米混合泳，但是成绩跟当初的张文博一样不稳定，时好时坏，十七八岁的孩子心态确实没那么瓷实。

"你回去再问问陈一澜，有没有意向。"姜平也是无奈。

"有点悬，这比赛太密集了，而且新人不可能永远一直躲在后面。"耿爱国说，"给陈浔报上吧，让他教练给他做做心理建设。"

事后耿爱国去问了陈一澜，接连两次大型比赛，短期内出最佳成绩的概率确实很低，耿爱国希望陈一澜把重心放在几个月之后的亚运会上，适当放松些，最主要的是考虑到了运动员的家庭原因。

毕竟陈一澜领证了。

"陈浔你还记得吧，现在你们都在一个泳池里训练，跟你那年的年龄差不多，今年队里给他报了奥运会，止步预赛了，你十七岁的时候，成绩都有4'11"、4'13"了，陈浔现在还在稳4'15"……"

"那怎么办？"

"要么送回省队，要么转项。"

体育竞技很残酷，一切都用成绩说话。

历史还真是惊人的相似。

"你也别太分心了，好好准备亚运会。明后天队里只有个宣传活动，好好休息。"

耿爱国拍拍陈一澜的肩膀，过去看另一边的张文博训练。

陈一澜刚进泳池，八个泳道，左边三个道是新人在用，右边三个道是他们年龄稍大的在用，不是一个教练组的。

陈一澜往那边看了一眼，都是一些十几岁的小孩子，几人一组一个来回。

训练的日子很枯燥，陈一澜都快不记得自己当初是怎么熬过来的了，只是他越发庆幸，在十七岁的那个转折点上，自己还有温初柠。

晚上结束训练时，队里的人基本上走光了，陈浔还在水里戴着脚蹼一圈圈游。

张文博喊陈一澜去吃饭，陈一澜让他们先去，他等了泳池里的那小孩一会儿。

陈浔在里面游了有半个小时，陈一澜叫住他了。

"别带情绪游。"

陈浔从水里出来，典型的青春期少年。

只是这青春期和别的青春期还不一样，没什么叛逆的，纯属因为日复一日枯燥的训练浮躁了而已。

陈浔闷闷不乐，还是叫了他一声"师哥"。

陈一澜想了想，现在陈浔这边的主教练是耿教练，但耿教练年龄大了，带不了这么多学生，就只挂了个名，实际带他们的教练是一个刚从省队调上来的教练。

估计陈浔也是跟那个教练有点摩擦。

教练年轻，四十多岁，对十几岁的孩子很严苛，生怕他们懈怠了训练，陈一澜也是这么过来的。

陈一澜给陈浔拿了一瓶水递过去。

陈浔坐在池边休息。

大概因为主项都是400米个人混合泳，陈浔特别崇拜陈一澜，对他有一种亲切感。

"觉得自己挺没天赋？"

陈一澜想到自己的十七岁，因为成绩提不上来，反复怀疑自己。

"嗯。"陈浔闷闷应了一声，确实这么想的。

"真没天赋你也进不了国家队。我在十七岁那会儿成绩才4'17"呢，后来才提到了4'13"。"

"你已经很棒了，别带着情绪游，怀疑自己的时候，就想想自己为什么选了这条路，挑挑拣拣，还是能找到一些热爱的。做什么事情都不容易，找到点热爱才能熬得过去，相信自己。"

陈浔已经很久没有听到鼓励了，他不禁有点哽咽："师哥，以前有人鼓励你吗？"

陈一澜正好拧开一瓶纯净水，喝了一口，笑了："队里没有，那会儿安慰我的人……"

陈浔懵懂地看着他。

"是我喜欢的人。"

"现在呢？"

"领证了。"陈一澜笑着站起来，"以后路还长着呢，咱们这条路，真得找到一点热爱。你还年轻，一切皆有可能，还记得我上次跟你说的吗？唯有热爱抵万难。别总质疑自己有没有天赋,天赋重要,但后期的努力更重要。有句话不是说,天赋决定了你的起步会容易一点,但努力决定了你的上限。"

过了几天,陈一澜跟着队里给S省拍省内宣传和几组广告照,行程很忙。

温初柠也跟着邓思君出差,年底了,公司的项目都在收尾,两人只能偶尔得空打个视频。

温初柠连续一周坐飞机出差,从燕京到南方省份,温差和饮食让她有点不太适应,感冒了一场,那天合作方的晚宴她就简单地吃了两口。

晚宴时间有点长,从五点多一直持续到九点。

温初柠百无聊赖坐在靠窗的位置上刷手机,看了一眼,邓思君正在跟几个人交谈,一时半会儿没有回去的意思。

温初柠给陈一澜发短信,陈一澜下一秒就打来了电话。

"感冒了?"陈一澜听出来她声音不对劲。

"嗯,今天早上赶飞机。"

本来觉得感冒是件小事,有了陈一澜,温初柠发觉自己矫情了许多。

"在哪儿呢?"陈一澜问她,"快结束了吗?"

"嗯,结束了,明天早上就能回去。"温初柠扫了一圈外面,"在S省的青昭市,有点远,我们公司在这里谈一个景点推广合作……太偏了。"

这两年有些公司喜欢在一些小城市投资度假酒店,恰巧青昭市虽然小,但附近有不少5A景点。

"行,给你个惊喜,等我四十分钟。"

"干吗,你在哪儿呢?"

"在青昭附近拍宣传片呢,"陈一澜那边传来了细细碎碎的声音,似乎真是要出门了,"我们游泳队里给S省拍旅游文化推广,在这边取景呢。"

"好。"温初柠松了口气,舍不得他专程大老远跑过来,"那我等你。"

因为陈一澜的这通电话,温初柠终于精神了一点,她拍拍脸,去垫了垫肚子。

掐着四十分钟整,陈一澜准时出现了。

温初柠接了电话,小跑出去,在酒店的大厅看见他,鼻尖一酸。

"陈一澜……"温初柠扑过去抱住他,"我感冒了!不对,我是不是不能抱你了?"

"得了,我又不是什么娇气包。"陈一澜把她抱紧,笑着摸了摸她的头发,"走了,带你回家了。"

温初柠鼻尖发酸,吸了吸鼻子,跟他上楼回房间拿行李。这两趟都是短期出差,温初柠只带了一个小行李箱。

青昭的冬天跟临江差不多,潮湿把冷意放大。

温初柠今天穿得厚实了一点,陈一澜给她把围巾系好,牵着她的手出去。

温初柠寻了一圈没看到邓思君,就给她发了个短信留言。

酒店挺偏的,无端让她想起来当年临江那个小镇。

这边是星级度假酒店,下面就是一片海岛的沿岛路,路边的小店还颇有人间烟火味。

"你怎么过来的?"温初柠紧紧地攥着陈一澜的手,把手放在他的口袋里。

"打车,师傅不往前走了,我在路口下车跑过来的,"陈一澜说,"正好当锻炼。你这身体素质,等我退役了,你跟我去晨跑。"

"不行,我起不来。"

"你整天在办公室坐着,那夜跑也行。"

"女孩子夜跑太危险了。"

"有我陪你呢。"

"我说的危险是……路上有炸鸡奶茶烧烤,我忍不住。"温初柠小声说,"夜跑一个月长胖八斤。"

陈一澜笑了,看了看旁边,正好也有卖梨水的小推车,梨水还是这种才好喝。陈一澜给她买了一杯,温初柠捧在手里,回头看了一眼,正好看见旁边还有一卖烤红薯的。

还是那个万年不变的牌子——甜过初恋。

温初柠悄悄抬头看了一眼陈一澜,黑色的运动裤,休闲的连帽外套,里面估计又是一件薄毛衣,难得把拉链都拉上去了。

回想起十七岁时,那会儿多少还有些稚嫩,现在再看,接近二十七岁的陈一澜身形线条更流畅硬挺。

温初柠看着他,没注意到脚下,差点被绊了一下。

陈一澜扶住她:"想什么呢?"

"我觉得还是我的初恋甜,"温初柠回头看那个牌子,形容夸张,"世界第一甜。"

　　陈一澜笑了，攥着她的手揣回口袋里，他的手滚烫，她的指尖冰凉。

　　环岛的一条路，静谧浪漫。路边有些人在吃饭，热气腾腾。

　　今晚的月亮很皎洁。

　　温初柠抬起头，好像想到了那清晰却遥远的十七岁。

　　年少时的想念和爱，到这一年仍然热烈。

　　温初柠想到那年许下的愿望。

　　希望陈一澜一直在身边。

　　梦想成真啦。

　　温初柠今年放假早，他们组里的项目收尾早，反倒是陈一澜有点可怜，年假只有五天，还是看在他"已婚"的份上申请的。张文博和安东则哭都没地儿哭，三天年假，吃饭还得报备。

　　为了避免他们吃错了东西，耿爱国亲自打印了饮食注意事项让他们带回去。

　　陈一澜跟温初柠说的时候，温初柠都给听笑了。

　　陈一澜刚从训练馆出来，俩人在打电话。

　　温初柠放假第一天，腊月二十三，小年。

　　"那我们回临江吧，"温初柠趴在床上，抱着手机说，"汪阿姨今年放假吗？"

　　"急诊科没有假期，我爸今年也在省队，他们年后有一场比赛，回不来。"

　　"那你就跟我过年啦？"

　　"对，今年跟我老婆过年。"

　　温初柠脸一热："我带你回我外公家。"

　　"好。"

　　"你快回来了吧？"

　　"嗯，还有半小时吧，洗个澡去地铁站了。"

　　"好，我等你，注意安全！"温初柠打算挂电话了，准备从床上爬起来做点东西吃。

　　"等会儿挂。"

　　"嗯？"

　　"急着干吗去呢？"

"我今天晚上没吃饱,我想去做点吃的,"温初柠坐在床上,老老实实地说,"你要说什么?"

"亲一口。"

温初柠无语了,坐在床边拿着手机。陈一澜没说话,好像还真是在等着她"亲一口",温初柠虽然在他面前有点无拘无束,但是对着手机多少有点羞涩。

陈一澜拿着手机走进了浴室,说话有点回音。

"嗯?亲不亲?一下行不行?"

温初柠坐在床上,艰难地想象陈一澜走进浴室里拿着手机跟她说这话的表情。

"你在干吗?"她干巴巴地问。

"脱衣服,"陈一澜说,"准备洗澡。"

"哦……"

"哦什么?快点,亲一下。"陈一澜催她。

温初柠憋红了脸,闭眼也能想到陈一澜的表情,那双眼就这么直勾勾地看着她,就那么一瞬间让她忘了自己要说什么。

"不行,等你回来亲,你快点回来,"温初柠脸颊发烫,"你怎么这么喜欢在电话里腻腻歪歪。"

陈一澜轻笑一声:"行,回去等你亲。"

温初柠红着脸挂了电话,跑去厨房翻了翻,奈何厨艺不精,只能先吃点水果拌酸奶垫垫了。温初柠放假后有点拖延症,盘腿坐在沙发上喜滋滋刷微博等着陈一澜回来。

没到半个小时,温初柠听见了门口的脚步声,一抬头,门开的那一瞬间,她看见陈一澜,手里捧着一大扎风信子,右手还拎着给她打包回来的夜宵。

温初柠坐在沙发上,几乎要落泪。

她小跑过去,陈一澜走过来,把花放在茶几上,大冬天回来,夜宵都要冷了。

"我去给你热一下。"

"好。"温初柠光着脚跟着他,看着陈一澜轻车熟路进厨房。

"我不给你买,就打算酸奶拌草莓?"

"我做饭不好吃……"温初柠厚着脸皮过去,伸手从后面搂住他腰,"以后就靠你了。"

陈一澜给她买了一份鲜虾云吞,在厨房里热了热,衣服都还没来得及换。

他个子高,温初柠就在他身后搂着他,伸头往锅里看。

"好香。"

陈一澜挑挑拣拣,用勺子盛出来一个虾仁,递到她嘴边:"尝尝。"

"好吃。"温初柠嚼着虾仁说,"陈一澜,我想到了以前过年的时候,我外婆每次都把最好吃的偷偷盛给我吃——这叫偏心。"

"我对你也偏心,"陈一澜又给她热了一盒牛奶,"以后都对你偏心。"

说完,陈一澜转过头,等着云吞和牛奶热好,回过身来,后腰抵着桌边,手揽着她的腰:"欠我个什么来着?"

温初柠笑了,厨房不大,窗户上蒙着一层浅浅的白雾,温初柠踮起脚环着他的腰,陈一澜先低头,两人最近都有点忙,终于赶上了温初柠放假能好好腻歪着,温初柠亲着亲着就感觉有点危险,一抬头,陈一澜反手关了火:"你先吃饭。"

"好……"温初柠莫名脸颊一热,陈一澜回身端锅,催她去洗手。

温初柠应了一声,老老实实跑去洗手回来吃夜宵。

两人腻歪着在客厅看了会儿电影,陈一澜作息规律,晚上十点钟准时去洗澡。

温初柠想起来阳台上挂着的睡裙,趁机去收了,结果半天没看见陈一澜出来。

她试探地叫了一声:"陈一澜?"

"在。"声音是在浴室里传出来的。

温初柠心想洗得还挺快,说道:"我要洗澡了,我进来了?"

"行。"

温初柠推开门的时候,呆愣了两秒,眼前这一幕简直让她老血往脸上冲。

一米九三的大男人,身材比例极好,腰线性感,腹肌身材完全在线,头发吹了个半干,头上戴了个猫耳朵的发箍,就在下半身围了一条浴巾,真的巨诱惑。

"你疯了?"温初柠硬生生站在门口,看呆了。

"这什么时候买的?还挺……"陈一澜对着镜子拨弄了一下那个猫耳朵,"还挺有情趣。"

"这是我买来洗脸的!"

温初柠抱着睡裙进也不是退也不是,涨红了脸站在门口。

"进啊,站在门口干吗?"陈一澜倚靠着洗手台,抬起视线撩她一眼,闲散的模样像一只高冷的猫。

一旦代入……

"好像确实还挺有情趣。"温初柠闷了半天，憋出来一句话。

陈一澜腰抵着洗手台，像只高冷的猫在傲娇地撒娇："说实话。"

"嗯？"

"你刚才在厨房亲得我不太满意。"

"……你快出去，我要洗澡了。"

温初柠觉得跟他在这么狭小又雾气腾腾的房间里待着可真是太危险了，她把手里的睡裙往洗手台上一搭，红着脸把这人推出去。

陈一澜闷笑，还故意说："行，我在外面等你。"

温初柠越发羞窘，赶紧把他推出去。

陈一澜手臂撑着门，发箍还没摘下来，对她挑眉："等你。"

啊啊啊，温初柠要疯了。

她在浴室里磨叽了一会儿，想硬生生把陈一澜熬睡着。

结果她放轻脚步出来的时候——

就看到陈一澜靠在床边，不只是那个猫耳朵没摘，修长且线条性感的脖颈上，还多了一条黑色的蕾丝，在脖颈一侧系了个蝴蝶结。

温初柠竭力在脑海里搜寻着这蕾丝哪里来的——她的发带。

陈一澜盖着被子，赤裸着上半身——胸肌、腹肌、微微滚动的喉结……

这只打算把自己当成礼物的"猫"足足等了半个小时！

温初柠先笑了。

"笑什么？"陈一澜没急着睡，搂着她难得享受一会儿静谧。

"也没什么，就是想到，我没吃饭，你给我买了我最喜欢的夜宵，还给我买了一束花，"温初柠说，"所以特别爱你。"

是被偏爱，是他记得她说的每一句话的细节，是这么多年一直以来的专一与忠诚。

陈一澜偏头看着她，温初柠有点困了，靠在他身边合着眼睛酝酿睡意。

"你上回问我，为什么老送你风信子。"

"嗯……"温初柠迷迷糊糊应了一句。

"因为，"陈一澜揽着她，把她往怀里带了带，低头吻上她的额头，"送你风信子，是要记得你是被我喜欢了这么多年的人，是我好不容易才娶到的女孩，以后每一天都要好好爱你。"

温初柠听见了。

她仰起头，困困地看着他。

陈一澜对上她的视线，还是没忍住吻了下她的唇。

陈一澜腊月二十九那天才放假，只有五天的假期。温初柠等着他一起回去。

周隽阳知道他们回来，提前打了电话，让他们千万别买东西，不然坐高铁回来，春运格外不方便，而且家里什么都不缺。

温初柠答应下来，但陈一澜不太同意，怎么说都是两人第一次回去，陈一澜拉着她去买了一堆东西。

温初柠还挺开心，两人买完直奔高铁站，没带什么行李。

回去的时候，家里正好做好了晚餐。

温初柠好久没回来了，外公腿脚不便，长时间坐在摇椅上听戏，外婆闲不住，走得慢，在厨房里唠叨周隽阳。

周梦过年也回来了，但是没什么假期，只能回来吃顿团圆饭，赶第二天的飞机回英国。

温初柠快下高铁的时候，周隽阳给她打电话，很委婉地在电话里给她提醒："你回来的时候做好心理准备，今年过年……嗯，挺热闹。"

"还有谁呀？"温初柠当时还没反应过来。

"你回来就知道了。"

温初柠和陈一澜回来，正好解救了周隽阳。

哪知道进来的时候，周梦在客厅看电视，旁边还坐着一个看起来保养得不错的男人，也就四十多岁的样子，谈吐得体，穿着西裤和黑色的高领薄毛衣，沙发一侧还搭着一件深色的男士毛呢大衣。

温初柠愣住，眼神在周梦和这个男人之间扫了一圈。

"妈？"温初柠拉着陈一澜，一时间不知道叫什么。

"叫叔叔就行。"周梦依旧冷艳，温初柠发现她妈妈在气质这块还没输过，"男朋友。"

温初柠笑了："叔叔好。"

"小柠，一澜，初次见面，"男人还有点拘谨，不过没忘了给他们准备红包，从旁边的风衣口袋里拿出两个红包递过来，"新年快乐。"

温初柠没客气，收下了："谢谢叔叔。"

周隽阳被指使成了家里唯一的劳动力，也不客气，喊着陈一澜和温初柠来帮忙。

外婆听见了，在旁边念念叨叨："你还不说不公平，家里就你单着，你不做饭谁做饭？"

这么一想，还真是。

周隽阳不情不愿，这两年照顾老人，厨艺已经精进许多。

温初柠和陈一澜帮不上什么忙——主要是陈一澜不太愿意让温初柠进厨房，周隽阳指使温初柠，陈一澜就先接过去。

周隽阳气得不行，喊这两人来帮忙，成了自己吃狗粮。

温初柠笑嘻嘻的，拉着陈一澜回客厅看电视。

周隽阳气笑了，没想到周梦谈了个男朋友还带回来了，连他姐姐都脱了单，他还在单着。

他是个坚定的不婚主义者，年近四十了，家里已经不太会劝了。

温初柠的外婆说："你结婚也好，不结婚也好，只是以后我和你爸都不在了的时候，你自己一个人过年，一个人生活，不会觉得孤单就好。"

周隽阳往客厅看了一眼，温初柠跟陈一澜坐在一起，陈一澜给温初柠剥开心果，周梦和她男朋友坐在一起，两个老人坐在一起……

现在想想，还确实挺孤单。

得了，就他孤家寡人。

饭后，温初柠去阳台吹了吹风，周梦也过来了。

温初柠搓搓脸，觉得房间里暖气开得太足了。

"妈，你什么时候谈的啊？"温初柠终于跟周梦有了个二人空间。

"今年。"

"对你好吗？"

"认识挺久了，一直是朋友，"周梦说，"挺好的。"

"那周女士可得长点心，这么漂亮一富婆姐姐，别被人骗了啊！"温初柠善意提醒。

"没大没小，"周梦笑着说，"妈有数，认识其实很久了，是大学同学，阴错阳差的……你别这眼神儿啊，人家没前妻，未婚的，家里也不错，我都知道。"

"啧。"温初柠说,"周女士有魅力。"

"我女儿也不差,"周梦说,"婚礼等一澜退役了好好办,妈支持你。"

"知道啦!"

温初柠笑着,看着周梦回餐厅。

一顿饭吃得挺愉快,这个叔叔谈吐得体,说话有分寸,温初柠觉得蛮好的,尤其是他会等着周梦说完话后才接上一句,还会悄无声息把周梦面前的酒杯换成了热茶。

温初柠觉得,周女士到这个年纪,遇到真爱不容易,在心里祝福她。

饭后,外公外婆睡得早,周隽阳收拾家务。

温初柠拉着陈一澜出去透透气,其实想跟他走走。

今年临江的雪如约而至。小区外面的马路上空无一人,路两旁挂着红色的灯笼,雪花一片片往下飘。

温初柠站在雪地里,把手机递给陈一澜:"给我拍张照。"

说着,她站在那儿,比了个剪刀手。

陈一澜一只手拿着手机,另一只手从口袋里掏出来。

温初柠看着他,也不知道这人拍了没有,只见他右手从口袋里拿出来,一条项链从他的手心中坠下来。

温初柠呆住,有点惊讶,朝他笑着走过来:"你怎么还给我买了东西……是礼物吗?"

"对啊,给温初柠的新年礼物。"

吊坠是一个很小很小的银杏叶,银质的链子,亮晶晶的白贝母,别致又精巧,一看就价值不菲。

温初柠仰着头看他,陈一澜收了手机,帮她戴上,凉凉的项链贴在脖颈上,缀在她白皙的颈间。

温初柠回身抱住他,踮着脚,凑过去亲他。陈一澜笑着搂住她的腰,将她紧实地抱在怀里,用外套裹住她,为她遮挡下一阵阵冷风。

温初柠被他结结实实抱着,雪花不停地飘下来,落在他高挺的鼻梁上,然后迅速融化。

远处的人们放起了烟花,空荡荡的马路,红色的灯笼与白色的薄雪。

温初柠扑在他怀里,仰头看着他笑:"陈一澜,新年快乐。"

"新年快乐,"陈一澜微微低下头,鼻尖抵着她的,语气温柔宠溺,"陈太太。"

温初柠只跟陈一澜在临江待了两天,外婆两天没太休息好,加上周梦一大早的飞机,温初柠就拉着陈一澜早点回去,让老人好好休息。

正月初二那天车站没什么人,温初柠跟陈一澜回燕京。这个平日里人来人往的大城市空了许多,两人漫无目的,从高铁站出来倒地铁时,温初柠提议去一趟雍和宫。

"去那儿干什么?"陈一澜问道。

"那年头一回来燕京的时候,我许了个愿,"温初柠说,"愿望实现了,就来还个愿。我记得以前也跟你说过,等你比赛回来,我们再去一趟。"

那年陈一澜被禁赛,两人无缘再来。

温初柠有时候对这些东西是宁可信其有——与其说是信这些,倒不如说信他俩的感情,这么多年,一路曲折,但也顺遂。

温初柠挺想念雍和宫门口那些卖糖葫芦的摊子。

故地重游,新年里不少人来这儿求香,温初柠进去仔仔细细上了炷香,往后再有什么愿望——

那就是跟他岁岁平安,永生安好。

其他的,都交给时间。

温初柠把香插进香炉里,回头这么一看,陈一澜正好从外面进来,手里拎着刚给她买的糖葫芦。

两人宅在一起过了剩下的三天。能去的地方很少,温初柠又不想动,在家拉着陈一澜追偶像剧,看青春爱情片,懵懵懂懂的小初吻。

温初柠啃着苹果盘着腿,感叹:"真好啊……陈一澜,偷偷告诉你个事儿。"

"你说。"

温初柠转头看着他:"我以前偷亲过你一次。"

"我也是。"

温初柠愣住了,追问他:"什么时候?"

"不告诉你。"

陈一澜坐在她旁边,闲闲散散给她把果盘端过来。

温初柠没心思吃了,扑到他身上,追问:"快告诉我。"

陈一澜不说,温初柠把苹果往盘子里一放,手顺着他T恤摸进去,她的手指有点凉,故意冰他。

陈一澜怕痒,被她挠得想躲,温初柠干脆坐在他身上,毫不客气。

"在玉龙雪山那次,"陈一澜终于坦诚交代,"那天你睡着了。"

温初柠细细想了想,想到玉龙雪山,就想到那回感冒狼狈的自己。原来是那天。

"你想不想知道我什么时候偷亲的你?"温初柠趴在他身上问。

"我知道。"

"我不信,那天你睡着了。"

"我没睡着,"陈一澜说,"我还记得日子。"

温初柠坐在他腿上愣住了,陈一澜往沙发后背上倚靠着,视线落在她的眼睛上,他嘴角上扬,姿态闲散,看着一点都不像故意的。

温初柠的思维停顿了几秒钟……一想到他知道了这么多年,她窘迫得不行。

"你干吗那时候装睡?"

"我要是突然睁开眼,"陈一澜说得意味深长,"走向得变了。"

温初柠还是好半天没有反应过来。

陈一澜揽着她的腰,嘴角笑意盈盈:"是真的喜欢了你很多很多年。"

"你不用说这么多遍……我知道了。"

"说多少遍都不会腻,"陈一澜说,"娶到了也要说。"

"不听了,我要去睡觉。"

温初柠眼看着这人又要肉麻起来,赶紧要站起来,结果被陈一澜拽回去。温初柠被他抱在怀里,他的鼻尖抵着她的:"不听也得听。"

"你真腻歪。"

"我爱你。"

"听见了。"

"我爱你。"

"第二遍了。"

"那我跟你说九十九遍。"陈一澜捉住她的手放在唇边吻了一下。

温初柠忽然没来由地想起了很多年前的黑漆漆的楼道,想到那个小镇上空荡荡的公交车站。

有他在,她从来都不是没人要的小孩。

哪怕到了二十六岁,也仍然是,有他在,她永远都被爱着。

过完年,陈一澜回去训练,温初柠的假期还没放完,在家里宅了几天,没去打扰陈一澜。又过了几天,温初柠才复工。

年后,听说上回陈一澜拍的宣传片和宣传杂志出来了。

温初柠买了一大堆,等着陈一澜回来,两手捧着笔递过去:"麻烦陈先生签个名。"

陈一澜正好回家,瞧见桌上摆着一堆又是照片又是杂志,笑了,拿过她手里的笔举高。

"又是给谁要的?"陈一澜看透了她的小心思,轻笑一声。

"你怎么知道?"温初柠嘀咕,踮脚也够不到他手里的笔,"我们办公室几个小姑娘可喜欢你了,我们公司楼下新开了个健身房,托你了,还有游泳馆,我们办公室几个人都要去办卡,说游泳的男人可帅了。"

陈一澜放下双肩包,揽住她的腰,温初柠正好踮起脚,陈一澜弯腰亲下来,她的腰很细,抱着好似能折断。

温初柠被他揽着亲了好半天,陈一澜才勉为其难签了个名,一边签,还一边笑她:"你都不吃醋?我听孙嘉曜说,舒可蓓对这事儿可吃醋了。"

"吃醋什么,你又不是孙嘉曜那花蝴蝶。"陈一澜在椅子上坐下,温初柠趴在他背上腻歪着他,吧唧一口亲在他脸上,"我才不乱吃飞醋,我多懂事。"

"你不懂事我也爱你。"陈一澜就签了三四个。

温初柠勾着他的脖颈没松手。

陈一澜签完放下笔站起来,温初柠勾着他没松手,在心里算了算,低声问了一句:"是不是快去封闭训练了?"

"对,这个月月底就去了。"陈一澜个子高,被她揽着脖颈要弯腰,"先回S省封闭训练三个月,再回燕京封闭训练三个月,然后就亚运会了。"

"好辛苦。"

"回来就退役了,"陈一澜把她抱起来,"再等几个月。"

"等你。"温初柠微微松开手,跟他说,"你专心比赛就好。"

陈一澜笑她,有那么几回他回来得挺晚,温初柠想等他的,在沙发上睡着了,听见开门声又爬起来看他。

后来,陈一澜不让她在沙发上等,温初柠老老实实回床上睡。陈一澜有几次结束训练回家就已经十一点多了,特意在训练馆洗完了澡回来,放轻动作上床,温初柠还是一秒察觉。

"把你吵醒了?"

"不是,你没在,睡不好。"

温初柠抱着被子翻身滚到他身边,下意识地蹭了一下他的胳膊。

陈一澜把她揽在怀里,低头亲了亲她的额头:"睡吧,我回来了。"

温初柠困顿里想着,这可是个不太好的习惯,两人还得分别小半年呢,也不知道这半年怎么熬过去。

临分别那天,是周日,温初柠不上班,陈一澜中午回来,跟她说了明天跟队走的事儿。

温初柠一想即将分别半年,有点蔫,但不敢让陈一澜察觉到失落,她那点小情绪可真是藏不好。

这应该是陈一澜最后一次比赛了,细细想想,陈一澜二十六岁才出最佳成绩,这样退役,温初柠挺替他惋惜的,有点儿不能想象他不比赛的样子。

她觉得有点遗憾——他要告别赛场了。

那天温初柠有点分心,搂着他脖子问他:"你这么早退役遗憾吗?"

"4'05''的成绩,很难再超越。"

"你现在成绩呢?"

"4'06''到4'07'',"陈一澜说,"毕竟是四个泳式,可能这个快一些,下次就会慢一些……这个成绩很难超了。"

"操这么多心,"陈一澜抬起头来,软软的唇蹭过她的耳畔,"游了这么多年,比赛也太密集了,我想把重心放在生活里了,耿教练也要退休了。"

温初柠懵懵懂懂的。

"游泳运动员一般最迟二十七岁就退役了,这种爆发性竞技运动,二十七岁之后会开始走下坡路了……"陈一澜回得有些含混,抬起头来看着她,似笑非笑,"我明天要走了……温初柠,专心点。"

他惩罚似的咬了她脖颈一下,温初柠吃痛回神,无端伤感起来。

"我想你了怎么办?"温初柠把下巴搭在他肩膀上,小声问了一句。

"晚上十点能跟你打半小时的电话,"陈一澜说,"我早上六点起床,上午水上训练,下午陆上训练……有时间就给你发消息。"

"你专心训练。"

"温初柠,"陈一澜笑着问她,"你怎么像个小老太太?"

温初柠扁扁嘴,凑过去亲了一下他的下巴。

温初柠噘着嘴,陈一澜两只手捏着她的脸颊,笑着说:"开心点,很快就回来了。"

"我去看你比赛。"

"好,提前买票。"

"知道,"温初柠拍开他的手,搂着他的脖子亲过去,恶狠狠多亲了几下,"好好比赛!"

温初柠以为这又是像以前那样的一段有点儿漫长的异地。

可不是,跟以前都不一样。

因为她每天都会在早上七点半准时接到陈一澜的电话,他早上六点起床,七点半正好去食堂,温初柠九点上班,七点半正好睡醒。

正好在睁开眼睛的第一秒听到他的声音,在她洗漱完后正好接到外送早餐的电话。

也正好在下班前收到一束玫瑰花。

异地的日子好像也没那么难熬了。

就像,他还在身边。

晚上十点钟,温初柠早早洗漱好,趴在床上,卧室里的床头柜上已经摆了很多花瓶,插着密密麻麻的花,有玫瑰花、风信子、铃兰花。

温初柠跟他打视频,她从床上坐起来,给他看后面的花瓶。

陈一澜也刚好洗漱结束,看着手机屏幕里,温初柠的头发长了许多,穿了一条白色的吊带睡裙,一张鹅蛋脸白皙,鼻尖有一颗小小的痣,笑起来的时候唇红齿白,眼尾的长睫扫出一点浅浅的弧光,笑意明媚,锁骨突兀。

领口晃了晃。

后面的花开得浓艳,但都没温初柠笑起来好看。

"你真的买了好多花……家里都快放不下了。"

"嗯?"温初柠见他不说话,还以为是网卡了。

"没你好看。"

"这么多加起来也没你好看。"

"你不能换句别的说哦。"

陈一澜还真想了想:"想回去见你。"

"还有呢?"

"我爱你。"

温初柠笑了,想从他这儿听点情话可真是太难了,这直球的思维,却又回回在所有的事情上让她知道他有多爱她。

温初柠失神一秒,再抬头,看到屏幕里的陈一澜也正在看着她。

第十一章
都是陈一澜，只有陈一澜

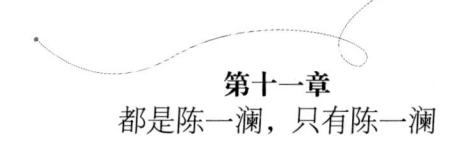

三月，陈一澜已经在S省的水上训练基地待了半个月。

水上训练基地离淮川不远，但是地方偏，在一景区附近，环境好。

温初柠去S省的一个城市出了一趟差，这种出差少不了最后合作方做东请客吃饭。

那天晚宴的餐厅里正好有一对情侣在求婚，温初柠看过去，大屏幕上的投影，说两人是异国恋，男生一直在国外读书，两人经历了八年多的异国恋。

女生喜欢泰勒斯威夫特，餐厅里正在放泰勒的《Red》。

"爱他就像一辆崭新的玛莎拉蒂冲进一条没有出口的街。

他在我的脑海中不断盘旋，像火焰扑向我。

爱一个人是大胆的，是疯狂的，失控的，重要的……"

温初柠摁开手机的锁屏。

3月5日二十点五十九分。

温初柠给陈一澜拨了一通电话。

陈一澜正好从泳池出来。

"陈一澜，"温初柠看着远处正在求婚的情侣，问他，"明天周末，你要早起训练吗？"

"周末的训练会晚一点开始，怎么了？"

"你现在有没有什么特别的愿望？"温初柠笑着问他。

"我唯一的愿望就是你。"

这次温初柠出差是临时过来的，没跟陈一澜说。温初柠笑意更深。

"我再游一会儿，今天可能要晚点回，等会儿跟你说。"

"好。"

温初柠看了看车票，买了最近的一趟动车，到地儿了打车过去，结果司机嫌回来不太好接单，让温初柠提前下车。温初柠一看时间，十一点过九分了。

陈一澜给她留了几条言。

温初柠今天穿的平底鞋——她已经很少穿高跟鞋了，以前是陈一澜回回给她备着创可贴，有几次工作需要穿了，陈一澜来接她，要么从家里给她拎着平底鞋出来，要么干脆背着她。

这次异地，温初柠没带高跟鞋，他不在身边的日子，她要好好照顾好自己。

温初柠一路小跑到水上训练基地，她没法进去，便站在栏杆外，给陈一澜拨了一通电话。

"陈一澜。"

"怎么还没睡？我刚从泳池出来，在回寝室的路上。"

"你的梦想要实现啦。"

"嗯？"

"你要见我吗？"温初柠握着手机笑着说，"后门。"

陈一澜跑过来的时候，看到温初柠站在外面，铁栅栏内的蔷薇花已经发了芽，她穿了一条针织的长裙，外面一件浅色的外套，长发披肩，两只手捧在唇边呵着气。

"陈一澜——"

像是有预料似的，温初柠察觉到了远处的身影，黑色的运动裤，黑色的冲锋外套，身形挺拓颀长。

温初柠笑着跟他招手。

"怎么过来了？"陈一澜好像还没反应过来。

温初柠变魔术似的，从外套的口袋里拿出两个数字的生日蜡烛——"27"。

"你不能吃蛋糕，我来给你过生日……多亏我们今天开会的地方有人求婚呢！陈一澜，生日快乐，这是我喜欢你的第十年啦。"

温初柠点上蜡烛，隔着铁栅栏杆凑过去。

火苗跳动，陈一澜弯腰看着外面的温初柠。

"许个愿，快点！"

陈一澜听话地闭上眼睛，但悄悄眯了一条缝，就看见温初柠看着他，黑漆漆的夜色里，一点冷风吹拂起她的碎发，软软地蹭过了她的鼻尖。

温初柠抬起手，刘海早就长了，后来改成了中分，松松地掖在耳后。

"温初柠。"陈一澜吹熄了蜡烛，弯着腰，与她的视线平齐，目光深深地看着她。

"嗯？"

"有你真好。"

温初柠笑了："我也这么觉得，有你也真好。"

"你去哪儿住？"

"我回家吧。"

这么跑来，温初柠真没想好要去哪儿。这边是后门，水上训练基地很大，正门那边有宾馆，也不知道走多远。

陈一澜也不会放心让她一个人走："你等会儿，我给教练打个电话。"

温初柠怎么觉得，自己跑来这一趟，给他添麻烦了？

"要是麻烦，我自己回去就好。"

"等着。"

陈一澜给耿教练打了电话，门口的保安室管得严格，运动员公寓也是实行门禁制度，多亏了现在还不是大赛前的严格封闭训练，耿爱国让陈一澜带着温初柠去办个暂入证，还异常严肃地提醒只能住一晚上。

免不了被一顿唠叨。

温初柠已经万分羞窘了。

陈一澜明天还得训练，温初柠冲了个澡就赶紧躺下。

这是一个小单间。温初柠感慨，想到了那时淮川的宿舍。

偏头一看，陈一澜今天真挺累的。温初柠没舍得打扰他，翻个身搂住他。

"你知道我的生日愿望吗？"陈一澜问她。

"你别说出来……说出来就不灵了。"

"以前我都不过生日。"

"嗯哼。"

"嗯哼什么？"陈一澜把她揽过来，床小，他个子高，占了大半，伸手捏住温初柠的鼻子，"但是每年过年的时候，我唯一的愿望都是你。"

"现在有你了，我只想以后你开心地在我身边，"陈一澜说，"挺幸运的，成为被你从十七岁一直喜欢到现在的人。"

怀里的小姑娘抬起头，陈一澜垂下视线看她。温初柠眼睛亮晶晶的，嘴角弯起来:"我也是。"

陈一澜笑着亲了下她:"早点睡,明天你睡不了懒觉了,得早起。"

第二天一早,温初柠跟陈一澜一起吃了顿早餐,耿爱国后知后觉想起来,今天是陈一澜生日,遂也没多说什么。

结果张文博来食堂,看到温初柠的时候惊呼了一下,说她和陈一澜见面不易,非得给合个影。

温初柠从基地回了淮川,又从淮川坐飞机回燕京,路上补了个觉,打算回家之后卸妆再睡会儿。她收拾了一下家务,没一会儿收到了一大束玫瑰花。

温初柠捧着花拍了张照片,发给陈一澜,然后扔了手机敷面膜准备补觉。

结果没一会儿刷到了微博。

——二十七岁的陈一澜和他的漂亮老婆。

温初柠笑了。

她偶尔在微博上发一点日常,有时候刻意避开陈一澜,不想太消耗他的身份,但总有他的零零碎碎入境。

温初柠想,她经常觉得陈一澜远远比她爱的更多,不是因为他记得每一个日子,总是会隔三岔五送她礼物和玫瑰花,而是因为,她真切地感觉到,每一分每一秒,陈一澜都将她放在了心里最特殊的位置。

即便是这样忙碌的异地,准时而来的电话,每天如约而至的鲜花,总是说不够的我爱你。

温初柠估计亚运会的门票不太好买,觉得自己这个手速跟抢票无缘,她仔细想了几秒,决定另辟蹊径——

亚运会在招志愿者。

温初柠觉得自己聪明极了,点开志愿者报名网站,果然很多空缺。但是亚运会毕竟是国际性赛事,对语言有一些要求,岗位多,需要提交简历后筛选,也需要经过一段时间的培训。

志愿者有个好处就是可以完完整整地参与到整个亚运会的过程中去。

温初柠看着一大堆的岗位和要求,仔细选了选,最后选了个赛场内的礼仪指引,负责将各国的队员引领到指定的位置和区域,要求英文口语熟练,会第二外语为佳。

完美符合。

被分配到哪个场馆并不能确定,但至少肯定会在淮川市,多少能距离陈一澜近一点……

温初柠还挺期待被分到游泳馆的。

温初柠心满意足投了简历,完美地通过了初试和复试,就等着培训通知了。

那段时间陈一澜忙着训练,跟她说不了几句话,温初柠挺开心的,温初柠瞒着他,没告诉他做志愿者的事情,想给他个小惊喜。

票开售的时候,游泳场馆的门票一秒售空,跟抢演唱会门票似的,温初柠不由得感叹了一下多亏自己选的是志愿者。

陈一澜在 S 省的训练结束后,要回燕京继续封闭训练。两人终于在一个城市了,陈一澜不能在外居住,每天只有两个小时的空闲时间回来。

温初柠这会儿有点忙了,陈一澜刚回来的时候队里给他休了一天假。

陈一澜没提前给温初柠说,权当惊喜了。

那天,温初柠下了班之后累得不行,摊上一个事情贼多的甲方。方案改了一百八十次,临场去了又换了发言人,全程脱稿自由发挥,温初柠准备的翻译稿全都作废了。一场下来,温初柠累得够呛,多亏了应变能力好,才没在会议上出差错。

她结束后,下班回公司打卡,看着时间六点半了,估摸陈一澜正在吃饭,就给他打电话。

他接得挺快,电话那端挺安静。

"陈一澜……你怎么这么快就接了?你没在吃饭吗?"

温初柠正好走进电梯里,本来还疲惫的大脑瞬间清醒了一下。

"你哪儿呢?"熟悉的声音懒洋洋的,听着真让她心动。

"在电梯里呢。"

"行。"

"行什么?我今天特别生气,会议本来都准备好了,他们临时换了发言人脱稿,我翻译的稿子全都作废了……今天会议上好多人,吓死我了。"

温初柠拿着手机从电梯里出来,没忍住跟他吐槽起来。

公司大厅里宽敞整洁,旁边的等待区坐着一个人。

温初柠脚步顿住。陈一澜正在沙发上,这会儿已经五月底了,燕京的天气有点冷,陈一澜只穿了一件浅色的卫衣,深色的运动休闲长裤,姿态闲散,左手拿着手机,右手拿着一大扎红到晃眼的玫瑰花,短发微微拂过眉眼,隐约露出了光洁好看的额头和英挺的眉宇。

他抬着视线看着她,喉结微微滚动,那一侧的小痣性感到惹眼。

他随意地坐在那里,拿着手机,看着从电梯里走出来的温初柠,语气带笑:"还挺委屈,来,过来抱一下。"

"陈一澜……"

温初柠没想到他会出现,挂了电话小跑过去。

陈一澜站起来,明明都二十七岁了,仍然有着少年感的清爽,也有着成年男人的挺括与性感。

他张开手,温初柠扑过去:"你怎么回来了?"

"放假休一天再回去。"

陈一澜很久没抱她了,这么结结实实抱住,打心底满足。

温初柠紧紧地环住他的脖颈,陈一澜弯着腰,下巴搭在她肩膀上,鼻尖蹭了下她的外套,通勤装,还喷了点淡淡的香水。

他声音软软地蹭过了耳畔:"想你了。"

"我也是。"

温初柠刚才的那些委屈和生气都消失不见了,看到他只剩下了满足和开心。

两人坐地铁回家,温初柠挽着他的手,这会儿正是下班高峰期,来来往往的人群像沙丁鱼群一样。

地铁上没有座位,陈一澜扶着栏杆,将她环在了胸膛和栏杆之间,温初柠就专心地捧着玫瑰花,仰头看着他。

距离上次都过去了一个半月,这段日子训练挺辛苦的。

地铁上的人上上下下,温初柠仰头看着陈一澜,好像看不够似的。陈一澜察觉到她的视线,也看着她,弯唇笑了。温初柠莫名有点脸热,想假装低头看花,陈一澜先低头亲下来。

地铁报站,缓缓停下。

温初柠睁大眼睛看着他,陈一澜也没闭眼,长睫几乎要蹭到她。

温初柠惊醒过来:"是不是快到站了?"

"下一站才到家。"

"好。"温初柠松了口气,小声说,"人这么多,你收敛点。"

陈一澜慢悠悠地看着她,视线又浓又缱绻,像藏着千万种柔情:"看你一直在看我,亲一下不行吗?"

本来挺正常一句话,硬是被他说得莫名脸红。

温初柠的视线悄悄落到他手上,手指瘦长,却有力量,温初柠想,这人还真是从上到下都像艺术品似的,连攥着栏杆的手都莫名有荷尔蒙感。

地铁停下,两人下车,温初柠挽着陈一澜的手跟他回家,简单地吃了点沙拉和水果。陈一澜今天刚回来,只去了一趟训练基地的寝室放了行李,饭后他就去了浴室。

临上床,两人对视了好几秒,温初柠细细地看着他,本来她还自诩是新时代独立成熟女性,可以在工作上跟不讲理的甲方姿态强硬地沟通,可以独自一人在这个城市里奔波工作,结果在他面前,她好像还是那个被他一直宠爱着的小女孩。

"是不是挺辛苦的?"她低声问了一句。

"啧,都习惯了。"陈一澜的手摸了摸她的腰,"没好好吃饭?"

"我想你。"

明明以前异地的时候更久更难挨。也许是两人见得多了,这么突然分别,思念总是很容易发酵。

但也因为陈一澜给的安全感足够多,即便是他不在身边,温初柠仍然可以睡个安稳觉,一觉醒来,是他的电话,有他点的外送早餐,还有他如约而至的玫瑰花。

陈一澜倚靠在床头,伸手捏捏她的脸。

温初柠捉住他的手,放在唇边亲了亲。

陈一澜笑了,把她披在肩膀上的被子拉上来,抱着她躺下:"睡觉了,明天跟你好好计划计划咱们的婚后生活。"

"慢慢计划就好了,"温初柠伸手搂住他的腰,满足喟叹,"有你就够了。"

陈一澜把下巴垫在她肩膀上,她肩头圆润纤瘦,陈一澜没忍住偏头吻了一下她的耳畔:"你永远都有我。"

"陈一澜,你真肉麻,又要开始说你爱我了?"

"对。"陈一澜闷笑,搂着她的腰,脸埋在她的肩颈,吻着她的脖颈,细碎的吻又向上了些,蹭过她的脸颊。

温初柠睁开眼睛看着他。

黑夜里,陈一澜的眼睛深邃,眸光浓,鼻梁挺拓,下颚的线条流畅性感。

"我爱你这三个字,还是要这样亲口跟你说。"陈一澜把她搂住,像抱着抱枕似的。

温初柠闭了闭眼睛,任由着他抱着腻歪,无端想起很多零碎的事情。

在他身边,她只需要感受着他的爱,感谢他们之间彼此的等待。

"陈一澜,你猜我想说什么?"温初柠困困地问他。

"什么?"

"你猜。"

两人面对面,陈一澜睁开眼睛看着她。

"我们会一直相爱。"

陈一澜好像轻而易举地看穿她的心绪,准确无误地说出她心里想到的所有的话语。

好像小时候,她受了委屈,有不可告知大人的事情,总是会第一个跟他分享。

小情绪,小秘密,都跟他分享着。

哪怕是那些年他已经在省体校训练,她攒着一大堆话,跑到他家喋喋不休说个不停,到他临走的时候,还抹着眼泪看着他离开。

那会儿,才十几岁的小姑娘,就那么坚定地相信着他一定会回来。

一定会给她再带回来一只玩偶。

这世界上肯定有某个角落,存在着完全能够领会我想表达的意思的人。

而她多庆幸,这个人一直在她身边。

从懵懂无知的年少到二十七岁。

从十七岁水涨船高的英雄主义,到二十七岁关于爱情的所有定义。

都是陈一澜。

也只有陈一澜。

"我猜对了没?"

"猜对了,还挺聪明。"温初柠赏赐香吻一枚。

陈一澜轻笑一声,搂着她说了句晚安。

赛前,陈一澜的训练严苛,没法再抽出两小时回来。温初柠自觉不打扰他,陈一澜有空的时候会给她发点消息，温初柠也忙着翻译会议文稿，两人各忙各的。

培训通知下来的时候，已经是八月底了，志愿者培训为期半个月，亚运会九月中旬开始。

正好夏季是温初柠公司的业务淡期，温初柠不太忙，加上之前的年假一直没有休，温初柠忙完了手里的活，趁着周末和年假去淮川培训了。

那几天陈一澜忙着训练。温初柠这个配岗不忙，但是比赛的场馆多，还不知道会被分配到哪个场馆，挨个把路线熟悉下来也费了不少功夫。除了面向社会的志愿者招募，其他大多都是在校大学生。

陈一澜忙着训练，只觉得她最近有点奇怪。温初柠瞒着他，只跟他说最近出差，陈一澜当她工作上的事儿不顺心，还特意抽了一天晚上跟她聊了一会儿——

"我工作挺好的，先不跟你说了，你好好比赛，到时候我去看你。"温初柠叮嘱几句。

"行，你等会儿挂。"

"嗯？"

"真没受委屈？"

"真没有，想什么呢，我又不是第一天上班。"温初柠笑了，"好好训练！还有一周倒计时了！"

"好。"

陈一澜总归是松了口气。

志愿者在赛前一周就到了比赛的地方，运动员也都已经提前入住公寓区。温初柠还挺担心万一在这里遇见陈一澜的。

——于是她这两天格外爱给他发消息，问他有没有去吃饭，有没有去散步。

陈一澜特奇怪，一通电话打过来。

"说吧，你干什么了？"

温初柠当时躲在房间里休息呢，冷不丁接到他电话吓了一跳。

听着陈一澜那坦然的口吻，温初柠下意识往酒店的窗户外面看了看。

两人住的地方不算很远。他住运动员公寓，温初柠住在不远处的酒店。

明明还没见到，但是一想到离他这么近，温初柠还是有点紧张。

"没干吗。"

"我不信。"

"真的。"

温初柠说完特别心虚。

电话里有点静谧,陈一澜没有追问,以为温初柠又是工作上的事不太顺心,温初柠提醒他早点睡,陈一澜闷闷应了一声。

舒可蓓正好推门进来:"温——"

温初柠死死捂住手机,拼命给舒可蓓比画,舒可蓓愣了几秒,了然过来,放轻动作,去了洗手间。

"谁啊?"陈一澜还是听出了一点点不对劲。

"没,我今天出差来着,刚到酒店……跟我们公司的同事合住的。"

陈一澜将信将疑:"你不是最近不出差吗?"

"临时出差。"

"行。"

"我不跟你说了,我要去吃饭了。"

"好。"

陈一澜挂了电话,越想越不太对劲,正巧他们几个人在吃饭,孙嘉曜比较惨,队里就两人,孙嘉曜这人静不下来,备赛训练一结束,就跑来跟游泳队的吃饭。

"舒可蓓在哪儿呢?"陈一澜问他。

"来看我比赛了啊!"孙嘉曜大剌剌地在陈一澜旁边坐下,"舒可蓓可不是你们家小柠,以前从来都不来,这回我求了她半天才来,票都是我给她买的,她说什么看我比赛肯定会哭……这有什么好哭的。"

陈一澜轻笑一声:"她住哪儿呢?"

"就咱们亚运会村外面那个酒店。"

"行。"陈一澜说,"等会儿吃饭完去散个步。"

"你不是不散步吗?前几天还说我们几个老年人……"

"今天心情好。"

得散步偶遇温初柠,捉一下这个骗他出差的小骗子。

温初柠挂了电话,跟舒可蓓吃饭去了。

三项全能比赛压力很大,舒可蓓连电视转播都不敢看,这回还是孙嘉曜求来求去，舒可蓓才答应来的。正巧温初柠在这里当志愿者，舒可蓓就来跟温初柠住。

见她这个岗位的志愿者一点都不忙，舒可蓓说："你还不如去做媒体岗。"

"我不会呀。"温初柠回道。

"怎么不会？你就只采访陈一澜，直接话筒递过去，他平时表情那么少，见你笑那么开心，给广大网友发发福利多好。"

温初柠给听笑了，细细一想，还真有这个可能。

舒可蓓还说陈一澜跟温初柠在一起时眼神撩人。

两人一块去吃了晚饭，饭后舒可蓓被孙嘉曜一通电话喊走。

温初柠问："你几点回来？"

"不知道——"舒可蓓挥挥手，"你早点睡！"

温初柠看舒可蓓走了，也打算早点回酒店睡觉。时隔多年回到自己读大学的城市淮川，温初柠还挺感慨的。

马路上有公交车穿梭，街景璀璨夺目。后面不知道是谁吹了声口哨，温初柠也下意识地看过去。

结果一回头，在昏暗的夜色里，她身后的不远处站着三个人，第一反应……这三个人好高啊。

"嫂子——"张文博正好举着手机在拍亚运会赛前 Vlog，冷不丁瞧见了前面的温初柠，激动地挥手。

安东揽着张文博的脖子："走，带你换个地儿拍。"

那两人一走，后面只剩下了陈一澜。白色的 T 恤，黑色的运动短裤，夜色让他的轮廓更深邃，有点乱的额前短发拂过了眉心，他站在那儿，嘴角盈笑，一双深黑的眼睛落在她身上，然后慢悠悠地走过来。

这一瞬间温初柠突然有点无力。

"出差？"陈一澜走过来，在她面前站定，身上有种好闻的沐浴露的味道，清爽干净，"出差到淮川？"

"对，出差到淮川。"温初柠脸不红心不跳，但有点不太敢直视他的眼睛。

陈一澜低笑一声，突然弯腰凑近她。温初柠抬起视线，撞上陈一澜的目光，他弯着眼睛笑，也不知道是在笑什么。

温初柠今天没穿高跟鞋，只穿了一双平底鞋，这身高差距一下被放大，陈一澜的目光有点缱绻，他像是要亲下来了。

夜风有点凉，她清晰地感受到陈一澜温热的呼吸拂过她的鼻息，痒痒的，心跳不自觉地再加快，她撩起视线看着他，在他的眸中清晰地看到了自己的影子。

陈一澜却弯唇笑得更深，声音有点低，像是只有他们两个人才能听到。

"亲吗？"

还差几厘米。

温初柠果断踮起脚亲过去，陈一澜轻笑，手顺着揽住她的腰把她带进怀里。

他另一只手抚在她的脸颊一侧，她的发丝被他的掌心压住，蹭过了脸颊，痒痒的，却又有种异样的磨砺感。

朦胧的光，让一切蒙着一层自然而然的暧昧与悱恻。

好像确实挺久没见面了，温初柠深深地呼吸着，陈一澜加深这个吻，暧昧又撩拨，温初柠的手攥着他的衣摆，薄薄的衣服下面，是他坚实且线条性感的腰肌。

温初柠慢慢睁开眼。

陈一澜没松开她，他唇边的笑意更深，温初柠今天涂了一层玫瑰色的口红，被他亲得有些乱了，他的唇旁沾着一点淡淡的绯色。

陈一澜仍然弯着腰，温初柠伸出手帮他擦了一下，陈一澜就这么直勾勾地看着她。

"这惊喜挺好的，"陈一澜笑着看她，"还要再亲一下吗？"

"不要。"

温初柠还攥着他的衣摆，陈一澜微微侧了下脸："这儿呢？"

温初柠踮脚凑过去，结果陈一澜突然转回头，怕她跑了似的，两只手捧住她的脸，温初柠盯着他，眼神威胁。

陈一澜就这么看着她的脸，低声说："我也想你了。"

温初柠觉得自己一点都禁不住这句话，低沉又微哑，藏着万千种情意，捻动着心底的思念，一次次泛起涟漪。

温初柠闭上眼睛，陈一澜吻住她的唇，刚才还很温柔，这会儿有点凶，温初柠胸腔里的空气都要被抽空。

太绵长了。

温初柠再睁开眼，陈一澜的视线往下落了落，温初柠今天穿了一条吊带裙，外面套了件薄衬衫，衬衫往下滑了滑，隐约还能看到左胸口的一点铃兰花的文身。

"你快回去早点睡，"温初柠提醒他，气息有点不稳，"还有一周就比赛了。"

"我这次只有三个项目，很快就比完了。"

"知道了，等你。"

温初柠微微扬起头看着他，好久没见，有些挪不开视线。

陈一澜又吻了她一回才走回去——他真以为温初柠是在这里出差，只是提前到了比赛的地方。

温初柠松了口气。

赛前耿教练一直监督运动员们作息，要求晚上九点多准时睡觉，陈一澜没法跟她约会，就这么牵着她的手，反复把这条街走了好多遍。

像极了多年前在云南的那次，那次是温初柠拉着他一遍遍地走那条老街。

"你快回去睡觉。"

"知道了。"

"我比完赛还要过几天才能忙完回去，在家等我。"

"知道了，你好唠叨。"

"还嫌弃我。"陈一澜停住脚步，转身看着她，不太高兴地捏了捏她的脸，"等着，再拿枚金牌就准备退役回家养老婆了。"

"陈一澜！有点儿事业心！"温初柠瞪他，"我才不要你养。"

"行，退役回家，"陈一澜看着她，嘴角噙着笑，"等老婆养。"

温初柠把自己的手抽出来，有点嗔怒地看着他。

陈一澜不跟她开玩笑了，低头吻她，温初柠先捂住嘴，陈一澜闷笑，温初柠从包里拿出一张纸巾，给他擦了擦嘴角的口红印。

陈一澜捉住她的手腕，温初柠眼神威胁他别乱来，陈一澜只看着她就笑了。温初柠莫名被他笑得脸红心跳，惦念着他的比赛，硬是把那点想法压下去，强迫自己深呼吸。

"好了，真得回去睡觉了，快回去，我看着你回去。"陈一澜松开她，拍了拍她的腰。

温初柠小跑回去，到了酒店门口回头看，陈一澜还站在原地，对着她笑了笑。

莫名想起来舒可蓓说的那句——陈一澜看见你笑得那么开心。

温初柠回头弯弯唇，伸手摸了摸嘴角，好像还残留着一点他的味道。

温初柠跟着赛事方的工作安排，分配出来的时候，温初柠松了口气——她分在了游泳场馆和跳水场馆，负责引导选手去往比赛场地和休息区域。

陈一澜可不知实情，只是抽空在两人睡前打会儿电话。

直到比赛那天，陈一澜和张文博还有安东在热身池里热身的时候，冷不丁看到一道熟悉的身影，穿着统一的志愿者的衣服——浅蓝白色的T恤和运动长裤，只是马尾扎了起来，露着一截藕白的脖颈。

张文博先反应过来，碰碰旁边的陈一澜："那是不是嫂子？"

陈一澜视线顺着看过去，只看到一道身影走过去。

"是。"

"嫂子来当志愿者了啊？"

陈一澜的目光看着温初柠，嘴角扬了扬，还挺惊喜。

怪不得这阵子神神秘秘。

陈一澜笑意更深。

热身池里的三人在放松，耿爱国和姜平站在一边，有点情绪在沉默里蔓延着。

没什么意外，这是陈一澜和安东最后一次参加比赛了。而耿爱国也是，陈一澜和安东退役后，他也要退休了。

游泳队里每年都会有新人，总有一些人考核不达标而离开，总是人来人往。

耿爱国在游泳队里已经执教了几十年，人生的大半辈子都在泳池里。

他也是眼看着陈一澜从六岁到现在二十七岁。

二十一年了。

耿爱国希望陈一澜的职业生涯能有一个完美的句点。

这次比赛前，陈一澜接到陈建平和汪茹的电话，也挺意外——这是陈建平和汪茹第一次，应该也是最后一次来看他比赛。

陈一澜接到电话的时候，足足有几秒才反应过来。

"你不用操心，我和你妈妈在第三层看台，能看得清的，你好好游！爸爸相信你。"

"好好游你的，加油！"汪茹的声音也在电话那端传来。

陈一澜拿着手机低声笑了，以前特别盼着能在赛场的观众台上看到他们的身影，后来习惯了也就淡然了，现在二十七岁，他的心境也变了。

这是他最后一次比赛了。

要有一个完美的收官。

赛程安排是第一天下午预赛，晚上半决赛，第二天晚上决赛。

陈一澜的主项是400米个人混合泳，队里还给他报了200米蝶泳和200米自由泳。

　　陈一澜的比赛进程繁忙,和温初柠两人谁都没打扰谁,预赛和半决赛,陈一澜都稳着第一名。

　　最后决赛那天,陈一澜给她发微信:【来不来?】

　　温初柠秒回:【来。】

　　陈一澜轻笑一声,收了手机去准备。他从休息室出来的时候,一开门,冷不丁看到了站在门口的人,也不知道哪儿冒出来的。

　　温初柠对他笑了笑:"加油。"

　　陈一澜伸手捏了捏她的脸。

　　很短的一段路,陈一澜要去备赛预备。

　　温初柠在泳池外边跟其他志愿者候场,志愿者都戴着口罩,不少媒体抬着摄像机,拿着麦克风准备着现场直播。

　　"姐姐——"最靠近的观众台有个小姑娘对着志愿者招手。

　　温初柠走过去。

　　那是个年龄不太大的小姑娘,一脸期待地问:"姐姐,等会儿比赛结束了,有媒体采访环节,你可以帮我要个签名吗?"

　　"要谁的呀?"

　　"陈一澜的!"

　　温初柠刚还想说,要别人的签名可能还要不来,要是陈一澜的还有戏。

　　"好,我试试。"

　　温初柠走过去,接过了小姑娘递过来的本子和笔。

　　比赛在晚上七点半开始。

　　运动员登场,温初柠站在不远处,视线往那边看着。

　　陈一澜是3号。

　　他穿着一件深色的长款大衣,里面是白色的运动装,一双黑色的半靴保温,整个人高大又出挑,一张脸的轮廓立体,线条分明,下颚性感,他走到赛道后的椅子上坐下,脱了大衣放进盒子里,慢慢脱下长裤和外套,里面是一条深蓝色的泳裤,腿长且肌肉的线条恰到好处。

　　温初柠远远地看着他,觉得心跳在加速。

　　赛场上的陈一澜是沉稳而专注的。

比赛很快，第一声电笛响起，运动员各就位，在起跳台上做好准备动作，第二声电笛声响起，运动员入水。

温初柠的视线一直追随着陈一澜，她后面站了一个体育新闻的记者在做现场播报。

她看到陈一澜像一尾灵活的鱼，翻涌水波，始终保持在第一位。

后面的观众在尖叫，喊着他的名字。

越是在人声鼎沸时，她的心跳就越发清晰起来。

第一个泳姿蝶泳结束，陈一澜漂亮灵活地转身，进入仰泳，按照蝶仰蛙自的顺序，他始终保持着第一的位置，直到最后一个泳姿自由泳的时候，陈一澜比第二名领先了一个身位。

陈一澜第一个触壁。

他从水里出来，摘下了泳帽和泳镜，背靠着池壁，转头视线寻了一圈，温初柠也不知道自己站的位置他能不能看到，下意识地对他挥了挥手。

陈一澜还喘息着，准确无误地捕捉到她的身影。

前面的大屏幕上出了成绩。

陈一澜第一名，4'07''86。

第二名 4'08''13。

最后一名第八名也才 4'13''01。

体育竞技，成绩说话，哪怕只有半秒都是落后。

陈一澜攀着泡沫分隔带，旁边的记者在给特写镜头，陈一澜弯唇笑了。

温初柠的心跳剧烈。

从多年前临江市的那场游泳比赛，到奥运会、全运会、亚运会……

温初柠莫名眼眶发酸。

比赛结束，运动员上岸，有几个运动员来跟陈一澜握手，在退场道那边也有不少采访的记者，这里有几分钟的快速采访和签名。

温初柠慢慢走过去，陈一澜被几个记者围住要签名，还有几人在采访。

温初柠站在后面，陈一澜身上还有着水珠，黑发湿透，泳镜和泳帽被他拎在左手。

他只穿着一条泳裤，泳裤的裤腰微微下滑，她清晰地看到了陈一澜的人鱼线没入泳裤，那行法文的文身异常清晰，随着他的呼吸，腹肌微微起伏着，性感至极。

温初柠站在后面，清晰地看到陈一澜优越的背影，宽肩恰到好处，腰窄，皮肤极其光滑白皙，还泛着淡淡的水光，她以前从来没这样近距离看过他只穿着泳裤的背影，甚至还看到了他有性感的腰窝。

这扑面而来的清爽和性感，简直让人心跳直线加速。

陈一澜像是有预感似的，右手拿着笔签名，下意识地回头看，瞧见后面的温初柠，他弯唇笑起来，对她伸出一只手。

温初柠羞窘得不行，戴着口罩，别人还以为她是粉丝，陈一澜知道她肯定是帮别人要的，强忍着笑帮她签了个名。

男人的右手线条瘦削，血管都透着性感，他签完名，突然站在她旁边，前面的记者过分有眼色，赶紧给两人合了个影。

温初柠脑子都在发烫。

一会儿工作人员过来，带运动员回休息区。陈一澜回头，对温初柠笑了笑，周围几个人被迷得七荤八素。温初柠怕被人察觉到异样，赶紧脚底抹油溜了。只是来找他要个签名，好像做什么见不得人的事情一样刺激……

温初柠回去把签名递给那个小姑娘，赛事结束，小姑娘连连道谢。

她旁边的同伴试探着叫了一句——

"嫂子？"

"好像真的是嫂子呢！"

"嫂子给你要的签名啊啊啊！"

温初柠脸颊涨红，多亏是戴着口罩啊！

她麻溜小跑着溜了。

后面几排的女生都在尖叫。

完蛋。

亚运会结束后，陈一澜队里还要开会和接一些采访。温初柠让他安心忙，自己回家等他。

陈一澜给她发了机票航班号，温初柠在家中的厨房里忙活着，她厨艺不精，只做了点沙拉，其他就准备指望陈一澜了。

陈一澜回来的时候，温初柠小跑出去开门，陈一澜手里拎着行李箱，刚从飞机上下来没一会儿。

九月的天，陈一澜穿得清清爽爽干干净净，运动裤，白T恤，外面一件薄休闲衬衫，身材好，更衬着优越的身材，男模似的。

陈一澜反手带上门,温初柠刚抬起头来看着他,陈一澜就松了手里的行李箱,往前走了一步,直接把温初柠抵在了橱柜上。

温初柠仰着头,承受着突如其来的吻。

陈一澜的手滑到她腰上,轻而易举将她托起来,温初柠两只手捧着他的脸,陈一澜笑着看她,喉结微微滚动:"金牌拿到了,回家了。"

"好。"温初柠的脸颊发热,手环在他的脖颈上,陈一澜抱着她坐在沙发上,温初柠坐在他腿上。

是锻炼过的身材,硬实有骨感,恰到好处的结实。

天气有点凉,温初柠里面穿了一条缎面的吊带裙,外面一件棉质的睡衣衬衫,衬衫微微滑了下来,露出圆润的肩头和清瘦的锁骨,左胸口的文身在瓷白的肌肤的映衬下更加清晰。陈一澜的视线扫过那里,唇蹭过了她的脖颈,手触碰到她的文身。

陈一澜的视线看着她,目光浓郁似墨,呼吸起伏之间藏着暗欲与勾人,危险得令人毫无意识地沉迷。

他的手指无意识地触碰过睡衣的纽扣,分明什么都没有做,温初柠感觉到睡裙的肩带微微滑了滑。

他的目光又这样缠绵绵地落在她的脸上。

温初柠觉得世界像是被封闭起来,变成了一个只有他们的角落,她的一切都被放大——看到陈一澜微动的唇,看到他微微滚动的喉结,看到他长睫微垂,看到他因为接吻而有些红润的唇瓣。

陈一澜T恤下的肌肤温热,肌肉线条紧实。

他T恤的衣摆微微掀起一点,腰间的那行文身像潘多拉魔盒里飞涌出的无限诱惑。

温初柠的思绪不太受控地飘远了,好像直到这一刻她才意识到……这才真正是他们漫长未来的、真正的初始。

温初柠呼出的空气都在升温,脸颊染上一层浅浅的绯红,一双眸子像是浸过水一样清透。

陈一澜的吻蹭过她的脖颈,最后吻在那行文身上。

"温初柠。"

"嗯?"

"咱俩的婚后生活开始了。"

第十二章
一生挚爱

亚运会后不久,陈一澜提交了退役报告。当时队里的领导还希望陈一澜能再坚持两年,但是他退役不只是因为想平衡家庭和事业,更是因为他心里明白,随着年龄的增长,身体的机能是呈下坡的趋势,刷新4'05"的成绩概率很低,于公于私,陈一澜都觉得已经到了退役的年龄。

陈一澜在队里忙活了几天,温初柠休完假还要回去继续上班,看陈一澜这几天有点忙,也没过多打扰。

回家能见着陈一澜,温初柠已经异常满足了,尤其是陈一澜最近掐着她下班回家的时间做晚饭。

这么多年两人很少能一起在家里吃饭,这样的时刻来之不易。

温初柠回家看见厨房里的人影,把包包往沙发上一放,小跑着进厨房。

"我回来啦!"温初柠扑过去从后面抱住他的腰,伸头看他做了什么,"你今天在家陪我吃?"

"对,跟你一起。"

得到肯定的答案,温初柠止不住笑起来:"等会儿跟你说个事。"

"好。"

温初柠拉着陈一澜一起吃完饭,然后举着手机给他看——

孙嘉曜要求婚了,但是舒可蓓不喜欢一切惊喜,又是个完美主义者,非要两人一起计划着求婚的场景和布置。

舒可蓓说:"孙嘉曜这直球的思维,万一给布置成了社死现场怎么办?"

温初柠听笑了,说:"社死不也是惊喜?"

舒可蓓不许,给温初柠发过来七八个场景方案。

温初柠看了这七八个，仔细地给舒可蓓回哪个好看，好看在哪里。

陈一澜看温初柠这热情样，问她："你也喜欢这种？"

"我喜欢陈一澜求的婚。"温初柠对这些从来都没有太多的要求。

有他就够了。

闻言，陈一澜揉揉温初柠的头发，温初柠给舒可蓓发语音。

语音才发出去，陈一澜揽在她背后的手向上滑，抚过她的后颈。温初柠盘腿坐在沙发上，她怕痒，缩了一下脖颈，陈一澜捏着她后颈，温初柠对上他眼神，仰头等他亲。

陈一澜笑，俯身亲了她一下。

舒可蓓这次有点着急，一定要今天选出方案，求婚的日子就在半个月后。

温初柠提前跟陈一澜说了，陈一澜把她抱过来，问她喜欢什么样的求婚。

温初柠对那场求婚没有什么遗憾了，她侧身坐在陈一澜的腿上，胳膊搭在他的肩膀上，说："喜欢你。"

"还喜欢什么？"

"没了。"温初柠说，"虽然以前想过很多样子，但是看到你的时候，我就想说我愿意了，你在哪儿求都好，是你就好。"

"还挺会说。"陈一澜扬唇笑起来，回想起来，那次求婚可真是有点仓促。

陈一澜知道，温初柠在这段感情里是个报喜不报忧的，这么多年过去，在异地的时候，她很少会把崩溃和难过的那一面表现在他的面前，她总是很懂事。但越是这样，陈一澜就越是对她说，她不懂事他也会喜欢。

温初柠很勇敢，坚定地等他这么多年，陈一澜便越是想在往后的生活里处处照顾到她。

舒可蓓跟温初柠说的求婚那天是在中午，十月黄金周，天气明媚。舒可蓓特意给温初柠说打扮漂亮点，温初柠答应下来，正好那天家里送来一个礼盒，温初柠以为是舒可蓓送来的，根本没怀疑。

打开礼盒，是一条白色的修身吊带裙，长度刚好过膝，是她的尺码，里面还搭了一双白色的平底鞋。

温初柠以为是舒可蓓要搞什么仪式，于是那天特意好好打扮了一下，连头发都精心打理了。

舒可蓓求婚的酒店环境很好,算是小型的聚餐,来的人都是熟识的朋友,那天的孙嘉曜比当时的陈一澜还紧张。温初柠看着台上相拥的两人,回头一看,没看到陈一澜,以为他跟人说话去了。

不一会儿,舒可蓓过来。她今天穿了一条酒红色的鱼尾长裙,正好到膝下,踩了一双尖头的高跟鞋,小腿匀称漂亮。

"温温,你陪我去个洗手间。"

"好。"

温初柠不疑有他,跟舒可蓓手挽着手一起走。

这家酒店很大,有一条漂亮的回廊,光洁的象牙白地砖,高跟鞋踩在上面发出清脆的声音。

"这是去洗手间的路吗?咱俩没有迷路吧?"温初柠越走越觉得不对劲。

舒可蓓笑着松开她的手,说:"你往前走走看。"

温初柠疑惑,一个人往前走,然后看到前面空荡的走廊上摆了很多三脚架支起的画架,上面都是她的照片。

从小时候,到后来的青春年少,还有已经步入二十六岁、二十七岁的温初柠。

也有不知道什么时候被陈一澜拍下来的照片。

前面有个大厅,里面有不少人。

温初柠下意识提着裙摆走进去。

大厅是被精心布置过的,散落的银杏叶和无数的铃兰花做的布景,大厅里的灯光做暗,里面的人都是熟识的面孔。

姜晴和邓思君也都在,她们递给温初柠红色的玫瑰花,一人一枝,足足一大捧。

温初柠还没反应过来,明明是舒可蓓的求婚,怎么变了发展趋向?

"温初柠。"

温初柠听见了陈一澜的声音,她下意识抱着花回头去找他的身影。

陈一澜站在她的身后不远处,地上还有着散落的银杏叶与玫瑰花瓣,有种跨过很多年的浪漫感。

这是温初柠第一次见到陈一澜正儿八经穿正装,他身高优越,穿什么衣服都好看,他手里拿着一个盒子,慢慢朝她走来。

他逆着光,轮廓挺括分明,五官清晰,像是很多年前那个站在运动场外,把奖牌递给她的男孩，眉目比以前更硬挺，成熟与少年的清爽从不相悖。

他站在她面前，慢慢说："九年的异地，亏欠你很多浪漫，往后的日子，我都会慢慢补给你。"

"我们明明都结婚了……"温初柠抬手捂着嘴，怕自己哭出来。

"结婚了也要浪漫，"陈一澜笑着说，他在她面前单膝跪下，把盒子打开，里面是一枚钻戒，在暗光下闪闪发亮，"上次求婚有点仓促，还没跟你完整地说一遍。

"温初柠，你是被我从十七岁就计划在未来里的人，这么多年，你一直在我身边，就是我最大的幸运，以后的日子，你就做温初柠，陈一澜会永远永远爱着你。"

温初柠对着陈一澜伸出手，陈一澜笑着把戒指给她戴到手指上，温初柠抱着玫瑰花弯腰吻他。陈一澜慢慢站起来，手揽着她的腰，他弯着腰回吻着。

"我希望以后的日子，"陈一澜对她慢慢说，"每一天都是跟你在婚后恋爱，我会用以后的日子，把那九年缺失的浪漫都补给你。"

浪漫的并不是他补给她的求婚，而是他把她放在心里最真诚的爱意，那种处处以她为先的爱和笃定。

她以前没有想到过，她暗恋的人，也在这些年里比她更为深刻地爱着她，没有想过糖盒里会有戒指，也没有想过能够每天收到他送的风信子。

没有想过，他会说："送你风信子，是要记得你是被我喜欢了这么多年的人，是我好不容易才娶到的女孩，以后每一天都要好好爱你"。

也没有想过，她的陈一澜会要把这九年里缺失的所有都一一地，甚至加倍地补给她。

他们之间的承诺，他从未失约过。

什么时候觉得自己爱对了人？

温初柠给不出一个确切的答案，她只觉得，遇到陈一澜，就好像是上天送给她最大的礼物，因为那个陪着她一起长大的男孩，直至生命走过近乎三分之一时，仍然还在她的身边，像她爱他一样，这样真挚且热烈地爱着她。

温初柠和陈一澜过了段平和的婚后生活，但也忙碌——陈一澜退役后有个很长的假期，两人装修婚房的计划也提上了行程。

温初柠要什么陈一澜答应什么,看他认真答应的样子,温初柠笑了,趴在他怀里仔仔细细计划着。

温初柠总是想一出是一出,又有选择恐惧症,她坐在陈一澜身边,一会儿说要在书房里摆书架,一会儿说要放秋千。陈一澜当时两只手在拨弄手机,温初柠干脆跪趴在沙发上,从他手里钻过去,扑在他怀里,两只手捏着他的脸:"你听见没?"

"听见了。"

"我说了什么?"

"你说书房摆书架,还有秋千。"

"但是好不搭配啊。"

"你喜欢最重要。"

温初柠的长发披散着,在他怀里仰头看着他。陈一澜干脆收了手机,另一只手扶着她的后颈把她压过来吻住她的唇。

"你怎么这么喜欢亲来亲去?"

"你不也是?"

温初柠看着他有点闲散的视线,像是被他戳中了心思,温初柠笑起来,长发散在两肩。陈一澜的手抚着她的脸颊,温初柠攥住他的手腕拉住他的手,陈一澜顺势扣住她的掌心,单手也能轻而易举把她抱过来。

温初柠坐在他的腿上。

陈一澜倚靠在沙发上,懒懒散散地说:"别乱来啊。"

"我不亲你嘴。"

"那你准备亲哪儿?"

温初柠两只手捧着他的脸,胡乱地亲他的脸颊,亲他鼻尖,亲他下巴,捣乱似的,不小心向下,亲到了他的脖颈,唇边蹭过喉结一侧。

"温初柠……"

"不喜欢吗?"

陈一澜撩起视线,温初柠不施粉黛的小脸干净,唇边饱满红润,笑起来的时候眼角弯弯,有种醉人的温柔和明媚。

陈一澜干脆站起来,温初柠像考拉似的挂在他身上,手搂着他的脖颈,陈一澜倒退几步,抱着她回房间,跌坐在床上。

"我要说不喜欢,你还准备来点什么惊喜?"陈一澜闷笑着看她。

"不喜欢那算了。"

"喜欢，"陈一澜拉住温初柠的手腕，拉到唇边吻了吻她的手背，唇畔蹭过了她手上的戒指，"是你都喜欢。"

温初柠笑了，手从他衣摆钻进去，满足地摸着他的腰。

陈一澜拍拍她的腿，说："我去洗澡。"

温初柠在床上滚了一圈，趴在床上："等你。"

陈一澜轻笑，转身去了浴室。

他的手机放在床头柜上，响了好几回。

温初柠没有看他手机的习惯，但看着一直在弹消息，以为有什么事情，拿过来看了看，发现是陈一澜还在跟设计师沟通。

他手机停留的界面还是备忘录，温初柠下意识看了看，发现里面新建了七八个备忘录，她每天说的想法都被他记下来了。

温初柠只简单地看了看，心里泛热，放下手机跑到浴室里，推开门时，陈一澜正好在反手脱T恤，腰窄，线条劲瘦。

他把衣服随手放在洗手台上，手臂修长，腕骨性感。

"温初柠。"陈一澜没想到温初柠跑进来，一回头，温初柠鞋子都没穿，直直扑到他怀里。

陈一澜还没反应过来，被温初柠带了一下，在淋浴间站好，腰抵在了花洒开关下，花洒一下打开，温热的水淋下来。

温初柠就穿了一条睡裙，瞬间被打湿，丝质的睡裙贴在了身上，勾勒着纤细的曲线。

陈一澜眼神微暗。

温初柠仰头看着他，踮脚亲了他一下："陈一澜你对我真好……我不打扰你洗澡了，你洗你的，拜拜！"

"晚了。"

温初柠严重休息不足，忙着装修，忙着被压榨，好几回上班都是踩着点去的。

直到两个月后，陈一澜来接温初柠下班。

温初柠挺高兴，跟他一块儿吃了晚饭，两人拉着手走过去，路过一个购物广场的时候，陈一澜放慢了脚步。

温初柠挽着他的手:"你要带我逛一会儿?"

"逛逛多好。"

陈一澜跟她十指相扣,两人简单地吃了晚饭出来,也不过才六点多,十二月的天已经黑了下来。天气冷,温初柠有点爱美,每天都仔仔细细打扮一下,今天也是,里面穿了一件长袖的连衣长裙,波浪裙摆温柔,外面套了一件浅杏色的毛呢大衣。

今天燕京有点刮风,她特意系了一条羊绒的薄围巾。

这边的马路宽敞,路上也没什么人。

"前一阵子忙着亚运会,还没给你补上生日。"陈一澜扣着她的手,走到马路边的时候停了停脚步。

"嗯?"温初柠这段日子有他在身边,每天都跟过节似的,把这茬事都给忘了。

"我没忘。"

陈一澜挽着她的手晃了晃。

温初柠抬起头来看,马路对面开过去一辆卡车,后面是玻璃柜子,柜子里有一台车,车子上扎着一个巨大的蝴蝶结。

外面有一行字——

祝温初柠二十七岁生日快乐。

温初柠蒙了,看着他:"你……送我车?"

"以后送你去上班,在车上多睡会儿。"

"我没考驾照啊……"

"我送你,我考了,"陈一澜从口袋里掏出一本证件晃了晃,"以后我送你去上班。"

温初柠笑了:"你怎么这么夸张啊!"

"老婆就一个,夸张怎么了?"陈一澜挽着她的手,对她弯弯腰,温初柠正大光明亲了他一下。

车子被师傅放下来,陈一澜帮她拉开车门。

温初柠看到副驾驶上还放着一束玫瑰花,花上有一张卡片,写着:

二十七岁的小朋友生日快乐。

温初柠时常觉得,在陈一澜回来的这些日子里,她大概已经快要被宠坏了。

又过了一周,给车子挂牌的时候,温初柠完全不懂这些操作,只是那天车牌的快递到家,温初柠拉着陈一澜去车库,当时她还挺自信,以为挂个牌子多简单,结果真蹲在车子面前,温初柠看着地上的一堆工具一脸茫然。

这事儿交给了陈一澜。

温初柠蹲在陈一澜的面前,看着陈一澜拨弄车牌,他的侧脸线条流畅,下颚性感,专注的时候更吸引人。

"陈一澜,你好厉害啊,"温初柠当个没有感情的拍马屁机器,"哇,陈一澜好棒啊!"

陈一澜睨她一眼,被她惹得弯唇笑起来。

陈一澜不太费力,十几分钟就把车牌装好了。

温初柠挽着他的手臂站起来,顺势踮脚凑过去,陈一澜弯腰,手撑在车子的引擎盖上,温初柠笑着看他。小区的地下车库里没有人,凉丝丝的,温初柠下意识地往他身边靠了靠。

"该办婚礼了吧?"陈一澜的鼻尖蹭过她的唇边,低声问了一句。

"简单点好了,"温初柠勾着他的脖颈,"省点钱。"

陈一澜笑着吻她:"什么都给你,人都是你的,要是我破产了,后半辈子就指望你了。"

"好啊好啊,我现在工资又涨了。"温初柠开心得不行。

"那我舍不得,"陈一澜把她抱起来,"你负责开心就好了。"

车库有点冷,她被陈一澜打横抱起来,他的怀里温热坚实,让她格外有安全感。

"陈一澜,"温初柠说,"跟你在一起真好。"

"行。"

"行什么呀?"

"我希望几十年后你也能这样说。"

"一定能。"温初柠说,"这么多年我们都过来啦。"

陈一澜抱着她走进电梯,温初柠伸手按了按键,顺道抬头亲了亲他的下巴。

陈一澜看着她脸上一直止不住的笑意,嘴角也扬起笑容。

关于婚礼，温初柠选在了夏天，她想定一个能在水边进行的婚礼，陈一澜干脆选了巴厘岛。温初柠都没太操心，唯一只在婚礼前拉着陈一澜去选婚纱。

那天温初柠看了特别多的婚纱，看得眼花缭乱，选择恐惧症上来了，那么多漂亮的婚纱穿在人形模特上，浅灰白色的墙壁，打着璀璨的光。

陈一澜就在沙发上看着温初柠试来试去。

店员给他们准备了下午茶，笑着跟温初柠说，陈一澜是她们见过最耐心的一个。

温初柠最终选定了一套婚纱，大裙摆，缀着碎钻和钩织的蕾丝，抹胸，配了曳地的头纱。

温初柠和陈一澜是提前到的巴厘岛，顺道拍了婚纱照，婚礼是小型的，只邀请了两人的亲朋好友。

周梦也从英国回来了。

那天是盛夏，温初柠早早起来被化妆师拉着化妆，蓬蓬的裙摆，梦幻，碎钻泛着光泽，远处的海岸平和，浪花拂过沙滩，温初柠脸上的笑一直没停过。

她的长发都被绾了起来，头纱垂下来，婚纱是抹胸的，脖颈纤瘦修长，肩膀线条漂亮，左胸口的文身隐约露了出来，漂亮的铃兰花和法文缠绕在凝脂般瓷白的肌肤上，温柔，也耀眼。

沙滩上有一个很大的以铃兰花和风信子扎起来的拱门，草坪上铺着一层花瓣，不远处就是海岸，浅蓝色的海水与天边交融着。

温初柠远远地看到了陈一澜，她挥了下手里的手捧花。

陈一澜也看到了她，对着她笑起来。

明明两人看了这么多年，可是陈一澜在看到她的时候，还是无法挪开目光。

温初柠笑得分外开心，唇红齿白，一张鹅蛋小脸尖俏清丽，盈着温柔的笑容。

他们相识已经有足足二十多年，相爱了十年。

一切都是刚刚好。

十年里，他们之间从来都没有一件遗憾的事情。

陈一澜看着站在面前的温初柠，她笑容明媚，漂亮动人，陈一澜掀起她薄薄的头纱，揽着她的腰吻下去。

是他爱了十年的女孩，是他的一生挚爱。

他跟她结婚了。

婚礼结束已经到晚上了，宾客还没散去，海岸边热闹，温初柠换了一条修身的鱼尾长裙，踩了一双高跟鞋，在沙滩上不太好走路，干脆脱了拎在手里。

陈一澜记得她每次穿高跟鞋总是会磨红脚踝，回去还有一段路，陈一澜干脆把她打横抱起来。

温初柠一只手拎着鞋子，今天她喝了一杯红酒，心情好得很："陈一澜，我们去海边走走吧。"

"好。"

陈一澜抱着她去另一侧没什么人的海岸边，他脱了外套垫在沙滩上，温初柠跟他并肩坐在沙滩上。

远处的夜色中有一些模糊的灯光一闪一闪，应当是远处的渔船。

月光皎洁，海水泛着粼光，海浪撞击在礁石上，潮起潮落，远处偶尔传来一些欢笑声。

温初柠侧头看着陈一澜，她发髻上还别着白色的头纱。

陈一澜也转头看着她，温初柠笑起来，简单的淡妆干净温柔，夜风吹拂着，她的呼吸离他有点近，淡淡的香水味与一点酒气混杂着，清甜动人。陈一澜即便是在今天这样的日子都没喝酒，还保持着理智。

但是只这样看着她笑，陈一澜却也觉得理智在微醺。

他微微凑近过来。

温初柠的手撑在身后，下意识闭上眼睛。

陈一澜低笑了一声，一手扣住她的后颈，身子覆过去，吻上她的唇。

温初柠腾出一只手搭在陈一澜的肩膀上，夜风微凉，衬衫下的肌肤却是坚实又滚烫。

"陈一澜，"温初柠抬起视线看着他，因为天冷，他的鼻尖有点泛红，海浪声迭起动荡，撞击着远处的礁石，她说，"我们没做过的事情还有好多。"

"以后一件件陪你做。"陈一澜嘴角微弯，手抚摸过她的脸颊，"回去吗？"

"等会儿回。"

"好。"

温初柠靠在他的肩膀上，白纱被风吹拂晃动，背后岸边的灯光明明灭灭。

有不听话的浪潮抚过沙滩，很轻地蹭过了温初柠的脚，突如其来的微凉，让温初柠下意识动了动。

"我们回去吧,有点冷了。"

"走。"

陈一澜把温初柠抱起来。温初柠突发奇想,拒绝被他抱着,陈一澜不解:"怎么了?"

"你好久没背我了,你背我回去。"

陈一澜在她面前弯腰,温初柠三下五除二爬到他背上,裙子有点修身,她往上拽了一下裙摆。

温初柠趴在他背上,远处的一条小路通向酒店。她偷偷亲了他侧脸一下,微凉的鼻尖蹭过他的肌肤。陈一澜托着她腿弯的手温热,问道:"冷不冷?"

"不冷。"

肩膀上还披着他的外套。

温初柠被他背着,看着远处的人们,轻轻地说:"陈一澜,我觉得像做梦一样。"

"领证都一年半了,"陈一澜想了想说,"老夫老妻。"

温初柠笑着勾住他的脖颈,很久前那一次是送她回家,这一次已经嫁给了他。

酒店房间里是被布置过的,房间的大灯没有开,只有嵌在天花板上的灯带亮着,桌上摆着玻璃杯蜡烛和几朵红色的玫瑰花。温初柠拆下发髻上别着的头纱,赤着脚走在地毯上。

她反手去拉裙子的拉链,够不到最上面,陈一澜走过来帮她拉下来。温初柠一回头,大概是酒意让她有点胆大,又或者是第一次这样近距离地、在这样一个狭小的空间里看到难得穿衬衫的他。

温初柠的拉链才拉了一半,她下意识地坐在了沙发上,坐下前,还扯了一下他的领带。

陈一澜弯腰凑过来,两人的脸离得很近,陈一澜看着她的脸。

温初柠的长发绾了一天,乍一松开,有种慵懒性感的卷意,散在肩后,长睫微微翘着,脸颊因为微凉的空气有点泛红。

她扯住他的领带,又慢慢松开一些,纽扣不经意里挑开了一颗。

陈一澜俯身吻下来,温初柠的手放在了脸颊一边,有点难以承受他缱绻浓厚的目光。

陈一澜脱下衬衫,性感而结实的肌肉线条,脖颈处隐约的血管,喉结微动,锁骨突兀清晰,呼吸蹭过她的鼻息,温热又温柔。

陈一澜反手扣住她的手指,五指从她的指缝中钻进去,跟她十指相扣。

缠绵又温存的吻,有一点酒精的微醺。

陈一澜一手撑在沙发旁,另一只手拂过她脸颊一旁的碎发。

大概是因为对酒精敏感,他的耳郭微微泛红,温初柠扣着他的掌心,下意识地握紧他的手。

他的手指修长性感,掌心干燥温热,温初柠微微松开,又下意识地抚过他的手腕,紧紧地攥住。

"温初柠,"他的手指划过她的脸颊,划过她的下巴,划过她饱满绯红的唇瓣,一寸寸细细地抚摸着,声音里浸着化不开的爱意,"我爱你。"

"我也是。"温初柠看着陈一澜的眼睛,唇边泛起笑意。

陈一澜跟温初柠多度了一阵子蜜月,温初柠的婚假是谢宴霖特批的。

巴厘岛的气候温和,风景秀丽,两人定的酒店有自带的室外泳池,酒店里还有温泉。

温初柠特别喜欢在晚上泡温泉。

陈一澜带她去了一个天然的洞穴池,滚滚瀑布从上面流淌而下,只有不大的圆形露天。

温初柠游泳不精,加上水下崎岖不平,一脚踩空,呛了口水,头发都被打湿了,贴在后颈。

陈一澜从温初柠身后过来,太深的水温初柠不敢下,看到陈一澜就等于抓住了安全感,温初柠干脆扑在他身上赖着不下来。

陈一澜轻笑一声,亲自教温初柠游泳,她却死死赖在他身上不下来。

"前面水太深了,我不敢。"

"我教你。"

"不学。"

温初柠这么说着,为了宣示自己的坚定,干脆搂住陈一澜的脖颈,因为下水的缘故,她穿了一身系带的泳衣,整个人都贴在了他身上。

陈一澜在水里托着她。

"我想上去。"

"你胆子怎么这么小？"

"有你不就行了。"

有陈一澜万事大吉。

陈一澜被她这理所当然的反应逗笑了，由着她攀着他的腰。温初柠怕得不行，但是有他在才终于安心一点。

"亲一下，带你回去了。"

陈一澜看温初柠头发都湿透了，软软的，贴在后颈上，更衬得肌肤雪白。

温初柠恶狠狠瞪他一眼，两只手捧着他的脸，有点凶地亲下去。

"温柔点啊。"陈一澜强忍着笑，"再凶我松手了。"

温初柠下意识往上蹭了蹭，抱得更紧了点。

陈一澜光明正大占了个便宜，抱着她回去的时候，温初柠脚心有点痛，陈一澜帮她看了看，是被池底的石头硌了一下，划破了一小道。

陈一澜干脆带她回酒店了，简单处理了下伤口，缠了一层纱布。

温初柠坐在沙发上，腿搭在他的腿上，翘着手指，活脱脱一小作精样："朕受伤了。"

陈一澜把她抱过来，温初柠以为走向应该是陈一澜配合着关切一下。

结果这人把她抱到腿上直接亲下来，手搁在她的腿上，温热掌心蹭过，干燥粗糙。

温初柠捏着他的脸，说："你这人不老实啊！"

"嗯？"

"你不是应该关心一下？"

温初柠说完就后悔了——

陈一澜抱着她坐在腿上，一只手揽着她的腰，另一只手抚过她的脚背，沿着脚背向上，划过她敏感的脚踝。

他一边抚着，一边还直白且温存地注视着她的眼睛，他启口，声音低沉好听："你哪儿疼？"

温初柠深呼吸，觉得气氛马上又要被拉起来，她拍他的手："我不疼了，你可别眼神撩人了。"

温初柠跟陈一澜心满意足度了足足三个月的蜜月。

两人没有特别做计划，想到哪儿就去哪儿，期间周梦给她发了条信息，问她要不要来一起吃顿饭。

温初柠直觉有事。

"妈，你老实交代。"温初柠趴在床上，陈一澜在她旁边做攻略。

"是订婚。"周梦瞒不住了。

温初柠早有预料了，周梦问日期，周梦发过来了地址和日期。

温初柠麻溜买了机票，然后枕在陈一澜的腰上，说："我们去吧？"

"好，哪儿都跟你去。"陈一澜专心看地图。

温初柠笑了，仰脸看着他。

陈一澜低头亲了她一下，把她抱起来："睡觉。"

"好。"温初柠挨在他身边，好像是因为周梦这通电话，她多少有点感慨。

周梦的订婚在八月。

七月的时候，两人到处跑，终于在两人刚到英国的时候，陈一澜有点感冒了。

温初柠跟他住的民宿，是温初柠从 Airbnb（爱彼迎）上订的当地小别墅，主要是住着舒服。

温初柠让陈一澜多休息，陈一澜觉得夏天的感冒好得快，加上身体的底子还是在的，就坚持先跟温初柠去打卡了一家餐厅。

温初柠坚持让他回家睡，在温初柠付款的时候，陈一澜出去了一趟，温初柠还以为他终于去买感冒药了。

这人有点顽固，生病不太爱吃药——大概也是运动员后遗症了。

两人回去的时候，温初柠烧水让陈一澜吃药，结果这人压根没买感冒药，温初柠干脆出去楼下的超市买了一盒生姜，给他煮了生姜水。

"你退役了还要药检吗？"温初柠把煮好的姜水端过来，吹凉了递到他跟前。

"不查。"

"那你刚才买什么去了？"温初柠坐在他身边，"我还以为你买感冒药去了。"

"手给我。"

"干吗？"

温初柠虽然疑惑，还是把手递过去。

陈一澜变戏法似的从口袋里掏出来一个戒指盒，从里面拿出来一枚戒指，迅速套在了她的手指上，然后乖乖喝了姜汤。

"……你干吗?"温初柠跟他到处玩乐,怕把结婚戒指弄掉,就收到了包里。结果这人又送一个。

"七夕快乐。"

温初柠都忘记了这个日子。

陈一澜喝完姜水,把她抱过来蹭了蹭:"明天就好了,只是着凉而已。"

温初柠心软了,低头看着他,小声说:"你以后别给我买戒指了,你都给我买多少个了……"

"你戴着才好看。"陈一澜拉起她的手亲了亲,"戴什么样的都好看。"

温初柠笑了,掐了他脸一把。

大概是因为总被陈一澜这么时时刻刻惦念着,温初柠觉得自己越来越爱他。

周梦的订婚宴是在一个小型教堂举办的,特别简单,但是很温馨。

周梦只穿了一条酒红色的丝绸修身长裙,她保养得很好,身材在线,跟温初柠站在一起,倒是更像姐姐。

温初柠被拉过来拍了几张照片,那位叔叔也站在周梦身边,绅士谦和。

来参加婚礼的大多都是周梦的同事和朋友。

饭局很随意,在大厅里,那位叔叔发言,周梦坐在下面。

白色的长桌,白色的桌布,桌上摆着很多精心搭配的花束。

"爱一个人,也是一种选择,选择一个你想要跟她分享一生的人,分享你生命里每一个时刻的人、对的人,不管时隔多久,你们都一定会重逢。"

在叔叔说这话的时候。

温初柠偏头看了一眼陈一澜。

陈一澜也恰好在看着她。

温初柠弯唇笑起来,突然回想起来很久前,在高考结束后,她跑去看陈一澜比赛那天。

天空清朗无云,他站在她的面前,身后是大簇大簇盛放的蔷薇花。

陈一澜站在她面前,恣意又干净,嘴角噙着淡笑,跟她说:"温初柠,你说,这十年来,我答应你的事,哪件没做到?"

不管你在哪儿,不管你在做什么,我会一直一直,诚实地、真诚地、完全地爱你。

温初柠是。

陈一澜也是。

番外一
那些岁月漫长的时光

1

两人结婚一年后,生活基本稳定了下来,陈一澜去队里做技术指导,工作也并不算太忙,只是在大赛前会偶尔加个班。

有一天,温初柠早下班,没跟陈一澜说,直接打车去了训练基地,这里出入都需要刷通行证,陈一澜直接给她办了个家属证明放在她包里。当时温初柠问他办这个做什么,陈一澜说方便她来查岗。

温初柠笑了。

这天温初柠到地方的时候,远远看见了耿教练的身影。

在陈一澜和安东退役那年,耿爱国也交了退休报告,回家专心带孙子了。

过不久在燕京有一场游泳比赛,张文博参加,耿爱国还是关注着游泳赛事,买了票,就当带着家人顺道来旅游。

耿爱国的孙子才三四岁,坐在游泳池边好奇地看着在水里游泳的运动员。

陈一澜过来时,耿爱国抱着小朋友,他看到远处的张文博,把孩子往陈一澜怀里一放。陈一澜蒙住,完全不会抱小孩。

耿爱国一瞪眼:"不会抱你不会牵着?"

耿教练虽然退休了,但是威严还是在的。

陈一澜打算照做——结果他太高了,牵着不舒服。

小朋友咿咿呀呀,抱着陈一澜的腿不松手,陈一澜笑了,干脆坐在起跳台上,把小朋友抱起来放到腿上。

陈一澜确实没什么跟小朋友相处的经验,小朋友又活泼,攥着他的手指晃来晃去。

温初柠来的时候就看见了这么一幕——小朋友仰头看着陈一澜,陈一澜一边侧头跟别人说话,一边抱着一个小朋友,让小朋友钩着他的手指。

还挺和谐。

温初柠以前没想过陈一澜带孩子的场景。

陈一澜好像有所察觉似的,正好看过来,看到了站在玻璃窗外面的温初柠。他勾着小朋友的手指,对温初柠笑了起来。

有那么一瞬间,温初柠突然冒出来一个想法。

温初柠没进去打扰他。

她坐在休息区,看着陈一澜蹲在泳池边,对着里面的几个队员比画着入水的姿势。他依然是简单的白T恤和运动短裤,仍有着清爽干净的少年气,侧着脸的时候,下颚线条流畅而分明,鼻梁挺拔。

泳池边缘有个少年正听着他讲分解动作。

温初柠就这么坐在椅子上看着他,有点失神,脑子里面盘算接下来的工作怎么兼顾。

高林国际现在又招了一个口译,是一个才毕业不久的小姑娘,还不太能独当一面。温初柠如果要备孕,肯定是要交接好接下来的工作计划,为后面的产假做准备。

她想得出神,丝毫没注意到陈一澜走过来。

面前突然多出来一瓶冰镇过的荔枝气泡水,还在她眼前晃了晃。

温初柠敛神时,陈一澜帮她打开了气泡水。温初柠拿着包,侧头看着他。

陈一澜只比她大半岁,大概也是因为常年规律训练作息,极少熬夜,他仍然青春活力,皮肤白皙细腻。温初柠忍不住幻想,要是有孩子⋯⋯

"想什么呢?"陈一澜见温初柠不接,伸手在她眼前晃了晃,"回家了。"

"好。"

温初柠站起来,挽着他的胳膊出去,一路上有点沉默。

"换鞋。"

"啊?"温初柠上了车才反应过来,"哦⋯⋯"

她挺喜欢穿高跟鞋,一个是好看,一个是工作原因,奈何鞋子回回磨脚,陈一澜几乎不会干涉她,倒是默默在副驾驶上备好了拖鞋。

"想什么呢?走神半天了。"陈一澜奇奇怪怪地看着温初柠,"工作?"

"算是吧。"温初柠在思考工作计划,还考虑在休假前把新人带起来。

陈一澜看着她,等她继续说。

"算了,我再想想。"温初柠动了动唇,还是半天没说出来。

陈一澜也知道温初柠就这性格——她闷不住话,估计等会儿就自己告诉他了。

结果直到晚上,温初柠还是没跟他说,吃完饭就坐在沙发上抱着手机发消息。

"温初柠。"

睡觉前,陈一澜洗完澡出来,见温初柠头发都没太吹干,就这么继续抱着手机看个不停。

他终于有点忍不住了,把温初柠抱上床。

温初柠手机没拿稳,掉在床上。

她坐在他腰上,两人视线相交。

"我让你不高兴了?"

"没有啊。"

"那你今天怎么了?"

"陈一澜。"

"嗯?"

温初柠抬起视线,房间里太静谧了,陈一澜就这么直直地看着她,一双眸子干干净净,清澈地倒映着她的面庞。

温初柠觉得这话有点不太好意思说出口,陈一澜就这么等着她开口。

他的手随意地放在她的腰上,温初柠的感官都被放大了,脸颊发热:"你觉得,你有做好准备吗?"

她的话没说全,但她知道陈一澜一定能猜到是什么意思。

陈一澜有几秒没说话,温初柠有点紧张,手不自觉攥着他的手掌。

陈一澜像在思考。

"你想什么呢?"这回是温初柠沉不住气问他了。

"想怎么照顾两个小朋友,"陈一澜说,"我肯定偏心。"

温初柠笑起来:"你偏心谁?"

"偏心你。"陈一澜揽着她的腰,把她抱过来,"不过这种问题,答案永远都在你这里,答案不是我有没有做好准备,而是温初柠有没有想好,这个家里,要多一个小朋友被我照顾。"

温初柠笑得更深:"我生的小朋友,我不吃醋。"
"我吃醋。"
"吃醋无效。"

温初柠提前跟邓思君报备了生活计划,于是最近这些日子的空当,温初柠全心带着新来的口译,让她试着应对各种突发事件。

口译不只是按部就班地翻译稿件,还会有很多突发状况,比如临时更换了发言人,又或者是发言人临时脱稿。

"还有,准备工作一定要做好,一定要提前跟对方的助理秘书联系,把发言人的行程表拿到,主持人的串场词也尽可能拿到,对方不给也一定要问,千万不要忽略这些细节。拿到资料翻译完毕后一定要把稿件发到对方的邮箱保存作为证据备份,如果有复杂的地方,在会议前要跟发言人沟通一下,提前告诉他这个地方说慢一点,方便你进行翻译。"温初柠再三叮嘱新人,"还有,要记好,翻译当天别忘了把稿件打印下来,以应对突然断网或者电脑卡顿的情况……你在翻译的时候时间肯定会非常紧张,千万避免临时意外。

"所有的注意事项我都给你打印下来了,你放在文件夹里,跟思君姐出差的时候随时带着,应对方案我也给你整理好了,加油!"

小姑娘是新来的,以前听部门里的领导和合作方总夸温初柠,这次终于知道原因了。

温初柠在工作上很细致,细致到让她很是佩服。

之后公司里有几次出差的机会,温初柠都是跟着一起去的,但是把主要的翻译工作交给了小姑娘,偶尔有些小意外,温初柠在旁边能临时救场。

一切都算是顺利。

二月底,温初柠的生理期没来,她买了验孕棒测了测,果然实现了。
那一瞬间,温初柠除了惊喜,还有一种顺理成章的期待和坦然。
她坐在洗手间里,觉得这好像是他们漫长的人生里的另一个新的阶段。
温初柠特意将这个消息拖延到了三月六号。
这天也是陈一澜的二十九岁生日。
温初柠提前给他准备了个生日礼物,放在沙发上。

陈一澜准时回来，温初柠正好在厨房里洗葡萄，出来看见陈一澜进门，三月的天还倒春寒，温初柠在家穿着宽松的薄毛衣和休闲长裤。

陈一澜背着双肩运动包，穿运动长裤，里面就一件短袖，外面一长袖休闲外套，拉链拉到了最上面，抵着下巴，因为外面有点刮风。

陈一澜看见温初柠出来，把一大扎风信子递给她，然后看到了沙发上的盒子："这什么？"

"你的生日礼物。"

温初柠把花束放在了茶几上，坐在他身边催着他拆。

陈一澜倒是挺听话，乖乖坐在沙发上拆礼物。

温初柠其实不知道送他什么好，前两年凑合过去了，陈一澜虽然现在挂职游泳队里的赛前技术指导，但他有空的时候还会在泳池里游一会儿，除了泳裤和泳镜之外，温初柠已经想不到还能送什么了。

陈一澜总是给她各种送礼物，每一个节日，甚至是温初柠并没有注意的节日都被他记下来，反倒是他对自己的生日挺粗线条粗神经的。

有回温初柠看到陈一澜天天总背着一个双肩包，好多年了，温初柠还记得陈一澜去比赛的时候总是用这一个包和行李箱，说是方便出门，他有点粗线条，并不太注意这些细节。

温初柠受周梦影响，除了爱买漂亮裙子就是漂亮小挎包，这回给陈一澜也订了个，跟她的小挎包是同一系列的。

陈一澜对这些大牌没什么特别的感觉，他当时拿着包，看着温初柠一脸期待的表情，狐疑地问："是不是还有别的？"

"你打开看看？"温初柠继续期待地看着他。

陈一澜打开包，伸手摸了一下，摸到一个东西，拿出来。

陈一澜起初还没有反应过来，直到看到上面两道杠的时候，呆愣了好几秒——这是验孕棒。

"陈一澜，生日快乐，"温初柠坐在他身边，手挽着他的胳膊，"我上个月月底就准备了，专门挑着今天送给你的。"

陈一澜拿着那个验孕棒，足足愣了好几秒，然后突然把温初柠揽进了怀里。

温初柠被他抱住，她伸手轻轻环住他的腰。

"陈一澜，我挺期待的，"温初柠把下巴搭在他的肩膀上，"挺期待，跟你的后半生,我觉得一定会很快乐。"

你是我最爱的爱人,也一定会是一个很爱很爱这个小生命的好爸爸。

2

温初柠的孕期过得挺快乐的,谢宴霖额外给她批了一年半的产假。

最近队里有一场大赛,好在是在燕京集训,陈一澜稍稍忙了一阵子,但下午五点多一定准时回来。

温初柠有一回闲着没事做,开着投影看视频,正好刷到了一段视频。

是一个剪辑,是陈一澜的粉丝做的剪辑,标题叫《那些年,你错过的陈一澜》。

温初柠看到这个标题,点进去。

视频的素材都是体育频道里有陈一澜镜头的比赛,过去了十几年,画质有点模糊。

十七岁的陈一澜身形还没有现在这样挺拓硬朗,仍略有点稚嫩的少年气,面庞清俊耐看,有种十七岁的朝气和青春。

当时正是一场比赛,陈一澜还不是队里最风光的那个,给他的镜头不算多,体育频道的特写放在了他比赛的姿势上,他入水后,像一尾灵活的鱼,破开浪花,迅速地向前游着。

他第一个到达终点,几乎有些筋疲力尽,攀着泡沫分隔带喘息着,镜头恰好定格在他的身上——他的肩膀已经硬实宽阔,身高比例优越,手臂上是恰到好处的肌肉线条。

视频里还有站在领奖台上的少年,穿着白色的运动装,手里拿着赛事方的小猴子玩偶吉祥物,脖颈上挂着奖牌,他站在台上淡笑着,黑发微潮,有点乱乱的,笑容清澈干净。

温初柠完完整整地看完了这个视频剪辑,回了卧室,在柜子里找到了个视频里陈一澜拿着的小猴子玩偶,她弯唇笑起来。

关于十七岁,在温初柠的记忆里,不只是会在大大小小的比赛上夺冠的少年,更是那个突然出现在她面前,背着她走过一条小路的陈一澜,是永远都在跟她赴约的陈一澜,也是不管多忙多远,都会记得她的生日跑回来见她一面的陈一澜。

她藏在十七岁里的CYL,也把她放在了生命里的每一天。

温初柠偶尔有些嘴馋，让陈一澜带她出去吃饭，因为汪茹和周梦都是医生，有专业的指导，陈一澜也没有对温初柠的饮食太严苛。

有时候温初柠也会突发奇想自己去厨房做些吃的，陈一澜就陪着她，在旁边给她打打下手。

然而温初柠实在不是做饭的料，兴冲冲折腾半天，做的饭却没法吃，这也是预料之内的。

陈一澜给她拉来一张椅子，让她坐着。

"你是不是早就知道了？"温初柠一脸不高兴，"是不是早就知道我做饭不行？那你干吗还允许我进厨房，我好浪费时间。"

"一点都没浪费，你开心了就好。"陈一澜给她洗了几个草莓，用小盘装着递给她，"也挺厉害的，起码没把厨房炸了。"

温初柠笑着踢他一脚："那以后做饭就交给你了。"

"好。"

"那我呢，我做什么？"温初柠想了想，她是真的被陈一澜惯坏了，家里的衣服都是他随手洗的，温初柠好像只顶多扫扫地。

"你负责漂亮，"陈一澜正好打着鸡蛋，说，"还要辛苦怀胎十个月。"

"然后呢？"

"等宝宝出生以后，你专心被我爱。"

"还有呢？"

"你专心做温初柠，"陈一澜说，"不管你做什么，我都会一直一直爱你。"

温初柠坐在后面咬着草莓看着他的背影，觉得自己时刻刻都在被他爱着。

有几天温初柠心情有点低落，倒不是因为别的，纯属是她快乐冲浪的时候看到一些不好的新闻，稍稍沉默了一会儿。

第二天，温初柠起床，陈一澜蒙着她的眼睛，说要给她惊喜。

温初柠坐在床上问他："陈一澜，该不会是什么重要的日子吧？"

她总说陈一澜马马虎虎粗神经，但也总是他记得每一个节日。

"不是。"

"那你送我惊喜干吗？"

温初柠被他蒙着眼睛，刚睡醒，声音还有点沙哑。

"谁规定只有节日才能送你礼物？"

陈一澜小心地蒙着温初柠的眼睛让她站起来,温初柠听话地下床,从卧室里走出来。

温初柠慢慢睁开眼睛,看到玻璃茶几上堆着好多包好的礼物盒子,温初柠光着脚跑到沙发边,数了数,大大小小的盒子,足足有七八个。

温初柠一个个拆,陈一澜去厨房给她热牛奶。

越拆,温初柠眼眶越酸。

从她晚上抱着手机给他多看了几眼的包,到她特别想吃的晴王葡萄,再到她随便只说了一句好看的漂亮睡衣……

都是一些小东西,却也足够让她开心。

温初柠拆完了盒子,跑到厨房,陈一澜早有预料,后腰倚靠在橱柜旁,回身对她张开手。

温初柠扑进他怀里,他弯着腰,让她揽着脖颈。

温初柠有点鼻子发酸: "你送我这些干吗?"

"看你昨天不开心,想要你今天醒来开心点,"陈一澜抱着她说,"我好不容易娶到你,得让你每天多笑笑。"

"我昨天哪有不开心……"

"昨天晚上睡前都没跟我说晚安。"

"小心眼,"温初柠搂着他的脖颈,"你今天是不是也起很早?"

"还好。"陈一澜抱着她,伸手捏了捏她的脸,"笑笑。"

温初柠故意扁嘴,仰头看着他: "陈一澜,你好浪漫啊。"

"我不浪漫,我只是很爱你,因为爱你所以才会为你变得浪漫点,"陈一澜说,"想看到每天醒来就开开心心的你。"

温初柠踮起脚: "亲我一下。"

陈一澜笑了,一只手搭在她腰上,另一只手抬起她的下巴亲下来,认认真真地吻着,专注地看着她的眼睛: "我特别特别爱你。"

温初柠直至生产前的状态都不错——归结于陈一澜优秀的作息和来自周梦和汪茹专业的指导。

陈一澜的作息极好,早上六点准时起床,给温初柠做早餐,然后两人一起吃。陈一澜还会带着温初柠出去走走,偶尔周末时一起去野餐野营。温初柠一点都没意识到这几个月过得那么快。

怀孕到第八个月的时候，温初柠走路不太方便，她没长多少肉，坐久了总容易腰疼，有次跟着陈一澜出门吃饭，结果没想到，她那会儿送给他当作生日礼物的包，被他当成了"温初柠专属包包"，他从里面拿出一个很小的软靠背垫在椅子后，方便她的腰坐着时舒服一点。

在热气腾腾的火锅店，温初柠探过身子去看他的包，结果里面全都装着她的乱七八糟的东西——发夹、发带、纸巾、巧克力，甚至还有她最喜欢的葡萄味奶糖。

跟百事屋似的，好像她要什么他都能从包里拿出来。

"你怎么带这么多东西？"趁着还没上菜的时候，温初柠凑过去问他。

陈一澜给她打开了苏打水："东西我拿着，你就能漂漂亮亮背你的小挎包了。"

温初柠手撑着下巴看他，陈一澜把杯子递给她，对她挑挑眉。

温初柠笑起来，等着陈一澜给她涮好蔬菜，他还是跟以前一样，没什么变化，清清爽爽，总让她有种一眼万年的感觉。

怕温初柠因为孕期心情不好，陈一澜给她买了不少裙子，都用礼品袋包着，让她闲着没事在家拆礼物。温初柠那阵子跟拆盲盒似的，每天早上起来拆一个。

温初柠坐在沙发上，看到陈一澜过来，躺在他腿上，手里捧着刚拆出来的戒指戴在手上，仰头看他："我每天都拆一个，还有多少个？"

"拆十个月，一天拆一个。"陈一澜拉着温初柠的手，扣在掌心里。

温初柠晃着自己的手，看着右手上的戒指："陈一澜，你怎么这么喜欢送我戒指？我的梳妆台里都放着好多了，有点浪费。"

"温小姐贵人多忘事啊。"

"啊？"温初柠躺在他腿上，翻身看着他。

"我第一次送你戒指的那天，"陈一澜说，"是跟你说，你每一天都在我心里，我是真的特别爱你。多送你点戒指，也是希望你能知道，我还是特别特别爱你。我又多爱了你一天。"

"陈一澜，你们家纪念日按天过啊？"温初柠被他逗笑了。

"对啊，我跟我老婆的纪念日按天过。"陈一澜拉着她的手，"走了，该睡觉去了。"

3

　　温初柠在十二月初生下一个女儿，正值燕京的冬天，外面下了一层薄薄的雪。

　　得益于陈一澜的优秀作息和饮食习惯，温初柠的产前体检被医生夸赞有加，产程很短，一个多小时就生出来了。

　　温初柠感觉自己只是睡了一觉。

　　她醒来的时候，已经回了病房，是小套间。

　　天黑了，房间里只亮着一盏床头灯，窗外面，薄雪慢悠悠地飘下来。

　　她偏了偏头，看到陈一澜就坐在她旁边等着她，旁边有个婴儿摇篮。

　　陈一澜看到温初柠醒了，先去叫了医生，确认无误后，才拉着她的手，好半天没说话。

　　"辛苦了，"他弯腰，吻了吻她的额头，"睡会儿？"

　　温初柠没什么睡意，躺在病床上侧头看着陈一澜抱女儿。小家伙皱巴巴的，不哭不闹。陈一澜跟护士学了怎么抱着孩子，就这么坐在床边的沙发上。

　　温初柠只是看着他，听他说这孩子有点像她。

　　温初柠笑了："你又没见过我出生的时候什么样。"

　　"我看过照片，"陈一澜说，"你家的相册。你小时候也这样。"

　　温初柠哑然，思维迟钝了一点，她想了想，她刚刚二十九岁。

　　他们相爱了十二载，相识已经二十多年。

　　温初柠还没想好女儿叫什么名字，陈一澜说叫陈思温。

　　温初柠不知道是哪个wen，说他好肉麻，不许用她的姓。

　　——这可是陈一澜好不容易想好的名字。

　　然后这人跟她说，陈思温、陈艾温，非得这俩里面选。

　　温初柠勉勉强强选了第一个，但坚决不同意用自己的姓。陈一澜无奈，亲自搬了字典，选了个"汶"。

　　温初柠被他较真劲逗笑了。

　　陈一澜说："陈思汶多好听，以后看到她，就能想起来我以前多思念你，咱俩可是经历了九年异地恋……"

　　温初柠笑着看他。

　　陈一澜说到后面，目光落在她脸上，突然特认真来了一句——

　　"温初柠，我爱你。"

4

带孩子这件事，陈一澜确实挺偏心的，偏心到陈思汶抱着玩偶在摇篮里哭，陈一澜也得先来看看温初柠。

陈一澜不太会哄小孩，温初柠把陈思汶抱过来，说："你以前不是特别会哄我吗，怎么换成思汶就不会了？"

"那是会哄你，我是不是只哄过你一个？"

"……好像是。"

"那不就完了？"

温初柠也并不知道怎么哄好小孩子，弯腰拿着一个玩偶晃了晃，襁褓里的小朋友果然被吸引了视线，伸着小手要摸，温初柠把玩偶放到陈思汶枕边，陈思汶伸着小手，攥住了温初柠的一根手指。

陈一澜走过来，瞧见小朋友枕边的那个小猴子，越看越眼熟，拿起来一看，后面果然写着某一年的游泳比赛。

陈思汶小朋友的玩偶没了，又号啕大哭起来。

温初柠转头一看，陈一澜拎着那只猴子看得有点出神，她踮脚拿过来放在了陈思汶身边，小朋友这才不哭了。

陈一澜看着那个玩偶，一瞬间，万千种心动涌上心头。

温初柠被陈思汶小朋友拉着手，陈一澜突然从后面揽住了她的腰，一米九三的人，微微躬身，把下巴搭在她的头顶。

"你干吗？"温初柠被陈一澜抱在怀里，圈在他的胸膛和婴儿摇篮之间。

"不干吗。"陈一澜声音有点闷，低头正好看见温初柠的侧脸，还有攥着她手指，慢慢合上眼睛准备睡觉的陈思汶。

那么小的小朋友，手脚娇嫩，很难想象，是他和温初柠的女儿，是他们这段爱情里的新起点。

身为父母的新起点。

陈一澜提前给温初柠定了月子中心，环境清雅幽静，月嫂和护理人员非常专业，温初柠一度觉得自己是在这里度假。

陈思汶小时候比较乖，每天很少哭闹，温初柠很省心，不过初为人母，温初柠也没什么经验，让陈一澜从家里搬来了不少她的英文书，算是给自己打发时间。

偶尔有几次陈思汶饿了，陈一澜靠坐在床头，抱着陈思汶轻晃着，另一只手拿着奶瓶，温初柠就坐在他旁边举着书看。

陈一澜酸溜溜地说："看来以后教育孩子的重任要交给你了。陈思汶，你以后得好好听你妈妈的话，你妈妈可厉害了……"

温初柠把书放下，拉上被子，靠在他的肩膀上："陈思汶，你爸爸也很厉害，你爸爸拿过好多金牌……哦，他最厉害的还是把我娶到手了。"

陈一澜轻笑一声，抱着陈思汶拍了拍。陈思汶咬着奶嘴睡着了，温初柠伸手摸了摸小家伙的小手，陈一澜起身，把陈思汶放回婴儿床上，翻了身回来，把温初柠捞回来。

温初柠惬意地在他怀里蹭了蹭，舒舒服服窝在他身上，手也顺着搭在他腰上，还有点不老实地捏了一下。

陈一澜的手轻拍着她的后背，有一下没一下的。

"你在哄我睡？"温初柠低声问他，仰着头，像猫似的，很轻地亲了一下他的下巴。

"嗯，哄你睡。"陈一澜微微合着眼睛，声音难得有点倦意，声线低沉性感。

"你不哄陈思汶，哄我，你果然很偏心。"温初柠声音藏着笑，她白天睡得多，偶尔补个午觉，陈思汶睡醒了，都有陈一澜看着，温初柠还有点歉疚，自己太偷懒了。

"那当然偏心你，"陈一澜把她抱紧了，语调懒散上扬，"永远都只偏心你。"

温初柠弯唇，看陈一澜犯困，她凑过去，亲了亲他。

5

这一年的新年，从他们两人变成了一家三口。

年夜饭是营养师专门做了送来的，陈思汶挺乖，安安静静躺在婴儿床上睡觉。

温初柠趴在窗口看着薄雪。

"要不要下去看看？"陈一澜问她。

"好啊。"温初柠就等着他这么说了。

陈一澜给她拿了外套，让她穿好再系好了围巾才牵着她的手下去。

月子中心的环境很好，有园林造景，两人出来，没有走远，在一条鹅卵石小径上，温初柠停了停脚步。

旁边有个路灯，投下昏黄的暖光，她仰着头，看着密密麻麻的雪花飘下来。

一转头，陈一澜站在她的身边。

温初柠无端想起很多年前，那个从燕京跑回临江的少年，勇敢又无畏。

陈一澜瞧见她的视线，对她张开手。

温初柠笑着走过去，扑进他怀里。

绒绒的雪花一片片飘落，陈一澜把她抱紧，凛冽的冬风，吹不散的爱历久弥新。

"新年快乐，温初柠。"

"新年快乐，陈一澜。"

温初柠被陈一澜抱着，围巾遮住了半张脸，她的鼻尖有点泛红，用清澈的双眼看着他。她踮起脚，胳膊环在他的脖颈上，陈一澜微微俯身弯腰，吻上她的唇。

"我爱你。"陈一澜弯着腰，看着她的眼睛，呼吸被弥散成淡淡的白雾，他的声音在冬夜里更好听。

"我也是。"温初柠抓住他的手，一同塞进他的口袋里，"走吧，我们回去了，外面好冷。"

番外二
朝花惜时

陈思汶小朋友的童年还挺快乐的,温初柠不太严厉。

舒可蓓和孙嘉曜也有了个儿子,叫孙赫远,正好比陈思汶小半岁。

温初柠当时还开玩笑说订个娃娃亲算了。

俩小朋友还挺有意思,孙赫远真是遗传了孙嘉曜那大大咧咧的性子,陈思汶则是个高冷大姐大。

陈一澜笑着把温初柠揽过来:"这么一比,还是你小时候乖,你小时候只哭,只专门欺负我……陈思汶倒好,见谁都欺负。"

温初柠不以为意,陈思汶虽然才六岁,但是有种天然的洒脱。

陈思汶越长大越是随了温初柠和陈一澜的优点,在陈思汶十五岁那年,小姑娘已经长到了一米六五,出落得高挑漂亮,身材比例佳,小气质美女,皮肤随了陈一澜,白皙细腻,五官随了温初柠,清秀精致。

这年寒假,舒可蓓喊着让温初柠带陈思汶出来滑雪。温初柠还挺奇怪,问为什么突然要一起去滑雪。

舒可蓓给她打电话:"还不是孙赫远在家撒泼打滚,估计是自己约思汶被拒绝了,你们寒假有空没?"

"有,行,我问问思汶。"

温初柠答应得挺爽快,问女儿要不要去滑雪,陈思汶没什么意见。

滑雪的地方有点远,陈一澜订了个度假酒店。

他们到的时候,孙赫远穿着冲锋衣,戴着手套,对着陈思汶疯狂招手。

陈思汶瞥他一眼:"孙赫远,你收敛点,看你那什么眼神,跟狗看见骨头似的。"

"那我是狗你是骨头啊？"孙赫远跟她勾肩搭背，"我闻闻这是红烧骨头还是酸菜骨头……啊！"

陈思汶给了他一巴掌。

温初柠和舒可蓓在后面看着笑，这俩孩子也是一起长大的，吵吵闹闹——当然是孙赫远单方面。

舒可蓓说："孙赫远这绝对随了孙嘉曜。"

温初柠说："陈思汶这肯定是随了陈一澜。"

两人相视一笑。

温初柠不太会滑雪，跟陈一澜换了滑雪装备，穿着厚厚的滑雪服，温初柠完全不敢动。陈一澜扶着温初柠，他有运动的底子，即便是全新的运动也能很快上手。

温初柠运动弱鸡，没一会儿就靠着木栏休息。

远远看着，陈思汶穿好了黑白的滑雪服和厚厚的滑雪鞋，戴着头盔和护目镜，又美又飒，孙赫远踩着滑雪板费劲地跟在陈思汶身后。

滑雪场巨大，周围白皑皑一片，俩孩子吵吵闹闹的，有专业的教练跟着，温初柠也不太担心。

这里有长长的坡道赛道，也有专业的自由滑雪U槽赛道。

隔得有点远，温初柠听不清教练跟他们说了什么，只看到教练给他们示范着动作。

陈思汶真是遗传了陈一澜，很有运动天赋，教练只示范了一次，就看到远处一道身影从高处滑下来，稳稳地掌控着滑雪板，直直地从U形槽冲下来，然后身影腾空翻起，精准地落地，沿着赛道冲下去。

温初柠看得胆战心惊，一开始还没认出来那是谁，看清后不由得失声尖叫："啊啊啊，陈思汶你是想要我狗命啊——"

后面又一道身影冲下来，她的声音都被冷冽的风撕破了。

孙赫远控不住滑雪板，从赛道上冲下来，两条腿哆哆嗦嗦，紧接着完全脱离掌控地冲上了U形槽之后，人腾空跃起，最后四仰八叉地摔在了赛道上。

温初柠目瞪口呆。

陈思汶滑回来，看着躺在地上久久不能动弹的孙赫远："你干吗非得跟着我滑下来啊？"

"我不想跟教练啊！我不行了，我起不来了……"

"你真起不来还是假起不来?"

"真起不来……啊啊啊,我是不是骨折了啊!"

孙赫远趴在地上嗷嗷直叫,温初柠拽着陈一澜过去。陈一澜看这孩子趴在雪地上一动不动,怕摔出问题,打电话把孙嘉曜叫了过来,教练也紧跟着过来,说这个位置医疗队不好过来,有点远。

陈思汶低头看了看孙赫远,再放眼望去,远处还有一道身影正在滑雪,U形槽很长,那人稳稳掌控着滑雪板,在U形槽上Z字形来回滑着,动作流畅利落。

"有担架吗?"陈思汶问教练。

"有。"

"教练,麻烦您把担架拿过来,然后联系医疗队,定个地方,我把孙赫远拖下去。"

教练回办公室拿担架,陈一澜和温初柠在原地看着趴在地上的孙赫远。陈一澜隔着衣服捏了捏他,估计是扭到了,舒可蓓和孙嘉曜两人在旁边笑得不行。

陈思汶滑着滑雪板冲到正在U形槽上滑雪那人的身边,喊道"喂,前面那个。"

前面那人果然慢慢停下,但是戴着护目镜和头盔,看不清脸。

"能帮个忙吗?"陈思汶呼吸有点不稳,"我朋友摔了,你能跟我用担架把他抬下去吗?"

这是孙赫远最丢人的一次。

他像一条咸鱼一样躺在担架上,陈思汶和一个陌生男人抬着担架踩着滑雪板,把他抬到下面的医疗点。

他看着白茫茫的天,视线撩起来,看见陈思汶被风吹起来的长发。

这背影,这利落的动作。

太有安全感了!

孙赫远闭上眼,身体疼痛,但心里小鹿乱撞。

孙赫远在医院里躺了半个月——其实本来只是扭了一下,舒可蓓说这孩子好得很,就是不想出院,非要在医院躺着。

陈思汶还来看了他几次,后来陈思汶不来了,孙赫远没辙,灰溜溜让舒可蓓给他办理了出院。

温初柠敏感地察觉到这两个孩子之间有点儿别扭。

有一天周六，温初柠坐在客厅里看电视剧，陈一澜在旁边陪着她，然后看到向来只穿运动裤运动外套出门的陈思汶穿了一条漂漂亮亮的小裙子。

温初柠碰碰陈一澜："肯定有事瞒着。"

陈一澜就等着陈思汶出来，随口问了一句："去哪儿？"

"跟朋友看演唱会。"陈思汶站在镜子前理了理头发，背对着他俩，回了一句话拿着手机就要出门。

"跟谁呀？"温初柠又补一句，"还要接你吗？"

"学校里的朋友，我自己回来就行。"

"孙赫远？"

"不是啦！"

陈思汶忸怩，就是没说，温初柠没多问："出门注意安全。"

温初柠跟陈一澜对视一秒，最终什么都没说。

陈思汶在滑雪上很有天赋，那次滑雪后被滑雪队的教练看中了，带着陈思汶练自由滑雪，当然也没少了跟家长沟通。

温初柠不太希望陈思汶从事职业运动，但是也尊重陈思汶的意愿。陈思汶对滑雪很有兴趣，就像陈一澜说的，职业运动天赋是门槛，努力和热爱才能走得更远。

晚上，温初柠跟陈一澜出去散步，路过一个场馆，外面很多人排队，原来是有演唱会。

他俩停了脚步，见广场外面有不少年轻人，温初柠扫了一眼，还真就看到了陈思汶，她旁边是一个瘦高的男生，两人保持着几厘米的距离。男生手里拿着两杯果汁，陈思汶压着紧张，但还是被温初柠看出来了。

小姑娘那点心思是真藏不住。

陈一澜没注意，温初柠挽着他的手走，回头的时候，正好看到陈思汶站在那个男生身边，男生把果汁递给陈思汶，陈思汶有点紧张，不小心碰到了对方的手。

温初柠抬头看陈一澜，忽然也想起了自己的十六岁。

十六岁那年的暑假，孙嘉曜给她发过来一大堆照片，是他们外训的零碎照片。温初柠翻了翻，准确地找到了每一张照片里的陈一澜。

好几个男孩子站在一起，陈一澜最瞩目。

又或者说，在她眼里，她总是第一个看到陈一澜。

穿着短裤短袖的十六岁少年身高已经窜到了一米九多，劲瘦结实，线条硬朗，跟几个男孩子站在沙滩边。

孙嘉曜说他们在一个海滨城市外训，大家都晒黑了，就陈一澜一点没变。

温初柠看着照片，把有陈一澜的照片都保存了。

下一秒，孙嘉曜的电话打进来，温初柠以为是孙嘉曜，结果电话那端传来的声音是陈一澜的。

"要不要一起吃饭？"熟悉的声音传入耳畔，本来放松的神经瞬间紧张起来。

她根本不知道自己为什么紧张。

"啊？你们回来了吗？"

"嗯，暑假，一周。"

陈一澜说话总是很简洁，让温初柠有点天然的紧绷。他的话不多，有种淡淡的疏离感，明明两人从小一起长大，但也耐不住陈一澜训练很忙，两人后来见面日子很少。

"晚上见。"还没等温初柠答应，陈一澜擅自给她做了主，"先挂了，体育场见。"

温初柠握着手机，一颗心莫名跳得飞快。

陈一澜的暑假很短，几个发小平时不见面，这会儿都在家属院附近的体育场打球。

温初柠故意磨叽了一会儿才过去，隔着铁杆，远远看到那边的一群少年。

陈一澜运着篮球，一个漂亮的三分球入篮，他掀起T恤的一角擦了擦汗，倒退着回身去拿水，看到铁栅栏外的温初柠。

温初柠有种被他抓了个正着的错觉，两人的视线相交，谁都没说一句话，温初柠却觉得脸颊滚烫。

那天是在孙嘉曜家吃的饭，几个大男孩叽叽喳喳，温初柠则安安静静地坐在餐桌一角。

陈一澜把果汁递过去，到温初柠这儿没了。

"怎么不问我你的呢？"陈一澜坐在她旁边，带过来一阵很淡的青柠香气。

"我、我的呢……"

也不知道从什么时候起，陈一澜越发耀眼，脸庞清爽干净，眉眼之间藏着淡笑,看一眼就让人心跳加速。

"手。"

闻言,温初柠乖乖把手伸出来。

陈一澜变戏法似的从口袋里拿出一盒牛奶放进她手里,还连带着一支没拆封的牛奶糖。

"小柠,你脸怎么这么红?"孙嘉曜端菜上来,踢了踢陈一澜,"你看看空调开了多少度?"

"我没事……"

温初柠话音才落,孙嘉曜拿着空调遥控器过来,直接把温度又调低了些。

结果温初柠坐在空调的风口,被吹得打喷嚏。

陈一澜起身出去了。

温初柠咬着吸管喝牛奶,听着孙嘉曜说外训的事情。

不久,陈一澜回来,拿了遥控器把温度调回来,又拿了一件外套递给她,说:"穿上。"

"这是谁的?"

是一件薄衬衫。

"我的。"

陈一澜回了一句,又被孙嘉曜把话题带过去。

一会儿孙嘉曜妈妈端上来一盘虾,陈一澜知道温初柠喜欢,转过来的时候直接把盘子都端到了她面前。

正在喝牛奶的温初柠看到面前冷不丁多出来一盘虾,愣住了。

孙嘉曜在他们两个人之间来回打量,酸了吧唧地说:"陈一澜,你是不是有点偏心啊?"

"吃饭都堵不住你的嘴。"

"陈一澜,你怎么这么偏心人家小柠?"

"吃你的饭。"

孙嘉曜酸死了。

温初柠把头埋得更低,桌上几个人在聊外训和游泳,她插不上话。陈一澜话不多,温初柠再三思量,剥了一只虾放进了他面前的碟子里。

"哦哟?小柠?你怎么回事,怎么不给我剥一只?我看见了!"孙嘉曜看向了温初柠。

"想吃自己剥。"陈一澜从盘子里给孙嘉曜夹过去几只虾，笑着从桌下踢了他一脚。

孙嘉曜跟旁边的发小说："看见没，我就是这么被排挤的，小柠跟陈一澜叫青梅竹马，跟我叫一块长大的……啧！"

饭后孙嘉曜约着跟别人去打游戏，陈一澜得回家，温初柠跟他一起走回去。

走到一半的时候，温初柠有点想上厕所，见旁边有个公厕，温初柠小跑过去，到了门口又有点犹豫。

"里面停电了？"陈一澜扫了一眼，见里面黑漆漆的，小姑娘怕黑也是情理之中。

"好像是……"

"我在外面等你，"陈一澜抱着篮球，有一下没一下地拍着，"不走。"

大概是这句不走给了温初柠一点勇气，她这才进去。陈一澜像是故意的，在外面一直拍着球，缓解了她的恐慌。

回去的路上，温初柠悄悄用余光看着陈一澜，陈一澜好似有所察觉，也转头看向她。

视线相触，温初柠匆忙转头。

"你今天有点奇怪，"陈一澜拍着球说，"也不跟我说话。"

"没有。"

"青春期了？"

"……不是。"

"那你怎么不看我？"

"……我看你干吗？"

"行，我看你。"

陈一澜说着，走到了她面前，然后回身，一边看着她一边倒退着走，篮球被他拍来拍去。

温初柠的脸颊更烫——她还说不清这种感觉叫什么，是本能地闪避着他的目光，却又盼着这条回家的路再久一点。

十六岁那年过年的时候，陈一澜回来了一趟，但是不家过年，说是第二年要出国外训一阵子。

也不知道什么时候能再见到。

温初柠在家盘算了好几天，鼓足勇气，约他去看新年烟花展，在临江市的一所城堡乐园。

大冬天，陈一澜等在她家楼下。

温初柠拽着他打车过去，人挤人。

这是临江市新建的一个游乐园，有城堡，完美复刻了童话里的场景，这里做了烟花的节目，售卖晚间票。

温初柠跟陈一澜检票进去，在远处等着。

天空一片漆黑，在晚上八点整，第一簇烟花点亮了夜空。

"陈一澜，你看那边——"

温初柠仰头看着天上，各式各样的烟花炸开，远处落下满天星，紧接着，密密麻麻的烟花接连不停，繁花璀璨。

陈一澜顺着看过去，火光连成片，火树银花不夜天。

温初柠的眼睛被烟花点亮，她转头看着陈一澜，少年瘦削的下颚线条清晰。有人挤过来，陈一澜下意识攥住了温初柠的手腕，把她往那边拉了拉。

"手怎么这么冷？"陈一澜低头看了看，"没戴手套？"

"忘了……"

她的声音被淹没在烟花声中。

陈一澜没说话，把她的手放进了他的口袋里，跟她站在一起看烟花。

他攥着她的手，他的掌心滚烫，烟花像是在她的心口炸开。

温初柠闭了闭眼睛，还有三天才过年。

烟花转瞬即逝，可陈一澜永远都会是她最特殊的陈一澜。

后来高考结束，温初柠跑去淮川看陈一澜比赛，陈一澜回了一趟选手区，拿了自己的背包和奖牌，还有赛事方发的玩偶。

陈一澜动作稍停了几秒，盯着那只玩偶狗看了一会儿。

最后把它给温初柠的时候，他说："这个不能洗，你单独收起来。"

"为什么不能洗？"

"赛事方说为了环保，用的材质特殊。"

"好。"

那只小狗，被温初柠放在了柜子的最深处，小心地收藏着，没敢洗。

温初柠是什么时候发现这只玩偶狗的特殊呢？

是在很多年后，刚跟陈一澜搬进婚房的时候。

陈一澜的东西不多，但是有一个盒子吸引了她的注意。

温初柠打开看，里面是厚厚的一沓机票和高铁票。

温初柠静静地坐在床边，翻看着这些机票和高铁票，突然看到了四张放在一起的机票——

洛杉矶到伦敦，伦敦到洛杉矶，几乎都是当天来回。

日期是她读研那一年的生日和新年。

温初柠拎着那四张机票，跑出去找陈一澜。

陈一澜在收拾她那些玩偶，看到她急急忙忙跑出来，早有预料似的，回过身来，对她张开手臂。

温初柠站在他面前，拿着那张机票："你……来找我了？"

陈一澜看到了她手里的机票，有种被她抓包的错觉，然后把她抱过来，过了几秒才承认了。

"你怎么没跟我说过？"

"那年你有点忙。"

"你怎么知道？"

"我在你学校外面看过你，可惜那次我只有两天的假期，飞机来回就要二十多个小时，"陈一澜说，"不想耽误你上学。"

"不过有给你准备礼物。"

温初柠一下回想到了那天，自己从学校图书馆出来就已经晚上九点多了，回宿舍的时候，前台告诉她有她的快递。温初柠在英国很少网购，快递拿回来，拆都没拆就收了起来，后来搬家的时候请了搬家公司，都给她打包寄到了国内。

温初柠回想起自己的行李还在临江市没拆。

"你送了什么？"温初柠抱着他的腰问他。

"不告诉你。"

"快说！"

"不说。"

温初柠挠他腰他也不说。

温初柠愤愤跑回了卧室，陈一澜把她那一筐玩偶拿出来，温初柠捡起了那只小狗，结果明显感觉到小狗里面有点东西，是沙沙的纸张摩擦声。

温初柠把小狗捡起来，看到后面有个拉链，她鬼使神差地拉开拉链，看到里面塞着两张纸——准确来说，是十六岁时烟花展的门票。

折了很多次，有点旧了。

她慢慢打开那两张门票，发现后面写了一句话——

你是我一生只会遇见一次的温初柠，十七岁的陈一澜也喜欢你。

后面还有一句话被涂抹了，但还可以隐约地看到印记：

希望能跟你在一起。

这行字被划掉，反复涂改了几次。

改成了一句——

希望二十七岁的陈一澜能够跟你在一起。

再后来，温初柠找了个借口回了趟临江，非得找到那个快递，所幸的是周隽阳把她从英国寄回来的行李都保存得很好，足足五个大箱子。温初柠翻箱倒柜，终于找到了那个有点旧、已经被压变了形的快递。

温初柠坐在地板上，慢慢拆开了那份快递。

是一个戒指盒，里面有一个心形的粉钻戒指。

温初柠坐在地上，把戒指拿出来，戴在自己的手指上，正合她的尺寸。

晚上温初柠回家，关了灯后，陈一澜看到了这枚戒指。

"你为什么总是送我戒指？"温初柠埋在他怀里，声音有点闷。

这问题不问还好，问了之后，温初柠差点被折腾了一整夜。

"你自己想想。"

"我哪知道……"

静默了几秒，陈一澜冷不丁问道："那会儿谢宴霖是不是老在你跟前晃？"

温初柠愣住了,她读研那年,谢宴霖经常到伦敦出差,她不太常见他,只是出于礼貌客气偶尔跟他说几句话。

这么一想,这人原来是在吃醋。

但是这有什么好吃醋的?

"那跟你送戒指有什么关系?"温初柠小声问。

"还不是为了告诉你,我早晚要娶你,"陈一澜把她揽过来,在她唇上又亲一口,"娶到了。"

温初柠笑起来,忽然意识到什么,问道:"这是不是,应该是你送我的第一枚戒指?"

"是。"

"那我还是不知道你为什么老送我戒指。"

"说了你也不懂,宣示主权。"陈一澜眼神扫过来。

"那也不至于隔三岔五就送啊。"

"所以才说,说了你也不懂。"陈一澜翻了个身,把她抱过来,下巴抵在她额头上,"睡觉。"

温初柠窝在他怀里,微微动了动,在黑夜里看着自己手上的戒指。

陈一澜这人有点俗,送她首饰永远只会送戒指,送各种各样的戒指。

送花只送风信子和铃兰花。

但他也很浪漫,隔三岔五给她准备礼物。

温初柠知道这人也送不出什么花样来,但女孩子天生对礼物没有抵抗力。

陈一澜的纪念日是按天过的,温初柠觉得他铺张浪费,好说歹说才改成了按周过。

过什么纪念日,温初柠也不知道。

陈一澜说,娶到了她天天都是纪念日。

温初柠开心纪念日,温初柠迟到纪念日,温初柠早餐多吃了水果纪念日……

"送你戒指意义太多了,"陈一澜突然说,"是仍然会想起来跟你表白的那天,是真的特别特别爱你,是哪怕娶到你了,也仍然会想问你愿不愿意嫁给我。是想要你每天开心,是你戴什么戒指都好看……是我的温初柠,是我喜欢了很多年的温初柠,终于在二十六岁被我娶到的温初柠。"

"虽然那年我被禁赛,可我心里一直有你,只是要让你多等四年,我不敢跟你承诺一定拿金牌,"陈一澜停了停,继续说,"那会儿我想,不管拿什么,都得跟你有个以后。我以前挺不顺的,我想我唯一的好运都在你这里了,这么多年一直在等我。"

他还记得奥运会的时候,他辗转两天没太睡好。

想跟她说的话,打了又删,删了又打,最终一句没发,在比赛的时候拼命往前游,脑子里想的,是十七岁的温初柠许下的愿望。

他又怎么舍得让她期盼了那么多年的愿望落空?

又怎么能辜负了教练和队里的希望?

他不只是陈一澜,还是代表国家比赛的陈一澜,也是温初柠的陈一澜。

温初柠把脸埋在他胸前,莫名有点眼睛发酸。

人生会有很多种可能,但在十七岁的时候,她所有与梦想有关的日子,都是陈一澜,又多庆幸,那个被她藏在时光里的少年,同样一分不少地爱着她。

双向暗恋,就是在一段最美好的时光里,隔空相爱着。

那张烟花展的门票后写着——

你是我一生只会遇见一次的温初柠,十七岁的陈一澜也喜欢你。

希望二十七岁的陈一澜能够跟你在一起。

十七岁的陈一澜梦想是拿奥运冠军,然后告诉温初柠他喜欢她。

二十六岁的陈一澜都实现了。

因为是少年,少年总有着无尽的勇气和力量,是黑夜里永远燃烧的烟火。

是一起看过的烟花。

是一生只会遇见一次的人。

想留在身边的人,要努力地奔赴。

好在,这些年,热爱赢过距离赢过时间。

往后,陈一澜确信,这余生虽然漫长,但这一定是会是很快乐的一生。

**番外三
牙痛**

周隽阳并不是没谈过恋爱，只是以前经历了一回失败的恋爱，有点杯弓蛇影。

结束一段相处了三四年的恋情，不太好走出来，加上工作忙碌，那会儿还照顾着上高中的温初柠，周隽阳确实也没什么太多的心思放在恋爱上。

后来温初柠去淮川上大学，周隽阳身边的好友也陆陆续续开始结婚，这个时代的婚姻爱情来去都太快了，他也是眼看着几个好友恋爱结婚又离婚，一地鸡毛。

于是，周隽阳的恋爱恐惧症又发作了，即便是被家里催婚，周隽阳仍旧不为所动。

后来跟朋友剖析，自己怎么后来就变成了不婚主义了？

周隽阳就这么过到了自己的三十四岁。

那天他恰好牙痛，吃了几天甲硝唑，勉强好了点，但是时隔一周，那颗智齿越来越疼，中医馆的小姑娘建议他去拔了。

周隽阳这个年纪了，却还挺怕疼的，又磨叽了几天，才不情不愿去了牙医门诊。

那天给他看诊的是个女医生，长发绾着，戴着口罩，只露出一双眼睛，眼睛很漂亮，看起来也就二十六七岁的样子。

女牙医穿着白大褂，踩着一双米白色的平底鞋，手抄在口袋里，跟前台说话。等周隽阳挂好号之后，她招招手："这边，先拍个牙片看看。"

拍片很快，屏幕上显示着牙片，四颗阻生智齿，两颗在发炎。

"来，躺下我看看。"女牙医戴好一次性手套，给周隽阳戴好一次性围巾，打开了顶灯照着。

周隽阳当时想到了来之前百度的，阻生智齿要开刀，回答里写得贼恐怖，又是钳子又是什么，百度还说有人因为拔智齿死亡……

还有人说,牙医一定要找中年男医生,因为劲儿大。

周隽阳这么想着,越发担心起来,眼神打量了一下,这女医生看起来很温和,说话的时候声音很柔。

他当时在想,她能拔得动吗?

"今天拔吗?"周隽阳含混不清问了一句。

"不能,现在在发炎,我给你处理一下,你回去吃药,注意清淡饮食,等消炎之后再过来拔。"女医生用镊子夹着一小块药球,"我给你塞了一个消毒的,你回家之后不要舔这里,开了单子之后自己去外面药店拿药,一周应该可以正常。今天是周三……你下周三过来吧,要是疼得厉害可以再过来,我给你处理一下。"

"行。"

周隽阳抬头看了一眼,女医生的胸牌上写着:赵奕柔。

周隽阳不甘心地问:"这智齿,必须得拔了?"

"是的,建议拔除,你这是阻生智齿,看起来已经拖延一阵子了吧?看片子已经顶到前面的牙齿了,拔了以后就不疼了。"

"好。那我下周再来。"

周隽阳起来的时候,莫名想到一句——拔了智齿,影响智商吗?

他为这个无端的问题有些失笑,然后去缴费。

出来的时候,他回头看了一眼,女牙医坐在椅子上,低头看着手机,好像情绪不佳。

周隽阳拿着车钥匙,去最近的药店拿了药——甲硝唑和止痛药,还有两瓶消毒的漱口水。

按时吃药,清淡饮食,第五天就不太痛了。

周隽阳卡着周三来复诊,做好了拔智齿的准备。

这天天气有点阴沉,从下午就雾蒙蒙的了,周隽阳无端感慨,拔智齿跟赴死似的沉重。

到了口腔医院门诊,没见到赵医生。

他问了前台,前台说:"赵医生马上过来,她家里临时有点事。您去候诊区稍等。"

"好。"

周隽阳老老实实坐在候诊区等着，就十来分钟，门诊的门被人推开了，这个时间门诊里没多少人，声音有点突兀。

周隽阳抬头看过去，果然是赵奕柔过来了。初秋的天，她穿着一条修身的牛仔裤，外面一件薄款的风衣，挎着一个单肩包走过去，匆匆打了卡，然后直奔休息间，换了一件白大褂出来。

瞧见坐在候诊区的周隽阳，她招了招手。

周隽阳走过去，老老实实戴好一次性围巾，然后在椅子上躺好。

今天的赵奕柔没什么话，给周隽阳打了局部麻药，等了几分钟麻药生效。

周隽阳这个年纪，碰上拔智齿还是怕得不行，老老实实张着嘴，让医生给处理。

麻药起效，一点都不痛，但是完全不敢想她正在怎么处理他的智齿。

赵奕柔今天可能情绪不佳，很公事公办地指挥他。

"漱一下口。"

"躺好。"

"漱一下口。"

"漱一下口。"

这么反复了好多次，成功拔了两颗智齿，一天只能拔两颗，另外的两颗过一个月再来。

"还要来拆线吗？"周隽阳麻药还没退，没什么感觉。

"不用，给你缝合用的可吸收线，回去吃点清淡的，注意饮食，最好这几天吃点流食。"

"好。"

"回去之后疼得厉害可以吃止疼药，但是要遵后面的说明书吃。"

"好。"

周隽阳打了麻药，脸上发木，回家的时候还好好的，当时还在心里窃喜，拔智齿也没想象里那么恐怖。

几个小时过去，麻药劲过去，他的整个左脸疼得嘴巴都张不开，偏偏他不敢照镜子，只能慢吞吞漱口，去找止疼片，结果发现家里的止疼药就剩下了一颗，还得出去买。

周隽阳开车去药店，外面下了点雨，雨不大，他懒得拿伞，昏昏沉沉去买了酚咖片和甲硝唑，又去隔壁的餐馆打包了份小米粥。

当时脸已经肿起来了,疼得嘴都张不开。

周隽阳等餐的时候,往外一看,对面就是牙科门诊,却看到只有赵奕柔和一个前台在,已经是八点多了,门诊要下班,那个前台换了衣服先走。

周隽阳拿手机照了照,自己的脸看着有点严重,他打包了小米粥之后过了马路去门诊。

赵奕柔坐在候诊区看着手机。

"赵医生。"周隽阳拎着东西进来。

"怎么了?"她打起精神,看着情绪确实不好。

"呃,我现在这样没事吧?会不会是发炎感染?"周隽阳已经觉得自己说话都快说不清楚了。

"我看看,张嘴。"赵奕柔打开了手机的手电看了一眼,"没事,正常,回去吃止痛药吧。"

"好,你在加班?"

周隽阳瞅了一眼,门诊里面的科室已经关灯了,整个大厅里就只有赵奕柔一个人。

"嗯,马上就走了。"

"好。"

周隽阳无言,偏偏这个时候,外面的雨突然大了起来,周隽阳的伞还在车上,只能站在门诊里跟赵奕柔一起等着雨停。

秋天的雨下起来,淅淅沥沥有一个多小时才停下来,结果这一停,也就快十点了。

"要不我送你回去吧,我开车过来的,这个点了,你打车不太方便。"周隽阳是出于礼貌。

赵奕柔看着外面的天,又看了看手机。周隽阳无意的一眼,看到她手机上是打车软件的界面,显示前面排队九十多人。

"麻烦你了。"赵奕柔犹豫片刻,最终还是答应下来。

她包里有伞,两个人一起撑着伞出来。赵奕柔报了个小区名字,周隽阳开车过去,车窗半降,吹进来一些冷空气,似乎也无形里缓解了点脸颊的胀痛。

赵奕柔低头拨弄着手机,情绪不高,手机一直在振动,好像有事。

周隽阳也没多问,把人送回去,特意把车子开到了楼底下,结果出来的时候,门口几辆车堵着，不好走，周隽阳只能绕回来，准备从后门出来，但他对这个小区不熟，绕了一圈才回来。

也就是这么一绕，跟缘分似的，赵奕柔又出现在了楼道口，只是她身边多了两个大行李箱，还背着包，手里撑着伞，看着怪狼狈的。

"赵医生？"周隽阳落下车窗问她，"你这是去哪儿啊？要送你吗？"

"不用了，我打车……"

"十点半了，又下雨的，不好打车，我送你过去吧。"

周隽阳其实不是个太热心的人，但看到人家一个单身女性，这么晚出来，的确不太安全，也就顺路帮一下。

赵奕柔没说话，雨已经变成了毛毛雨，周隽阳下车，帮她把行李拎上来放到后备厢，赵奕柔上了车。

"去哪儿啊你？"周隽阳问了一句。

"你先从后门出去，我打个电话问问。"赵奕柔低声说。

"行。"

周隽阳开车从后门绕出来。

赵奕柔抱着手机打电话，过了好半天那边才接，她压低声音说："佳宜，你现在方便吗？我能去你家住吗？"

"今天？已经十点半了，我男朋友今天来我家了……怎么了？"

"没事，我临时加班，忘带钥匙了。"

"你真是……"

"那我先不和你说了，挂了。"

赵奕柔挂了电话，低头看着手机，在通讯录上滑来滑去。

周隽阳默不作声，一眼瞧出来这人找的借口。

"去附近的酒店吧。"

"好。"周隽阳应下来，车靠边停了，在导航上找附近的酒店。

赵奕柔补了一句："那种……不要太贵的就好。"

"行，"周隽阳含混应一声，又问了一句，"你家不是临江的？"

"不是，但已经过来有段日子了。"

"酒店可不能将就太久，上班还是得找个合适的房子，"周隽阳说完，又补了一句，"我不是坏人。"

这话说起来可真是……

好在赵奕柔没多说什么,周隽阳给她找了一家快捷酒店,停好车之后,赵奕柔说:"你这脸……要不你加我个微信吧,有什么事你在微信上喊我,谢谢你。"

"行。"

周隽阳应了一声,扫码加上她,看她一个女人拎不了俩行李箱,主动下车帮她拿着,办理了入住,顺道给她送到了房间门口才走。

周隽阳牙疼得不行,回家吃了酚咖片和甲硝唑,热了下粥,小心地喝完,躺在床上等着止疼药生效。

这辈子还没遭过这种罪。

周隽阳疼得无比清醒,脸颊火热,神经都在跳着疼。他干脆躺在床上看手机,就在五分钟前,赵奕柔同意了他的好友请求。

他下意识点进去看了一眼。

赵奕柔的头像就是个很可爱的英短,朋友圈也不常发,经常发一只灰色的英短,还有自己下厨做的食物。

但是就在五分钟前,赵奕柔新发了一条朋友圈,像是告别。

周隽阳眯着眼,怪不得,原来是谈恋爱分手了。

他并没有想太多,止痛药稍微起了点作用,勉强睡了一会儿。

结果两天过去了,还是又硬生生被疼醒了,周隽阳多少担心感染,一大早又去了牙科门诊。

赵奕柔今天来得早,看见周隽阳,勉强笑了笑,帮他检查后清了创口。

那天多亏了周隽阳帮忙,在治疗结束的时候,赵奕柔有点过意不去,问他:"要不……我今天晚上请你吃点东西吧?谢谢你那天帮我忙。"

周隽阳倒没什么意见,只可惜现在牙疼,估计只能吃点粥。

"好,那我下班的时候给你发消息。"

这会儿门诊也忙了起来,周隽阳没过多打扰。

他回了中医馆之后,药房的小姑娘还惊呼:"老板,你这脸……"

"肿了。"周隽阳说话都疼。

"那您好好歇着吧。"小姑娘投过来一个可怜的眼神。

周隽阳回了自己的办公室,闲着没事摸鱼,冷不丁看见他朋友又给他发了一条微信:"隽阳,你帮我转发一下朋友圈呀!下回请你吃饭。"

周隽阳去拿了冰袋捂脸,看了一眼,是一条租房的朋友圈,正好就在市中心。朋友是前一阵子结婚了,打算把单身时候住的公寓租出去。

周隽阳冷不丁想起什么,多问了几句。

晚上六点多,周隽阳收到了赵奕柔的微信。

赵奕柔选了个还不错的私房餐馆,周隽阳现在这情况,也只能吃点清淡的,遂点了一份干贝粥。

"你房子,找好了吗?"周隽阳觉得自己的形象非常尴尬——但好歹也是单身这么多年的人了,心态早变了,随性舒服点就好。

"没有,找不到太合适的,还在酒店住着。"

赵奕柔抬头看了他一眼,周隽阳倒是挺淡然。明明跟他只有几面之缘,但说话相处,总有一种莫名舒服的感觉。

很有分寸感。

"我看我朋友有一套公寓要出租,你要不要看看?倒是在市中心,你能走着去上班。"

周隽阳说着,从手机里找到那条朋友圈,打开推过去:"你看看。"

赵奕柔看了几眼,九张图片仔仔细细,从客厅到卧室到厨房,一室一厅一卫有阳台,租下来一个月三千多块钱,还行。

"还能租到吗?"

"能啊,又不是学区房,附近没地铁站,确实不太好租,只适合在附近上班的。"周隽阳费劲地喝粥,说话含含混混的。

"行,那麻烦周先生帮我问问吧,"赵奕柔说,"谢谢你。"

赵奕柔租了那套公寓,周隽阳琢磨着要不要帮帮人家,结果这想法一冒出来,他自己又觉得诡异——两人似乎只是医患关系,遂作罢。

周隽阳拔了左边两颗智齿,在家缓了半个月,又去拔了右边的俩智齿。

四颗阻生智齿真是太要命了。

这么一折腾,两人就因为这倒霉的智齿,纠缠了快俩月。

后来拔了右边智齿,周隽阳又一次感染发炎了。回来的时候是晚上了,赵奕柔正好快下班了,给他处理了伤口,去换了衣服。

也就是这会儿，门诊那里进来一个男人，问前台，赵奕柔在不在。

前台估计挺烦他，就说赵医生下班走了。

恰巧，赵奕柔推开更衣室的门出来。

"奕柔，我错了……你别跟我生气了，前几天只是我工作忙，再也不会有下次了。"

赵奕柔冷静了这么久，已经能平和地跟他说话。

但男人纠缠不休，一个劲道歉说对不起。

"要报警吗？"周隽阳跟前台面面相觑，最后周隽阳问了一句。

"报警吧，这男人太烦了，"前台说，"回回都这样，也不知道赵医生以前看上他什么了，这么爱死缠烂打。"

周隽阳出去报了警，警察出警很快，几分钟就到了，赵奕柔终于松了口气。

警察把男人带走后，赵奕柔看到外面的周隽阳，觉得又一次被人家帮了忙。

"谢谢周先生，要不……我再请你吃顿饭吧。"

周隽阳看这时间，就又去了一趟私房菜馆。

赵奕柔情绪不佳，周隽阳形象惨烈但非常淡然。

"你要是想说，可以说说，"周隽阳这回是右脸疼，"也没别的意思……我想起来我那个外甥女，以前就老憋话。当然，咱俩萍水相逢，你不说也没什么，就是别被情绪憋坏了。"

"也不是什么大事，结束了一段，我以为很美好，其实很差劲的感情而已，"赵奕柔还能平和地说出来，只是到最后有点苦涩，"我觉得我可能要当个不婚主义者了。"

"那挺巧，我已经不婚主义很多年了。"

"真的假的？"

"真的，"周隽阳慢慢说，"对感情也没什么期待，享受下自己的生活也挺好，会觉得感情也并不是人生里唯一重要的事情。本质来说，大概也算是一种自我保护。"

"那你觉得，不婚主义者老了怎么办？"

"还能怎么办，结了婚的，老了该生病不也是生病，"周隽阳说，"不过，年轻健康的时候，多爱生活，好好享受生活，老了嘛……请个护工。要是真病得厉害，捐献遗体也算是为社会做贡献了。"

"周先生，我能问问你的年龄吗？"赵奕柔觉得这人的想法有点奇妙——诡异地跟她契合。

病历本上其实写了年龄，但是赵奕柔也没仔细看，只习惯性地看了看有无药物过敏史。

细细一看，这人很显得年轻，看起来像是二十七八岁，平易近人，有种很温和的亲和感，但又恰到好处地保留着一分距离。

"三十四岁，"周隽阳说，"年龄无所谓。"

赵奕柔挺羡慕他这样的状态，她今年已经二十七岁了，但这是个略有点尴尬的年龄，尤其是在谈了六年的恋爱结束后。

她没有跟家里说，也不知道怎么开口。这段失败的感情磨光了她对感情的所有期待。

"及时止损不挺好的吗？"周隽阳慢悠悠喝着粥，动作小心，还是牵扯着右脸颊泛疼，"有句话怎么说，一段健康的感情和关系，应该是让你积极，让你开心和快乐，而不是让你不快乐，让你开始变得负面。年龄从来都不是问题，我去年的时候，目标还是四十岁前能结束我的不婚主义……不过只要能遇见对的人，五十岁也没关系。"

赵奕柔特羡慕周隽阳的状态。

真正后面两人有联系起来，还是过年的时候。

赵奕柔没回家，过年的时候公寓水管漏水，当时周隽阳的朋友给他打电话，说自己在外地，让周隽阳过去看看。

朋友那边估计是在忙着招待客人，周隽阳听电话也没怎么表达清楚，应了一声就过去了。

只是那会儿周隽阳出去旅游了一趟，回来感冒了，也还没到家，但不想被唠叨，刚退烧，就开车去了公寓。

赵奕柔穿着睡衣来开门，瞧见来的人是周隽阳，还莫名松了口气，毕竟是个女孩子在这里独居。

"怎么回事？"周隽阳有点感冒，说话带着鼻音。

"水管坏了，"赵奕柔说，"一直漏水，我修不好，厨房里和浴室里都是。"

"我去看看。"

周隽阳去了厨房看看，果然水管漏了，他回头看了一眼，赵奕柔手里拿着扳手，他伸手，赵奕柔递过来。

周隽阳倒腾了一会儿，厨房的水管老化了，得找专业的维修人员过来。

他又去浴室看了看，浴室的还好修，他拧了拧，结果这水管年久失修，拧过劲了，管子断裂，喷了他一脸水，大衣都瞬间被打湿了。

赵奕柔家里并没有男人的东西，她手忙脚乱去拿了浴巾，又匆忙开了浴室里的浴霸。

周隽阳抹了一把脸，尴尬地说："得了……我还是给你叫专业的维修工吧。"

怕她一个女人独自在这里，周隽阳留了下来，赵奕柔手机响了，是她家里打来的电话，她回卧室接电话。

周隽阳坐在沙发上，刚退烧，还有点头晕，加之刚才被水管喷了一脸冷水，他一脸困倦，往沙发上靠了靠。

赵奕柔打完电话出来，就看到周隽阳似乎是睡着了，她犹豫了一会儿，折返回房间，给他拿了一条薄毯盖上。

周隽阳睁开眼的时候，起初先困顿了几秒，隐约闻到点食物的香气，他低头看了看，身上搭着一条卡通的毯子，房间里是暖色的灯。

周隽阳起身，瞧见赵奕柔在厨房里做饭，桌上已经放着几道简单的菜。

听见动静，赵奕柔抬头看过来："想问问你要不要留下来吃个饭来着……看你睡着了，没好意思打扰你，正好快过年了，我买了不少菜。"

周隽阳回想起以前过年，起初家里太爱催婚了，后来干脆回得少，过年的时候跟朋友们聚在一起，后来朋友们都已经结婚成家，几个人聚在一起打牌，结果都被家里喊着回去吃饭。

最后还就剩下他自己了。

确实不太在意，但也偶尔有些片刻会觉得孤单。

但孤单，也不是寻求爱情的原因。

周隽阳觉得自己肯定是因为生病的缘故，心理性脆弱。

不过，赵奕柔做饭还挺好吃的，大概是把他当成了朋友，赵奕柔跟他说了不少话。

也是头一回跟他说起，以前是因为男朋友工作的原因特意来了临江市。

分手原因太多了。

父母不支持，前男友就不希望赵奕柔跟家里过多联系，美其名曰是二人生活在一起，不希望她家里过多干涉。

赵奕柔是牙医，工作也不算清闲，但如果没做什么，前男友一定会怀疑她是不是不爱他。

可前男友总是很忙，要赵奕柔体谅。

前男友会偶尔玩失踪，让赵奕柔没有安全感，可他又不是总是失踪，每次都说是因为工作忙没听到电话，反复地让她质疑自己。

他越来越敷衍，口头禅变成了"我错了好吧""就当成我的错"……

他会对她发火，指责都是她的错，又在事后道歉，归结为自己心情不好。

太多了。

周隽阳听完之后，想起来一个词："你这是被 pua 了吧？"

"啊？"赵奕柔还没意识到这个概念。

"阻断你跟外界的联系，反复让你怀疑自己，让你去适应他的规则，否则就是不够爱他，"周隽阳说，"不过也好，不晚。"

赵奕柔觉得自己有点话多了，其实她跟周隽阳并没有那么熟，只是觉得跟他说话很舒服，像是一个很可靠的、认识了很久的朋友。

周隽阳回家吃药睡了一觉，第二天才好了点。回想起昨天在人家家里睡着了，还在人家家里吃了顿饭，有点不好意思。

手机振动了一下，是日程表在提示消息。前几天，周隽阳计划去看一场音乐会，犹豫了几秒，给赵奕柔发了条消息，问她今晚有没有空。

周隽阳买了两张音乐会的票。

赵奕柔应约后，莫名有点紧张，出门前打扮了一番。

"没想到你还懂音乐。"

"我不懂，"周隽阳跟赵奕柔入场，点了两杯热咖啡，"不然在家宅着多闷。"

"哈哈，礼尚往来，我下次请你看话剧。"

"行。"

在音乐会开场前，赵奕柔压低声音跟他说："你看过《恋爱的犀牛》吗？"

"看过。"周隽阳想着台词，"黄昏是我一天中视力最差的时候，一眼望去，满街都是美女，高楼和街道也变换了通常的形状……"

"你就站在楼梯拐角,带着某种清香的味道?"赵奕柔低笑一声,拿起旁边的咖啡喝了一口,"你怎么知道我喜欢喝这家的拿铁?"

"那天在你家,看见了你桌上放着的咖啡豆是这家的,盲买的拿铁。"

赵奕柔心里莫名有种异样的感觉。

那天赵奕柔请周隽阳去一家餐馆吃饭,回去之后,赵奕柔问他:"今天音乐会最后那首压轴钢琴曲叫什么?"

周隽阳分享给她:"The truth that you leave."

两人常常互相分享点东西,话也不太多,彼此都未曾逾越,只当着朋友。

周隽阳成熟、稳靠、通透,甚至有种令人羡慕的自由——但其实他有点胆小,因为怕拔智齿,硬生生拖了很久。

他因为一段失败的感情杯弓蛇影,不敢开启一段新的恋情。

赵奕柔也是,二十七岁像个尴尬的分水岭,对感情仍然偶有期待,家里在催着,但她却迟迟没有办法从原地走出来。

周隽阳这个年龄,有心动,但也被足够的理智压着。

他们两个是边缘型的不婚主义者——不是没有期待,却因为胆小和畏惧,把自己保护在壳里。

赵奕柔被周隽阳影响,偶尔出去旅游。太远的城市,女孩子一个人不太安全,她有时候会叫上周隽阳,二人约定去某个城市,各自逛各自的。

是一种似是而非的朋友关系,甚至越发渐深起来。

周隽阳意识到这段关系该有转变时,是在几年后参加周梦婚礼的时候。赵奕柔那会儿去欧洲旅行了,偶尔给他分享点景色,周隽阳就看着。

那天在婚礼上,在周梦的丈夫致辞的时候,说了这么一句话——

"爱一个人,也是一种选择,选择一个你想要跟她分享一生的人,分享你生命里每一个时刻的人,不管时隔多久,你们都一定会重逢。"

当时周隽阳下意识地把这段话录了下来,很自然而然地发给了赵奕柔。

就在那时,周隽阳突然意识到两人做朋友已经做了很多年,总是分享着某些点点滴滴。

他会记得赵奕柔喜欢深烘的咖啡豆,赵奕柔记得他喜欢喝龙井茶。

婚礼上来的人都是周梦的朋友同事,还有温初柠和陈一澜。

周隽阳抬起视线,看着温初柠趴在椅子上看着旁边的陈一澜。

周隼阳忽然想到很多年前在临江市的夜晚，他们两个人并肩坐在一块石头上等着他开车过去。

并肩靠坐的两人，跨过了十年，已经结了婚。

经历了一段失败婚姻的周梦，也笑着坐在台下，男人在台上，二人相视而笑，周梦的眼底仍然是幸福和满满的笑意。

周隼阳以前常常觉得婚姻是爱情的坟墓，可并不是，不爱和不够爱的婚姻，才是爱情的坟墓。

错的是错误的人，不是婚姻。

周隼阳晃神片刻，赵奕柔的电话打进来。

他也突然想起来，自己这么胆小、害怕拔智齿的人，纠缠了两个多月，一口气拔掉了四颗智齿。

赵奕柔以前特别害怕出门旅游，总会脑补被人拐了被人骗了，现在已经能独自背着包出门旅行。

周隼阳忽然觉得，他也并不是想要做一个孤独终老的不婚主义者了。

番外四
表白成功了吗

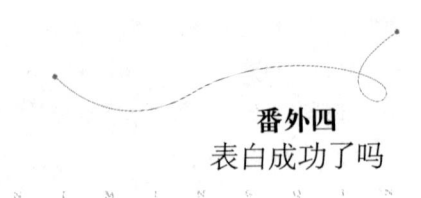

陈思汶跟傅宴廷在一起的时候颇为坎坷,因为先前是傅宴廷单方面对她"很感兴趣"。

孙赫远摔了那次之后,陈思汶才知道这人是傅宴廷,陈思汶平日里不太关注外界的消息。

她只知道这人就是从那次之后,老莫名其妙出现在她会出现的地方,会跟她搭话,给她送水。

陈思汶当时已经跟着滑雪队的教练练自由滑雪了,她很有天赋,这项运动在国内不算热门项目,大多数人还是当爱好玩的,只有很少部分人会将这项运动当成职业。

陈一澜和温初柠看她喜欢,两人都很支持。尤其是陈一澜,经历过运动职业,很能理解女儿的选择,也知道她需要的是来自家庭的支持。

陈思汶跟着滑雪队训练,训练场还有一些滑雪爱好者,陈思汶总是见到傅宴廷,男人一身黑色的滑雪服,戴着滑雪面罩,只露出来一小截下半张脸,薄唇的形状性感。

陈思汶起初以为傅宴廷是滑雪爱好者,常常在滑雪场看到他。

自由滑雪难度很高,比赛的项目分为:雪上技巧、空中技巧、障碍追逐、U形场地技巧、坡面障碍技巧五项比赛,陈思汶专攻U形场地技巧和坡面障碍技巧。

因为国内的比赛不多,陈思汶常常跟着滑雪队出国比赛,有时候训练场也在国外,却回回都能撞见傅宴廷——她最开始接触滑雪的时候还不懂分解动作,只觉得这人很帅,但等她真正接触了自由滑雪,就看出来他是临时现学的。

当时队里还有个小姑娘叫顾慧琳,从小一直在国外接触滑雪,跟陈思汶很聊得来。

顾慧琳问她:"你没觉得傅宴廷对你有点意思?"

陈思汶常年泡在雪场,空闲了还得补文化课,没那么多心思关注别人。

"没觉得啊,怎么了?"

"你不知道傅宴廷是谁?"

"不知道啊。"陈思汶一脸茫然。

"咱们滑雪比赛的投资商的儿子啊,"顾慧琳说,"听说是金融学霸呢。"

陈思汶只"啊"了一声。

顾慧琳不可思议,坚定觉得傅宴廷肯定是对陈思汶有意思。

陈思汶起初是不信的,后来一段日子里,孙赫远总来找她,隔三岔五给她送这送那。

陈思汶觉得太诡异了:"你消停点,老给我送这么多东西干吗?"

"还不是看你训练辛苦啊,咱俩关系这么好,我这不是心疼你。"

孙赫远大大咧咧,跟在陈思汶身后,手里捧着给她刚买的蛋挞,浑然不觉后面还有个人正在拆滑雪板。

陈思汶不理他了:"我去训练了,你歇着吧。"

孙赫远不会滑雪,上次摔怕了,只能老老实实坐在休息区看着外面。

他眼看着陈思汶穿着滑雪服,前面有个坡面技巧台,一道帅气的身影行云流水地滑下来。

孙赫远一脸爱慕,碰碰旁边的人,以为是滑雪队的,低声问了一句:"哥们,问你件事。"

"你问。"傅宴廷也戴着滑雪面罩,孙赫远不认识他。

"你们滑雪队里有人追她吗?"孙赫远忸忸怩怩,小声问了一句。

"没,"傅宴廷手里的动作顿了顿,"你哪位?"

"青梅竹马你懂吗?"孙赫远说起这层关系还挺自豪,"从小一块儿长大的!"

傅宴廷没吭声,拿着滑雪板出去:"可能有人追她。"

"啊?你刚才不是说没有吗?"

"我记错了。"

孙赫远站在原地一脸蒙,看着那人拎着滑雪板出去,又往外看了一眼,见陈思汶正在U形池里快乐滑雪,刚刚那人追上去,他却只能一脸羡慕地看着。

怎么还能有人追陈思汶呢？孙赫远没想明白，陈思汶有点暴脾气，专心滑雪的时候可以泡在雪场一整天，就算是有空了也在忙着复习功课。

也太事业心了。

孙赫远多亏了他老妈舒可蓓，才能隔三岔五往陈思汶家跑，但他回回都被陈思汶赶出来，让他别耽误她写作业。

孙赫远觉得压力更大了。

傅宴廷对陈思汶算是一见钟情，后来发现她思维又直又爽快，跟她沟通起来很开心，久而久之，好感加倍。

但是陈思汶专心打比赛，没多少时间顾及着他。

傅宴廷觉得自己可有可无，但又有点不甘心，为了多跟她见面，傅宴廷常常往滑雪场跑，一跑就是一年多。一年多了，陈思汶还没感觉到他这明晃晃的"特殊"。

直到孙赫远出现后，傅宴廷突然发现，原来还有另一个人，像他一样喜欢她。

那两年，陈思汶频繁地在国外参加联赛，因为国内的滑雪非热门项目，陈思汶考虑了很久，决定报考国外一所不错的学校。当时傅宴廷已经被家里决定送去欧洲继续读金融，他硬是为了迁就陈思汶，申请了转学。

那会儿，孙赫远还不知道傅宴廷也喜欢陈思汶，只知道傅宴廷英语好，抓着傅宴廷一起疯狂学习，结果孙赫远消息有误，准确来说，是傅宴廷故意的。

孙赫远以为陈思汶要考燕京大学，学渣慌了神，在家恶补学习，怒考了燕京大学。结果他喜滋滋告诉陈思汶的时候，陈思汶一脸茫然："谁跟你说我要考燕京大学了呀？"

孙赫远傻眼了。

当天就觉得是傅宴廷这人有问题，把他喊出来打了一顿。

背后这些事，陈思汶毫不知情，只是开学的时候见到傅宴廷，觉得很惊讶："好巧啊，你怎么也来这里了？"

傅宴廷淡然一笑，嘴角还有点伤："缘分。"

陈思汶大学的生活也很忙碌，忙着训练，忙着到处打联赛。傅宴廷就这么跟着，被撞见了，就说自己来旅游，连当时队里的教练都看出来了。

但是傅宴廷没跟陈思汶表白过，因为他知道陈思汶的目标是三年后的冬奥会。

他就这么跟在陈思汶背后,当了三年背景板。

头一年的冬奥会,陈思汶只拿了块银牌,傅宴廷犹豫再三,想到回去后她肯定能见到孙赫远,怕孙赫远告状,他先发制人,把陈思汶约出来。

言简意赅且委婉地表示了自己的喜欢。

陈思汶衡量了几秒,老老实实回答:"我还想再参加一次冬奥会。"

"那我等你,"傅宴廷问了一句,"行吗?"

那一年媒体常常报道,傅家独子毕业了不回来继承家业,而是在追滑雪队的一个明星选手,人家去哪儿训练他追到哪儿。

后来傅家喊话,不回来继承家业就别回来了。

傅宴廷匆忙赶回家了一趟,媒体捧着长枪短炮追着拍,傅宴廷回家吃了顿饭又坐飞机赶回去。

媒体心知肚明,查了查陈思汶的比赛日程——

果然,第二天陈思汶有障碍赛。

冬奥会是四年一届,这四年里陈思汶到处跑,傅宴廷便追着到处跑。

孙赫远已经看麻木了,冷嘲热讽地说傅宴廷肯定追不上。

傅宴廷不信。

孙赫远吐槽:"你要追得上,至于追这么多年?"

傅宴廷起初还没意识到竟然这么久了,追着陈思汶去看她比赛,好像已经成了习惯。

傅家也在给傅宴廷施压,那阵子媒体喜闻乐见,追着傅宴廷拍。

傅宴廷又一次认真跟陈思汶谈话。

陈思汶表示:"明年冬奥会了。"

傅宴廷说:"明年冬奥会也得先把话说清楚。"

"什么说清楚,你不是说你在追我?"

"那你得给我个回答啊,一年后你答应还是不答应?"

"……我不知道。"

"为什么不知道?"

"因为明年冬奥会结束后还有世界杯,我要去美国继续比赛啊!"

"陈思汶,"傅宴廷深吸了口气,"九年了。"

"我知道啊。"

"九年了,"傅宴廷压着委屈,"你就不能给我个答案,明年答应我行不行?"

陈思汶以前没想过谈恋爱,含糊地把这个问题带了过去。傅宴廷挺识趣,自觉没再多提,只是他那天被媒体拍到在陈思汶宿舍下待到凌晨才走。

大概是因为傅家的压力,傅宴廷回国了几趟,但还是会默默来看陈思汶训练,当时陈思汶已经成为了队里的明星选手,有望在下一年的冬奥会夺金。

陈思汶专心备赛,但在一次坡面障碍的时候没有做好热身,膝盖受伤,队里把她送到了医院。陈思汶沾了枕头就睡,结果睡醒的时候,看到了坐在病房窗边的人。

她摸黑看到人影,没有说话,傅宴廷在回信息,显然是刚赶过来的样子,身上还是大衣和围巾。

因为明天不用训练,陈思汶难得放空了下思绪。

陈思汶从十五岁开始接触自由滑雪,到十八岁独自出国,忙着训练和打比赛。父母把她教育得很好,她从小就很独立,因为热爱滑雪,她生命里大部分的快乐都给了雪场,很少关注身边的人和事情。

忙了这么久,她停下来想了想,也确实没有想到,傅宴廷追在她身边已经有九年了。

他一开始还是跑到她报考的大学上学,后来每一次她出去比赛都能在观众区看到他,那会儿她还单纯相信他可能是特别喜欢滑雪。

后来顾慧琳说:"那他怎么不去看别的场次,只看有你的场次?"

陈思汶试探着说:"大概是因为他只喜欢U形池和坡面障碍?"

顾慧琳说陈思汶情商低,陈思汶也没太在意。

这会儿细细一想,那时候顾慧琳老扒着新闻给她看,她偶尔看了几条,也没怎么放在心上,还觉得是媒体乱写——毕竟这么多年,傅宴廷没亲口承认过。

陈思汶躺在病床上,没一会儿被傅宴廷发现醒了。

"醒了?"傅宴廷放下手机,"膝盖没事吧?饿了吗?要吃东西吗?"

"你……刚过来?"陈思汶躺在床上,干巴巴问了一句。

"刚下飞机,听说你摔了。"

"我有点饿了。"

"行,我去给你买。"

"好……"

傅宴廷拿上手机出去，陈思汶愣愣地躺在床上，心想还没告诉他想吃什么呢，结果人就出去了。

病房里有点空，陈思汶拿起了手机看了看，家里给她发消息问她怎么样。陈思汶说只是扭了一下，没事的，但是队里很重视，坚持让她先养好伤再说。

问题不大。

陈思汶鬼使神差点开了微博，从几年前，就有一个媒体创了个ID，名字叫：傅宴廷表白成功了吗？

然后那个博主时隔两三天就打卡。

陈思汶点进去，看见就在几小时前更新了一条微博，说国内时间凌晨一点钟，傅宴廷出现在机场。

往下翻翻……

还有一次，傅宴廷送她回宿舍，她那次因为训练效果不佳心情极差，傅宴廷就这么跟在她身后，她上楼了他也没走，后来是怎么着……她突然想吃炸酱面，没一会儿就有人送了上来，原来是他一直在楼下。

陈思汶莫名看得心里一酸。

傅宴廷买了东西上来的时候，就看见陈思汶已经起来了。她靠坐在病床上，傅宴廷给她打开桌子，把外送放在她面前，是她喜欢的海鲜烩饭，多加番茄酱，还有一瓶玉米汁。

陈思汶坐在病床上，用勺子戳着烩饭，后知后觉，甚至有点不敢抬头看他。

傅宴廷就在她床边坐着。

"对不起。"陈思汶低着头，没头没尾地说了一句。

"对不起什么？"傅宴廷心里"咯噔"了一下。

"这些年我的重心都在比赛上，"陈思汶慢慢吃着烩饭，声音越来越小，"没什么时间……"

傅宴廷莫名松了口气："没事，你好好比赛，我有时间。"

陈思汶的生活太单纯了，只有滑雪和上课，性格直来直去，但是这会儿有点不知道怎么把话说出口，她拿着勺子，幽幽地看着面前的傅宴廷。

傅宴廷直觉她还有话说，就等着她说。

陈思汶直勾勾看着傅宴廷，傅宴廷一直长得很好看，主要是骨相气质佳，常常被媒体评为翩翩贵公子，跟在她身后这么多年，她还毫无察觉。

"你这样……让我有点良心不安。"陈思汶小声说了一句。

"但我不这样，我自己觉得不太甘心。"

陈思汶慢吞吞嚼着烩饭里的虾仁，听见了他突然来了这么一句。

"什么意思啊？"

"我知道你忙训练没时间，你的世界杯和世界公开赛要到处跑，我总不能逼着你要个答案。这件事我是认真的，我等你有空了，跟你好好说，也给你时间好好考虑。"傅宴廷知道这事早晚都得摊开聊，"你比你的就行，我等着你。"

这回之后，陈思汶除了滑雪和上课，还稍微腾出来那么点时间回头看。

她在训练的时候，傅宴廷就在不远处的休息区坐着，有时候他在忙着打电话，有时候干脆把文件带到休息区处理。

她滑着滑雪板悄悄回头看，这才察觉到，有些喜欢是人尽皆知的，只是她一路匆忙向前跑，总是会忽略身后的人和风景。

过年的时候，队里在美国集训，陈思汶还挺想家的，就这么随口跟傅宴廷提了一句，没多久，陈思汶有一天起来，冷不丁看见父母出现在公寓里，还惊呆了。

温初柠说，是傅宴廷买的机票，让他们过来玩几天。

陈思汶红着脸把傅宴廷拽出去，结果她不知道说什么，傅宴廷也不说话，默默站在她身边，给她拉了拉围巾，然后带她去了一趟超市。

陈思汶全程跟在傅宴廷身后，看着他买蔬菜水果，还问他买这些做什么。

傅宴廷回了一句："马上过年了，叔叔阿姨今年在这里过年，阿姨应该会想亲自给你做饭。"

太贴心了。

陈思汶羞窘难当，甚至觉得自己略有些渣。

饭桌上陈思汶像个木头，默默看着傅宴廷跟温初柠说话，反倒是自己在旁边一句话接不上，她有点崩溃，跑回房间闷着，又被陈一澜喊出来吃饭。

——好像父母都已经接受了傅宴廷。

自己像个冷漠的渣女。

她捧着饭碗默默埋头吃饭，也就这么意识到，傅宴廷是认真的，是无比认真的。

那天吃过饭后，陈一澜破天荒去陈思汶房间，跟她进行了一次简短的聊天——

有些遇见，已经像是浪中淘金，时间是筛网，只有真心的人才会留在身边，往前赶路的时候，别忘了一直等在身边的人。

陈思汶专心训练，在 U 形池上漂亮地翻转，溅起了无数的碎雪。

傅宴廷站在远处看着，突然想起了一句诗。

他日若能同淋雪，此生也算共白头。

这么想着，正在滑雪的人突然冲过来。傅宴廷没动，陈思汶迫不得已在他面前停下，一把摘下滑雪镜："你怎么没走呀……我过来吓吓你，万一我真撞到你怎么办？"

"那就撞到了。"傅宴廷说，"放心，我护着你，不会摔到你。"

陈思汶无语，重新戴好滑雪镜，飞一样又滑走了。

傅宴廷站在原地笑着看她。

陈思汶夺冠那年，"傅宴廷表白成功了吗"发了最后一条微博——

傅宴廷表白成功了，全部微博（1220 条）。

孙赫远知道这件事情之后，气得在家郁结了好几天，在陈思汶跟傅宴廷回来的时候，他破天荒喝了好几瓶酒，哭得抽抽搭搭，说了好几回"傅宴廷你真行，以前诓我考燕京大学，居然还真能让陈思汶铁树开花"。

陈思汶一脚过去，孙赫远哭得更厉害了。

看着吵吵闹闹的陈思汶和孙赫远，陈一澜蓦地回想起了多年前，时间已经走过很久，陈一澜仍然觉得很幸运，青梅竹马不过是锦上添花，最珍贵的，是那么多年里，他和温初柠始终如一的坚定。

就像他曾经跟温初柠说的那句话——

他以前挺不顺的，唯一的好运，都在她这里了，这么多年，温初柠一直在等着他。

有些人，仅仅是遇见，就已经很幸运了。

更幸运的，是还能如一地相守一生。

番外五
情书（陈一澜篇）

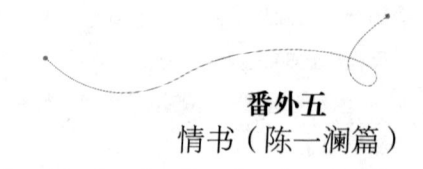

温初柠跟陈一澜两人在蜜月结束后回了临江一趟，是温初柠觉得那房子闲着也是闲着，不如租出去，两人还有几周的假期，也不忙，遂带着陈一澜来收拾。

只是某天的下午，温初柠接到了一个快递电话，她下楼去领，意外发现是一个快递文件袋。

温初柠有点奇怪，自己也没买什么东西，上楼的时候翻了一遍，但看快递单上，又真的是写了她的名字。

温初柠也没多想，穿着拖鞋短裤T恤上楼，将快递放在门口的桌上。

她说是来打扫卫生，倒不如说是来看陈一澜做家务。

温初柠去厨房洗草莓。

陈一澜问她："拿什么去了？"

厨房里水声"哗啦哗啦"的，她说："一个快递，看着是个文件，你帮我拆开看看是什么好东西。"

"好。"陈一澜倒是听话，老老实实走到客厅帮她拆了。

温初柠洗完草莓，顺道把放在厨房里的花瓶刷了。

"是什么呀？"温初柠没听到动静，也没冲手上的泡沫就走出来。

陈一澜站在客厅，指尖拎着一个白色的信封。

他朝她走过来，温初柠冲冲手，捏了个草莓咬了一口。

陈一澜站在厨房门口，挑眉说："我帮你读读？"

"好。"温初柠只顾着吃草莓，压根没多想。

她抱着草莓碗回身，靠在橱柜上，看着陈一澜手里的那一页长长的信纸，特别疑惑这是什么。

"我读了?"陈一澜清清嗓子。

"读吧。"温初柠咬了一口草莓,很甜。

"送给温初柠。"

温初柠一愣。

"其实开始动笔的时候,我已经想了十几分钟,原谅我不懂怎样隐晦地告诉你我喜欢你……"

他的声音好听,读出这一句的时候,温初柠被草莓呛咳了一下:"你读的情书吗?谁啊,这么无聊……"

温初柠满脑子问号,想要抢过来,陈一澜早有预料,在她过来的时候一手举高了情书,他一米九三的身高,温初柠踮起脚也够不到。

陈一澜没停,举着那张信纸继续读——

温初柠,我写这封信的时候,忽然想到你现在在做什么。

是不是在教室里晚自习,安安静静地写作业,然后回家路上想你喜欢的那个人会不会突然出现在拐弯的路口?

是不是在回家后,偶尔打开手机,偶尔很想跟他发一条消息?

我知道,因为我也是如此。

走在回宿舍的路上,我看到月亮也想拍给你看,看到路边的花开了也想告诉你,想跟你分享我有点枯燥却又正值十七岁的某一天。

淮川外国语大学是你的梦想,你一定要努力,你也一定会考上的。

温初柠,你也是我的梦想。

陈一澜读信的声音很平静,却莫名让温初柠心口一酸,仿佛想到什么陈年往事:"陈一澜……"

陈一澜揽着她的腰,慢慢地继续读,他念得很认真。

"温初柠,十七岁的你一点都不平凡,我喜欢你勇敢坚定,我喜欢你乖巧安静,我喜欢你站在台上讲流利的英语时的坦荡,我喜欢看你在烈日炎炎下挺直脊背的模样,我也喜欢有点无赖的你,笑起来眼睛亮晶晶的。

"我喜欢很多很多种你,都是你。

"我喜欢你,所以我也一定会努力,我们一定可以淮川见。

"温初柠，偷偷告诉你一个小秘密。
"我不知道你什么时候能看到这封信，因为这是十七岁的我偷偷写下的。
"那时，不知道你有没有站在我身边。
"如果有，那一定是我实现了十七岁的梦想，那时的我一定会很开心。"
陈一澜读完，把那张信纸夹在他的指尖。

温初柠仰头看着他，一把抢过他手里的信纸，她想看看笔迹是谁写的，结果这封信根本没有署名。

是一封匿名的情书。

温初柠心里有一种无所寻找的奇怪直觉，可她不敢多想。

旁边的信封上只写着两个字：致你。

"温初柠，我很开心。"陈一澜揽着她的腰，低眸看着她的眼睛，忽然认真说了一句。

"嗯？"温初柠看着他。

他认认真真地说："二十七岁的陈一澜很开心。"

温初柠也看着他，有一种茫然和酸涩在心口浮动。

"我猜你一定知道是我在偷偷喜欢你，可你都没有发现这些蛛丝马迹，我们在互相偷偷喜欢，我以为你能知道，那一定是我，可你不敢相信那是我，"陈一澜笑了笑，晃了晃那封情书，"温初柠，我是真的梦想成真了。"

"是你写的。"温初柠有些哽咽，"这是什么时候的事情……"

"其实很早了，我在十七岁写了这封信，后来在回去给你送生日礼物的时候偷偷塞进了你的存钱罐，可你好像一直没有发现，"陈一澜笑着说，"大学时候我还偷偷夹进你的课本里，你还是没有发现，前几天收拾你的课本，我在书里发现了这封没有打开过的情书，就寄过来了。"

"我大学的时候……"温初柠忽然有些想哭。

她大学的时候有看到这个信封，只是当成了是一个无聊的暗恋者写的，索性没有打开，过两天就忘了这件事。

"嗯？"

"我大学的时候，下雨天总能收到热姜茶，我以为是颜颜给我买的，我总能隔三岔五收到糖炒栗子和小蛋糕，我还想颜颜对我真好……"温初柠说到后面，恍惚想起了很多她从来不曾留意过的细节，"是不是你？"

陈一澜，我十七岁的生日，是希望你拿奥运冠军。

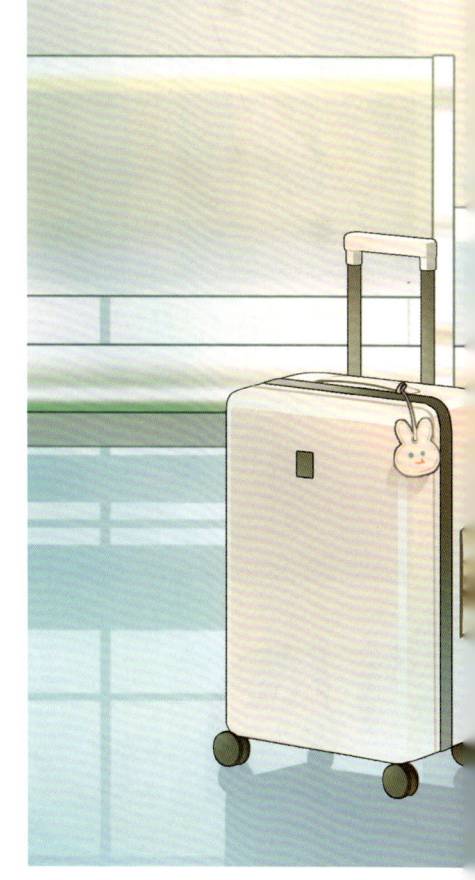

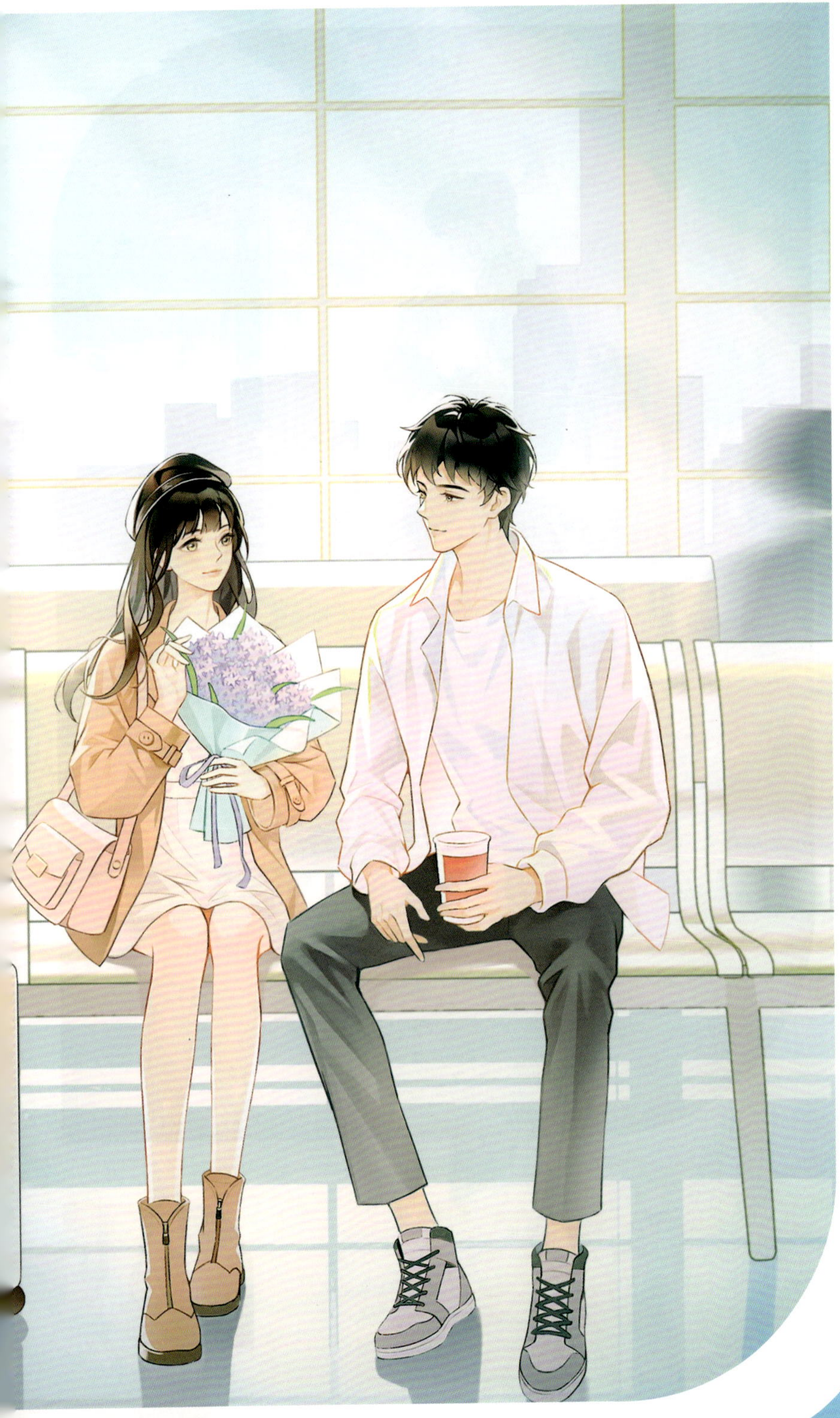

"敢情这些年功劳都被你舍友抢了？"陈一澜好气又好笑，"你怎么就不知道是我？"

"我哪儿敢……"说到这个，温初柠突然反应过来，有点不太好意思地扯扯他的衣摆。

"说。"

"那你知道吗……"温初柠嗫嚅。

"知道什么？"陈一澜姿态惬意，大概猜到了温初柠要说什么。

"你大二那年去比赛，我在你包里塞了……"

"一封匿名情书。"陈一澜顺势接上。

温初柠瞠目结舌："你知道？"

陈一澜说："一开始不太敢相信，但我记得你的字，我知道那是你，可我不太敢相信那是你。"

温初柠抬头看着他，她将那封情书仔仔细细地折叠起来拿在手里。

"我的情书呢？"

"珍藏起来了，每年朗读背诵。"陈一澜答得吊儿郎当。

温初柠掐他，陈一澜笑出声来："真珍藏呢，跟结婚证放一块儿了。"

陈一澜没躲。

温初柠抬眸，陈一澜笑意盈盈地望着她。

——青梅竹马，双向暗恋，这漫长的十年里，我们隔空相爱，坚定如一。

黄昏正好，夕阳暖光，仿佛坠入无边的爱河。

天光云影，你是我的最佳永恒。

CYL，是温初柠青春的终点线，是她最特殊的陈一澜。

"陈一澜，我特别特别、特别特别喜欢你。"

陈一澜笑着回道："温初柠，我也是，特别特别特别、特别特别喜欢你，比你的喜欢还要特别一点。"

我在夏天喜欢你，过了很多年后的夏天，我还喜欢你。

可这一次，你已经嫁给我了。

"我喜欢你"这四个字，轻快又漫长，在你说出这四个字的时候，我想到这些年来无数个日日夜夜，想到某些记忆尤深的片段，想到被定格的某天。

你一字一字说出我的名字。
烟花在我的心底炸开。
雀跃的小鹿在我的喉间疯狂乱撞。
我想用一生来回味这样的感觉。

——By CYL